Rosa Cerrato

Schnee an der Riviera

ROSA CERRATO, geboren in Vercelli, ist Literaturwissenschaftlerin, Deutschlehrerin, Werbegraphikerin, Mutter dreier erwachsener Kinder, eingefleischter Fred-Vargas-Fan und Krimi-Autorin. Sie lebt mit ihrem Mann, drei Katzen und einem Hund in Genua und Valfontanabuona.

»Schnee an der Riviera« ist der erste der Öffentlichkeit bekannt gewordene Fall der sympathischen und eigenwilligen Genueser Kommissarin Nelly Rosso.

Bei einer Drogenrazzia am Paul-Klee-Gymnasium in Genua wird der halbwüchsige Francesco tödlich verwundet. Ein tragischer Fall, der Nelly Rosso in einen persönlichen Konflikt stürzt: »Franci« war der beste Freund ihres Sohnes Maurizio, und der wiederum scheint ihr einiges zu verheimlichen. Kurz darauf wird ein weiterer Schulfreund tot aus dem Meer gefischt. Nelly hat Monica, die schöne, undurchdringliche Mitschülerin der Jungen, im Verdacht, weit mehr zu wissen, als sie zugibt. Doch deren Vater, ein einflussreicher Genueser Unternehmer, setzt alle Hebel in Bewegung, um Nellys Ermittlungen zu behindern.

Während der Frühling die sonnenbeglänzte ligurische Riviera in ein Meer aus duftenden Blüten taucht, kämpft sich Nelly Rosso durch ein Netz aus Lügen und Intrigen, in dem sie Mau und Moni schon als ahnungslose Opfer zappeln sieht.

Rosa Cerrato

Schnee an der Riviera

Nelly Rosso ermittelt

Kriminalroman

Aus dem Italienischen
von Verena von Koskull
und Esther Hansen

aufbau taschenbuch

Die Originalausgabe unter dem Titel
»Delitto al Paul Klee«
erschien 2006 bei Fratelli Frilli Editore

ISBN 978-3-7466-2527-0

Aufbau Taschenbuch ist eine Marke
der Aufbau Verlag GmbH & Co. KG

1. Auflage 2009

Umschlaggestaltung und Illustration
© Mediabureau Di Stefano, Berlin
unter Verwendung mehrerer Fotos von Marje Cannon,
Roberta Casaliggi, Danny Smythe, Serghei Starus,
Duncan Walker, Isabelle Zacher-Finet/iStockphoto
Druck und Binden C. H. Beck, Nördlingen
Printed in Germany

www.aufbau-verlag.de

Erster Tag

Morgen

Kommissarin Nelly Rosso öffnete die Augen nur, um sie sofort wieder zu schließen. O nein, nicht schon wieder ein Tag! Der Frühling ließ sich so mühsam an, so zäh, und sie war so müde. Der Wecker hatte noch nicht geklingelt, und ehe sein quälendes Piepen die letzten Überbleibsel ihres Traumes verdrängen konnte, tastete sie danach und schaltete ihn aus. Obwohl sie versuchte, an den Traumbildern festzuhalten, schlüpfte ihr alles Wesentliche durch die Finger und verlor sich bis auf einige Fetzen langsam im Nebel. Es war ein schöner Traum gewesen, ihre Mutter war darin vorgekommen, auch ihr Kater Negus, und sie war klein gewesen ... Es half nichts, der Traum verkroch sich wieder in die hintersten Winkel des Unterbewusstseins, aus denen er hervorgekommen war, und seufzend stand Nelly auf.

An der Wand gegenüber dem großen, schlichten, lediglich aus einem dunklen Holzrahmen bestehenden Ikea-Bett hing ein riesiger, rahmenloser Spiegel, aus dem ihr Bild sie allmorgendlich begrüßte, sofern sie Lust hatte, es sich anzusehen. An diesem Morgen hielt Nelly den Blick gesenkt, um ihre kräftige, für eine Frau recht muskulöse Gestalt mit den verwuschelten roten Haaren und dem müden Gesicht nicht sehen zu müssen, und tapste lustlos und mit halbgeschlossenen Lidern Richtung Bad. Vielleicht würde eine kalte Dusche ihr ein bisschen Schwung verpassen, aber erst mal musste sie Mau wecken.

Maurizio, genannt Mau, lag zusammengekauert wie ein Fötus, ohne Decke und nur mit einer Unterhose bekleidet da und schlief.

»Es bleibt ihm gar nichts anderes übrig, als zusammengekauert zu schlafen«, dachte die Mutter, »das Bett ist schließlich viel zu kurz.« Dabei war es ein ganz normales Erwachsenenbett, nur dass Mau mit seinen siebzehn – Verzeihung – achtzehn Jahren und einem Monat einen Meter neunzig groß war. Nelly hoffte heimlich, er würde nicht noch mehr wachsen, denn er überragte jetzt schon seine Freunde, seine Lehrer und auch sie selbst, obwohl sie mit ihren eins achtundsiebzig alles andere als klein war.

»Mau, na los, aufstehen, mein Schatz.«

Sie rüttelte ihn sanft, bis er grunzte, dann schob sie eine CD in die Stereoanlage, drückte auf »on«, und softe Santana-Klänge erfüllten das kleine Zimmer. Der Junge drehte sich seufzend auf die andere Seite. Entschlossen betrat Nelly das Badezimmer.

Die Dusche brachte die entscheidende Wendung, und die Frau, die aus der Kabine trat, war um einiges lebendiger als die, die darin verschwunden war. Erstaunlicherweise war Mau bereits in der Küche, und ein verlockender Geruch nach Toast lag in der Luft. Der Tisch war sorgfältig gedeckt, Butter, Marmelade, Crostini, sogar gekochte Eier. Gurgelnd stieg der duftende Kaffee in der Espressomaschine hoch.

»Womit hab ich denn das verdient?«, fragte Nelly fröhlich und versuchte, ihren Jungen zu küssen. Doch der wich ihr sofort aus, was bei seiner Länge keine große Kunst war. Er ließ sich schon seit einer ganzen Weile nicht mehr küssen, und wenn, dann nur äußerst widerwillig.

»Du hast vor achtzehn Jahren den richtigen Typen rangelassen«, gab er heiser zurück.

Nelly sah ihn an und fragte sich, was wohl hinter dieser Schnoddrigkeit steckte. Maus Vater war gestorben, als er gerade zwei war, er erinnerte sich nicht an ihn, und womöglich litt er darunter.

»Vielleicht sollte ich ihm mehr von seinem Vater erzählen … Wenn es nur nicht noch immer so weh täte …«, dachte sie. Sie beschloss, die Sache nicht weiter zu vertiefen. Ihre bewährte Überlebensstrategie.

»Da hast du wohl recht, ich hab verdammtes Glück gehabt«, antwortete sie versöhnlich.

»Die Katzen haben schon was bekommen.« Mau zog es vor, das Thema zu wechseln. »Hätte ich den Biestern nichts gegeben, hätten die glatt mich gefressen«, fügte er hinzu und übertrieb wie immer maßlos.

Mau mochte Hunde, war aber von klein auf gezwungen gewesen, mit Generationen von Katzen zusammenzuleben. Die jetzigen drei, Pippo, Minni und Silvestro, Musterexemplare der in unterschiedlichen Nuancen grauschwarz getigerten europäischen Hauskatze, hockten mit der ihrer Spezies eigenen Eleganz vor drei farbigen Näpfen auf der Terrasse. Hastig schmierte sich Nelly einen Toast mit Butter und Bitterorangenmarmelade und trat hinaus. Wie immer überkam sie ein Glücksgefühl. Der großspurig »Terrasse« genannte Austritt bestand lediglich aus zwei insgesamt fünf Quadratmeter großen Ebenen mit einer winzigen Laube auf der ersten, doch der Ausblick war einfach atemberaubend. Das tiefblaue, ruhige Meer erstreckte sich bis zum Horizont; rechts zogen sich die Berge Richtung Frankreich, links konnte man die ganze Küste bis nach Portofino überblicken, dessen Kap an einen riesigen, im Wasser liegenden Dinosaurier erinnerte. Geradeaus der Hafen, der Leuchtturm, und direkt unter ihr das schiefergraue Dächermeer der Altstadt. Die von Mau liebevoll gepflegten Geranien, die Nellys schwarzen Daumen überlebt hatten, dufteten, und das vom Basilikum dominierte Aroma der Kräuter (um die sich ebenfalls Mau kümmerte, weil sie weder Zeit noch Lust dazu hatte) wehte ihr entgegen.

»Wir beide können uns echt glücklich schätzen, weißt du das, Mau?«

Mau hatte für Gefühlsduseleien nichts übrig und sie eigentlich ebenso wenig.

»Kommt drauf an«, gab er lakonisch zurück und schlüpfte in seine vorschriftsmäßig geflickte Jeansjacke.

Er hatte eine unglaubliche Menge Toasts und drei gekochte Eier verdrückt, doch sah man ihm das nicht an. Er war dünn wie ein Strich, und das rötlichbraune, schulterlange und zu Dreadlocks verfilzte Haar ließ sein Gesicht noch länger und hagerer erscheinen, kaschierte aber immerhin die pickelige Teenagerhaut ein wenig.

»Ciao, Ma.«

Noch ehe Nelly etwas antworten konnte, war er verschwunden. Kurz darauf verließ auch sie das Haus. Die kleine Piazza lag noch im Schatten, und nach und nach öffneten die Läden. Wie immer bog sie links in die erste Gasse ein und betrat Beppes Bar. Eigentlich war es weniger eine Bar, denn eine *enoteca*, ein Weinlokal alten Stils, von denen es selbst in der Altstadt nur noch wenige gab. Sonderlich sauber war es darin nicht, aber in dem sowieso ziemlich schummrigen Schankraum fiel das kaum auf. Abgesehen von dem relativ neuen Tresen (zwanzig Jahre alt?) hatte sich das Inventar seit der Eröffnung vor vierzig Jahren, als Beppe aus dem Piemont hierhergekommen war, nicht verändert. An den Wänden ringsum reihten sich die klassischen, einfachen Metallregale, deren rostige Stellen mit zahllosen Schichten grauer Farbe übertüncht worden waren. Allerdings sah man von den Regalen ohnehin nicht viel, waren sie doch vollgestopft mit den unglaublichsten Flaschen, von denen die obersten über und über mit Staub bedeckt waren. Es gab nichts, was es nicht gab: uralten Fernet Branca, Liquore Strega, Tausende Cordials – sogar den Cordial Campari, den Nellys Mutter so gern getrunken hatte – und Cynar, Stock 84, Vecchia Romagna sowie unzählige Grappas, sämtliche Grappas Italiens, dazu eine Weinauswahl, die selbst die Genueser Wein- und Spirituosenmesse blass aussehen ließ. Schon beim Betreten des Lokals ging Nelly das Herz auf. Beppes Geheimwaffe allerdings war sein Cappuccino (was jedoch nur die wenigen Stammkunden wussten): fraglos der beste der ganzen Stadt. Es war gewissermaßen ein doppelter Cappuccino. Mau wäre sicher beleidigt gewesen, hätte er gewusst, dass seine Mutter jeden Morgen einen (manchmal auch zwei) Cappuccino bei Beppe trank, nachdem er sich so viel Mühe mit dem Frühstück gemacht hatte. Es war wie ein geheimes Laster, ihre Art, gut in den Tag zu kommen, ein Ritual eben.

An diesem Morgen jedoch hatte Nelly es eilig und konnte sich nicht für ein Schwätzchen zu den üblichen, ihr wohlbekannten Stammgästen setzen, größtenteils Pensionäre, die bereits in aller Frühe über Sport und Politik diskutierten und einander das einzige, druckfrische Exemplar des *Secolo* aus den Händen rissen. Sie stürzte ihren Cappuccino hinunter, grüßte und hastete unter den verdutzten, fragenden Blicken der Rentner wieder hinaus. Beppe, graues Haar, bordeauxfarbenes Polohemd, stämmig, mit lebhaften Augen im braungebrannten, zerfurchten Gesicht, zuckte enttäuscht die Achseln, denn der kleine Plausch mit der Kommissarin gehörte nun einmal zum Tagesanfang. Mit ihr konnte man gut diskutieren. Und manchmal ließ es sich auch herrlich mit ihr streiten.

Eilig legte Nelly das Stück bis zum Tunnel neben dem Wolkenkratzer zurück (der erste Genuas, noch aus der Zeit des Faschismus, und deshalb bis heute »der Wolkenkratzer« genannt), während die bunte Menschenvielfalt in den Gassen nach und nach den Gesichtern der im Zentrum arbeitenden Angestellten wich. So schnell sie konnte und mit angehaltenem Atem durchquerte sie den Tunnel Richtung Meer. Der morgendliche Verkehr tobte, die Luft war zum Ersticken. Sie ging gern zu Fuß, doch wie jeden Morgen kam ihr in den Sinn, dass man eigentlich eine Gasmaske bräuchte, um den Tunnel, der das Stadtzentrum mit dem Foce-Viertel verband, unbeschadet zu durchqueren.

Kaum hatte man die Unterführung hinter sich, tauchte rechts das helle Gebäude des Liceo D'Oria auf, daneben die Kolumbus-Treppenanlage mit den drei aus Frühlingsrabatten gepflanzten Karavellen, und schließlich der mächtige Bau des Polizeipräsidiums. Links davon lagen die herrliche Piazza della Vittoria und dahinter die Gärten des Bahnhofs Genova Brignole.

Das Polizeipräsidium war zu Zeiten Mussolinis in schönstem faschistischen Stil erbaut worden, genau wie die angrenzende Piazza della Vittoria mit dem Gefallenendenkmal. Nelly mochte es dennoch. Sie mochte einfach alles an ihrem Arbeitsplatz. Für sie, die aus der tiefsten piemontesischen Provinz stammte, war Genua immer wieder eine Überraschung, ein Geschenk: Der selbst im Winter häufig blaue Himmel, das Meer unweit des Präsidiums und die immergrünen Parks machten ihr sofort gute Laune. Sie liebte diese Stadt, trotz der Abgase und des ständigen Verkehrschaos, dem man immer wieder mit ebenso abenteuerlichen wie sinnlosen Einbahnstraßenregelungen beizukommen versuchte, und trotz ihrer Bewohner, die oftmals alles taten, um die schlimmsten Vorurteile über ihresgleichen zu bestätigen. Genua hatte einen unschlagbaren Pluspunkt: Jeder scherte sich nur um seinen eigenen Kram, und so war man frei. Frei, nicht so elegant zu sein wie in Mailand und auf Klatsch oder erzwungene Geselligkeit zu pfeifen, die sowieso fast alle mieden. Frei, so zu leben, wie man wollte, ohne irgendjemandem Rechenschaft ablegen zu müssen. Wer wie Nelly in einem Dorf aufgewachsen war, in dem alle über alles und jeden informiert waren und nichts lieber taten, als ihre Nasen in anderer Leute Angelegenheiten zu stecken, wusste diese bittersüße Freiheit zu schätzen.

Die Kehrseite der Medaille, die Einsamkeit, störte sie nicht: Sie hatte Mau, die Katzen, ihre Arbeit, einige wenige, gute und dauerhafte Freundschaften und hin und wieder ... Der höfliche Gruß des Wachbeamten riss sie aus ihren Gedanken: »Guten Tag, Dotto'.«

Das konnte Dottore oder Dottoressa heißen, in ihrem Job spielte das keine Rolle. Der Mann war blutjung und neu in Genua. Er hieß Nicola und kam aus Kalabrien. Nelly lächelte ihm zu.

»Ciao, Nicola. Ist Dottor Auteri schon da?«

»Nein, Dottoressa Rosso. Ich hab ihn noch nicht gesehen.«

Vizekommissar Marco Auteri war mit Nelly in einer Einheit. Normalerweise war er vor ihr da. Auch Nicola wusste das und schien erstaunt.

»Na gut, sag mir Bescheid, sobald er kommt.«

»Wird gemacht, Dotto'.«

Der junge Mann sah der Kommissarin nach. Sie war nett, freundlich und tat sich nicht wichtig wie viele ihrer männlichen Kollegen. Zwar war sie nicht sein Typ, zu groß und kräftig und dazu noch rothaarig, mit Locken und leicht sommersprossigem Teint, außerdem zu alt (für Nicola waren alle Frauen jenseits der dreißig alt), doch sie hatte schöne braune, leicht mandelförmige Augen, wach und »durchdringend«, das war das Adjektiv, das ihm in den Sinn kam. Und ihre Lippen waren voll und sexy. Wer weiß, ob sie einen Freund hatte, verheiratet war sie jedenfalls nicht, doch angeblich hatte sie einen Sohn. Plötzlich wurde es in der Warteschlange der Immigranten, die um ihre Aufenthaltsgenehmigung anstanden, unruhig, und Nicola rief einen Kollegen zur Verstärkung herbei. An die Dottoressa Rosso dachte er nicht mehr.

»Wieso muss dieser ganze beschissene Papierkram eigentlich immer bei mir landen?«, stöhnte Nelly.

Sie saß an ihrem Schreibtisch und starrte frustriert auf den Stapel Post und Akten, den ihr Valeria, die mit der Sekretariatsarbeit betraute Polizistin, hingelegt hatte. Valeria tauchte in der Tür zum Vorzimmer auf, lächelte entschuldigend und breitete wortlos die Arme aus. Wenn es um die Durchsicht von Unterlagen ging, war mit Kommissarin Rosso nicht zu spaßen. Sie hatte sich kaum wieder an ihren Platz gesetzt, da rauschte Lojacono herein, Nellys neapolitanischer Kollege im Morddezernat. Sie sah von den Papieren auf, die sie sich resigniert vorgenommen hatte, und blickte ihn argwöhnisch an. Der Kerl hatte die teuflische Gabe, ihr sämtliche kniffligen, nervigen Fälle mit verschwindend geringen Aussichten auf eine rasche Aufklärung, geschweige denn einen Hauch von Anerkennung überzuhelfen. Darüber hinaus neigte er zu verdächtig effektiven Methoden, um an Geständnisse zu kommen, die Nelly ganz und gar nicht gefielen. Er sah kein bisschen grob oder brutal aus, sondern wirkte eher schmächtig und umgänglich, doch etwas in seinem Blick verriet, dass man sich vor Commissario Carmine Lojacono besser in Acht nahm.

»Und, Nelly, was gibt's Neues? Hast du schon gehört, was an der Schule deines Sohnes passiert ist?«

Nelly, die noch nicht einmal Gelegenheit gehabt hatte, einen Blick in die Zeitung zu werfen, sah ihn fragend an und spürte, wie sich ihr die Nackenhaare hochstellten. Alles, was direkt oder indirekt mit Maurizio zu tun hatte, versetzte sie in Alarmbereitschaft.

»Nein, was ist denn passiert?«

»Die Meldungen gehen auseinander. Angeblich sind zwei oder drei Schüler plötzlich durchgedreht, haben eine Lehrerin niedergeschlagen und sind aufs Schuldach geflohen. Vor Ort sind Nucci mit Mandelli und Sassu, aber es wurde Verstärkung angefordert ...«

Noch ehe der Kollege seinen Satz beenden konnte, war Nelly aufgesprungen.

»Weiß man, wie die Schüler heißen?«

»Nein, aber das wird wieder mal einer dieser typischen Jungenstreiche sein, heutzutage ticken die doch alle nicht mehr sauber, genau wie die Eltern.«

»Ich fahre hin. Ist Auteri inzwischen gekommen?«

Ein zufriedenes Grinsen darüber, ihr noch eine schlechte Nachricht überbringen zu können, huschte über Lojaconos Gesicht.

»Wir werden wohl ein paar Wochen ohne den lieben Marco auskommen müssen. Gerade hat mich seine Freundin angerufen. Heute früh hatte er auf dem Weg hierher einen Autounfall, zum Glück nichts Ernstes, sie haben ihn ins Galliera-Krankenhaus gebracht; wenn du willst, kann ich dir ...«

Noch ehe Lojacono ausreden und den Mund wieder zuklappen konnte, war Nelly bereits die Treppe hinuntergestürzt, hatte sich erkundigt, welcher Fahrer und welcher Wagen frei waren, sich ins Auto geschwungen und war mit heulenden Sirenen zur Schule ihres Sohnes aufgebrochen. Der verdatterte Lojacono stand in ihrem Büro und rang nach einer geistreichen Bemerkung.

»Ihr Frauen seid viel zu emotional«, sagte er kopfschüttelnd und sah Valeria herausfordernd an. »Das ist eure Schwäche: Kaum geht's um eure Kinder, verliert ihr den Verstand.« Die stumme Verachtung der Sekretärin hielt ihn von weiteren Kommentaren ab, und er trollte sich.

Das musisch orientierte Paul-Klee-Gymnasium lag im Zentrum, auf halber Höhe des Hügels, auf dessen Kuppe die obere Altstadt thronte. Man erreichte es über die Salita Bertani und eine breite, ziegelgepflasterte *creuza**, die rechts in einen Torbogen mündete. Trat man aus dessen Schatten wieder heraus, tat sich dahinter einer der zahllosen versteckten und verwunschenen Winkel Genuas auf, die man, selbst wenn man unmittelbar nebenan wohnte, womöglich erst nach dreißig Jahren per Zufall entdeckte. Es war ein abgeschiedener, grüner, stiller Ort, unerreichbar mit dem Auto: lediglich eine Art breiter Bür-

* Mit Steinen gepflasterter, von Trockenmauern eingefasster steiler Weg.

gersteig, von dem ein etwas schmalerer Weg zum Eingang des Gymnasiums führte. Wie viele Gebäude der Altstadt war es gleich den Rängen eines zum Meer hin geöffneten Amphitheaters an den Berghang gebaut. Während sich über dem Portal nur wenige Stockwerke erhoben, reichten sie auf der anderen Seite bis hinunter zum Fuß des Hügels.

Auf der Rückseite führte die Standseilbahn entlang, die das Zentrum mit dem Corso Magenta im oberen Stadtteil verband.

Wie oft hatte Nelly diesen Weg in den letzten Jahren zurückgelegt, um mit dem Direktor zu sprechen! Die berufliche Routine ließ sie vollkommen gefasst erscheinen, doch eine dumpfe Unruhe erfüllte sie. Zwei Jungs, vielleicht drei. Was bedeutete das? Weshalb sollte ausgerechnet Mau …? Doch die Unruhe blieb. »Gleich bin ich schlauer«, sagte sie sich.

Der Polizeiwagen hielt auf dem Platz vor dem Santuario del Padre Santo. Nelly machte dem Fahrer Marcello ein Zeichen, zu warten, und lief die steile Straße hinunter. Sie hätte den Wagen auch unten herum fahren lassen können, wo sich die einzige Zufahrt zum Gymnasium befand, doch das hätte länger gedauert, und sie hatte keine Zeit zu verlieren. Dass sie keinen Herzinfarkt bekam, war allein ihrem regelmäßigen Jogging am Righi zu verdanken. In wenigen Sätzen war sie vor der Schule. Nucci kam ihr sofort entgegen. Er war von ihrer Ankunft in Kenntnis gesetzt worden und hatte vor dem Eingang bereits auf sie gewartet.

»Dottoressa Rosso, es handelt sich um zwei Jungs aus der 12 a; es gab eine Routinedurchsuchung mit Drogenhunden, und plötzlich ist das Chaos ausgebrochen.«

»Eine Routinekontrolle in der Schule meines Sohnes, und ich arbeite im Polizeipräsidium und weiß nichts davon, verdammt!«, dachte Nelly. Allerdings fiel dies nicht in ihr Ressort, um so etwas kümmerte sich Santangelo, Nuccis Chef.

»Und? Was ist passiert? Was meinst du mit Chaos?«

»Als die Mathelehrerin die Polizisten und Drogenhunde ankündigte, hat offenbar einer versucht, auf die Toilette zu flüchten. Die Lehrerin wollte ihn zurückhalten, er hat sie geschubst, sie ist mit dem Kopf aufgeschlagen und bewusstlos liegen geblieben, und da hat der Junge wohl Panik gekriegt, ein anderer ist ihm gefolgt, weshalb, weiß man nicht, und die beiden sind aufs Dach geflohen. Beinahe hätte ich das SEK gerufen, zur Sicherheit ...«

»Das SEK, du tickst wohl nicht mehr richtig, das hier ist doch kein amerikanischer Actionstreifen! Wie ... wie heißen die Jungs denn?«

»Francesco Bagnasco und Maurizio Tondelli.«

Nelly hatte es geahnt, aber es war trotzdem ein Schock. Sie hatte vom ersten Moment an gewusst, dass Mau irgendwie in die Sache verwickelt war, auch wenn es überhaupt keinen Grund zu der Annahme gab. Oder doch? Gibt es heutzutage nicht immer und auf jeden Fall einen Grund? Doch es blieb keine Zeit, um in der jüngsten Vergangenheit nach irgendwelchen Auffälligkeiten oder Verdachtsmomenten herumzustochern.

»Der eine ist mein Sohn. Maurizio Tondelli, um genau zu sein.«

Ihre Stimme klang neutral und fest.

»Himmel!«, rutschte es Nucci heraus.

In dem Moment erblickte Nelly Professor Giacometti, den Direktor. Auch er hatte sie gesehen und wiedererkannt und kam sichtbar erschüttert auf sie zu.

»Commissario ... Dottoressa ... es ist unglaublich, nicht zu fassen, so etwas an einer Schule ... und dann auch noch Maurizio ...«

Sie unterbrach ihn mit einer Handbewegung; dies war nicht der richtige Moment, um den Kopf zu verlieren.

»Wir müssen die in den Klassen verbliebenen Schüler beruhigen, die sind bestimmt zu Tode erschreckt, kümmern Sie sich bitte darum, Herr Direktor. Welcher von den beiden hat die Lehrerin gestoßen?«

»Bagnasco«, sagte Nucci.

Maurizios bester Freund, verdammt noch mal, sein bester Freund, der bei ihnen zu Hause ein und aus ging, die beiden waren Kumpels seit der Grundschule, ein dunkler, hagerer Junge, der nur aus Augen, Nase und Brille bestand. Total nett, weltfremd und völlig harmlos. Wie war das möglich?

»Haben Sie mit den Jungs Kontakt aufgenommen?«

»Sie haben gesagt, sollten wir versuchen, uns zu nähern, würden sie sich vom Dach stürzen«, stieß Nucci hervor und sah sie besorgt an.

Entschlossen lief Nelly Richtung Treppe und war fast oben angekommen, als ein Schuss und ein markerschütternder Schrei ertönten, unmittelbar gefolgt von einem dumpfen Aufprall. Die Kommissarin begriff sofort, stürzte die Stufen wieder hinunter und rannte von Nucci und Professor Giacometti gefolgt hinaus. Sie mussten noch die seitliche Außentreppe hinab und halb um das Gebäude herum, begleitet von Sassus Schreien, der auf dem Dach stand und wie ein Wahnsinniger brüllte. Unten, zu Füßen des Gebäudes, auf dem von spärlichem Unkraut überwucherten Zement, lag wie ein Lumpensack ein zusammengekrümmter Körper. Darübergebeugt Gian, der Hausmeister der Schule, wie Nelly mechanisch registrierte.

»Fassen Sie ihn nicht an, nicht anfassen!«, rief Nelly mit einer ihr vollkommen fremden Stimme.

Mit völlig leerem Kopf erreichte sie den gestürzten Jungen und drehte ihn behutsam um. Francesco Bagnasco lag da wie eine kaputte Puppe. Er rührte sich nicht mehr. Offenbar war er sofort tot gewesen, der Sturz war aus fast dreißig Meter Höhe erfolgt. Einzig ihre Erfahrung und Selbstbeherrschung bewahrten die Kommissarin vor einer Ohnmacht. Sie riss sich zusammen, wies Nucci an, den Gerichtsmediziner und die Spurensicherung zu rufen und den Staatsanwalt zu informieren. Da war diese Detonation gewesen; merkwürdig, sie meinte, ein seltsames Echo gehört zu haben, als wären zwei Schüsse gefallen – wer zum Teufel hatte da geschossen? Und war Franci vor seinem Sturz getroffen worden? Auf den ersten Blick ließ sich nichts feststellen. Nelly bedeckte das Gesicht des Jungen mit ihrer Jacke, ließ Nucci neben dem Toten zurück und machte sich wieder in Richtung Schulgebäude auf.

In der Schule herrschte Chaos. Der von einer Nervenkrise erfasste Direktor lief händeringend hinter ihr her und stammelte zusammenhangloses Zeug, und die Schüler drängelten sich panisch schreiend an den Fenstern. Manche waren ohnmächtig geworden, die Drogenhunde jaulten.

»Herr Direktor«, zischte Nelly, »reißen Sie sich sofort zusammen, sehen Sie zu, dass Sie gemeinsam mit den Lehrern die Schüler beruhigen, statt Ihre Hände zu kneten, sonst stürzt womöglich noch einer aus dem Fenster.«

Der Mann atmete tief durch, rang mühsam um Fassung und setzte sich in Bewegung. Wie Christus auf dem Kreuzweg erklomm Nelly die Stufen des Gymnasiums, begleitet von den verzweifelten Schreien der geschockten Schüler, von den Klagen, Flüchen und dem entsetzlichen Vorwurf:

»Ihr habt ihn umgebracht, Mörder, Mörder!«

Mau kauerte auf dem Boden neben der Terrassentür, bewacht von Sassu, der ihm Handschellen angelegt hatte. Aschfahl und reglos stand Mandelli daneben und starrte auf den kleinen, teils von Unkraut, teils von Nellys blauer Jacke verdeckten Umriss hinunter. Seine Dienstwaffe lag neben ihm am Boden. Mau war noch blasser als der Polizist. Seine Augen waren weit aufgerissen, Nelly musterte seine Pupillen, die ebenfalls geweitet waren. War nur die Angst daran schuld? Immerhin hatte er soeben seinen besten Freund sterben sehen, kein Wunder, dass er außer sich war. »Mach jetzt bloß nicht auf Mutti«, sagte sie sich kalt.

»Was ist passiert, Mau?«

Mühsam wandte er ihr den Kopf zu. Ganz offensichtlich stand er unter Schock. Er strahlte eine seltsame, unnatürliche Ruhe aus, nur ab und zu zuckte er schaudernd zusammen.

»Du hast doch gesehen, was passiert ist. Deine Polizistenkollegen, diese Schweine, haben Franci umgebracht.«

Maus Stimme brach.

»Ich war nicht rechtzeitig hier, um zu sehen, was passiert ist. Vielleicht erzählst du's mir?«

Der Junge stand kurz vor einem Kollaps, seine Lippen begannen zu beben.

»Er hatte ein bisschen Hasch und hat sich ins Hemd gemacht wegen der Drogenhunde, er wollte aufs Klo, um es wegzuschmeißen, doch die Galli, diese Hexe, hat ihn nicht rausgelassen, sie hat sich vor die Tür gestellt, und da ist ihm die Sicherung durchgebrannt, er hat sie geschubst, und sie ist gefallen. Franci dachte wohl, er hätte sie umgebracht und hat die Krise gekriegt, ich hab versucht, ihn zurückzuhalten, ihn zur Vernunft zu bringen, deshalb bin ich hinter ihm her, aber diese Drecksäcke«, er deutete mit dem Kinn auf die zwei Polizisten, »haben sofort angefangen zu brüllen und uns zu drohen, ergebt euch, macht keinen Scheiß, sonst rufen wir das SEK, da hat er einfach den Kopf verloren, wollte sich runterstürzen, ich hab versucht, ihm klarzumachen, dass es total bescheuert war, abzuhauen, dass die ihm wegen einem bisschen Gras überhaupt nix anhaben können, dass die Galli nicht gleich tot ist, nur weil sie hinfällt, aber er war völlig neben der Kappe. Ich hatte ihn fast überzeugt, da ist der da«, er zeigte auf Mandelli, »auf dem Dach aufgetaucht, und Franci hat sich aus lauter Angst ein Stück Ziegelstein gegriffen, es nach ihm geworfen, ist auf die Brüstung gesprungen, und der ... hat auf ihn geschossen! Er hat auf ihn geschossen, verstehst du? Die haben Franci umgebracht, ermordet, Franci, der keiner Fliege was zuleide tat, Franci ...«

Jetzt gingen Maus Nerven restlos mit ihm durch, und er brach in verzweifeltes Schluchzen aus. Von oben konnte Nelly sehen, dass der Gerichtsmediziner und die Spurensicherung eingetroffen waren. Sie rief nach Doktor Parodi. Der rundliche, glatzköpfige Mann mittleren Alters blickte zu ihr empor. Nachdem er festgestellt hatte, dass man für Francesco Bagnasco nichts mehr tun konnte, kam er eilends zu ihr nach oben, begriff sofort, was los war, und gab Maurizio eine Beruhigungsspritze, die das stärkste Pferd umgehauen hätte. Doch Mau war nicht der Einzige, der ein Beruhigungsmittel nötig hatte. Mandelli war kreidebleich und zitterte. Sassu stand neben ihm und musste ihn stützen.

»Das wollte ich nicht, das wollte ich nicht, ich glaub's einfach nicht, ich bin gestolpert, und da hat sich der Schuss gelöst, ich hatte im Traum nicht vor, zu schießen, nur einschüchtern wollte ich sie, ich glaub's einfach nicht, dass mir das passiert ist. Nach dreißig Jahren Dienst bringe ich einen Jungen um, der nicht älter ist als mein Jüngster, o Gott, o Gott ...«

Nelly tauschte sich kurz mit Doktor Parodi aus.

»Kann man schon etwas Genaueres über die Todesursache sagen, Dottore?«

Parodi warf ihr einen spöttischen Blick zu: »Ein Sturz aus dreißig Meter Höhe gehört nicht gerade zu den gesündesten Sportarten.«

»Sie wissen genau, was ich meine.«

»Klar weiß ich, was Sie meinen. Sein Schädel ist übel zugerichtet, der Rest ebenfalls. Wir werden sehen, ich möchte dazu noch nichts sagen. Das letzte Wort hat sowieso der unfehlbare Nardini.«

Nardini war Pathologe. Abgesehen davon verstanden Parodi und er sich nicht sonderlich gut. Es hieß also abwarten, bis man etwas Verbindliches wusste. Zwecklos, weiterzubohren.

Eine halbe Stunde später lag Mau im Krankenhaus und schlief

tief und fest. Nelly hatte Mandelli in Sassus Obhut gelassen, der ihn vergeblich zu beruhigen versuchte, und tat automatisch genau das, was in solchen Fällen zu tun ist: auf den Staatsanwalt warten und versuchen, sich dem in der Schule und in ihrem Inneren herrschenden Chaos möglichst zu entziehen. Rund drei Stunden später, während die Spurensicherung noch auf der Dachterrasse und im Schulgebäude zugange war, brachte sie dem stellvertretenden Polizeichef Esposito den ersten Bericht.

Esposito war ziemlich jung und nicht minder attraktiv. Er sah nicht im Entferntesten wie ein Polizist, geschweige denn wie ein Süditaliener aus, doch genau wie Lojacono war auch er waschechter Neapolitaner. Obwohl er erst vor wenigen Monaten zur Genueser Kripo versetzt worden war und sie sich noch nicht besonders gut kannten, war er Nelly sympathisch und sie ihm ebenfalls. Das spielte jetzt allerdings keine Rolle.

»Dottoressa Rosso, was können Sie mir erzählen?«

Er hatte den Bericht gelesen und versuchte, seine Betroffenheit zu überspielen.

»Es gibt noch viele Ungereimtheiten, die geklärt werden müssen.«

Nelly wunderte sich über ihre feste, sichere Stimme.

»Verstehe …« Nachdenklich blätterte er durch die soeben überflogenen Seiten. Dann gab er sich einen Ruck: »So wie es aussieht, ist Ihr Sohn nur aus Freundschaft zu diesem Francesco Bagnasco in die Sache hineingerutscht, er befand sich sozusagen als … Vermittler auf dem Dach.«

»So ist es«, bestätigte Nelly.

»Angesichts der Tatsache, dass es momentan keinerlei Anlass gibt, gegen ihn zu ermitteln, spricht für mich nichts dagegen, dass Sie den Fall übernehmen. Sollte dabei etwas herauskommen, was Ihren Jungen belastet, ist das natürlich etwas anderes.«

»In Ordnung, danke, Dottor Esposito.«

»Aber der dickste Hund ist diese schreckliche Sache mit Mandelli. Wie kann ein derart erfahrener Beamter einen so eklatanten Fehler begehen? Dieser arme Junge, abgeknallt wie ein Köter, und jetzt wird sich die ganze Stadt auf uns stürzen. Als würde die Presse nur darauf warten, die Polizei in den Dreck zu ziehen. Wir sollen sie schützen, und wehe, wenn nicht, aber kaum macht einer von uns einen Fehler, dreschen alle auf uns ein …«

Während Esposito sich weiter in Rage redete, saß Nelly schweigend daneben und versuchte, wieder Ordnung in ihre Gedanken und Gefühle zu bringen. Dauernd hatte sie Francis leblosen Körper vor Augen, der sich in den ihres Sohnes verwandelte. Und dass Mandelli auf Franci geschossen haben sollte, erschien ihr genauso absurd wie vieles andere an diesem irrwitzigen Tag: Ausgerechnet ein so nüchterner, bedachter Mann wie Mandelli, der alles andere als ein Rambo war. Die Ruhe in Person.

»Es ist noch nicht endgültig geklärt, ob der Junge durch Mandellis Schuss zu Tode gekommen oder vor Schreck vom Dach gestürzt ist. Wenn Sie nichts dagegen haben, würde ich jetzt die Identifizierung von Fr… des Opfers durch dessen Eltern veranlassen, Mandelli befragen, sollte er sich inzwischen beruhigt haben, mir Mau… den anderen Jungen noch einmal vornehmen, außerdem ist die Spurensicherung noch am Tatort zugange. Wenn Sie mich also entschuldigen würden.«

»Solange nicht alles restlos aufgeklärt ist, ist Mandelli natürlich vom Dienst suspendiert und soll sich zur Verfügung halten. Und dass Sie mich bloß auf dem Laufenden halten, ich muss nämlich den Polizeichef informieren, der buchstäblich die Wände hochläuft. Und bitte, kein Sterbenswörtchen gegenüber der Presse.«

»Selbstverständlich«, versicherte Nelly und verließ das Büro.

Wie eine gequälte Seele saß Wachtmeister Mandelli in Nellys Büro und konnte sich nicht beruhigen. Seine Hände zitterten.

»Dottoressa Rosso, ich bin ein gebrochener Mann. Ich bin am Ende, das werde ich mir niemals verzeihen.«

Seine Augen waren gerötet. Nelly wusste, dass er ehrlich war.

»Die Ermittlungen stehen noch ganz am Anfang, Mandelli. Beruhige dich, dadurch wird die Sache auch nicht besser. Wir sind noch nicht einmal sicher, ob Francesco Bagnasco überhaupt getroffen wurde, ehe er vom Dach stürzte.«

»Und was soll das ändern? Ich habe einen Jungen umgebracht, ein halbes Kind … selbst wenn ich ihn nicht getroffen habe und er vor Schreck hinuntergefallen ist.« Er vergrub das Gesicht in den Händen.

»Geh nach Hause, nimm ein Beruhigungsmittel, und morgen solltest du unsere Psychologin aufsuchen.«

Bei dem Wort »Psychologin« brach Mandelli in haltloses Schluchzen aus. Es war, als wäre er in einem Alptraum gelandet – und nicht nur er.

Erster Tag

Nachmittag

Schmächtig und verloren lag Francesco Bagnasco in der gerichtsmedizinischen Abteilung des San-Martino-Krankenhauses auf einem Tisch und sah höchstens wie dreizehn oder vierzehn aus. Der Kopf war zertrümmert, das Gesicht bis zur Unkenntlichkeit entstellt. Nelly musste all ihren Mut zusammennehmen. Draußen warteten die Eltern. Sie kannte sie, wie man Eltern von Freunden der Kinder eben kennt. Man traf sich vor der Schule, bei den Elternabenden, bei Geburtstagspartys und bei den Pfadfindern. Sogar bei den Pfadfindern waren Franci und Mau zusammen gewesen und vor zwei Jahren gemeinsam ausgetreten. Nelly und Francis Eltern duzten sich, schließlich saß man im selben Boot, war ungefähr gleich alt und in der gleichen Lage ... Doch jetzt waren sie nicht mehr in der gleichen Lage. Franci war gestorben, und unter welchen Umständen! Und Mau war am Leben. Obwohl sie wusste, wie abwegig solch ein Gedanke war, hatte Nelly fast ein schlechtes Gewissen. Wie würde sie sich an deren Stelle fühlen? Würde sie sie hassen, weil sie noch immer hätten, was sie selbst für immer verloren hätte? Und dazu nicht durch einen »normalen« Unfall, sondern auf derart tragische Weise, in die auch noch die Polizei verwickelt war, und sie *war* die Polizei.

Sie öffnete die Tür und trat auf die beiden zu. Die Verzweiflung, die ihr entgegenschlug, traf sie wie ein Fausthieb: Marina saß oder kauerte vielmehr auf der Bank, Alberto hatte ihr in einem sinnlosen Versuch, sie zu trösten, den Arm um die Schultern gelegt. Das Gesicht der Frau war nicht wiederzuerkennen, ihre Züge vom Schmerz entstellt. Sie konnte kaum sprechen, auch, weil sie offenbar unter dem Einfluss von Beruhigungsmitteln stand, und als sie Nelly sah, gab sie einen unartikulierten Laut von sich, wie ein tödlich verletztes Tier.

»Nelly!«

Alberto klammerte sich an seine Wut, um nicht in denselben Abgrund zu stürzen wie seine Frau.

»Die Polizei hat ihn umgebracht, stimmt das?«

»Die Ermittlungen sind noch ganz am Anfang. Es ist alles so absurd, ohne jegliche Logik.«

»Nur eines ist sicher: Franci ist tot. Wer ein Kind … einen siebzehnjährigen, unbewaffneten Jungen in einer Schule umbringt, muss dafür bezahlen.«

Seine Stimme bebte unkontrolliert. Marina legte ihm eine Hand auf die Lippen.

»Es ist alles zu Ende, alles zwecklos, unser Leben ist zu Ende.«

Sie sprach wie Mandelli, mechanisch, in fast dem gleichen Wortlaut.

»Es gibt dafür keine Worte«, sagte Nelly und fühlte sich so unfähig und lächerlich wie noch nie in ihrem ganzen Leben. Doch es war genau das, was sie empfand. Nichts und niemand hätte sie jemals trösten können, wäre Mau an Francis Stelle gewesen. Wie hätte sie dieser am Boden zerstörten Frau also sagen können: »Du hast noch einen Sohn, für den du jetzt da sein musst«? Derlei Appelle an die Vernunft waren in einem solchen Moment vollkommen fehl am Platz. Jetzt war der Moment für Verzweiflung und Wut. Vielleicht später, sehr viel später …

»Zeig ihn uns, wir wollen ihn sehen.«

Nelly hätte sich und ihnen diese Qual liebend gern erspart, doch die Vorschriften wollten es nun einmal so. Sie nickte und führte sie in den kalten, schummrigen Raum, in dem es nach Tod roch.

Es war später Nachmittag, als Nelly endlich zu ihrem Sohn konnte. Mau saß angezogen auf dem Krankenbett. Er hatte seine Version des Tathergangs bereits zu Protokoll gegeben und unterschrieben. Er sah aus wie ein riesiges, mageres, verstrubbeltes Kind. Doch er weinte nicht. Schweigend und mit fragendem, eindringlichem Blick sah er sie an. Dann murmelte er wie zu sich selbst:

»Wie kann so etwas nur passieren?«

»Solche Sachen passieren jeden Tag irgendwo. Aber erst wenn sie uns selbst oder Leute, die uns nahestehen, betreffen, machen wir uns darüber Gedanken.«

»Das brauchst du mir nicht zu sagen!«

Mau blickte sie anklagend an. Sie wusste genau, wie sensibel ihr Sohn aufgrund seines Alters und Charakters für das Unglück der Welt war, und es tat ihr leid, ihm diese völlig unangebrachte Predigt gehalten zu haben.

»Du hast recht. Du fragst dich das auch so oft genug. Doch dieses Mal ist es besonders hart.«

»Hast du Marina und Alberto schon gesehen, Mama?«

»Ja.«

»Hassen sie uns jetzt?«

»Vielleicht ...«

»Können wir nach Hause fahren, Mama?«

»Zuerst will ich noch von dir hören, was genau passiert ist, ehe Franci vom Dach gestürzt ist.«

»Ehe dieses Dreckschwein von Polizist ihn umgebracht hat. Meine Zeugenaussage hab ich bereits gemacht.«

»Mandelli ist ein anständiger Kerl. Er wollte ihm bestimmt nichts antun. Ich suche nach einer Erklärung, verstehst du?«

»Na, ein Glück! Stell dir vor, er hätte ihm etwas antun wollen!«

Die Bitterkeit und der Schmerz verzerrten Maus Gesicht zu einer grimmigen Fratze.

Nelly beschloss, nicht darauf einzugehen.

»Wovor hatte Franci wirklich Angst?«

Mau wurde argwöhnisch wie eine streunende Katze, seine Augen verengten sich, und Nelly spürte, wie eine eisige Hand ihr Herz zusammendrückte. Etwas ganz Hässliches lauerte dort im Verborgenen, und Mau hatte irgendwie damit zu tun. Ihr schwante plötzlich, dass ihr Sohn ihr gleich eine Lüge auftischen würde.

»Wie oft soll ich es noch sagen, verdammt, er hatte ein bisschen Hasch und wollte nicht, das man's bei ihm findet und seine Eltern davon erfahren, also wollte er's wegschmeißen, aber die Galli hat ihn festgehalten, Franci ist so … war so blöd, er wollte den Helden spielen und hat sich wegen nichts in die Hosen gemacht.«

Maus Augen füllten sich mit Tränen.

»Lass uns nach Hause fahren, Mau. Morgen reden wir weiter.«

Ohne dass Nelly es wollte, hatte ihre Stimme einen sachlichen und leicht drohenden Ton angenommen. Ihre Polizistennase hatte sofort gerochen, dass etwas nicht stimmte, und nicht einmal ihr Mutterherz konnte sie davon abbringen.

Erster Tag

Abend

Mau schlief so tief, wie nur Kinder und Teenager schlafen. Nachdem er schweigend und zur Verwunderung seiner Mutter mit gewohnt großem Appetit gegessen hatte, hatte er sich vor dem Schlafengehen einen doppelten Kamillentee gemacht – er war Vegetarier und hatte eine Schwäche für die seltsamsten Kräuter. Er kannte sie alle; auch indischen Hanf?, überlegte Nelly, während sie von ihrer Terrasse aus auf die flimmernden Lichter der Stadt hinaussah und auf den Strahl des Leuchtturmes, der kalt durch die Nacht strich wie der erbarmungslose Scheinwerfer eines Gefängnisses. Die düstere Altstadt mit ihren Gassen, den Dealern, den Immigranten und nach Abenteuern lechzenden Studenten erschien ihr plötzlich wie ein heimtückisch lauernder Feind. Nelly goss sich mit ruhiger Hand zwei Finger Whiskey, genauer gesagt, Four Roses ohne alles ein und fragte sich wie so viele andere Eltern, was sie wohl falsch gemacht, was sie nicht gesehen hatte, nicht hatte sehen wollen? »Ausgerechnet ich, verdammt noch mal, bei meiner eigenen Vergangenheit und meinem Job, der mich ständig mit allen nur denkbaren Scheußlichkeiten konfrontiert, ich hab geglaubt, in meinem privaten kleinen Paradiesgarten gäbe es keine Nattern und Schlangen. Vielleicht habe ich geglaubt, nach so viel Leid, Herzschmerz und quälender Selbstsuche hätte ich ein ruhiges Leben verdient. Hätte ich ein Recht darauf.«

Mau war ein derart unkompliziertes, an der Mutter hängendes Kind gewesen. Ein sensibler Welpe mit jähen Wutattacken, der am allerliebsten zeichnete. Ein normaler Junge, aber was heißt schon normal? Über Hasch und Marihuana hatten sie schon bis zum Abwinken gesprochen, da war er gerade mal zehn

Jahre alt gewesen. Nelly hatte ihn ganz selbstverständlich auf die Gefahren hingewiesen und nicht damit hinterm Berg gehalten, dass sie als Studentin selbst geraucht und die unterschiedlichsten mehr oder weniger leichten Drogen ausprobiert hatte, die ihren gesunden Menschenverstand und ihre Unabhängigkeit in Gefahr gebracht hatten. Sie hatte ihm erzählt, wie sie mit seinem Vater aufgehört hatte, bei Problemen sofort zum Joint zu greifen. Mit diesem jungen und derart unorthodoxen Soziologiestudenten, der zur Polizei gehen wollte, um die Dinge von innen statt von außen zu ändern. Anfangs hatte Mau geduldig, dann immer genervter zugehört. Er wisse ganz genau, was er tue. Und seine Freunde seien allesamt Heilige, die nie etwas getan hätten oder tun würden, sagte er und hatte es auch in den folgenden Jahren immer wieder beteuert.

»Du hast mich richtig schön verarscht, Mau. Genau wie ich meine Eltern verarscht habe. Wie alle Kinder ihre Eltern verarschen, die glauben, ihres sei ein Unschuldsengel, die große Ausnahme, bis sie eines Besseren belehrt werden. Wie weit seid ihr gegangen, Franci und du? Wirklich nur wegen eines Krümelchens Hasch ... Schon möglich, in dem Alter, der Schiss, das schlechte Gewissen, aber irgendwas stimmt da nicht. Wieso stehen alle meine Antennen auf Empfang?«

Die Terrasse war abends noch schöner als sonst. Der Jasmin hatte angefangen zu blühen und verströmte nachts seinen Duft. Die kleine Glyzinie hatte dank Maus Fürsorge schon seit geraumer Zeit ihr Kletterabenteuer entlang der Mauer begonnen. Wer war ihr Sohn? Einer der fraglosesten und verlässlichsten Bestandteile ihres Lebens. Bis zu diesem Morgen. Ein langer, schlaksiger, pickeliger Junge, der gern Bob Marley und Santana, Rock und Blues hörte, der Poster von den Simpsons und von Che Guevara an den Wänden hatte, sich als *no global* bezeichnete und sich gegen das Dafürhalten seiner Mutter Dreadlocks hatte wachsen lassen. Der sich während des G8-Gipfels gegen sie gestellt, an den Friedensdemonstrationen teilgenommen und sie für das, was hinterher passiert war, mitverantwortlich gemacht hatte. Eine miese Zeit, an die Nelly stets mit Beklommenheit zurückdachte. Doch ihre Beziehung war unerschütterlich, und Mau hatte die Aufrichtigkeit der Mutter nie infrage gestellt. Ein bitterer Beigeschmack war jedoch beiden geblieben. Und jetzt das!

»Ich habe vergessen, wie ich war. Wie konnte mir das passieren? Bin ich von meiner Jugend wirklich so weit entfernt? Bin ich wirklich so geworden, wie meine eigenen Eltern, eine Erwachsene, die sich nicht mehr erinnert, jemals jung gewesen zu sein? Bin ich denn über den durchschnittlichen Konsum weicher und harter Drogen unter Jugendlichen nicht genauestens im Bilde? Nicht zu fassen! Ich bin genauso vor den Kopf geschlagen wie die biedere Hausfrau, die sich nur um Heim und Herd kümmert! Dabei hätte die Vorzeigemutti vielleicht viel eher etwas bemerkt als ich in meiner verblendeten Überzeugung, alles im Griff zu haben.«

Jetzt ging es darum, den Vorfall bis in die hintersten Ecken auszuleuchten und ihren Sohn neu zu entdecken.

»Ich habe Glück gehabt, dass nicht er dort im Gestrüpp lag. Nicht auszudenken, ich wäre gleich mit draufgegangen. O Roberto, unser Sohn ... vielleicht hat ihm der Vater gefehlt. Ach, hör doch auf, immer die gleiche Leier! Vielleicht dies, vielleicht das ... Tatsache ist, dass sie kiffen, ob mit oder ohne Väter, geliebt oder ungeliebt, geborgen oder nicht. Sie tun's, und damit basta. Weil sie Bock drauf haben. Aber woher will ich denn wissen, dass Mau auch ...«

Klar weißt du's, sagte ihr Verstand. Genau, pflichtete ihr Herz ihm bei. Jetzt war die Frage, was konkret Mau konsumiert hatte und wie weit er dabei gegangen war.

Zweiter Tag

Morgen

Am nächsten Tag blieb Mau zu Hause. Die Schule würde für ein paar Tage schließen, und es war gut, nicht sofort wieder an den Ort zurückkehren zu müssen, an dem sich diese unfassbare Tragödie zugetragen hatte. Nelly war ehrlich erleichtert, Mau daheim zu wissen. Sie nahm sich abermals vor, noch einmal mit ihm zu sprechen. Oder besser, ihn zu vernehmen. Die Farben waren im wahrsten Sinne des Wortes aus ihrer Welt gewichen. Graue, regenschwere Wolken hingen über einem bleiernen Meer. Grau war die Farbe ihrer Gedanken, grau wie Maurizios schmaler, ausweichender Blick.

Nicht einmal Beppes Cappuccino konnte an diesem Morgen viel ausrichten. Wenn ihre Freunde aus der Enoteca Bescheid wussten, so verloren sie doch kein Wort darüber. Sie sahen sie kaum an und verkniffen sich sogar die üblichen Scherze. Also wussten sie Bescheid. Die Genueser Tageszeitung *Il Secolo XIX* lag aufgeschlagen auf dem Tisch, die Titelseite mit den Schlagzeilen über das »Blutvergießen am Klee-Gymnasium« (SIEBZEHNJÄHRIGER SCHÜLER KALTBLÜTIG VON POLIZIST GETÖTET) taktvoll umgedreht. Nelly kaufte sie auf dem Weg ins Präsidium, dazu noch ein paar überregionale Blätter. Auch in denen hatte Genua wie zu Zeiten des G8 die Top Ten gestürmt.

Nelly beschloss, den Seiteneingang am Corso Aurelio Saffi zu nehmen, doch selbst dort erblickte sie schon von weitem eine kleine Traube aufgekratzter Journalisten, die für eine noch so kleine Neuigkeit zu allem bereit waren. Einige kannten sie. Die Wachleute, denen sie ein Zeichen machte, verstanden den Wink sofort und schlugen blitzschnell eine Schneise in die Gruppe, um ihr den alles andere als triumphalen Einzug in das Präsidium zu ermöglichen. Unter dem aufgeregten Geschrei der Presseleute schlüpfte sie geduckt und von den beiden Polizisten geschützt durch den engen Durchlass.

»Das könnt ihr doch nicht machen!«

»Wir verlangen eine Erklärung!«

»Steht gefälligst zu dem, was ihr tut!«

»Die Wahrheit, wir wollen die Wahrheit wissen!«

»Nelly, Nelly!«

Das war die Stimme von Sandra, einer befreundeten Journalistin, die beim *Secolo* arbeitete.

»... wann wird man etwas erfahren?«

Doch Nelly war bereits im Gebäude verschwunden, mit gesenktem Kopf und starr zu Boden gerichtetem Blick. Sie merkte, dass die Beamten sie seltsam ansahen, todernst, geradezu finster, doch niemand sagte etwas. Was war los? Esposito rief sie sofort in sein Büro.

»Mandelli hat sich aufgehängt, verdammt noch mal, dieser Schwachkopf hat sich heute Morgen aufgehängt ... Herr im Himmel! Wir hätten ihn einliefern lassen, unter Beobachtung stellen sollen, das kommt einem Schuldeingeständnis gleich, der Chef will Sie sofort sehen, Dottoressa Rosso. Wann bekommen wir das Autopsieergebnis des Jungen? Und die Ballistik? Schläft die, oder was? Und was hat die Spurensicherung am Tatort gefunden? Das Haschisch, von dem Ihr Sohn gesprochen hat, wo ist das geblieben?«

Doch Nelly hörte nicht mehr zu. Mandelli hatte sich umgebracht. Ein Jahr vor der Pensionierung. Ein mustergültiger Polizist hatte einen winzigen Augenblick lang die Beherrschung verloren, ein flüchtiger, wild gewordener Dämon hatte ihm sein altes Leben entrissen, nachdem er Francis kleines, junges Leben mit einem teuflischen Grinsen hinweggerafft hatte.

»Die Autopsie wird heute Vormittag um zehn durchgeführt«,

antwortete sie schließlich mechanisch. »Wer sagt denn, dass der Selbstmord ein Schuldeingeständnis ist?«

»In dem Brief, den er zurückgelassen hat, steht immerhin, dass er mit dieser Last auf dem Gewissen nicht leben könne. Er hat alles mit sich allein ausgemacht, Prozess, Urteil und Vollstreckung. Eine echte Profiarbeit, das Erhängen. Er hat seine Frau losgeschickt, Tabletten zu kaufen, und hat dann einen Knoten gemacht, der jeden Henker blass aussehen lässt. Wie ein blutjunger Anfänger, der den Kopf verliert wegen so einer ...«

Er kam nicht weiter, denn Nelly starrte ihn mit weit aufgerissenen Augen an.

»Wollten Sie vielleicht sagen ›wegen so einer Lappalie‹, Dottor Esposito?«, fragte sie tonlos.

»Die springt mir gleich ins Gesicht«, schoss es Esposito durch den Kopf.

»Aber ich bitte Sie, Dottoressa Rosso«, verteidigte er sich hilflos. »Ich wollte sagen, wegen so einer bedauerlichen Sache, die jedoch jedem hätte passieren können.«

»Er hat wohl gedacht, dass sie ihm nicht hätte passieren dürfen«, schnitt Nelly ihm das Wort ab und ließ ihn gerade noch einmal davonkommen.

Der Polizeichef war ein großer, beleibter Mann Mitte fünfzig mit dichtem, schwarzem, an den Schläfen leicht ergrautem Haar. Er war Römer und hieß Volponi, was gut zu seinen wachsamen, hellbraunen Fuchsaugen passte. Der Draht zwischen ihm und Nelly war denkbar schlecht, schlecht und verkappt. Kein Lobeswort konnte sein tiefempfundenes Misstrauen gegenüber dieser ihm unbegreiflichen Frau zerstreuen. Er gehörte zu der Sorte Mann, die gern alles unter Kontrolle hat und nach effektiven, durch jahrelange Erfahrung erprobten Rastern handelt. Nelly passte nicht in diese Raster und stellte somit eine Bedrohung für ihn dar. Gewiss: eine loyale, zuverlässige Beamtin, diese kräftige Frau mit dem ätherischen, romantischen Mädchennamen, wie hieß sie doch gleich richtig? Ach ja, Petronella; und fähig obendrein, mit einem beachtlichen Lebenslauf, eine der Besten, aber unberechenbar, kaum zu kontrollieren … Mit diesen Haselnussaugen, die ihn ständig musterten, ständig kritisierten.

Als hätte sie die Gedanken des Vorgesetzten gelesen, wandte Nelly den Blick ab. Auch seine eleganten Krawatten und die stets maßgeschneiderten Anzüge konnten Romano Volponis Attraktivität nicht wesentlich steigern. Er war nicht hässlich, hatte aber etwas Vulgäres, das sich auch durch die Kleidung nicht übertünchen ließ.

»Was meinen Sie, Dottoressa? Möchten Sie wegen Befangenheit von dem Fall abgezogen werden? Eine für alle äußerst unerquickliche Angelegenheit. Auch wenn Mandellis Ende«, er machte eine Pause, »so unrühmlich und in menschlicher Hinsicht tragisch es auch sein mag, uns die Kastanien aus dem Feuer holt.«

»Schuld und Sühne«, sagte Nelly kalt.

»So ungefähr«, pflichtete Volponi bei, der in Literatur alles andere als beschlagen war, aber der Botschaft durchaus etwas abgewinnen konnte.

»Was wollen die machen, uns alle lynchen? Er hat sich umgebracht, der arme Kerl, mehr Buße geht wohl kaum …«

»Wie dem auch sei, Herr Polizeipräsident, wenn Sie meinen, es bestünde Befangenheit wegen meines Sohnes, bin ich selbstverständlich bereit, den Fall abzugeben«, schob Nelly rasch nach, um ihm zuvorzukommen.

Sie war gespannt, nach außen hin ruhig, doch ihr Herz pochte wie das eines Pokerspielers beim Bluffen. Sie wollte ermitteln, der Sache auf den Grund gehen. Es ging immerhin um ihren Sohn, um sein Leben. Sie würde bestimmt nicht die Finger davon lassen, selbst wenn er sie von dem Fall abziehen würde. Doch der Bluff gelang. Von dieser seltsamen Frau abermals aus dem Konzept gebracht, kam der wankelmütige Volponi rasch zu dem Schluss, dass sie emotional nicht zu befangen war. Überdies schien der Fall, so tragisch er auch sein mochte, sowieso schon geklärt zu sein.

»Die Entscheidung liegt bei Ihnen. Wenn Sie meinen, die Ermittlungen zu Ende führen zu können, habe ich nichts dagegen. Wenn Sie angesichts von Auteris unseligem Autounfall jemand anderen zur Seite gestellt bekommen möchten, lassen Sie es mich wissen. Nehmen Sie sich so viele Leute, wie Sie brauchen. Ihre Kenntnis des Milieus, in dem sich der Fall zugetragen hat, kann sich möglicherweise als nützlich erweisen.«

Für Volponi war die Sache erledigt.

»Danke für Ihr Vertrauen, Herr Polizeichef. Fürs Erste komme ich wohl ohne einen Ersatz für Dottor Auteri aus. Ich werde Sie über den Stand der Dinge auf dem Laufenden halten.«

Sie hatte ganz normal geklungen, und Volponi hatte keine Ahnung, wie aufgewühlt sie innerlich war. Sie verabschiedete sich und ging.

Die Sekretärin des Polizeichefs, eine Matrone mittleren Alters mit einem dezent geschminkten, teigigen Gesicht, warf ihr einen herablassenden Blick zu. Wie ein Hund spürte sie das Befinden ihres Herrchens und war freundlich zu seinen Schützlingen und kühl, schnippisch oder zumindest gleichgültig gegenüber denen, die nicht in seiner Gunst standen.

»Mit Kindern hat man es heutzutage nicht leicht ...«, hob sie wichtigtuerisch an, doch Nellys Blick schnitt ihr das Wort ab.

»Dottoressa, ich wollte nicht ...«, stammelte sie verlegen. Doch Nelly hatte die Tür bereits hinter sich zugeschlagen.

»Unsympathisch, arrogant, unverheiratet und Mutter – wofür hält die sich eigentlich!«

In dem Moment rief Volponi nach ihr, und Signorina Cisa (als ledige Fünfundfünfzigjährige bestand sie auf das »Signorina«, schließlich war sie vom alten Schlag, nicht wie diese Flittchen heutzutage, zu denen fraglos auch Dottoressa Rosso mit ihrem drogenabhängigen Bastard gehörte) folgte sofort dem Ruf ihres Herrchens.

Die Stimme des Pathologen Nardini am Telefon klang beunruhigt. Und Nardini war keiner, der sich leicht aus der Ruhe bringen ließ. Nelly kannte ihn seit Jahren und merkte sofort, dass ihm etwas zu schaffen machte.

»Dottoressa Rosso?«

»Ja, Dottore?«

»Dieser arme Junge ist tatsächlich durch eine Kugel ums Leben gekommen. Der Kollege Parodi hatte diese Vermutung geäußert, und er hat ausnahmsweise mal ins Schwarze getroffen, trotz des zertrümmerten Schädels. Wie gesagt, ein gezielter Schuss in den Kopf. Er war auf der Stelle tot. Vor dem Aufschlag. Bei dem Zustand der Leiche ließ sich das nur nicht sofort mit Sicherheit feststellen ... Wie auch immer, es sieht wirklich so aus, als sei es dieser Polizist gewesen.«

»Mandelli. Er ist ebenfalls tot. Er hat sich erhängt. Das bedeutet noch mehr Arbeit für Sie, Dottore.«

Am anderen Ende der Leitung herrschte bleiernes Schweigen. Dann:

»Ich weiß. Sie haben ihn hierhergebracht. Er liegt bereits nebenan. Manchmal wäre ich wirklich gern arbeitslos. Aber irgendjemand sorgt immer dafür, dass ich was zu tun habe.«

Seine Stimme klang plötzlich bedrückt.

»Wie gesagt, es sieht so aus. Aber wie hat er ihn in den Kopf treffen können? Angeblich stand der Junge auf der Brüstung. Und hat der Polizist nicht gesagt, er sei gestolpert? Es erscheint mir ziemlich unwahrscheinlich, dass die Kugel eine derart flache Flugbahn nehmen konnte. Sie ist in einem schwachen Winkel eingedrungen, als wäre sie fast auf Kopfhöhe von Bagnasco abgefeuert worden. Ein präziser Schuss, von einem Profi. Wenn ich nicht wüsste, wie es gelaufen ist, sähe das für mich nach einer Hinrichtung aus.«

Nardini machte abermals eine Pause.

»Und dann ist da noch etwas sehr Merkwürdiges. Das Projektil ist in Francesco Bagnascos Hinterkopf eingedrungen.«

»Bitte wo?«

Das war unmöglich, Nardini musste sich irren.

»Sie haben richtig gehört. In den Hinterkopf, so absurd das auch klingen mag. Vielleicht hat der Junge sich umgedreht, wer weiß, aber sehr seltsam ist es trotzdem.«

Die Alarmglocke in Nellys Kopf schrillte ohrenbetäubend.

»Haben Sie die Kugel schon der Spurensicherung übergeben?«

»Das wollte ich gerade machen.«

»Gut.«

Mandelli hatte also auf Francis Hinterkopf geschossen, obwohl Franci höher als er gestanden und ihm nicht den Rücken zugewandt hatte. Oder vielleicht doch? Hatte Mandelli absichtlich von hinten auf ihn geschossen? Der Gedanke erfüllte sie mit Grauen und Unglaube zugleich. Der Unfall erschien immer merkwürdiger und unwahrscheinlicher. Immer verstörender. Mandelli hatte sich zu früh umgebracht. Es gab einen Haufen von Fragen, auf die er nicht mehr antworten konnte. Das Telefon riss Nelly aus ihren Grübeleien. Es war Marco, ihr Vize. Er rief aus dem Galliera-Krankenhaus an, in das er nach dem heftigen Auffahrunfall auf dem Weg ins Polizeipräsidium tags zuvor eingeliefert worden war. Er sprach schleppend und war wegen des Schleudertraumas, einer ausgerenkten Schulter und eines gebrochenen Armes vollkommen ruhiggestellt. Nelly wünschte sehnlichst, er wäre es nicht. Auteri hatte eine echte Spürnase und einen erstklassigen Teamgeist, er wusste, wie man eine Gruppe zusammenschweißte, und erleichterte ihr das Leben im Allgemeinen enorm.

»Meine rechte Hand ist also eingegipst«, witzelte sie. »Wie geht's, Marco?«

Auteri fluchte in sich hinein. Es ärgerte ihn maßlos, ausgerechnet jetzt so kaltgestellt zu sein.

»Körperlich geht's mir gar nicht so schlecht, aber es nervt mich kolossal, tatenlos rumliegen zu müssen. Ich hab von dem ganzen Irrsinn gehört, Nelly. Von dem armen Jungen und Mandelli. Von deinem Sohn. Wovon geht man aus? Ist wirklich alles so, wie es scheint, ein beschissener Unfall?«

Er kam immer sofort auf den Punkt.

»Ich weiß es nicht, Marco. Es gibt einige Unstimmigkeiten. Sobald ich kann, rufe ich dich an und lass dich die Einzelheiten wissen, aber versuch jetzt erst mal, dich zu schonen und möglichst schnell wieder auf den Damm zu kommen. Wir brauchen dich hier, aber bitte gesund.«

»Ich wäre sofort da, wenn ich könnte. Ich setze mich mit Privitera in Verbindung und werde die Sache so gut ich kann von hier aus verfolgen. Versprich mir, dass du mich auf dem Laufenden hältst. Du weißt, wie sehr ich Mandelli geschätzt habe.«

»Okay, ich versprech's, und du bleibst hübsch brav, sonst dauert es doppelt so lang, bis du wieder auf den Beinen bist. Ciao.«

Als sie aufgelegt hatte, versuchte Nelly sich Marco Auteri ans Bett gefesselt vorzustellen, diesen untersetzten, sportlichen Kerl, der ständig in Bewegung war und niemals auch nur einen Schnupfen hatte.

»Der kriegt einen Nervenzusammenbruch, wenn er sich mal nicht rühren darf«, dachte sie und bedauerte es noch einmal, in diesem Fall nicht mit ihm zusammen ermitteln zu können. Aber es half nichts.

Durch ein geheimes, selbst den gewieftesten Journalisten unbekanntes Hintertürchen verließ Nelly das Gebäude und ließ sich mit ihrem Assistenten Gerolamo Privitera zum Klee-Gymnasium fahren.

Das Gymnasium war wie ausgestorben. Nur ein paar verschreckte Hausmeister schlichen durch die Flure und sprachen im Flüsterton, als läge Franci aufgebahrt in der Aula. Und tatsächlich schwebte sein Geist irgendwie noch zwischen diesen Mauern, die ihn lachen, herumflachsen und vor den Prüfungen und Klassenarbeiten zittern gesehen hatten und in denen er ein ebenso schreckliches wie rätselhaftes Ende genommen hatte. Der Direktor saß in seinem Büro und sah noch kleiner und eingefallener aus als sonst. Mit den brennenden Augen eines Menschen, der nicht geschlafen und zu viel Kaffee getrunken hat, blickte er Nelly und Gerolamo Privitera entgegen und bat sie, Platz zu nehmen.

»Wie weit sind Sie mit den Ermittlungen, Dottoressa? Was hat diesen Polizisten nur geritten, auf Bagnasco zu schießen! Mein Gott, so früh zu sterben, wegen einer solchen Lappalie ...«

»Was für eine Lappalie, Herr Direktor? Der mögliche Besitz von Drogen? Deren wahrscheinlicher Konsum? Die Gewalt gegen Signora Galli? Oder was meinen Sie mit Lappalie?«

Der Direktor schluckte, ließ sich aber nicht beirren.

»Das sind alles keine Vergehen, für die ein Minderjähriger in Italien die Todesstrafe bekommt, selbst wenn er sie allesamt begangen hätte, Drogenhandel noch dazu«, erwiderte er eisig.

Darauf hatte Nelly nur gewartet:

»Ist Ihnen in dieser Hinsicht etwas bekannt?«

»Wieso fragen Sie das nicht Ihren Sohn?«

Der Direktor sah sie herausfordernd an.

»Wissen Sie etwas über meinen Sohn? Wollen Sie mir das damit sagen?«

»Die Lehrer hatten einige ... ziemlich viele Schüler in Verdacht, deshalb haben wir die Drogenfahndung alarmiert.«

»Sie kennen mich seit vier Jahren und wissen, was ich beruflich mache. Finden Sie nicht, Sie hätten vielleicht mal mit mir sprechen sollen?«

»Nun ja, das wäre heikel gewesen wegen … wegen Maurizio.«

»Der, wenn ich Sie richtig verstehe, einer der Verdächtigen ist.«

»Einige Lehrer hatten von häufigen Toilettenbesuchen während des Unterrichts berichtet und von engem Kontakt zu Habib, zumindest in der Vergangenheit.«

»Zu diesem marokkanischstämmigen Jungen? Aber hat der die Schule nicht vor ein paar Monaten verlassen?«

»Er wurde wieder zugelassen, in der Hoffnung, man könne ihm damit helfen. Es war klar, dass es sich um einen Risikokandidaten handelte.«

»Ein Risiko vor allem für die, die mit ihm in Kontakt kamen.«

Der Direktor lief rot an.

»Unsere Aufgabe … unser Auftrag gebietet es uns …«

Er hielt inne, weil sich Dottoressa Rosso keinen Funken für seinen Auftrag interessierte, zumindest nicht in diesem Moment.

»Geben Sie mir bitte Habibs Adresse. Und dann erzählen Sie mir alles, was Sie über ihn und die anderen wissen. Wir haben zwei Tote, Herr Direktor.«

Der Mann sah sie fragend an.

»Ja, zwei. Hauptwachtmeister Mandelli hat sich heute Morgen umgebracht. Und da aller guten Dinge nun mal drei sind …«

Der Direktor zuckte zusammen, doch Nelly reagierte nicht darauf.

»Was wissen Sie über Habib, und welche Vermutungen oder Beweise gab es gegen ihn?«

»Beweise keine, sonst hätten wir die entsprechenden Behörden eingeschaltet. Aber Sie wissen ja, bei Minderjährigen ist das immer so eine Sache … Habib ist gerade erst achtzehn geworden.«

Sie bedeutete ihm fortzufahren.

»Als er auf diese Schule kam, war er ein ganz normaler Junge. Mehr als normal, begabt, außergewöhnlich intelligent.«

Nelly kam ein Bild von Habib aus dem ersten Jahr am Gymnasium in den Sinn. Er war ziemlich oft bei ihnen zu Hause gewesen, um mit Mau und Franci Hausaufgaben zu machen. Er wohnte ebenfalls irgendwo in der Altstadt, allerdings nicht, wie sie und Mau, im »feinen«, begehrten und größtenteils sanierten Teil, sondern in den düsteren, trostlosen, heruntergekommenen *carruggi*, den engen Gassen, in denen die Nutten und Transvestiten in den Hauseingängen lehnten und man abends besser nicht allein unterwegs war.

Er war verdammt hübsch, erinnerte sie sich, nicht ganz so groß wie Mau (aber wer war schon so groß wie Mau?), schlank, gut gebaut, mit dunklem Teint, großen, mandelförmigen Augen, ebenmäßigen Gesichtszügen und lockigem Haar. Er sah aus wie ein neapolitanischer Straßenjunge aus längst vergangenen Zeiten, und er lachte gern. Mau hatte schon immer eine Schwäche für Immigranten gehabt, er war für weltweite Verbrüderung, gegen jedwedes Vorurteil. Doch im Jahr darauf hatte sich etwas verändert: Habib war noch ein- oder zweimal aufgetaucht und dann verschwunden. Auf Nellys beiläufige Frage hatte Mau widerwillig geantwortet.

»Der macht komisches Zeug.«

Und sie, die sich jetzt am liebsten selbst geohrfeigt hätte, hatte nicht weiter nachgehakt. Der Direktor sah sie fragend an, er hatte gemerkt, dass sie ihm nicht mehr zuhörte.

»Reden Sie bitte weiter. Ich bin ganz Ohr«, sagte Nelly hastig.

«Doch im zweiten Jahr hat er dann angefangen, den Unterricht zu schwänzen, er war lustlos, schlief auf dem Tisch ein« – stimmt, dachte sie, Mau hatte so etwas erzählt –, »und dann hat sich sein Verhalten gegenüber den Lehrern verändert, er wurde aufmüpfig, aggressiv, vollkommen desinteressiert. Doch Dottoressa Brocca, die ihn betreut, Sie wissen schon, die Italienischlehrerin«, Nelly nickte, »hat nicht lockergelassen und ihn immer unterstützt. Übrigens ist sie heute hier, sollten Sie mit ihr sprechen wollen. Sie weiß alles, was man über unsere Schüler wissen kann.«

Im Lehrerzimmer saßen sämtliche diensthabende Lehrer schweigend und verdrossen beieinander. Obwohl die Schule geschlossen war, bestand für sie Anwesenheitspflicht. Das hier waren schließlich keine Ferien! Feindselig, misstrauisch und miesepetrig sahen sie ihr entgegen.

»Noch miesepetriger als sonst«, dachte Nelly, die die frustriert heruntergezogenen Mundwinkel fast aller Lehrer ihres Sohnes nur zu gut kannte. Doch auf dem Gesicht von Dr. Brocca lag wie immer ein Strahlen. Kaum hatte sie Nelly gesehen, kam sie ihr lächelnd entgegen. Die Eiskruste, die sich in dieser vertraut feindseligen Umgebung um Nellys Herz gelegt hatte, taute ein wenig an.

»Guten Tag, Dottoressa Rosso. Wie geht es Mau?«

»Den Umständen entsprechend.«

»Franci und er waren so eng. Zwei ganz besondere Jungen.«

Nelly fühlte Dankbarkeit in sich aufsteigen, doch sie blieb sachlich.

»Was wissen Sie über Habib und sein Verhältnis zu Franci und meinem Sohn, Signora Brocca?«

Die Lehrerin seufzte.

»Habib ist ein Junge, der vollkommen sich selbst überlassen ist. Wo der Vater geblieben ist, weiß ich nicht, und die Mutter hält sich als Putzfrau über Wasser, das behauptet sie zumindest. Er hat eine vierjährige Schwester und fühlt sich als Mann im Haus. Seit er zwölf ist, lässt er sich von der Mutter gar nichts mehr sagen. Vor rund zwei Jahren ist er in schlechte Gesellschaft geraten. Ich glaube, er nimmt auch harte Drogen, und befürchte, dass er auf den Strich geht. In letzter Zeit trug er stets sündhaft teure Designerkleidung. Er geht zu einer Psychologin bei der Beratungsstelle, und Anfang des Jahres hatte ich ihn sogar so weit, zur Drogenberatung zu gehen, doch da ließ er sich nur selten blicken, irgendwann gar nicht mehr. Und ich glaube, er dealt.«

»Sie wollen damit sagen, er hat sich nicht auf Hasch und Marihuana beschränkt?«

»Nein, ich fürchte, er nimmt auch Kokain.«

»Und die anderen? Francesco Bagnasco? Mein Sohn? Was wissen Sie über die?«

Maura Brocca sah sie ernst an.

»Sie haben wohl ab und zu einen Joint geraucht, so wie viele andere auch.«

Sie machte eine Pause.

»Und wie manche von uns, als wir in deren Alter waren«, schloss sie gelassen.

»Hat Habib sie damit versorgt?«

»Da bin ich überfragt. Aber an diese Dinge ranzukommen ist ja nicht schwer. In letzter Zeit hatte Habib … er war seltsam, irgendwie abwesend. Es war etwas in seinem Blick. Angst, würde ich sagen. Vor drei oder vier Tagen habe ich mit ihm gesprochen, aber er ist mir ausgewichen. Er hat gesagt: ›Ich kann sehr gut auf mich selbst aufpassen, Signora, machen Sie sich um mich keine Sorgen. Aber würden Sie sich um meine Schwester kümmern, sollte mir etwas zustoßen? Vielleicht könnten Sie dafür sorgen, dass sie in ein Internat kommt und nicht dort aufwächst, wo ich aufgewachsen bin?‹«

»Hatten Habib und Mau in der Klasse noch Kontakt?«

»Schwer zu sagen. Habib hatte die Rolle des Antihelden eingenommen. Wenn er nicht einschlief, war er aufgekratzt und aggressiv, redete dauernd dazwischen, witzelte rum, deshalb haben meine Kollegen dafür gesorgt, dass er die Schule verlässt. Aber ich …«

Sie rang nach Worten.

»Ich habe in all diesen Jahren schon so viele abstürzen sehen.

Jemand muss sie auffangen. Und die Schule ist der einzige Fixpunkt in Habibs Leben. Ein außergewöhnlich heller Kopf. Selbst Signora Galli hat ihm eine besondere Gabe für Mathematik bescheinigt. Eigentlich gehöre er auf ein wissenschaftliches Gymnasium und dann zum Mathematikstudium an die Uni, hat sie mal gesagt. Sie kennen sie, aus ihrem Mund ist das das höchste Lob.«

»Ja, ich kenne sie«, bemerkte Nelly knapp.

Dr. Cornelia Galli war das fleischgewordene Klischee der schrecklichen, gefühl- und phantasielosen Mathelehrerin. An einem musischen Gymnasium konnte sie sich nicht so recht ausleben, was sie noch verbissener und biestiger werden ließ. Für die meisten war sie schlicht ein Alptraum, und die, die in ihrer Gunst standen, konnte man an einer Hand abzählen. In ihren Augen war Mau völlig minderbemittelt und nicht würdig, die Schwelle einer Oberschule zu überschreiten. Mau wiederum hatte sich nie bemüht, seine schulischen Fähigkeiten hervorzukehren. Zeichnen und malen konnte er allerdings wie ein Gott. In allen anderen Fächern, Italienisch und Kunstgeschichte ausgenommen, riskierte er jedes Jahr durchzufliegen.

»Wie geht es Dottoressa Galli? Gestern war sie noch im Koma.«

»Ja, allerdings in einem leichten Koma. Die Ärzte sagen, momentan bestehe keine ernsthafte Gefahr. Ich kann es kaum erwarten, ihre Version des Tathergangs zu hören.«

Nelly hätte sich ohrfeigen mögen. Manchmal rutschte ihr ein Polizeislang raus, der ihr sofort todpeinlich war.

»Ich glaube, Habib arbeitet für jemanden. Abends kellnert er in einem Lokal in der Via della Maddalena, im *Anatra azzurra*, sagte er mal, um ein bisschen Geld zu verdienen. Allerdings glaube ich nicht, dass er sich seine Designerklamotten vom Kellnern leisten kann. Auch deshalb ist er morgens ständig müde und fehlt oft. Aber er ist dermaßen intelligent, dass er vielleicht trotzdem nicht sitzenbleibt. Was sein Verhältnis zu Mau angeht, ich glaube nicht, dass sie noch befreundet sind, aber mit Franci verstand er sich gut. Franci war ein so lieber Junge. Ein Engel.« Sie schwieg betroffen.

»Und was ist mit den anderen Schülern?«

»Da ist noch Monica Pittaluga. Offenbar war sie mal mit Habib zusammen, aber ob sie das immer noch ist, kann ich nicht sagen. Sie weiß vielleicht mehr über ihn, aber sie ist ziemlich zurückhaltend, verschlossen geradezu. Wie könnte es auch anders sein, bei einer Pittaluga, die einen Habib frequentiert?«

Natürlich, dachte Nelly, die kleine Pittaluga mit der goldblonden rückenlangen Mähne und den grünen Augen, die mit Franci und Mau bei den Pfadfindern gewesen war. Maus Schwarm in der Mittelschule und im ersten Gymnasiumsjahr. Er hatte mit ihr Schluss gemacht, weil … ja, wieso eigentlich? Oder hatte sie mit ihm Schluss gemacht? Nelly musste sich schmerzhaft eingestehen, dass sie sehr wenig über ihren Sohn wusste. Zu wenig. Monica stammte aus guter, nein, aus sehr guter Familie. Sehr reich und sehr katholisch. Fast so eine Art Adel. Krachend konservativ. Sie sah Monicas unerbittlich britisch gekleidete Mutter vor sich, die ihre Garderobe natürlich ausschließlich in England erwarb. Die harten Falten um ihren Mund, die kaum verhohlene Verachtung, mit der sie jedem begegnete, der nicht zu ihrem Kreis alter, über Generationen durch Seefahrt und Handel zu Geld gekommener Genueser Familien gehörte. Sie hatte die Strenge und Härte einer Äbtissin. Die Familie (mit sieben wie die Orgelpfeifen nacheinander geborenen Kindern) wohnte in einer Villa in Castelletto, in den Hügeln über der Altstadt. Obwohl sie und Nelly sich, wegen der Kinder und weil sie sich schon eine halbe Ewigkeit kannten, duzten, wusste Nelly nur zu gut, dass sie für Monicas Mutter einer niederen Kaste angehörte und ihr Sohn eine potentielle Gefahr für ihre Tochter darstellte. Die dem Augenschein nach so zarte, süße Monica allerdings konnte ihrer Mutter in Sachen Härte durchaus das Wasser reichen. Sie hatte sich in den Kopf gesetzt, aufs musische Gymnasium zu gehen, und zwar auf das für seine wahrhaft künstlerische Freizügigkeit bekannte staatliche Klee, und nicht, wie ihre Mutter wollte, auf die von Nonnen geführte Privatschule oder wenigstens das zwar musische, aber brave städtische Barabino. Sie hatte sich durchgesetzt. Und genau deshalb war sie vielleicht auch die Freundin des schönen, in Drogengeschäfte verwickelten Marokkaners (gewesen?). Ob sie selbst wohl auch damit zu tun hatte? Wie viel wusste die Mutter davon? Wenn sich Nelly recht an Monicas unergründliche Augen über dem liebreizenden, gewinnenden Lächeln erinnerte, nichts.

»Waren Habib und Monica gestern da?«

»Monica ja, Habib nicht. Aber der fehlt sowieso ziemlich oft.«

Nelly und Privitera verabschiedeten sich von der Lehrerin. Privitera verfügte über die Gabe, während Nellys Vernehmungen mit der Einrichtung zu verschmelzen. Schweigend machte er sich Notizen, hörte fast auf zu atmen, und die Befragten beachteten ihn nicht mehr als ein Möbelstück.

Die beiden machten sich auf den Weg, die Hausmeister zu befragen. Margherita, die Mutter aller Klee-Schüler, hatte rote Augen und zog ständig die Nase hoch.

»Dottoressa, wie können solche schlimmen Dinge nur passieren?«

Tja, wie nur?

»Genau das wollen wir herausbekommen, Margherita. Und jeder, der mit ein bisschen gutem Willen in seinem Gedächtnis herumkramt, kann uns dabei helfen.«

»Und was soll er da finden?!«

»Spuren. Bruchstücke der Wahrheit. Mosaiksteinchen, die nicht recht passen wollen. Das Ganze ist ein Puzzle, je mehr

Teile man zusammenbekommt, desto besser. Das sind wir Franci schuldig, finden Sie nicht?«

Margherita brach in Tränen aus.

»Der arme Goldspatz, so ein lieber Junge, tat keiner Fliege was zuleide ... Wie konnte dieser Polizist nur?!? Ist der denn verrückt geworden, einfach so auf einen kleinen Jungen zu schießen? Manchen Leuten sollte man besser keine Pistole in die Hand geben!«

»Mandelli ist tot, Margherita. Er hat sich heute Morgen das Leben genommen.«

»Richtig so.« Margheritas Stimme und ihr Gesichtsausdruck waren hart geworden. »Sonst hätte der doch nur ein paar Jahre bekommen, mehr nicht. Am Ende war er vielleicht doch kein Unmensch.«

Während Priviteras Anspannung zunahm – er und Mandelli waren Freunde gewesen – und er sich diesmal zusammenreißen musste, um sich nicht einzumischen, musste Nelly an Mandellis väterliche Art denken, an seine gutmütigen Scherze und sein Verständnis selbst für hartgesottene Verbrecher, an sein Händchen für Hunde, in die er ganz vernarrt war.

»Nein, er war kein Unmensch. Und die genauen Umstände des Vorfalls sind noch vollkommen unklar. Was können Sie mir erzählen, Margherita?«

»Die Jungs waren gerade erst hereingekommen, ich hatte angefangen, dem Direktor seinen Kaffee zu machen, da tauchte dieser Polizist auf ...«

»Nucci.«

»Kann sein. Er hat nach dem Direktor gefragt, ein paar Minuten mit ihm geredet, dann hat der Direktor uns gesagt, sie würden eine Durchsuchung mit Hunden durchführen. Das war ja nicht das erste Mal. Dann sind der Sarde und dieser andere, der Mörder, mit zwei Hunden hereingekommen.«

»Sassu und Mandelli.«

Margherita zuckte mit den Achseln. Die Namen waren ihr herzlich egal.

»Wie immer hat sich das sofort herumgesprochen, die Schüler in den Klassen sind unruhig und neugierig geworden, sie wollten die Polizisten mit den Hunden sehen, die Lehrer hatten Mühe, sie auf ihren Plätzen zu halten. Und dann ist es plötzlich drunter und drüber gegangen.«

Margherita zog die Nase hoch.

»In der 12 a, aber wir haben das nicht sofort mitgekriegt. Ich habe nur Schreie gehört, Durcheinander, einen dumpfen Schlag, und die Polizisten sind die Treppe hinaufgestürzt, hinter den Jungen her. Als hätten sie es mit gefährlichen Verbrechern zu tun!«

»Aber wieso, glauben Sie, sind die Jungen abgehauen?«

»Kinderkram, Signora, Kinderkram. Ein Joint, und da haben die Schiss gekriegt, ich möchte Sie mal in dem Alter sehen, Signora, wenn jemand mit Hunden und Maschinengewehren hinter Ihnen her ist und Sie haben ein Tütchen in der Tasche. Und dann ist die Lehrerin noch blutüberströmt!«

»Haben Sie hinterher etwas gesehen?«

»Nein, wir haben versucht, die Schüler zu beruhigen, die wollten alle aufs Dach, um zu sehen, was da los war, das reinste Chaos. Und dann, nach dem Schuss ... aber da waren Sie ja schon da und haben den Wahnsinn gesehen.«

In ihrer Stimme lag ein unverhohlener Vorwurf: Du bist auch eine von denen, die Franci umgebracht haben.

»Wer hatte die Aufsicht in der 12 a? Wer hat sich um Dottoressa Galli gekümmert?«

»Ich, Signora«, sagte die vierzigjährige, stets auf ewig junge Sexbombe getrimmte Adele.

»Sie glauben ja nicht, was das für ein Tohuwabohu war. Die Lehrerin blutete aus dem Kopf und hatte die Augen zu, ich hab ihr den Kopf gehalten und mich überall mit Blut bekleckert ...«

»Und die Schüler?«

»Na, um die hab ich mich nun wirklich nicht besonders kümmern können. Ich hab gerufen, sie sollen auf ihren Plätzen bleiben, aber einigen ist schlecht geworden, und die sind auf die Toilette gegangen. Ist doch normal, finden Sie nicht?«

»Erinnern Sie sich, wer aufs Klo gegangen ist?«

Adele glotzte sie an, als hätte sie den Verstand verloren.

»Keine Ahnung. Ein paar eben, sonst hätten die mir noch den Fußboden vollgekotzt. Miriam Fallari, die unter Epilepsie leidet, hat einen Anfall gekriegt, ich konnte mich einfach nicht um alle kümmern, aber zum Glück ist dann ja der Krankenwagen gekommen.«

»Wissen Sie noch, ob Monica Pittaluga rausgegangen ist?«

»Monica hat Miriam im Rettungswagen ins Krankenhaus begleitet. Die beiden sind schließlich engbefreundet.«

Liebschaften, Schülerfreundschaften, vielleicht auch Mittäterschaften …

»Danke, Adele.«

Tina, die andere Hausmeisterin, war nicht da, sie hatte sich krankgemeldet. Die Kolleginnen sagten, sie habe Franci vom Dach fallen sehen. Dafür war Gian da, der Mann für alle Fälle, für den es nichts gab, was man nicht reparieren konnte: Klinken, Heizkörper, Türen, Fenster, einfach alles. Ohne ihn hätte das Gymnasium dichtmachen können. Er kam aus dem Val Fontanabuona im Genueser Hinterland. Er war irgendwas zwischen fünfunddreißig und vierzig, kräftig und kompakt, mit kurzem, mittelblondem Haar und leuchtend blauen Augen. Ein Mann wie ein Fels, so meinte jedenfalls Mau.

»*Mia che cose, 'sti figgiêu fan de cose* … Meine Güte, das ist vielleicht was! Diese Jungs machen Sachen … Als ich in dem Alter war, hat man nur ans Schaffen gedacht, heute denken sie nur an Drogen. Aber so einen Jungen wie den Franci Bagnasco, verdammt, den kann man doch nicht einfach so abknallen.«

Er schüttelte den Kopf und sah sich auf die kräftigen Bauernhände. Vor Aufregung hatte er ganz leise und in seinem Dialekt gesprochen. Sein Blick wanderte unruhig zwischen Nelly und Gerolamo hin und her.

»Wo waren Sie, Gian, als es hier plötzlich drunter und drüber ging? Sie waren der Erste, der bei Francesco Bagnasco war, wie kam das?«

»Ich war das Auto umparken gegangen, ich hatte es vor dem Santuario del Padre Santo abgestellt, allerdings im Halteverbot, und da bin ich rausgegangen, um einen richtigen Parkplatz zu suchen, sonst hätte ich noch 'nen Strafzettel bekommen oder wäre sogar abgeschleppt worden. Ich musste die halbe Ringstraße entlangfahren.«

»Also haben Sie nicht viel gesehen?«

»O doch, Signora, ich stand direkt drunter und hab den Franci Bagnasco runterfallen sehen wie eine Sumpfschnepfe. Ich hatte keine Ahnung, was passiert war, aber ich hab ihn selbst im Fallen erkannt, die Sonne stand schon ziemlich hoch und hat ihn direkt angestrahlt. Ich hab ihn fallen sehen. Das werd' ich meiner Lebtage nicht vergessen. Deshalb war ich einer der Ersten, die bei ihm waren. Ihre Leute haben meine Aussage bereits aufgenommen.«

Nachdem sie sich von den Schuldienern verabschiedet hatten, gingen Nelly und Privitera zu den Leuten der Spurensicherung, die ihre Arbeit fast abgeschlossen hatten. Celsi stand mit ein paar seiner Kollegen zusammen. Soeben waren sie mit der Durchsuchung der Schule fertig geworden.

»Und, was gefunden?«

»Nein, nichts.«

»Kein Gras, keine harten oder weichen Drogen, nicht das winzigste Briefchen?«

»Gar nichts, Dottoressa. Wir haben die ganze Schule umgekrempelt, vom Keller bis zum Dach. Auch unten, wo der Junge aufgeprallt ist, das ganze Gebüsch drum herum bis zu den Schienen der Standseilbahn, mit und ohne Hunde. Hier ist nicht der kleinste Fitzel.«

Wie bitte? Franci war wegen ein paar Joints ums Leben gekommen, von denen es jetzt nicht die geringste Spur gab? Wo waren die geblieben? In den Taschen hatte er nichts, im Rucksack ebenso wenig, um den Hals nur ein orientalisch anmutendes Medaillon, das etwas hätte enthalten können, doch es war leer, und auch Mau hatte nichts Verdächtiges am Leib gehabt, die Beamten hatten ihn minutiös durchsucht. Die Sache stank immer mehr. Wenn es Joints oder Drogen gegeben hatte, wer hatte sie verschwinden lassen? Und wie?

Nelly und Privitera entließen den Fahrer und stiegen die steile Salita Bertani Richtung Stadt hinab, vorbei am herrlichen Park der Villetta Di Negro mit seinen Grotten und dem in der Steinwüste der Genueser Innenstadt so seltenen Grün. Die Salita mündete in die Piazza Corvetto, deren vollkommenes Rund so typisch für den optimistischen bürgerlichen Zeitgeist des ausgehenden neunzehnten Jahrhunderts ist, als die Stadt zum ersten Hafen des neuen italienischen Königreiches aufstieg und vor Gewerbe und Schiffswerften nur so strotzte. Inzwischen versank der immer noch schöne Platz im Verkehrschaos, und sein wahres Gesicht war allenfalls noch zu erahnen. Nelly hatte ein paar Drucke vom Anfang des letzten Jahrhunderts gesehen, mit ein paar vereinzelten Straßenbahnen darauf, ein oder zwei Autos und Passanten, die gekleidet waren wie ihr Großvater als junger Mann, mit Strohhut und Spazierstock, Frauen in bodenlangen Kleidern und großen, federn- und schleifengeschmückten Hüten. Für jene Welt war dieser Platz gebaut worden, damals hatte er noch frei atmen und seine ganze Eleganz entfalten können. Die modernen Zeiten und der Verkehr erstickten ihn. Doch nicht nur die verpestete Luft, die an diesem schwülen Tag über der Stadt lastete, nahm der Kommissarin den Atem.

War es eine fixe Idee von ihr, dass da noch mehr unter der Oberfläche brodelte, oder verbarg sich da tatsächlich etwas? In was für einem Verhältnis hatten Mau, Franci und Habib in letzter Zeit gestanden? Und die Mädchen, Monica Pittaluga und ihre Freundin Miriam, was für eine Rolle spielten die in der ganzen Sache? Keiner hatte ihr dazu etwas Genaues sagen können.

Schweigend und in Gedanken versunken, gingen die beiden Beamten nebeneinanderher. Privitera war Mitte dreißig, mittelgroß und ziemlich hager. Er hatte dunkle, durchdringende Augen, die er vielleicht deshalb meist gesenkt hielt. Sein Blick verunsicherte die Leute, und so setzte er ihn nur ein, wenn es unbedingt nötig war, wie eine Geheimwaffe. Ebenso sparsam und präzise gebrauchte er seine Worte. Nelly hielt große Stücke auf ihn. Einmal hatte er ihr sogar das Leben gerettet. Niemals hätte er sich erlaubt, etwas zu sagen, wenn seine Vorgesetzte schwieg. Also machte Nelly den Anfang.

»Verrückt, findest du nicht? Was hältst du von der Sache, Gerolamo?«

»Alles andere als eindeutig.«

Das war alles, was Privitera dazu zu sagen hatte. Für den Rest des Weges schwieg er. Nelly bohrte nicht nach. Sie kannte ihn: offensichtlich hatte er dem nichts mehr hinzuzufügen. Inzwischen hatten sie die Salita Santa Caterina und die Piazza Fontane Marose hinter sich gelassen und die düstere, modrige Gasse erreicht, in der Habib wohnte.

Habibs Wohnung, wenn man sie denn so nennen mochte, war eine Art ehemaliger Lagerraum zu ebener Erde mit einem winzigen Klo auf der Rückseite. Der Raum war recht groß, und als die dunkelhaarige Frau die Tür öffnete, fiel Nelly als Erstes der offensichtlich ziemlich wertvolle Teppich ins Auge, der den nackten Betonboden bedeckte. Teppiche waren eine von Nellys zahlreichen heimlichen Schwächen. Es war ein dunkelroter, klassisch gemusterter Buchara, womöglich ein Einzelstück. Er mochte vier- oder fünftausend Euro wert sein. Ein Familienstück? Er sah antik aus. Sie war von dem Teppich derart eingenommen, dass sie beinahe nicht gehört hätte, was Habibs Mutter sagte, die wie angewurzelt in der Tür stand und keine Anstalten machte, sie hereinzulassen. Mit undurchdringlichem Blick sah sie die beiden an, als hätte sie nur auf deren Besuch gewartet. Als Habib noch bei Nelly ein und aus gegangen war, hatten sie sich nie getroffen. Nelly stellte sich vor, erwähnte die Freundschaft zwischen Mau und ihrem Sohn, fragte, ob sie hereinkommen dürfe, und musterte Habibs Mutter genauer. Unter ihrem verlebten, verbitterten Äußeren blitzte die Schönheit des Mädchens hervor, das sie einmal gewesen war, und ihre Augen waren genau die ihres Sohnes. Sie war sicher noch keine vierzig, doch ihr Gesicht sah wesentlich älter aus. Dagegen wirkte Nelly fast jung. Die Figur indes war makellos, ein bisschen drall am Busen und um die Hüften, aber wohlgeformt und sinnlich. Nelly warf einen verstohlenen Blick zu Privitera hinüber, um sich der Wirkung zu vergewissern, und tatsächlich lag auf dem stets coolen Gesicht ihres Assistenten ein gewisses Leuchten, das dort nur bei besonders anziehenden *fimmine** aufschimmerte. Nelly grinste in sich hinein.

»Wir suchen Ihren Sohn, Signora. Wir wollen ihm ein paar Fragen zu den Vorfällen am Gymnasium stellen.«

»Habib ist nicht da.«

Sie hielt inne, als müsse sie nachdenken. Dann schien sie ein wenig Vertrauen zu fassen und sagte zögernd:

»Ich mache mir Sorgen. Habib ist nicht mehr nach Hause gekommen. Seit dem Tag vor dem Unglück, als er zur Schule gegangen ist. Er bleibt öfter mal nachts weg, manchmal sogar ein paar Tage. Aber ich mache mir trotzdem Sorgen, weil …«

* (siz.) Frauen

»Weil, Signora?«

Ihr Italienisch war sehr gut, nahezu perfekt. Habib hatte einmal erzählt, dass sie seit zwanzig Jahren in Genua lebte. Er und seine kleine Schwester Hadija waren hier geboren.

»In letzter Zeit ist er ein bisschen seltsam. Aber mir sagt er ja nichts. Inzwischen ist er ein Mann und macht, was er will.«

In ihren letzten Worten lag Bitterkeit, aber auch Stolz.

»Was wissen Sie von Habibs Geschäften, Signora?«

»Geschäfte?« Sie klang ehrlich verblüfft. »Habib ist Schüler, der macht keine Geschäfte. Er verdient ein bisschen Geld im *Anatra azzurra* in der Via della Maddalena, um mir unter die Arme zu greifen. Er ist ein guter Junge, sehr verantwortungsvoll.«

Sie sah sie herausfordernd an. Die Ähnlichkeit mit ihrem Sohn war nicht zu übersehen.

Nelly blickte sich aufmerksam um und bemerkte den teuren Flachbildschirm an der Wand. Eine Tausend-Euro-Stereoanlage stand in einer Ecke. Und ein brandneuer Computer. Auf dem großen Bett lag eine geschmacklose, teure Brokatdecke. Die Frau folgte ihrem Blick, sagte aber nichts. Ansonsten war der Raum kahl. Hinter einem Vorhang war eine Pritsche zu sehen, womöglich Habibs Bett. Zwei Sitztruhen und ein arabisches Tischchen. In einer Ecke die Kochnische. Blitzsauber und ordentlich. Genau wie Habibs Mutter. Glattes, schwarzes, schulterlanges Haar, weißer Pullover, schwarzer Rock. Kajal umrandete Augen, sehr rote Lippen. Lediglich durch zwei vergitterte kleine Fenster zur Gasse und eine schmale Luke im Bad, die auf einen dunklen Schacht hinausging, sickerte das Tageslicht herein. Die Blicke der Frau (wie hieß sie doch gleich? Ah, richtig, Fatima) wanderten unruhig zwischen Nelly und Privitera hin und her. Vor ihm schien sie fast ein wenig Angst zu haben, Nelly vertraute sie offenbar eher.

»Können Sie ihn suchen?«

Sie hatte so leise gesprochen, dass Nelly sie nicht sofort verstand.

»Dafür ist es eigentlich noch ein bisschen früh, doch unter den gegebenen Umständen …«

Angst blitzte in Fatimas Augen auf.

»Was wollen Sie damit sagen? Dass es noch mehr Tote geben könnte?«

»Noch mehr Tote? Wie kommen Sie denn darauf, Fatima? Aber nicht doch. Wir brauchen Habib als Zeugen, genau wie seine Mitschüler und die Lehrer, und deshalb wäre es gut, ihn möglichst bald zu finden, das ist alles.«

Nelly machte eine Pause.

»Signora, wissen Sie, ob Ihr Sohn etwas mit Drogen und Drogenhandel zu tun hat?«

Das Gesicht der Frau wurde aschfahl. Sie schien zu schwanken.

»Aus irgendeinem Grund hat sie eine Heidenangst, und sie verheimlicht uns etwas«, dachte Nelly.

»Nur weil wir Marokkaner und arm sind, haben Sie noch lange kein Recht, uns so zu behandeln. Uns zu beleidigen. Das ist alles gelogen, nichts als üble Nachrede, der pure Neid.«

»Nichts läge uns ferner, als Sie zu beleidigen. Sind Sie sicher, dass Sie nicht wissen, wo Habib abgeblieben ist? Hat seit gestern jemand nach ihm gefragt? Hat jemand angerufen oder ist hier vorbeigekommen?«

Hilflos irrte der Blick der Frau durch das Zimmer. Sie wirkte gehetzt.

»Die Welt der Drogen ist gefährlich. Sie haben selbst gesagt, er hätte verstört gewirkt. Wenn Sie etwas wissen, sollten Sie es uns sagen. Nur dann können wir Sie gegebenenfalls schützen.«

»Dass er verstört war, hab ich nicht gesagt, nur merkwürdig. Schützen … glauben Sie wirklich, Sie könnten mich schützen?

Ich habe eine kleine Tochter, Commissario. Ich bin allein. Nur Habib kann uns schützen. Aber jetzt muss ich zum Kindergarten, Hadija abholen. Wenn Sie mich bitte entschuldigen …«

»Sollten wir etwas von Ihrem Sohn hören, lasse ich es Sie wissen, und Sie tun bitte das Gleiche, Signora. Das hier ist meine Handynummer und das hier meine direkte Durchwahl im Präsidium. Sollten Sie es sich doch noch anders überlegen, rufen Sie uns bitte an. Falls Habib in Schwierigkeiten steckt oder ihn jemand bedroht, könnte das auch für Sie und die Kleine gefährlich werden.«

Die Frau griff nach der Visitenkarte und schloss eilig die Tür hinter ihnen.

»Da ist was faul«, meinte Privitera, und man musste kein Genie sein, um darauf zu kommen.

Es war Mittagszeit, und die beiden setzten sich in ein Selbstbedienungsrestaurant hinter der Piazza San Matteo. Eigentlich hatte sich Nelly vorgenommen, nur einen kleinen Salat zu essen, doch stattdessen verdrückte sie einen riesigen Teller Trenette mit Pesto. Privitera nahm eine Lasagne al Forno und frittierte Sardellen.

»Dottor Auteri lässt einfach nicht locker. Er will wissen, wie die Ermittlungen vorangehen; dass er nicht hier bei uns sein kann, macht ihn schier verrückt. Zwei Mal hat er mich angerufen«, sagte Gerolamo zwischen zwei Sardinen. Er aß bedächtig, genoss jeden Bissen. Ganz anders als Nelly, die ihre Trenette, fast ohne zu kauen, hinunterschlang. Sie schmeckten trotzdem hervorragend.

»Er wird sich gedulden müssen. Und du, was hältst du von der Sache?«, konnte sie sich nicht verkneifen zu fragen. Sie hatte die Zurückhaltung, die ihr Assistent bei diesem ihr so wichtigen Fall an den Tag legte, satt.

»Das ergibt alles keinen Sinn. Entweder ist es der beschissenste Unfall, den man sich vorstellen kann, oder nicht.«

Mit seinen sibyllinischen Antworten konnte Privitera sie auf die Palme bringen.

»Entweder es regnet oder die Sonne scheint«, entgegnete sie gnatzig.

»Richtig.«

»Und die Joints? Wo ist dieses beschissene Hasch geblieben? Und wenn es gar nicht da war, warum ist das dann alles passiert? Der blanke Irrsinn. Tust du mir einen Gefallen, Gerolamo? Kümmerst du dich um Habibs Mutter? Es ist ja wohl offensichtlich, dass die mehr weiß, als sie zugibt. Sie war total verschreckt und voller Angst um ihren Sohn. Aber ich hatte den Eindruck, da steckt noch mehr dahinter als seine Abwesenheit. Vielleicht hat jemand sie bedroht. Ich möchte, dass die Wohnung unauffällig überwacht wird. Ich will wissen, wer kommt und geht und ob der Junge wirklich verschwunden ist oder sich irgendwo in der Nähe versteckt und sich früher oder später mit der Mutter in Verbindung setzt. Oder ob jemand sie aufsucht.«

»Die Frau hat mich gesehen, Commissario. Das sollte besser ein anderer machen. Nicola zum Beispiel.«

»In Ordnung. Kümmere du dich darum, sobald du wieder im Präsidium bist. Ich fahre zu den Pittalugas.«

Gerolamo sah sie mit seinen schrecklich bohrenden dunklen Augen an und senkte dann wortlos den Blick. Nach dem Espresso verabschiedeten sie sich, und Nelly machte sich auf den Weg nach Portello, um von dort den Aufzug nach Castelletto zu nehmen.

Zweiter Tag

Nachmittag

Nelly war schon einmal in der Villa der Pittalugas gewesen, als sie Mau in der Mittelschule einmal zu einer Geburtstagsparty von Monica gebracht hatte. Das Anwesen war noch schöner, als sie es in Erinnerung hatte. Es lag oben auf dem Hügel und war von einer hohen Mauer umgeben, die den Blick von der Straße in den herrlichen, makellos gepflegten Garten verwehrte. Hohe Bäume, grüne Beete, Rosensträucher, Jasmin, Bougainvilleen, Zitronen, Agaven und üppig blühende Glyzinien. Ein wahres Paradies. Doch vielleicht lauerte auch hier die unvermeidliche Schlange.

Das philippinische Dienstmädchen, das ihr mit reglosem Gesicht das Tor geöffnet hatte, führte sie durch die große Glastür, die auf den Garten hinausging, ins Haus. Angetan blickte Nelly sich in den herrschaftlichen Räumen um, auch wenn die antiken Möbel, die Wandteppiche und das ganze prunkvolle Silber nicht ganz nach ihrem Geschmack waren. Ihr waren sparsam eingerichtete, fast mönchisch kahle Räume lieber, und sie mochte moderne Möbel und Kunst, kombiniert mit einigen wenigen alten Stücken. Doch die Räumlichkeiten, die beiden Glasfronten, das Licht – alles strahlte Vornehmheit und gediegenen, unerschütterlichen, quasi gottgegebenen Reichtum aus. Durch die zweite Glasfront gegenüber der ersten am Ende des Salons gelangte man auf eine riesige Terrasse, die über dem Hafen und der Altstadt zu schweben schien. Die Aussicht war mehr oder weniger die gleiche wie von Nellys Wohnung, nur ein wenig weiter nach Osten verschoben, doch in dieser Kulisse wirkte sie wie ganz großes Breitwandkino. Abwesend tätschelte sie die beiden Harlekin-Doggen, die schwanzwedelnd auf sie zukamen. Dann fiel ihr Blick auf das große Gemälde an der linken Wand (möglicherweise ein Van Dyck oder ein Werk aus seiner Schule?). Darauf war offenbar eine Ahnherrin der Familie zu sehen, höchst vornehm und streng in schwarzen, mit Perlen und Diamanten bestickten Damast gekleidet. Das blonde Haar schimmerte wie Gold, die wachen Augen waren starr auf den Maler gerichtet, der die kalte, rätselhafte und mitleidlose Seele, die aus ihnen sprach, äußerst gekonnt auf die Leinwand gebannt hatte, ohne die berückende, filigrane Schönheit ihrer Besitzerin zu vernachlässigen.

Ihre Anmut glich der eines Wiesels, eines Fuchses, eines Luchses oder irgendeines anderen arglos grausamen Raubtiers, fand Nelly. Das kaum merkliche Lächeln auf den sinnlichen Lippen konnte Nelly nicht täuschen: Diese Frau besaß keinen Funken Humor, und sie lächelte nicht einfach so. Solch eine Verschwendung lag ihr gewiss fern. Gedankenverloren stellte sich Nelly ein Zimmer jener Zeit vor, darin der Maler aus dem Norden und sie, Caterina. Das war ihr Name, der auf einer Plakette unten am Rahmen eingraviert war. Hatte er sich in diese stolze, herausfordernd unnahbare Schönheit verliebt, in ihre helle, durchscheinende Haut, auf der die Familienjuwelen funkelten? Hatte er mit ihr geschlafen? Und hatte sie dabei etwas anderes empfinden können als ihre gesellschaftliche Stellung? War sie zu Leidenschaft fähig gewesen?

Reiner Sex, das vielleicht, aber Liebe? Gefühle? Die Kraft, die von dieser Frau ausging, stand im krassen Gegensatz zu ihrer zerbrechlichen Gestalt, die sich selbst unter den schweren Kleidern erahnen ließ. Am Finger trug sie einen taubeneigroßen Rubin, und ihre Hand ruhte auf dem Kopf eines drolligen orientalischen Hündchens. Plötzlich wusste Nelly, was ihr an dieser Caterina so bekannt vorkam: der geheimnisvollen Macht der Gene geschuldet, war sie das Ebenbild von Monica! Der kleinen Monica, die zu Maus Partys kam und die immer von ihr zum Abendessen eingeladen werden wollte …

»Sie sieht Monica ähnlich, nicht wahr?«

Lautlos hatte sich die Hausherrin von hinten genähert und sie vielleicht schon ein Weilchen beobachtet. Nelly zuckte unmerklich zusammen, jäh aus ihren Tagträumen gerissen.

»Ciao, Federica.«

»Ciao, Nelly. Ich nehme an, du schaust nicht einfach so vorbei.«

Ihre Stimme war vollkommen neutral. Nelly betrachtete sie. Federica Pittaluga alterte nicht. Genau genommen, war sie auch nie wirklich jung gewesen. Nelly kannte sie seit einer Ewigkeit, seit der allerersten Grundschulzeit in Castelletto, als Monica und Mau zwei fröhliche kleine Fratze gewesen waren, die zusammen in den Parks der Anhöhe gespielt hatten. Federica war schon immer gewesen wie jetzt, sehr viel größer als ihre Tochter, aufrecht und streng, mit dunklem, vorzeitig weißmeliertem Haar, das aussah, wie von künstlichen Strähnchen durchzogen. Sie hatte tiefschwarze Augen und eine Adlernase: keinerlei Ähnlichkeit mit Monica. Das Mädchen kam offensichtlich ganz nach der väterlichen Seite, den Pittalugas. Giandrea Pittaluga, der dritte von fünf Brüdern und vier Schwestern, war nicht größer als seine Frau, hager, mit schütterem blonden Haar und schmalen hellen Augen. Der Mund schien mit seinem blassen, ausdruckslosen Gesicht nichts zu tun zu haben: er war sinnlich und voll und wegen der großen, schiefen Zähne ein wenig vorspringend. Auch Monica hatte diesen seltsamen Mund, doch ihre Zähne waren kleiner, wie die eines kleinen Raubtiers.

»Mannomann, heute geht meine Phantasie aber mit mir durch«, dachte Nelly und bemühte sich um eine freundliche und zugleich sachliche Antwort: »Du hast recht, ich komme tatsächlich nicht einfach so vorbei. Wie du dir vorstellen kannst, bin ich wegen der gestrigen Ereignisse an der Schule unserer Kinder hier.«

Federica Pittaluga sah sie herausfordernd an.

»Ich hätte nicht gedacht, dass man ausgerechnet dir die Ermittlungen übertragen würde, immerhin … immerhin ist Mau …«

Doch Nelly überging die Anspielung. Sie durfte auf keinen Fall angreifbar wirken.

«Wie du siehst, leite ich die Ermittlungen. Ich wollte mit dir über Monica sprechen und dann mit ihr selbst.«

»Meine Tochter ist nicht da, sie ist bei ihrer Freundin Miriam. Ich weiß nicht, wann sie zurückkommt.«

»Ich habe gehört, dass Miriam ins Krankenhaus gebracht wurde.«

»Ja, aber sie wurde gleich darauf wieder entlassen, sie hatte sich bereits erholt, und Monica hat sie nach Hause begleitet und ist bei ihr geblieben. Sie wohnt in Bogliasco«, fügte sie hinzu, noch ehe Nelly fragen konnte.

»Ich sollte Monica möglichst bald treffen, um sie zu den Ereignissen befragen zu können. Sag ihr das doch bitte. Auf amtliche Schritte möchte ich verzichten.«

»Oh, habe bitte keine Skrupel wegen unserer alten … Bekanntschaft. Ich werde ihr sagen, dass du sie sprechen willst, und morgen ist sie dann hier und steht dir zur Verfügung. Soll sie ins Polizeipräsidium kommen?«

»Ich habe keinerlei Skrupel und … ja, in Ordnung, wenn du sie gegen fünfzehn Uhr ins Präsidium bringen könntest?«

»Darf ich wissen, inwiefern ich dir weiterhelfen kann? Und sie? Wenn ich mich nicht irre, hatte sie schon seit einer ganzen Weile keinen Kontakt mehr zu Mau.«

Der Schlag zielte unter die Gürtellinie, doch Nelly war um Gegenschläge nicht verlegen.

»Das stimmt, offenbar haben sie und Mau sich nicht mehr so oft gesehen wie früher, stattdessen, wird behauptet, traf sich deine Tochter mit Habib.«

»Habib? Wer soll das bitte sein? Und wer behauptet das?«

»Genau das wollte ich dich fragen, nämlich ob und inwieweit du wusstest, dass sie sich mit Habib Kamali traf. Er ist ein marokkanischstämmiger Klassenkamerad, der vor ein paar Monaten wegen schlechten Betragens und Verdachts auf Drogenkonsum von der Schule verwiesen und erst kürzlich wieder zugelassen wurde. Das zumindest sagen die Lehrer und der Direktor.«

Nelly hatte extra dick aufgetragen, mit Erfolg. Verblüfft wich Monicas Mutter einen Schritt zurück.

»Monica hat mir nie von einem Habib erzählt, und mit so einer Person hat sie sicher nichts zu tun.« Ihre Stimme bebte vor Entrüstung und Verachtung. »Womöglich ist der auch noch Moslem«, fügte sie halblaut hinzu.

»Ich glaube nicht, dass das etwas zur Sache tut«, sagte Nelly geheuchelt freundlich. »Hat sich Monica in letzter Zeit irgendwie anders verhalten als sonst?«

»Monica erzählt nie etwas.«

Federica seufzte kaum hörbar. Sie war wie besessen von Monica – eine Liebe, die nicht erwidert wurde. Dann fasste sie sich wieder.

»Ich wollte damit sagen, dass sie schon immer ein verschlossenes, schweigsames Kind war, aber stets untadelig und korrekt. Niemals würde sie sich mit derartigen Leuten abgeben. Genauso wenig wie mit Jungs, die Marihuana rauchen«, fügte sie giftig hinzu und sah Nelly durchdringend an. Die reagierte nicht.

»Eltern glauben häufig, ihre Kinder zu kennen, doch sie können sich irren. Mit wem war sie denn in letzter Zeit so zusammen?«

»Sie ist oft bei Miriam Fallari in Bogliasco. Eine ausgezeichnete, sehr nette Familie, ich kenne die Eltern. Und dann sieht sie die Freunde aus der Pfadfindergruppe, sie ist nicht ausgetreten.«

»Könntest du in Bogliasco anrufen? Ich würde ihr gerne gleich ein paar Fragen stellen.«

»Na schön, wenn es so dringend ist ...«

Sie nahm das Telefon, vertippte sich einmal; dann fragte sie nach Monica. Nelly sah, wie sie blass wurde. Sie grüßte, hängte ein und drehte sich langsam zu Nelly um.

»Sie ist nicht bei Miriam. Sie ist gestern nicht zu ihr gefahren. Ich muss sie wohl falsch verstanden haben.«

Betretenes Schweigen erfüllte den Raum. Federica rang um Fassung. Die Vorstellung, dass ihre Tochter sie angelogen haben könnte, traf sie zutiefst. Nelly konnte ihre Gefühle nachvollziehen. Sie bemühte sich redlich, sich nicht allzu sehr an Federicas hilfloser Verblüffung zu weiden. Ihre Überheblichkeit hatte schon lange eine Lektion verdient.

In dem Moment kam Monica herein. Sie wirkte zierlicher und anmutiger denn je, die zum Knoten gebundenen Haare ließen sie noch jünger aussehen. Sie trug einen blauen Rock und ein weißes Lacoste-Hemd, braune Segelschuhe und einen blauen Kaschmirpulli: die Eleganz in Person. Sie grüßte Nelly, als träfen sie sich jeden Tag zum Fünfuhrtee.

»Ciao, Nelly. Schreckliche Sache, was? Wie geht's Mau?«

»Wo bist du gewesen?«

Federica konnte ihre Stimme nur mühsam im Zaum halten.

»Bei Miriam, das weißt du doch.«

»Ihre Großmutter hat gesagt, du seist nicht dort gewesen.«

»Die verkalkte Alte?« Monica machte eine wegwerfende Handbewegung. »Sie hat Alzheimer, wusstest du das nicht? Woher soll die bitte wissen, wer ich bin? Die blickt doch noch nicht mal, wer sie selbst ist!«

Die Farbe kehrte in Federicas Wangen zurück.

»Die hat ihre Tochter absolut nicht im Griff«, dachte Nelly. »Federica mag viele Macken haben, aber sie ist grundehrlich, außerstande zu lügen. Und ihre Tochter führt sie nach Strich und Faden an der Nase herum.«

»Ich freue mich, dich zu sehen, Monica«, sagte sie hingegen laut. »Ich wollte von dir ein bisschen was über eure Klasse wissen.«

Monica setzte sich auf das cremefarbene Ledersofa und zupfte ihren Rock zurecht.

»Schieß los.«

Früher, als die Kinder um die acht, neun Jahre alt gewesen waren, hatte Monica Nelly regelrecht angehimmelt. Aus irgendeinem unerfindlichen Grund war sie die Mutter gewesen, die Monica sich gewünscht hatte. Sie war gerne bei ihnen, was die eifersüchtige Federica Pittaluga, die sich die proletarischen Tendenzen ihrer Tochter nicht erklären konnte, zutiefst irritierte.

»Kennst du Habib gut?«

»Habib? Den kennt doch die ganze Schule. Der ist eine arme Sau.«

»Was verstehst du unter ›arme Sau‹?«

»Er ist von der Schule geflogen, und entweder pennt er ein oder ist oberaufgekratzt, weil er Drogen nimmt; der ist einfach völlig neben der Spur, der Arme.«

»Warst du nicht mit ihm zusammen?«

Ihre hellgrünen Augen wurden starr und feindselig. Jegliche Freundlichkeit wich aus ihrer Stimme.

»Wer behauptet denn so eine Scheiße?«

Die Mutter lief rot an. »Aber wie redest du denn?«, rief sie empört.

Monica beachtete sie nicht. Dann sagte sie nach einer kurzen Pause:

»Das ist alles nur Eifersucht, verstehst du? Die Jungs machen mir halt den Hof, und Habib hat's natürlich auch versucht, er hat mir den Rucksack getragen und mich ein paar Mal zu einer Pizza auf die Hand in Portello eingeladen, das ist alles. Vielleicht haben die Hausmeister uns zusammen gesehen, das sind solche Klatschmäuler … aber ich fand den nie toll. Ich steh nicht so auf Kanaken.«

Ihre Stimme klang ehrlich, vollkommen sicher. Ihre Mutter war überglücklich und erleichtert. Es kam ihr nicht im Entferntesten in den Sinn, dass ihre Tochter lügen könnte.

»Und was kannst du mir über Franci sagen?«, bohrte Nelly, alles andere als überzeugt, weiter.

»Der arme, arme Franci. Ich kann's echt nicht fassen, dass er tot ist. Der Netteste von allen. Und Mau leidet bestimmt wie ein Hund …«

Ihre Stimme zitterte. Wieder klang sie ehrlich. Nelly fragte sich, ob sie dem Mädchen vielleicht unrecht tat und ihr Eigenschaften andichtete, zu denen sie das Ahninnenporträt und die unerträgliche Arroganz und das geheuchelte Understatement der Pittalugas und Konsorten inspiriert hatten.

»Wann ist die Beerdigung?«, fragte Monica.

Ihre Stimme wurde noch leiser, und ihre Augen füllten sich mit Tränen, die sie beherrscht zurückhielt.

»Zuerst müssen die Untersuchungen abgeschlossen sein.«

»Ah ja … aber es war dieser Polizist, oder? Der, der sich umgebracht hat?«

»Wieso, wer hätte es denn sonst noch sein können?«

»Ich meine ja nur … Was für eine schlimme Geschichte, hoffentlich ist das bald vorbei. Trotzdem, nichts wird jemals wieder sein wie vorher.«

»Nein, vor allem für die Bagnascos nicht. Was hast du denn gestern gesehen?«

»Die Galli hat gesagt, wir sollen sitzen bleiben, die Polizei würde gleich zu einer Durchsuchung kommen. Da ist Franci zu mir gekommen und hat gesagt: ›Scheiße, Moni, ich muss hier unbedingt raus, ich hab ein bisschen Stoff dabei, wenn die den finden, bin ich geliefert.‹

Ich hab gemeint: ›Bist du irre? Und was willst du machen, wenn du draußen bist? Die schnallen doch sofort, dass du was zu verbergen hast. Was ist es denn? Ich wette, Gras.‹ Aber er hat angefangen zu zittern, ist zu seinem Platz zurück, hat was aus seinem Rucksack geholt und hat gefragt, ob er mal rausgehen darf. Die Galli hat ihm gesagt, er soll warten, jetzt könne er nicht raus, er ist trotzdem zur Tür gegangen, die Galli hat sich instinktiv davorgestellt, um ihm den Weg zu versperren, und er hat sie zur Seite geschubst. Als er gesehen hat, dass sie hingefallen ist und am Kopf blutete und bewusstlos war, ist er schreiend aus der Klasse gestürzt. Da ist Mau, der bis dahin nur ungläubig zugeguckt hat, aufgesprungen und hinter ihm hergerannt. Das ist alles, was ich weiß.«

»Und du kannst dich nicht erinnern, was Franci in der Hand hatte?«

»Keine Ahnung, ich hab's nicht richtig gesehen. Sein Handy vielleicht.«

»Sie haben ihn durchsucht, sein Handy hatte er nicht bei sich. Kannst du morgen um fünfzehn Uhr ins Präsidium kommen? Ich oder ein Kollege werden deine Aussage aufnehmen.«

»Ist gut, Nelly. Darf ich jetzt gehen?«

Als Nelly nickte, kam sie auf sie zu und küsste sie völlig unerwartet auf die Wangen, wie sie es als Kind immer gemacht hatte.

»Grüß' Mau ganz lieb von mir«, flüsterte sie.

Der Duft von *Opium*, Monicas teurem Erwachsenenparfüm, das kein bisschen zu ihrer schlichten Kleidung passen wollte, hüllte sie einen Moment lang ein. Dann war die grazile Gestalt durch die Tür ins Innere des Hauses verschwunden.

»Zufrieden?«, fragte Federica eisig, nachdem Monicas Wangenkuss ihre alte Eifersucht wieder hatte aufflammen lassen.

»Das scheint mir keine Angelegenheit zu sein, bei der man mit irgendwas auch nur ansatzweise zufrieden sein könnte.«

»Vor allem, wenn der eigene Sohn mit drinsteckt.«

»Ganz genau. Und an deiner Stelle würde ich mich nicht allzu sehr in Sicherheit wiegen. Diese Kinder sind immer wieder für eine Überraschung gut. Lass mich wissen, wenn dir irgendetwas Merkwürdiges auffällt, in eurem eigenen Interesse. Auf Wiedersehen, Federica.«

Signora Pittaluga war zu empört, um etwas zu erwidern. Steif wie ein Besenstiel brachte sie Nelly zur Tür und verabschiedete sie frostig.

Zurück im Büro, veranlasste Nelly, dass sämtliche Schulkameraden der beiden Jungen am kommenden Tag vernommen würden, und zwar nicht nur die der 12 a. Selbst die kleinste Information konnte aufschlussreich sein. Aus dem Krankenhaus war zu hören, dass sich der Zustand der Lehrerin gebessert hatte und sie wahrscheinlich bald aufwachen würde. Nelly beschloss, bei den Fallaris anzurufen und ihren Besuch anzukündigen. Sie wollte mit Miriam reden, ehe Monica es täte. Oder hatten die beiden bereits alle Zeit der Welt gehabt, sich abzusprechen?

Diesmal begleitete Privitera sie. Während sich der Dienstwagen mit Marcello am Steuer langsam durch den Verkehr auf dem Corso Europa Richtung Riviera schob und bei Nervi in die Aurelia nach Bogliasco einbog, fragte Nelly, wen man mit der Beschattung von Habibs Familie beauftragt hatte.

»Nicola, Dottoressa, wie ich schon gesagt hatte. Wenn der in Zivil in der Altstadt unterwegs ist, fällt er keinem auf. Manchmal wird er sogar um Stoff angehauen. Und er hat's echt drauf.«

»Gut. Die kleine Pittaluga behauptet, Habib sei nie ihr Freund gewesen.«

»Kein Wunder«, bemerkte Privitera, der nichts anderes erwartet hatte.

»Wie schön die Riviera hier ist«, seufzte Nelly und schwelgte wie immer im Anblick des vorbeiziehenden Meeres und der prächtig blühenden Gärten. Der graue Himmel war aufgerissen, und ein Sonnenstrahl brach durch und spiegelte sich im Wasser.

»Sie sollten mal sehen, wie schön es da ist, wo ich herkomme, Commissario. An der Küste bei Trapani.«

»Ich bin noch nie in Sizilien gewesen, dabei träume ich schon ewig davon. Jedes Jahr sage ich mir wieder, diesmal fahre ich hin, und dann bleibe ich doch in Genua hängen oder schaffe es gerade mal bis Castagnole.«

Castagnole war das Dorf unweit von Asti, in dem sie geboren war und wo ihr Elternhaus stand. Inzwischen lebten dort ein Bruder und eine Schwester ihres Vaters, beide steinalt, doch es gab noch eine kleine Wohnung für sie und Mau. Ein wenig außerhalb, in einem Tal zwischen den Hügeln, stand der alte Hof der Großeltern.

Inzwischen hatten sie Bogliasco erreicht und klingelten an einem Tor zur Straße. Das Tor sprang automatisch auf, und der Wagen rollte über einen gefährlich schmalen, kurvigen Weg Richtung Meer. Links und rechts Häuser mit Gärten. Auf einem Vorplatz hielt Marcello an und wendete den Wagen. Nelly und Privitera gingen zum Haus der Fallaris. Das Rattern eines Zuges ließ sie zusammenfahren: Weiter unten, vom Grün des Parks versteckt, führte die Bahn entlang, und der ohrenbetäubende Krach verwandelte das kleine Paradies für Sekunden in die Hölle, ehe er in der Ferne verhallte.

Auch diesmal öffnete eine Philippinin die Tür, und Miriams Mutter empfing sie mit kalter Neugier. Dem Akzent nach war sie Ausländerin, Schweizerin, wie sich auf Nellys Frage hin herausstellte. Sie war eine attraktive, schlanke, sorgfältig geschminkte Frau mit perfekt frisiertem, mittellangem rotblonden Haar. Hinter ihr tauchte die Tochter auf. Der direkte Vergleich machte den Gegensatz zwischen den beiden noch augenfälliger. Unwillkürlich tauschten Nelly und Gerolamo einen Blick. Miriam war kleiner als die Mutter, dicklich und plump. Sie hatte ein pausbäckiges Gesicht und Haare von undefinierbarer Farbe, die ihr bis zu den Schultern reichten und von künstlichen blonden Strähnen durchzogen waren. Einzig die malvenfarbenen Augen hatte sie von ihrer schönen Mutter geerbt, doch selbst die waren blasser als das Original, farblos, wie alles an ihr. Sie wirkte schüchtern und unsicher. Ihr Blick huschte hin und her, die Hände waren nervös.

»Bitte stellen Sie meiner Tochter nicht allzu viele Fragen. Sie darf sich nicht aufregen, wissen Sie, sie ist Epileptikerin. Nach dem schrecklichen Vorfall an der Schule hatte sie einen Anfall …«

»Ach, Mama, nerv nicht, mir geht's wieder gut, sei doch nicht immer so gluckig!«

»Ich würde gern wissen, was du gestern gesehen und gehört hast, ehe du deinen epileptischen Anfall hattest«, sagte Nelly freundlich lächelnd.

»Nicht viel, Sie wissen ja, mir ging's schlecht, als Franci rausgerannt ist und ich die Galli am Boden liegen sah, all das Blut …«

Sie erschauderte und schloss die Augen.

»Und wann bist du wieder zu dir gekommen?«

»Ich lag im Krankenwagen, Monica saß neben mir.«

Beim Namen der Freundin leuchteten Miriams Augen auf. Die selbstsichere, bestechend schöne und dazu so willensstarke Monica musste diesem unbeholfenen Mädchen wie eine wahre Elfe erscheinen. Doch was fand Monica an Miriam, dass sie so viel Zeit mit ihr verbrachte? Man konnte sich kein ungleicheres Paar vorstellen.

»Monica ist die ganze Zeit bei mir gewesen«, schob Miriam ostentativ hinterher.

Nelly wandte sich an die Mutter.

»Wann ist Monica heute weggegangen, Signora?«

Miriams Mutter seufzte.

»Keine Ahnung. Ich leite eine Public-Relations-Agentur in der Stadt, dort bin ich von neun bis sechs, theoretisch. Tatsächlich komme ich leider häufig erst spätabends aus dem Büro. Miriams Vater und ich sind getrennt, ich muss alleine für uns sorgen. Dass ich heute schon hier bin, ist reiner Zufall. Aber als ich gegen halb sechs gekommen bin, hat Miriam gesagt, Monica sei gerade weg.«

»Ja, das stimmt«, pflichtete die Tochter ihr bei.

Nelly überlegte, dass Monica ungefähr gegen drei nach Hause gekommen war. Wieso hatte die Freundin eine – wenn auch nur kleine – Lüge erzählt?

»Lebt deine Großmutter hier bei euch, Miriam?«, fragte Nelly unvermittelt.

Die Mutter – sie hieß Gudrun – sah sie verwundert an.

»Die Mutter meines Exmannes. Aber die lebt nicht mit uns zusammen, sondern in dem Haus dort hinten.«

Sie zeigte aus dem Fenster auf ein kleines, gelbes Häuschen.

»Sie wohnt mit einer Dame zusammen, die sich um sie kümmert und ihr Gesellschaft leistet, es geht ihr gesundheitlich nicht sonderlich gut.«

»Sie hat Alzheimer«, sagte Miriam in dem typisch verächtlichen Ton, den Jugendliche gegenüber Alter und Krankheit haben.

»Sie hat kein Alzheimer«, korrigierte die Mutter sie und warf ihr einen vorwurfsvollen Blick zu. »Sie leidet unter kleinen Amnesien, Durchblutungsstörungen im Gehirn, ich weiß nicht, was genau … jedenfalls ist es kein Alzheimer.«

»War deine Großmutter heute hier?«

»Ja«, stieß Miriam genervt hervor.

Dann sagte sie hastig: »Sie war auch da, als Monicas Mutter angerufen hat, und hat ihr einen Haufen Schwachsinn erzählt. Ich wollte schon was sagen, weil ich sie gehört habe, aber ich war oben und hab's nicht rechtzeitig nach unten geschafft.«

Wieder dieser stolze, wackere Blick, wie ein kleiner Soldat, der seine Pflicht getan hat. Welche Pflicht? Monica zu decken? Oder sah Nelly Gespenster? Die Mutter blickte sie verdutzt an. Offenbar kam auch ihr etwas spanisch vor.

»Ich hab gehört, du und Monica verbringt viel Zeit miteinander.«

»Ich bin ihre beste Freundin«, erwiderte Miriam stolz.

»Ja, das hat sie mir gesagt. Sie hat mir auch gesagt, du seiest die Einzige, die von ihr und Habib weiß.«

Die ausdruckslosen, großen Augen in dem runden Gesicht weiteten sich verdattert, die Lippen öffneten sich leicht.

»Das kann gar nicht sein, davon hat sie bestimmt nichts gesagt, sie will nicht, dass das rauskommt.«

Miriam biss sich sofort auf die Zunge.

»Ich meine, das kann gar nicht sein, dass sie so was gesagt hat, weil's nicht wahr ist. Habib, so was Absurdes! Natürlich ist der verknallt in sie, aber schließlich sind alle in Monica verknallt, selbst der arme Franci war's.«

Wieder hielt sie inne, unsicher, ob sie zu viel oder zu wenig gesagt hatte. Besonders fix in der Birne schien die Kleine nicht zu sein. Nelly spitzte die Ohren.

»Franci war in Monica verliebt?«

Miriam zuckte die Achseln.

»Das hab ich nur so gesagt. Vielleicht war er in sie verschossen, er versuchte jedenfalls, bei ihr zu landen, aber da war er nicht der Einzige. Nur Mau ...«

»Nur Mau was?«

Miriam begriff, dass sie jetzt besser den Mund hielt.

»Nur Mau verstand sich mit ihr nicht besonders. Die sind einfach zu verschieden«, sagte sie kategorisch.

Tatsächlich war nichts mehr aus ihr herauszubekommen, und

mit der Entschuldigung, sie habe Kopfschmerzen, was die Mutter sehr beunruhigte, bat sie darum, gehen zu dürfen.

»Sie wirkt so gesund und kräftig, aber in Wirklichkeit ist sie sehr fragil, wissen Sie.«

Ein Schatten fiel über Signora Fallaris schönes, ebenmäßiges Gesicht.

»Eine einzige Tochter, und so viele Sorgen! Und dann hat sie schon immer diese Minderwertigkeitskomplexe gehabt, wegen der Figur, verstehen Sie, dabei sage ich ihr immer wieder, viele Mädchen sehen so aus, wenn sie jung sind, und später werden daraus manchmal sogar Topmodels, in ihrem Alter war ich auch kräftig, und ein paar Jahre später konnte ich mich vor Verehrern nicht mehr retten. Zum Glück gibt es Monica, seit die beiden richtig befreundet sind – kennen tun sie sich seit einer Ewigkeit, aber vorher war es nur eine oberflächliche Bekanntschaft –, ist im Leben meiner Tochter die Sonne aufgegangen. Sie schminkt sich, lacht, geht abends öfter weg, besucht Partys ... kürzlich ist sie mit ihr sogar zu einem Geburtstagsfest in einer Kneipe in der Altstadt gegangen, eine Studentenkneipe, den Namen hab ich vergessen. Ich bin froh, wenn sie ausgeht, in ihrem Alter sollte man sich amüsieren, meinetwegen könnte sie jeden Abend weggehen, sie muss ihre Erfahrungen machen, ich sehe das nicht so wie gewisse Genueser Familien.«

Privitera musterte die Beine der Signora, die das nicht im Geringsten zu stören schien. Nelly fand, es sei Zeit, sich zu verabschieden.

»Und, Gerolamo?«, fragte sie auf dem Rückweg durch den noch dichteren Feierabendverkehr.

»Die Kleine deckt die andere, wie man so schön sagt. Bei der Kneipe handelt es sich möglicherweise ums *Anatra azzurra*. Mit dieser Miriam hat die kleine Pittaluga praktisch rund um die Uhr einen Freibrief.«

»Ganz genau.«

Mit einem Minimum an Worten hatte Gerolamo es mal wieder auf den Punkt gebracht.

»Morgen Abend gehen wir beide ins *Anatra azzurra*. Komischer Name übrigens, ›Blaue Ente‹ … Heute Abend möchte ich aber erst noch mal mit meinem Sohn reden.«

»Okay.«

Obwohl er eine Frau und zwei kleine Kinder hatte, zierte Privitera sich bei Überstunden nie. Er zierte sich sowieso nie, wenn es um die Arbeit ging. Und Nelly hatte blindes Vertrauen in ihn.

Zweiter Tag

Abend

Im spärlichen Licht einer Lampe saß Mau auf der Terrasse und zeichnete. Er zeichnete Francis Gesicht. Er war so darin versunken, dass er sie nicht kommen hörte. Nelly konnte den Schmerz ihres Sohnes förmlich greifen. Doch sie ließ sich davon nicht erweichen. Mau hatte ihr zu viel verheimlicht, und womöglich verbarg er noch mehr vor ihr.

»Ciao, Mau.«

»Ciao, Ma.«

»War Franci in Monica verliebt?«

Er drehte sich um und sah sie verdutzt an.

»Was tut denn das zur Sache, Mann?«

»Das kann dir völlig schnuppe sein. Ist es wahr?«

Mau fühlte sich sichtlich unwohl.

»Also schön, wenn du's genau wissen willst, er hatte eine Schwäche für Moni. Aber daran war Monica schuld, die … die ist Expertin im Köpfeverdrehen. Wenn sie will, ist die 'ne echte Bombe.«

»Und was ist mit dir? Wieso hattet ihr nichts mehr miteinander zu tun?«

»Du bist ganz schön neugierig. Was ist mit dem Gesetz zum Schutz der Privatsphäre?«

»Ich fürchte, das gilt für Bullen nicht.«

»Schon klar. Na ja, Monica war … ist … die sagt das eine und macht dann das andere. Sie erzählt ständig Scheiße, das ist fast schon pathologisch. Und außerdem benutzt sie die Leute, sie nutzt sie aus. Die macht voll auf nettes Mädchen, aber eigentlich ist sie eine … eine blöde Schlampe. Zufrieden?«

»So hab ich dich noch nie von ihr reden hören.«

»Seit wir Schluss gemacht haben, hast du mich auch nie nach ihr gefragt.«

»Ich weiß, und es tut mir leid. Hast du gelitten?«

»Ja.«

»Und heute?«

»Heute ist es mir wurscht.«

»Hat sie mit dir Schluss gemacht?«

»Nein, ich hab mit ihr Schluss gemacht. Aber mir ging's trotzdem scheiße. Die ist so verdammt gut darin, einen das glauben zu lassen, was sie will. Da gehört schon was dazu, ihr nicht auf den Leim zu gehen.«

»Aber war sie Francis Freundin?«

»Quatsch, das hätte ich gewusst. Er war nicht ihr Typ, kann aber sein, dass sie hin und wieder mit ihm ins Bett ging.«

Nelly sah ihn ungläubig an. Log ihr Sohn?

»Monica und Franci? Du verarschst mich doch, mein Schatz. Ich begreif nur nicht, warum.«

»Ach, komm, Ma, lebst du hinterm Mond? Stell dir vor, wir haben allesamt die Geschlechtsreife erreicht. Jungfrauen gibt's bei uns nicht mehr, weder männliche noch weibliche. Und wie ich schon sagte, Monica benutzt Sex. Da ist sie übrigens nicht die Einzige.«

»Und mit Habib?«

»Mit Habib ist sie sehr eng, seit mindestens zwei Jahren hängen die viel zusammen rum und quatschen, aber was genau zwischen denen läuft, ob die was miteinander haben, weiß ich nicht. So sehr interessieren mich Monicas Geschichten nun auch wieder nicht.«

»Ich rede nicht nur von Sex. Ich rede von Drogen.«

»Was das angeht, lässt sie auch nichts durchblicken. Hin und wieder raucht sie 'ne Tüte, aber was sie sonst noch mit Habib am Laufen hat, keine Ahnung.«

Er machte eine Pause.

»Aber irgendwas war da vielleicht. Ich hab Franci oft gesagt, er soll sich vorsehen, aber wenn Monica mit im Spiel war, schwieg er sich aus. Vielleicht war er ein bisschen eifersüchtig. Er meinte, sie hätte noch was für mich übrig. Monica war das Einzige, was uns hätte auseinanderbringen können, und das hat mich irre sauer gemacht, denn Freundschaft ist mir heilig. Aber ich konnte nichts machen. Und dann hatte er noch Mitleid mit Habib. Er meinte, es sei eine Schande, dass ein so begabter Kerl vor die Hunde geht, und versuchte ihm zu helfen. Ich war mit Habib nicht so dicke. 'tschuldige, Mama, aber wieso fragst du mich das alles, wo du mir heute doch schon einen deiner Kollegen vorbeigeschickt hast, um mich auszuquetschen? Ich hab dem zum tausendsten Mal alles erzählt, was ich weiß.«

Nellys Knie wurden weich. Halt suchend griff sie nach der Stuhllehne.

»Wer ist gekommen, um dich zu vernehmen?«

»Den Namen weiß ich nicht mehr, so ein dicker, kleiner, schräger Typ. Er meinte, du hättest ihn geschickt, um die Aussage zu vervollständigen.«

»Und du hast ihm aufgemacht? Hast du ihn reingelassen?«

Verdattert sah Mau sie an.

»Wieso, war das verkehrt? Der kam vom Präsidium …«

»Mau, ich hab dir niemanden vorbeigeschickt. Weißt du denn nicht, dass man zumindest nach dem Ausweis fragt?«

Eine Minute lang sahen sie sich schweigend an.

»Und wer war das dann, bitte?«, brach es schließlich aus Mau heraus.

Nelly schüttelte den Kopf. Sie dachte an die womöglich tödliche Gefahr, der ihr Sohn ausgesetzt gewesen war und die sie nicht vorhergesehen hatte. Mau dachte das Gleiche.

»Schluss jetzt mit dem Larifari, Mau«, sagte sie schließlich resolut. »Du sagst mir jetzt alles, was du weißt, alles, was ihr, du und deine Freunde, angestellt habt. Ich werde das Gefühl nicht los, dass du mir nur Halbwahrheiten und Lügen auftischst. So kann ich dich nicht schützen.«

Mau schluckte mehrmals. Er war offensichtlich beeindruckt, aber dennoch entschlossen, nicht klein beizugeben.

»Und wer, zum Teufel, soll das gewesen sein, wenn es kein Bulle war? Der wusste einen Haufen Einzelheiten und hat mir irre viele Fragen gestellt. Ich hab ihm immer gesagt, was ich wusste. Ach ja, am Schluss hat er was Komisches rausgehauen, so was wie 'ne Drohung: ›Sieh dich vor, wir haben ein Auge auf dich. Du kannst froh sein, dass deine Mutter Polizistin ist.‹ Ich dachte, der macht sich nur wichtig und will mich einschüchtern, falls ich nicht alles gesagt habe.«

»Wie sah er aus? Was für einen Akzent hatte er? Alter, Ticks, Leberflecken, alles.«

»Er hat sich als Inspektor Macciò oder Maggiò oder Mastrò vorgestellt, ich weiß nicht mehr genau. Er war kräftig, grauer Anzug und roter Schlips mit gelbem Muster. Ziemlich geschmacklos. Er hatte einen dünnen Schnurrbart, schwarze Augenbrauen, einen südlichen Akzent, fast ausländisch, vielleicht spanisch, Mitte vierzig, gerade Nase, breite Hände mit einem Onyxring am Finger. Rechts 'ne goldene Rolex. Helle, grünliche, wache Augen. Am Anfang war er freundlich und locker, dann wurde er immer härter und aggressiver, dann plötzlich wieder nett. Echte Polizeimethoden eben: die Wechseldusche. Er wollte mich verunsichern, in Widersprüche verwickeln. Er wollte alles über Franci, Habib, Monica und Miriam wissen, wie wir zueinander standen. Genau wie du«, schloss er leise.

»Du bist ein guter Beobachter, Mau. An was für Sätze erinnerst du dich?«

»›Also, Freundchen, raus mit der Sprache. Für wen arbeitet ihr? Wer steckt dahinter?‹

Ich hab ihm geantwortet: ›Wer soll denn dahinterstecken? Ich hab nie für jemanden gearbeitet!‹ Er hat fies gelacht und weitergebohrt: ›Aber klar, natürlich. Du hast echt Schwein, dass deine Mutter Kommissarin ist.‹

Ich dachte, der macht Witze, weil er ein Kollege von dir ist, wenn auch ein Proll. Dann hat er von Koks angefangen. Ich konnt's nicht fassen!

›Ihr kleinen Arschlöcher macht auf harmlos, und dann dealt ihr und zieht euch den Schnee rein. Jetzt mal Schluss mit lustig: Wo ist das, was Francesco Bagnasco hatte? Wo habt ihr's versteckt?‹

Ich war echt empört, ich hab noch nie im Leben Koks angefasst. Und Franci auch nicht, da bin ich mir sicher.

›Wo die Drogen geblieben sind oder das, was ihr sucht?‹, hab ich gefragt. ›Das solltet ihr doch am besten wissen, schließlich habt ihr alles umgekrempelt. Franci und ich haben mit solchen Sachen nichts am Hut. Und ich hab auch keinen Schimmer, ob er wirklich was bei sich hatte, immerhin habt ihr nichts bei ihm gefunden.‹

Er hat mich schweigend angestarrt, dann hat er gesagt: ›Dein Franci hatte was, das nicht ihm gehörte, und dafür hat er mit dem Leben bezahlt. Hier ist ein Haufen Geld im Spiel, das weit mehr wert ist als du, er und eure kleinen Flittchen-Freundinnen zusammen.‹

Ich hab ihm gesagt, dass seine Kollegen mich schon gestern gefilzt und absolut nichts gefunden hätten, weder Drogen noch sonst was, und ich war kurz davor, sauer zu werden, weil der mir einfach nicht glauben wollte und nicht lockerließ. Zum Glück hat in dem Moment Sandra an der Tür geklingelt und nach dir gefragt, und ich hab ihr ganz schnell aufgemacht, damit dieses Scheißverhör endlich ein Ende hat. Der Typ hat einen Moment lang ratlos rumgestanden, dann ist er gegangen. Übrigens, Sandra hat mir gesagt, dass du sie so bald wie möglich anrufen sollst. Was hältst du von dieser Mafia-Story, Mama? Wer zum Henker war das, wenn's keiner von deinen Leuten war?«

Nelly sah ihn konzentriert an.

»Hat der Mann wirklich gesagt, Franci sei gestorben, weil er etwas hatte, das nicht ihm gehörte? Bist du sicher, Mau? Aber wie geht das mit dem Unfall zusammen? Du hast immer behauptet, dein Freund sei durchgedreht, weil er ein bisschen Gras bei sich hatte, aber gefunden hat man nichts. Hast du denn das besagte Gras gesehen?«

»Ich schwöre dir, dass dazu keine Zeit war, ich hab nicht sehen können, was er hatte oder ob er überhaupt was hatte. Das ist alles passiert wie ... wie in einem Actionfilm.«

»Kiffst du?«

»Aber das weißt du doch, klar kiffe ich, ich kiffe, verdammt noch mal, so wie alle.«

»Erzähl mir nicht so einen Scheißdreck, Mau. Du hast mir tausendmal geschworen, du würdest nicht kiffen, und du weißt genau, dass nicht alle kiffen. Aber Franci hat's offensichtlich getan, und du auch. Und Habib? Es heißt, bei ihm wären noch ganz andere Sachen im Spiel. Und Monica?«

»Apropos Habib, das Arschloch vorhin hat gesagt, er sei verschwunden. Die Sache sei für alle zu heiß geworden. Der war total durchgeknallt.«

»Er hat gesagt, Habib sei verschwunden?«

»Ja.«

»Das stimmt, er ist tatsächlich verschwunden. Wir suchen ihn, um ihn zu vernehmen, und inzwischen vielleicht auch, um ihm die Haut zu retten. Habib hat also mit Koks gedealt und selbst gekokst. Du auch? Franci und Monica auch?«

«Auch wenn du's mir nicht glauben willst, aber mehr als kiffen tue ich aus Prinzip nicht. Und Franci auch nicht, der hat eh selten geraucht. Bei Monica weiß ich's nicht. Wie gesagt, bei der blickt man nicht durch. Wenn sie's getan hat, hat sie mir nie davon erzählt. Die wusste, dass ich was dagegen hab.«

»Ich muss dich unter Schutz stellen, Mau. Die Sache wird

immer undurchsichtiger und langsam richtig gefährlich. Möglicherweise gehörte der Kerl zu der Gang, die Habib und vielleicht auch Franci mit Stoff versorgte. Auch wenn er's dir nicht gesagt hat, irgendwie hing dein Freund da mit drin. Deswegen ist er an dem Morgen abgehauen. Aber das erklärt nicht den Rest der Geschichte.«

»Das ist unmöglich. Nicht Franci. Du kanntest ihn doch, wie kannst du …«

»Ich dachte eigentlich, ich würde dich besser kennen als ihn, Mau. Aber ich frage mich, wen ich überhaupt richtig kenne.«

Mau wurde brandrot und schaute zu Boden.

»Du traust mir nicht mehr«, sagte er leise.

»Genau so ist es, mein Sohn«, sagte sie fest.

»Dann glaubst du mir eben nicht! Aber ich will nicht weg von hier. Ich will hierbleiben und eure verdammten Ermittlungen verfolgen. Ich will wissen, was hinter dieser verfluchten Geschichte steckt, die Franci das Leben gekostet hat, kapierst du?«

»Ein Sicherheitsbeamter wird dich aufs Land zu Onkel und Tante bringen. Das darf niemand wissen.«

Rot vor Zorn riss Mau den Kopf hoch und starrte sie an.

»Du hast kein Recht, mich wie ein Kleinkind zu behandeln. Ich bin erwachsen. Und was ist mit der Schule? Die ist dir doch sonst so verdammt wichtig, immer gehst du mir damit auf die Ketten!«

»Du nimmst deine Bücher mit. Und du wirst tun, was dein Begleiter dir sagt, ohne Diskussionen. Ich werde dich nicht besuchen kommen, wir bleiben auf anderem Weg in Kontakt. Eine Sache noch: Kennst du das *Anatra azzurra*?«

»Klar, wer kennt das nicht. Da gehen Schüler hin, Angestellte, Snobs, Freaks, 'ne bunte Mischung eben. Das Ding ist total angesagt. Da wird gekifft, mehr weiß ich nicht. Man hört Musik, isst Panini, Pizza, Suppen, Grünzeug und so weiter und trinkt alles von der Cola aufwärts. Netter Laden, zumindest für ein bestimmtes Publikum. Wer will, kann in einem Nebenraum selbst Musik machen.«

»Warst du da oft?«

»Hin und wieder schon. Wenn ich das Geld dazu hatte. Ist nicht ganz billig.«

»Aber manchmal hilfst du doch bei Luigi aus. Ein bisschen was verdienst du schon.«

»Na ja, ein paar Kröten hab ich, aber bestimmt nicht genug, um ständig ins *Anatra azzurra* zu gehen. Und außerdem geh' ich lieber ins Jugendzentrum, ins *Zapata* zum Beispiel. Da läuft gute Musik, und die Atmosphäre dort ist eher mein Ding. Da sind Leute, die was in der Birne haben, man quatscht über alles, über Themen, die uns alle angehen. Aber Monica, die fährt total aufs *Anatra azzurra* ab. Soweit ich weiß, arbeitet Habib dort. Ich glaub, Franci war ein paar Mal da, zwei oder drei Mal mit mir. Du weißt ja, seine Alten sind ziemlich streng.«

»Ich dagegen nicht. Ich war der Depp vom Dienst, der nichts Böses ahnt und alles durchgehen lässt.«

»Du hast es immer richtig gemacht. Du warst weder zu streng noch nachlässig. Und außerdem bin ich inzwischen volljährig.«

»Versuch nicht, dich einzuschmeicheln, Mau. Ich hab dir vertraut. Ich hatte vergessen, wie ich in deinem Alter war. Oder vielleicht ist es auch nur bequem, gutgläubig zu sein und nicht hinzusehen.«

»Bitte schick mich nicht fort, Mama. Nicht jetzt. Ich bin auch bereit, die Konsequenzen zu tragen. Immerhin hänge ich da auch irgendwie mit drin.«

»Ganz genau. Du hängst mit drin, und damit bist du in Gefahr. Komm, lass uns schlafen gehen. Ich bin fix und fertig, und morgen gibt's 'ne Menge zu tun.«

Dritter Tag

Morgen

Am nächsten Tag standen Nelly und Mau in aller Herrgottsfrühe auf und fuhren seinen wütenden Protesten zum Trotz schnurstracks ins Präsidium. Esposito machte wegen des Personenschutzes keinerlei Schwierigkeiten, denn die Geschichte mit dem falschen Polizisten war äußerst bedenklich, und die ganze Sache fing an, eine ungute Wendung zu nehmen. Auch die Zeitungen gaben keine Ruhe.

Die Wahl des Begleiters fiel auf Veronica Peroni, sechsunddreißig Jahre, aus der Toskana. Eine fähige, energische Frau. Nachdem Mau zahllose Fahndungsfotos durchgesehen und niemanden erkannt hatte, stieg er um zehn Uhr in einen Wagen und wurde von Veronica auf dem schnellsten Weg nach Castagnole gebracht. Die Verwandten waren informiert und wussten, wie sie sich zu verhalten hatten. Nelly atmete erleichtert auf. Jetzt konnte sie sich wieder frei und sicher bewegen. Sie rief in der Schule an und ließ wissen, dass Mau wegen des Schocks auch nach der Wiedereröffnung der Schule am kommenden Montag rund zwei Wochen fehlen würde. Der Direktor hatte Verständnis.

»Ein neutraler Ort wäre besser gewesen, Commissario. Für den Jungen, meine ich«, sagte Gerolamo in seinem typischen, scheinbar teilnahmslosen Tonfall.

»Aber er wird nicht bei meinen Verwandten wohnen, sondern in dem alten Bauernhof im Tal. Niemand im Dorf wird ihn zu Gesicht bekommen.«

»Trotzdem kann man ihn mit dem Dorf in Zusammenhang bringen.«

»Du glaubst …«

»Wer sich schon so weit vorgewagt hat, hat auch keine Schwierigkeiten, seine Verbindungen nach Castagnole herauszufinden.«

»Keiner weiß von dem Hof. Und meine Verwandten schweigen wie ein Grab. Jetzt lass uns mal nicht übertreiben«, gab Nelly mit mulmigem Gefühl zurück. Gerolamo erwiderte nichts, doch Nelly wusste, dass er anderer Meinung war. Sie gingen zu Santangelo, dem Chef des Drogendezernats.

»Ciao, Alfonso«, grüßte Nelly ihn lächelnd.

»Ciao, Bella«, erwiderte er charmant.

Santangelo war groß, kräftig und blondgelockt. Zumindest war er es einmal gewesen; das, was von seinem Haar geblieben war, bezeugte es. Er war liebenswürdig und aufmerksam, zielstrebig und ausgesprochen dickköpfig. Über ihn kursierten zahllose Gerüchte und Geschichten. Nelly hatte sich immer gut mit ihm verstanden.

»Was weißt du über das *Anatra azzurra*? Was für ein Publikum verkehrt dort?«

»Das *Anatra azzurra*? Eine Kneipe für Schüler und Studenten auf der Suche nach einem Kick, nach Musik, Alkohol, ein bisschen Gras, sonst nichts.«

Täuschte sie sich, oder war Santangelos Blick misstrauisch geworden?

»Keine harten Drogen? Koks? Heroin?«

»Höchstens ein paar Ecstasy-Pillen. Aber vielleicht noch nicht mal das. Die Betreiber sind zwei Schwule aus Verona, die vor ein paar Jahren hierhergezogen sind. Vorher hatten sie ein Lokal an der Küste, in Loano. Dann haben sie's verkauft und das *Anatra azzurra* aufgemacht. Das muss vor vier oder fünf Jahren gewesen sein. Sie heißen Aldo und Nino. Die beiden sind ganz dicke.«

Gerolamo schwieg wie üblich. Außerdem war ihm Santangelo nicht sonderlich sympathisch.

»Wer vertickt in der Stadt gerade das Koks?«, fragte Nelly.

»Da gibt's mehrere Gruppen, zwischen denen allerdings keine Konkurrenz besteht. Es ist Platz für alle, der Markt brummt. Die Sizilianer, die Marokkaner, die für sie arbeiten, die Schwarzen, ein paar Einzelgänger, die es im Kleinen verticken und sich auf eigenes Risiko mal hier und mal da eindecken.«

Santangelo ließ ein paar Namen fallen. Der von Mau beschriebene Mann war ihm bisher noch nicht untergekommen.

»Die Beschreibung könnte auf alle möglichen Leute passen. Solche Typen gibt es haufenweise. Zum Beispiel Giuseppe, mein Mitarbeiter.«

Er lachte bitter. Nelly verabschiedete sich und verließ mit einem wie hypnotisiert wirkenden Gerolamo das Büro.

»Schläfst du, oder kriegst du noch was mit?«, fragte Nelly ärgerlich.

»Ich hab nachgedacht«, war die vorhersehbare, lapidare Antwort.

Celsi von der Spurensicherung hatte seinen Bericht fertig. Er lag auf Nellys Schreibtisch. Sie fing an zu lesen, sprang plötzlich auf, als hätte das Papier Feuer gefangen, setzte sich wieder und las alles noch ein Mal und noch ein weiteres Mal. Das Projektil, das Franci getötet hatte, stammte nicht aus Mandellis Dienstwaffe. Es war aus einem Präzisionsgewehr abgefeuert worden. Eines, wie es Profis benutzen. Der Flugbahn nach hatte sich der Killer fast auf gleicher Höhe mit der Dachterrasse des Paul Klee befunden. Möglicherweise im obersten Stockwerk des Nachbarhauses, das rund zwanzig Meter links neben der Schule stand.

Die oberste Etage des Gebäudes stand leer und wurde gerade saniert, erinnerte sich Nelly. Es war ihr bei der Tatortbegehung aufgefallen, doch sie hatte dem keine weitere Beachtung geschenkt. Sie rief Celsi an und bat ihn, sich mit den Kriminaltechnikern auf schnellstem Wege dorthin zu begeben und nach möglichen Spuren zu suchen. Wenn tatsächlich von dort geschossen worden war, ließ sich vielleicht noch etwas finden.

Das Szenario, das sich plötzlich vor Kommissarin Rosso auftat, war dermaßen neu und unglaublich, dass jegliche bisher angestellte Vermutung hinfällig wurde. Das Ganze ergab überhaupt keinen Sinn. Doch ein Mord ergab eigentlich immer einen Sinn, das wusste Nelly nur zu gut. Hier handelte es sich jedenfalls nicht um einen durchgedrehten Heckenschützen wie in Amerika. Franci war vorsätzlich und kaltblütig von jemandem hingerichtet worden, der die Szene beobachtet und die Sache auf seine Weise bereinigt hatte. Womöglich hatte er ihm sogar aufgelauert. Doch wer hatte wissen können, dass er aufs Dach laufen würde, und vor allem: weshalb war er überhaupt aus dem Weg geräumt worden? Mit wem hatte Francesco sich da angelegt? Und Mandelli, der hatte sich völlig grundlos umgebracht. Also waren alle Schüler, die irgendetwas mit der Sache zu tun hatten, in Gefahr. Und Nelly wusste noch immer nicht, von wem die Bedrohung ausging. Habib war verschwunden, vielleicht war er schlauer und erfahrener als die anderen und hatte sich irgendwo in der Altstadt versteckt. Und Monica steckte möglicherweise wirklich tief in der Klemme. Nelly rief Gerolamo an.

»Mandelli war unschuldig. Franci ist von hinten erschossen worden, der Schütze befand sich etwa auf Höhe der Dachterrasse. Das war kein Unfall, das war eine Exekution.«

»Ich wusste, dass es nicht Mandelli war, ich hab's gerochen. Der arme Kerl. Wurde aus einem benachbarten Haus auf den Jungen geschossen?«

»Mit einem Präzisionsgewehr.«

»Himmel! Was für eine Drecksgeschichte ist das denn!«, rief Nellys Assistent, und für einen Moment fiel sein übliches Phlegma von ihm ab.

»Höchstwahrscheinlich wurde der Schuss aus dem Haus neben dem Gymnasium abgegeben. Das oberste Stockwerk wird gerade saniert und steht leer. An dem Tag hat dort keiner gearbeitet. Das hatten wir schon bei der Zeugenbefragung festgestellt. Celsi ist unterwegs. Natürlich war jetzt reichlich Zeit, um eventuelle Spuren zu beseitigen. Könntest du zu ihm fahren, Gerolamo? Ich halte große Stücke auf deine ersten Eindrücke.«

»Bin unterwegs, Dottoressa«, erwiderte Gerolamo und war schon verschwunden.

Nelly unterrichtete gerade den Polizeichef über die neueste Wendung, als sie der Anruf der Kollegen aus Bogliasco erreichte. Habib würde den Gästen des *Anatra azzurra* nie wieder Bier oder Gras verkaufen. Auch würde er nicht mehr in Physik und Mathe an der Uni glänzen können, hätte er es denn je dorthin geschafft. Er lag am Strand von Bogliasco, unterhalb der Bar *Peruzzi*, eingewickelt in ein Fischernetz, das man mit Gewichten beschwert hatte. Die Gewichte hatten sich irgendwo in den Klippen verkeilt und waren abgerissen, und die Wellen hatten das nunmehr leichte Netz samt Inhalt mit sich fortgetragen und zwischen Plastikflaschen und fauligen Algen auf den Strand gespült. Jetzt war Habib kein besonders schöner Anblick mehr.

Während Nelly die Überreste dessen, was einmal ein hübscher, lebenslustiger Junge gewesen war, in Augenschein nahm, hatte sie das Gefühl, als bewegte sie sich auf einer dünnen Schicht Treibsand, und die Sonne, die abermals mit aller Macht vom Himmel strahlte, schien sich unmerklich zu verdunkeln. Die Vorahnung weiterer Katastrophen schnürte ihr wie eine unsichtbare Bedrohung die Kehle zu.

»Das ist erst der Anfang.«

Gerolamo, der in aller Eile dazugekommen war, sprach laut aus, was sie dachte.

»Wieso, verdammt noch mal? Wieso?«

»Die *picciotti** haben sich jemandem widersetzt, der keinen Spaß versteht«, sagte er in seinem sizilianischen Dialekt.

»Wir verstehen auch keinen Spaß, Gerolamo, und wir werden sie aufhalten.«

Gerolamo nickte nicht besonders überzeugt. Dann murmelte er wie zu sich selbst: »Um sie aufzuhalten, muss man sie erst einmal finden.«

Nelly ließ seine bestechende Schlussfolgerung unkommentiert und zog sich die Jacke fest um die Schultern. Sie dachte an Habibs Mutter, an Monica, an Mau. Ein Puzzle voller Löcher und allzu ähnlicher Teilchen. Doktor Parodi, der Gerichtsmediziner, traf mit Celsi und seinen Leuten ein, und sie machten sich sofort an die Arbeit. Man wartete auf den Staatsanwalt, um die Leiche entfernen zu können.

Als Habibs Mutter die Tür öffnete und Nelly und Gerolamo davor stehen sah, fing sie sofort an zu zittern. Dann gaben ihre Beine nach. Sie schien mit einer solchen Nachricht gerechnet zu haben, denn sie ließ die beiden noch nicht einmal ausreden.

»Signora, zu meinem großen Bedauern …«

»Er ist tot. Mein Sohn ist tot.«

»Es tut mir so leid, Fatima …«

Ihr Schrei gellte zwischen den hohen, mittelalterlichen Mauern der dunklen Gasse empor und ließ einen Schwarm Tauben erschreckt auffliegen. Noch nie hatte Nelly etwas Derartiges gehört. Zum zweiten Mal in drei Tagen drängte sich ihr die Frage auf, wie sie reagiert hätte, wenn Mau … Hastig sprang Gerolamo der Frau bei, die angefangen hatte, ihren Kopf gegen den Türrahmen zu schlagen. Nicola, der an der Gassenmündung Wache stand und die Szene aus dem Augenwinkel mitverfolgt

* (siz.) die Kleinen, bezeichnet auch jugendliche Mafia-Handlanger

hatte, kam ihm zu Hilfe. Speichel lief ihr aus dem Mund, ihre Augen waren verdreht. Sie wehrte sich kurz und ließ sich dann wie ein nasser Sack in Gerolamos Arme fallen. Vorsichtig legten die beiden Männer sie auf die kitschige Tagesdecke und streiften ihr taktvoll den schwarzen Rock über die Beine.

»Ich rufe sofort einen Arzt. Und dann brauchen wir noch jemanden, der sich um die Kleine kümmert«, sagte Nelly, die erst jetzt das lockige Mädchen bemerkt hatte, das mit angstvoll aufgerissenen Augen in einer Ecke kauerte. Nelly nahm es in die Arme, es war federleicht und wehrte sich nicht. Zärtlich streichelte sie ihm über das weiche schwarze Haar.

»Der Mama geht es nicht gut, aber es ist nichts Schlimmes. Bald geht es ihr wieder besser, ganz bestimmt, und jetzt rufen wir einen netten Doktor und bringen sie ins Krankenhaus, wo man sich um sie kümmert. Solange kannst du mit anderen kleinen Mädchen spielen und eine Menge Spaß haben, und dann ist deine Mama wieder gesund und holt dich ab.«

Offenbar war Hadija ähnlich klug wie ihr Bruder. Sie klappte den Mund zu und kuschelte sich mit einem zutraulichen Lächeln in Nellys Arme. Als der Sozialarbeiter kam, um sie abzuholen, ging sie klaglos mit ihm mit.

Nachdem auch Fatima ins Krankenhaus abtransportiert worden war, blieben Nelly, Gerolamo und Nicola in dem leeren Zimmer zurück und durchsuchten es erfolglos. Dann schilderte Nicola, was sich während seiner Observierung der Wohnung abgespielt hatte. Bis auf die wenigen Stunden, in denen er gegessen und geschlafen hatte und von seiner Kollegin Fernanda Biondi ersetzt worden war, hatte der junge Mann seinen Posten nicht verlassen. Er berichtete auch, was die Polizistin beobachtet hatte:

Seit Nelly und Gerolamo tags zuvor nach Habib gefragt hatten, hatte Fatima die Wohnung nur zweimal verlassen, einmal, um einen Großeinkauf zu machen, und das zweite Mal, um die

Tochter aus dem Kindergarten abzuholen. Seitdem hatte sie Hadija nicht mehr zum Kindergarten gebracht, sie hatte die Tür verriegelt und sich nicht mehr blicken lassen. Nicolas Meinung nach hatte sie bemerkt, dass sie beobachtet wurde. Sie hatte ihm einen argwöhnischen Blick zugeworfen, als sie mit dem Mädchen an ihm vorbeigegangen war, während er am Boden gehockt und so getan hatte, als erholte er sich gerade von einem Kater. Gegen zwei Uhr nachts, zu einer ziemlich ungewöhnlichen Besuchszeit also, war ein Mann aufgetaucht, hatte sich verstohlen umgesehen und dann energisch an die Tür geklopft. Drinnen hatte sich nichts gerührt, dabei musste Fatima es auf jeden Fall gehört haben. Nicola war sofort losgerannt, um sich den Typen zu schnappen, doch der, ein mittelgroßer, vierschrötiger Kerl mit einer tief in die Stirn gezogenen Mütze, hatte die Beine in die Hand genommen und war in den Gassen verschwunden. Nicola hatte die Verfolgung aufgegeben, um sich nicht zu weit von der Wohnung zu entfernen und die Frau nicht ungeschützt zu lassen. Schließlich hatte dieser nächtliche Besuch ihn endgültig davon überzeugt, dass Mutter und Tochter in ernster und unmittelbarer Gefahr schwebten. Seit klar war, dass Habibs Wohnung observiert wurde, hatte sich niemand mehr blicken lassen.

»Wir haben noch ein Problem, Gerolamo«, seufzte Nelly. »Nach dem, was ihrem Sohn zugestoßen ist, muss Fatima noch strenger bewacht werden als bisher; denn jetzt, wo sie nicht mehr fürchten muss, Habib damit zu gefährden, könnte sie auf die Idee kommen, uns eine Menge interessanter Details zu erzählen. Stell jemanden zur Bewachung im Krankenhaus ab, und hab ein besonderes Auge auf das kleine Mädchen, auch wenn keiner seinen Aufenthaltsort kennt und es in der geschützten Einrichtung, in die wir es haben bringen lassen, außer Gefahr sein sollte.«

»Und die Wohnung? Setzen wir die Observierung fort oder brechen wir ab?«

»Möglicherweise war Fatima gestern so verschreckt, weil sie ahnte oder wusste, dass ihr Sohn etwas Wichtiges besaß, das irgendwelche gefährlichen Leute sich um jeden Preis zurückholen wollten. Deshalb ist er auch abgetaucht. Sie wird gedacht haben, wenn diese Leute Habib nicht kriegen, rächen sie sich womöglich an ihr oder Hadija, oder dass die glaubten, sie hätte das, was sie suchen. Also hat sie sich in der Wohnung verschanzt, eine naive und ziemlich sinnlose Idee. Der seltsame nächtliche Besuch, den du beobachtet hast«, sie wandte sich an Nicola, der aufmerksam zuhörte, »bestätigt diese Vermutung. Wäre der Besucher ein Freund gewesen, hätte sie sofort aufgemacht. Wechsel dich mit Fernanda ab, und macht weiter wie bisher.«

»In Ordnung, Dotto'.« Der Polizist lächelte sie an. Je länger er die Kommissarin kannte, desto besser gefiel sie ihm.

Dritter Tag

Nachmittag

Um drei Uhr erwartete Nelly Monica in ihrem Büro. Sie kam pünktlich, strahlend und anmutig wie immer, ganz in Himmelblau und umgeben von der für sie typischen Aura der Unberührbarkeit. Nelly hatte Angst um sie. In dieser kurzen Zeit hatte sie einfach zu viele Leichen von jungen Leuten gesehen, die sie kannte. Valeria kam herein, um Monicas Aussage aufzunehmen. Das Mädchen würdigte sie keines Blickes.

»Setz dich, Monica. Ich hatte eigentlich auch mit deiner Mutter gerechnet.«

»Ich bin inzwischen volljährig. Sie wartet unten auf mich. Sie vertraut mir. Papa wollte schon seinen Anwalt mitschicken, aber ich hab ihm gesagt, dass das vorerst nicht in die Tüte kommt. Er wartet unten mit Mama.«

Auf dem »vorerst« lag eine unmissverständliche Betonung.

»Na schön, Monica. Sie vertrauen dir. Und du, vertraust du mir?«

»Ja«, entgegnete sie ehrlich.

»Habib ist tot, Monica. Er ist ermordet worden.«

Sie sah Monica eindringlich an, um irgendeine Gefühlsregung zu erhaschen, Schmerz, Angst, Überraschung. Doch das Mädchen blieb reglos. Nicht das kleinste Blinzeln. Ihre Selbstbeherrschung war überwältigend.

»Ich weiß, dass er wahrscheinlich, wenn auch möglicherweise nicht in letzter Zeit, dein Freund war. Ist dir sein Tod denn völlig egal?«

»Ich hab dir doch schon gesagt, dass er 'ne arme Sau war. Früher oder später geht's Leuten wie ihm an den Kragen. Er hat sich wohl für zu clever gehalten.«

»Und du? Glaubst du, du bist cleverer als er?«

»Was hab ich denn mit seinen Problemen zu tun?«

»Eine ganze Menge, Monica. Ich glaube nämlich, dass du Franci gebeten hast, die Polizisten irgendwie abzulenken, durch Wegrennen zum Beispiel – der Unfall mit der Galli war nicht vorgesehen, aber er kam gut zupass –, weil du etwas zu verstecken hattest. Und dieses Etwas hast du verschwinden lassen, indem du im allgemeinen Durcheinander mit Miriam in den Krankenwagen gestiegen bist. Was ist es, Monica? Drogen? Es hat zuerst Franci und dann Habib das Leben gekostet. Wenn die Dinge so liegen, wie ich denke, schwebst du in Lebensgefahr.«

»Du bist wirklich eine super Polizistin«, sagte das Mädchen freundlich und ohne eine Spur von Ironie. »Was für eine Phantasie du hast, Wahnsinnsstory, die du dir da ausdenkst, aber bei mir zieht das nicht. Ihr steckt fest, ihr tappt völlig im Dunkeln und versucht es mit allen Mitteln, aber ich hab nichts damit zu tun, ich weiß überhaupt nichts von dieser üblen Geschichte. Hast du vergessen, dass Franci von einem deiner Polizisten umgebracht wurde, angeblich aus Versehen? Und was Habib angeht, wer weiß, in was für Schlamassel sich Schulschwänzer wie der reinreiten. Und weil ich nun mal nichts weiß, gibt's auch keinen Grund, weshalb ich in Gefahr sein sollte. Darf ich jetzt gehen, wenn du sonst keine Fragen mehr hast?«

»Du hast es aber eilig, Monica! Es gibt noch eine Neuigkeit, die dich vielleicht interessieren könnte, eine, die Francesco Bagnasco betrifft: Er wurde nicht aus Versehen von dem Beamten Mandelli erschossen. Der Schuss kam von woanders und aus einer anderen Waffe. Das war kein Unfall. Es war eine Hinrichtung.«

Diesmal ging der Treffer ins Schwarze. Verblüffung und Angst glimmten in Monicas Blick auf, ein kaum wahrnehmbares Flackern, ihr Botticelli-Gesicht wurde noch eine Spur blasser und ihre Lippen zitterten.

»Wie kann das denn sein? Ich glaub's einfach nicht, das ist ja krass …«, flüsterte sie, riss sich aber sofort wieder zusammen, was sie jedoch ganz offensichtlich Mühe kostete.

»Was du mir gerade gesagt hast, klingt zwar total abwegig, aber selbst dafür gibt's bestimmt irgendeine Erklärung, und du wirst sie finden. Ist schließlich dein Job, nicht? Aber jetzt würde ich gern zu meiner Mutter gehen, wenn ich darf. Wie gesagt, die wartet unten mit Rechtsanwalt Nencioni. Ich konnte sie zwar überzeugen, dass ich auf mich selbst aufpassen kann, aber wenn ich zu lange wegbleibe, reitet sie hier vielleicht mit der Kavallerie ein, um mich zu retten.«

Ihr Ton war jetzt aggressiv, fast drohend. Sie ähnelte ihrer Vorfahrin Caterina auf dem Gemälde mehr denn je. Sie war gereizt, genervt, mit den Gedanken schon woanders. Es genügte ihr, auch ohne Deckung Stärke bewiesen und Nelly die Stirn geboten zu haben. Hier bin ich, und ich habe keine Angst vor niemandem, war die Botschaft. Vielleicht hielt sie sich ebenfalls für unverwundbar, genau wie Habib. In diesem Alter tun das alle.

»Ich muss mit deinen Eltern reden. Wir gehen davon aus, dass du in Gefahr bist, also musst du geschützt werden.«

»Tut, was ihr für richtig haltet. Ciao, Nelly. Grüß Mau von mir.«

Sacht zog Monica die Tür hinter sich zu. Valeria sah Nelly mit hochgezogenen Augenbrauen an.

Die Kommissarin war sich jetzt sicher, dass sie sich nicht geirrt hatte: Worum auch immer es sich gehandelt haben mochte, Monica hatte es an jenem Tag aus der Schule geschafft und wiegte sich in der Hoffnung, als Einzige davon zu wissen. Doch dem war höchstwahrscheinlich nicht so.

Der Polizeichef war vollkommen außer sich. Sein Doppelkinn zitterte, die Knöpfe des edlen Jacketts drohten jeden Moment abzuplatzen.

»Was ist denn das bitte für eine versponnene Geschichte? Francesco Bagnasco soll Opfer einer Hinrichtung geworden sein, in der Schule, am helllichten Tag und unter den Augen von Dutzenden von Zuschauern und der Polizei? Und als wäre das noch nicht genug, ist ein übergeschnappter Beamter dermaßen davon überzeugt, den tödlichen Schuss abgefeuert zu haben, dass es ihn in den Selbstmord treibt. Ihr Sohn, der alles mitbekommen hat, wird unter Polizeischutz gestellt. Ein weiterer Klassenkamerad mit Migrationshintergrund, vielleicht ein kleiner Dealer, wird tot am Strand aufgefunden. Die Presse dreht durch, wir fischen im Trüben, gehen den Pittalugas auf den Geist, die mir durch ihren Anwalt Nencioni ausrichten lassen, ich soll sie ja nicht in diese irrwitzige Geschichte hineinziehen. Und Sie, Commissario Rosso«, seine schrille Stimme wurde plötzlich leise und drohend, »was, in drei Teufels Namen, tun Sie? Wie weit sind Sie mit den Ermittlungen? Kann es sein, dass es nicht einmal den kleinsten Ansatz einer Spur gibt? Zu allem Überfluss fällt auch noch Auteri aus. Brauchen Sie Verstärkung? Mir scheint, die Sache wächst Ihnen über den Kopf. Von Ihrer Befangenheit mal ganz abgesehen.«

Nelly atmete tief ein, wie ein Taucher vor dem Sprung.

»Wir haben mehr als eine vielversprechende Spur, Dottor Volponi, und wir verfolgen sie äußerst gewissenhaft«, antwortete sie freundlich. »Bedauerlicherweise scheint eine davon zu Monica Pittaluga zu führen, mit der ich soeben gesprochen habe.«

Dem Polizeichef, der sich ansatzweise beruhigt hatte, platzte erneut der Kragen.

»Wenn etwas zu den Pittalugas führt, dann muss das eine dreispurige Autobahn sein und keine vage Spur! Wir können uns weder Ärger noch eine Blamage leisten. Ich kenne den Vater persönlich, diese Familie ist tadellos, respektabel …«

»… und einflussreich«, fügte Nelly sachlich hinzu.

»Ja, ganz genau, und einflussreich. Die sitzen an allen Hebeln. Was, bitte, hat denn das Mädchen so Schlimmes getan? Gekifft, vielleicht mal gekokst, aus reiner Neugier. Bleiben Sie lieber an der Sache mit dem Marokkanerjungen dran, da sollten Sie suchen, in dessen Umfeld.«

»Genau das machen wir gerade, Herr Polizeipräsident. Wenn die kleine Pittaluga mit drinsteckt, dann wird es dafür handfeste Beweise geben. Bisher ist ihre Rolle alles andere als klar, es handelt sich um reine Vermutungen.«

»Das mag ja alles sein, aber haben Sie das *Secolo* von heute gelesen? Und was wird morgen drinstehen, angesichts dieses neuen Verbrechens? Die Journaille schnüffelt überall herum wie losgelassene Köter. Wenn da der Name Pittaluga auftaucht, sind die nicht mehr zu halten. Die warten doch nur darauf, eine reißerische Soap zu schreiben, und vor allem tun sie nichts lieber, als die Polizei mit Dreck zu beschmeißen. Ich sollte Ihnen den Fall wegnehmen angesichts der mehr als zwielichtigen Rolle Ihres Sohnes …«

Er machte eine gewichtige Pause. Obwohl er ohnehin größer und deutlich breiter war als Nelly, war er aufgestanden und hatte sich mit bedrohlich bebendem Bauch zu ihr über den Schreibtisch gebeugt.

»Dottor Volponi, sollte sich herausstellen, dass mein Sohn in dieser Sache mehr ist als nur Zeuge eines entsetzlichen Vorfalls, werde ich die Erste sein, die Sie davon in Kenntnis setzt und die Ermittlungen abgibt, das hatte ich Ihnen bereits gesagt, und ich wiederhole es hiermit. Ich kann Ihnen weiter versprechen, dass Sie nächste Woche Ergebnisse bekommen. Der Fall steht kurz vor der Aufklärung.«

Das war reiner Bluff. Es herrschte angespannte Stille. Tano Esposito, der ebenfalls anwesend war und bis dahin geschwiegen hatte, blickte sie mit fragend gerunzelter Stirn an, sagte aber nichts. Geräuschvoll ließ sich Volponi zurück in seinen quietschenden Stuhl fallen. Er musterte die Frau, die gelassen und mit übereinandergeschlagenen Beinen vor seinem Schreibtisch saß.

»Vier Tage«, sagte er schließlich knapp. »In vier Tagen will ich hier einen handfesten Bericht mit handfesten Ergebnissen haben. Fakten, Namen, Beweise. Ansonsten geht der Fall an jemand anderen, einverstanden, Esposito? An Lojacono zum Beispiel. Verstanden?«

Seine Hand sauste auf die Tischplatte und ließ den Schreibtisch erzittern.

»Ja, Herr Polizeipräsident. Verstanden.«

Nelly und Esposito hatten im Chor geantwortet.

»Und setzen Sie sich mit Staatsanwalt Ferrari in Verbindung. Den kennen Sie doch angeblich so gut.«

»Wird gemacht, Dottor Volponi.«

Als Nelly aufstand, um sich zu verabschieden, bemerkte sie die kleinen roten Äderchen auf den Wangen des Polizeichefs und die große Arterie, die an seiner rechten Schläfe puckerte.

»Wenn der so weitermacht, kriegt er bald 'nen Schlaganfall«, dachte sie und empfand bei der Vorstellung nicht das geringste Bedauern.

Volponi kam ihr vor wie ein dicker, gefährlicher Eber, aggressiv, aber inzwischen völlig berechenbar. Volponi hingegen hatte aufmerksam beobachtet, wie sie ihre übereinandergeschlagenen Beine gelöst hatte und aufgestanden war.

»Ja, ja, die Rosso«, dachte er bei sich, »über Busen und Beine kann man bei der nicht meckern, aber die ist dermaßen kritisch, dass man ständig das Gefühl hat, sie nimmt einen nicht für voll. Sagen tut sie das eine, aber ihr dreister Blick erzählt ganz was anderes. Ich wette, wenn die mal die Klappe hält, ist sie im Bett gar nicht schlecht, bei dem Mund …«

Die Gedanken ihres Chefs drängten sich Nelly auf wie heiße, schwitzige Hände. Er musterte sie mit hartem, provokantem Blick. Sie murmelte einen Abschiedsgruß und ließ die zwei Männer allein im Büro zurück.

Eine halbe Stunde später saß Nelly dem Richter Luca Ferrari gegenüber und dachte bei sich, was für ein himmelweiter Unterschied doch zwischen ihm und dem Polizeipräsidenten bestand. Das Büro des Richters war schlicht, streng, fast mönchisch: wenige, zweckmäßige Möbel, Regale mit Gesetzestexten an den Wänden, dazu ein wunderschönes Bild eines venezianischen Vedutenmalers. Es zeigte die Piazza San Marco, eingetaucht in einen lichten, geheimnisvollen Dunst. Der Richter war groß und hager, mit grauem, zausigem Haar und freundlichen blauen Augen. Er war wie immer geschmackvoll und dezent gekleidet. Alles an ihm erschien wie das Gegenteil von Volponi, selbst sein weicher Tonfall. Doch Nelly wusste nur zu gut, dass Blick und Stimme unvermittelt umschlagen konnten. Früher hatte zwischen ihnen einmal eine – wie es in solchen Fällen in der Presse heißt – intime Freundschaft bestanden, die Nelly von einem Tag auf den anderen ohne eine Erklärung gelöst hatte. Wenn Ferrari gelitten hatte, so hatte er es zumindest nicht gezeigt. Er war ein guter Freund geblieben. Auf dieses weit zurückliegende, trotz aller Diskretion in der Branche allseits bekannte Verhältnis hatte Volponi in seiner üblichen feinfühligen Art angespielt.

Luca wollte alle Einzelheiten wissen, hielt sich jedoch mit Bemerkungen zurück. Er drehte den Briefbeschwerer zwischen den Fingern und erkundigte sich nach dem nächsten Schritt.

»Ein Besuch im *Anatra azzurra*.«

»Gut. Was die Pittalugas betrifft, rate ich zu Besonnenheit, aber bloß keine Duckmäuserei. Mach einfach weiter wie bisher, ich gebe dir Rückendeckung, soweit ich kann. Und sei vorsichtig. Das sind gefährliche Leute, die hinter diesen beiden Delikten stecken, und sie sind deiner Privatsphäre beängstigend nahe gekommen, Nelly. Mir wäre wohler, wenn auch du dich unter Schutz stellen ließest.«

»Ich glaube nicht, dass das wirklich sein muss, Luca. Das einzige Problem wäre mein Sohn gewesen, doch der ist jetzt in Sicherheit. Um mich habe ich keine Angst.«

»Daran zweifle ich nicht.«

Ein leises, belustigtes, halb ironisches Lächeln umspielte seinen Mund. Dann wurde das Gesicht des Richters wieder ernst.

»Aber es wäre besser, sich hinterher keine Vorwürfe machen zu müssen. In deinem Beruf kann alles Mögliche passieren. Ich muss dich wohl nicht daran erinnern, was mangelnde Vorsicht unseren Freund Roberto damals gekostet hat.«

Die Anspielung auf Maus Vater und seinen gewaltsamen Tod traf Nelly wie eine Faust in die Magengrube. Sie krümmte sich leicht, als wollte sie den Schlag abfangen, und Ferrari sah, wie sich ihr Gesicht schmerzvoll verzog.

»Verzeih meine Direktheit, aber dein Sohn hat schon den Vater verloren. Ich erlaube mir, so mit dir zu reden, weil Roberto fast wie ein Bruder für mich war. Und weil du und ich uns für eine gewisse Zeit nach seinem Tod sehr nahe waren. Eine Zeit, die ich nicht vergessen habe.«

»Ich weiß, Luca. Aber ich kann mir keine Verletzlichkeit erlauben, sonst müsste ich mir einen anderen Job suchen. Wie wir alle hat auch mein Sohn eine Bestimmung, und ich führe Robertos Arbeit fort, weil …« – ich ihn liebte, dachte sie – »… weil er es verdient hat und sein Tod nicht umsonst gewesen sein soll«, sagte sie stattdessen.

Luca Ferrari seufzte resigniert.

»Ich bewundere dich, Nelly. Sei bloß vorsichtig. Und halt mich auf dem Laufenden.«

Während Nelly gedankenversunken die Treppen des Justizpalastes hinunterging, klingelte ihr Handy. Draußen explodierte, über jegliches menschliche Leid erhaben, der Frühling in all seiner strotzenden Pracht. Es war Nardini, der Pathologe. Kaum hatte sie die Neuigkeiten gehört, begab sie sich auf dem schnellsten Weg ins San Martino. Sie wollte es mit eigenen Augen sehen.

Wieder dieser Geruch nach Tod, und wieder ein junger Toter. Das Entscheidende aber war etwas anderes: Habib wies Spuren von Folter auf, zwar wegen des schlechten Zustands der Leiche nicht auf den ersten Blick ersichtlich, doch Nardinis geübtem Auge waren sie nicht entgangen.

»Sehen Sie diese etwas dunkleren Flecken? Brandspuren von Zigaretten«, sagte der Gerichtsmediziner gewohnt gelassen. »Und an den Fingern der linken Hand fehlen drei Nägel.«

»Was für Unmenschen!«, meinte Nelly.

Nardini zuckte mit den Achseln. Seit Jahren schon hatte er seine Gefühle in den hintersten Winkel seines Bewusstseins verbannt, um an seiner Arbeit nicht zu zerbrechen, und die Gräuel, die er jeden Tag zu Gesicht bekam, berührten ihn nicht mehr. Nelly fand diese Fähigkeit bewundernswert und beängstigend zugleich. Sie wäre niemals auch nur ansatzweise dazu fähig. Das Böse in seiner wechselnden, schrecklichen, immer wiederkehrenden Gestalt traf sie ins Mark, verletzte sie und machte sie rasend. Empörung und Wut waren ihr Treibstoff, um in dem, was ihr manchmal wie der sprichwörtliche Kampf gegen Windmühlen erschien, weiterzumachen.

»Sie dürfen sich von diesen Dingen nicht so beeindrucken lassen, Dottoressa. Ich sage Ihnen das als Freund. Bei Ihrem Job können Sie sich das nicht erlauben.«

»Aber klar doch. Ich sehe diesen Jungen noch vor mir, wie er vor ein paar Jahren Kekse essend und Kakao trinkend in meiner Küche saß. Er ist genauso alt wie mein Sohn, und der andere, den Sie vor zwei Tagen obduziert haben, war der beste Freund meines Sohnes.«

»Ja, eben. Wieso überlassen Sie den Fall nicht jemand andetern? Mir ist sowieso schleierhaft, weshalb er Ihnen nicht bereits entzogen wurde. Sie sind viel zu befangen. Wenn Sie mich fragen, laufen Sie Gefahr, dem Druck nicht standzuhalten, nicht objektiv genug zu bleiben.«

»Ach was. Es braucht schon ein bisschen mehr, um mich umzuhauen. Ich habe eben Gefühle, das ist alles. Und die kann ich nicht auf Eis legen wie Sie. Für mich sind sie eine Bereicherung und keine Bedrohung.«

Nardini grinste. Er nahm ihr die kleine Spitze nicht übel, was ebenfalls für seine Professionalität sprach.

»Jedenfalls ist er nicht an den Folterungen gestorben. Und auch nicht ertrunken. In den Lungen war kein Wasser. Sie haben ihn mit Koks vollgepumpt. Und dann versenkt.«

Mit Koks? Ein Zeichen, eine Anspielung? Wenn Habib etwas gewusst hatte, hatten sie ihn mit diesen Methoden wahrscheinlich zum Singen gebracht. Doch auch das hatte ihm nicht das Leben gerettet.

»Berücksichtigt man die Strömungen der vergangenen Tage, ist die Leiche mit fast hundertprozentiger Sicherheit im Osten ins Meer geworfen worden. Irgendwo zwischen Chiavari und Bogliasco, vielleicht sogar von einem Wasserfahrzeug unweit der Küste. Das Netz ist ein ganz normales Fischernetz, gebraucht und geflickt. Die Gewichte sind Tauchergewichte. Die Mörder wollten die Leiche ein für allemal verschwinden lassen, aber entgegen ihren Plänen haben sich die Gewichte zwischen den Felsen verkeilt, und der Tote ist von der Strömung mitgerissen und auf den Strand gespült worden. Das erinnert mich an einen Fall vor vielen Jahren. Damals war es ein kleines Mädchen. Der Tod ist höchstwahrscheinlich in der Nacht vor dem Mord an Francesco Bagnasco eingetreten.«

Die hatten wirklich keine Zeit verloren. Und Habib war keine Zeit geblieben abzuhauen. Sie suchten offensichtlich etwas verdammt Wichtiges. Etwas, das ihnen weggenommen worden war. Aber wann und von wem? Und weshalb waren sie bereits am Tag darauf in der Schule gewesen? Waren sie Franci gefolgt? Nellys Vermutung nach war es doch Monica gewesen, die den Klassenkameraden für ein Ablenkungsmanöver benutzt hatte. Wenn diese Vermutung denn stimmen sollte. Wenn das Mädchen im Besitz der Drogen, oder was auch immer hatte verschwinden sollen, gewesen war. Allerdings hatten sie nicht Monica entführt und gefoltert, sondern Habib. Und Franci hatten sie, ohne lange zu fackeln, umgebracht. Wer würde der Nächste sein? Alle, die etwas wussten, schwebten in Gefahr, Fatima, Maurizio, und vor allem Monica. Dieses kleine Biest steckte böse in der Klemme, und je mehr Nelly darüber nachdachte, desto sicherer war sie. Sie musste sie observieren lassen, zu ihrem eigenen Besten. Und auch, um mehr über ihre Rolle in der ganzen Sache herauszubekommen.

Kaum hatte sie das San Martino verlassen und ein paar Mal tief durchgeatmet, um den grässlichen Geruch aus der Nase zu kriegen, rief Nelly ihren Assistenten an.

»Gerolamo?«

»Dottoressa.«

»Was hat die Durchsuchung des Hauses neben der Schule ergeben?«

»Es ist so gut wie sicher, dass der Schuss aus einem Fenster des obersten Stockwerks abgefeuert wurde, in dem saniert wird. Die Bauarbeiter sind immer erst am späten Nachmittag dort, vorher sind sie noch an einem anderen Haus zugange. Ist anscheinend billiger, auch wenn es doppelt so lange dauert. Die Ballistikexperten bemühen sich gerade um eine endgültige Bestätigung. Auf dem Boden war eine ziemlich vielversprechende Schicht Zementstaub, aber inzwischen sind natürlich alle durchgelatscht, Maurer, Klempner, Maler, es ist also fast unmöglich, Abdruck für Abdruck zuzuordnen, es sei denn, die möglichen

Verdächtigen würden uns freundlicherweise ihre Schuhe zum Vergleich überlassen.«

»Sehr lustig. Aber wer weiß, was noch kommt. Keiner soll den Raum bis auf weiteres betreten. Ich will nicht, dass die letzte Chance, irgendeinen Beweis zu finden, auch noch dahin ist.«

»Das zu veranlassen, habe ich mir bereits erlaubt, Dottoressa«, sagte Gerolamo, und sie meinte, sein seltenes Grinsen durchs Telefon zu hören.

»Ach, Gerolamo, ganz wichtig: Wir brauchen jemand Fähigen, der sich an Monica Pittaluga dranhängt, Tag und Nacht.«

»Nicola und Lombardo? Oder soll Nicola bei Fernanda bleiben, um Fatimas Wohnung im Auge zu behalten?«

»Nicola überwacht Habibs Wohnung. Sollten die noch immer nicht gefunden haben, was sie suchen, könnten sie's aus lauter Verzweiflung auch noch mal dort probieren, vielleicht ertappen wir sie auf frischer Tat. Aber wahrscheinlich wissen sie, dass die Wohnung durchsucht wurde und unter Bewachung steht, und kommen nicht wieder.«

»Lombardo und Rossi?«

»Gut. Die Pittalugas dürfen auf keinen Fall Wind davon bekommen. Sonst kriege ich Ärger mit dem Polizeichef.«

»In Ordnung.«

»Gerolamo?«

»Ja, Dottoressa?«

»Das mit den Überstunden heute Abend geht also klar?«

»Aber sicher.«

Gerolamo würde nie einen Rückzieher machen.

»Wir treffen uns um neun vor dem *Anatra azzurra*.«

»Okay.«

Dritter Tag

Abend

Während sie den halbverhungerten Katzen etwas zu fressen gab, Maus Pflanzen goss und sich unter die Dusche stellte, um ihren Körper mit duftendem Schaum vom Dreck der Welt zu befreien, musste Nelly die ganze Zeit an die Bedeutung von Zeichen denken. Zeichen waren wichtig, doch das Entscheidende war ihre richtige Deutung. Selbst das augenfälligste Zeichen war nutzlos oder irreführend, wenn man es nicht zu deuten wusste. Es war wie ein im Müll versteckter Diamant. Und diesmal gab es viele Zeichen. Mehr als bei anderen Fällen. Doch nur die korrekte Interpretation würde zu handfesten Tatsachen führen. Bisher erschien alles wie in blendendes Licht getaucht, das nichts erhellte, sondern verwirrte, verzerrte, verhüllte.

Nelly stand nackt vor dem großen Spiegel in ihrem Schlafzimmer und musterte sich eingehend: das nasse lockige Haar, das bäuerlich runde, mit Sommersprossen übersäte Gesicht, die kräftige Statur, die schweren Brüste, die wohlgeformten Beine, die im Vergleich zum robusten Körperbau recht schmalen Fesseln. Sie kniff die mandelförmigen Augen zusammen und betrachtete ihre nicht mehr ganz schlanke Taille, den nicht mehr ganz flachen Bauch, das rötliche Schamhaar. Wenn Roberto von den Toten auferstünde, würde er in dieser dreiundvierzigjährigen, reifen Frau das schlanke, geschmeidige Mädchen von einst wiedererkennen? Das Mädchen, das er – zugegebenermaßen nicht besonders einfallsreich – »mein Karöttchen« nannte? Sie verdrängte die Antwort, rasierte sich gewissenhaft Beine und Achseln, föhnte sich das Haar und kam zu dem Schluss, dass sie sich angesichts der vollen Lippen, des anmutigen Halses, der schönen langen Hände und trotz der leider nicht minder langen Füße, Größe 41, als durchaus ansehnlich, wenn nicht gar attraktiv bezeichnen konnte.

Sie holte eine abgetragene Jeans und eine weite, orangefarbene Bluse mit orientalischem Muster aus dem nicht gerade reich bestückten Kleiderschrank und zog ihre beigefarbene Lederjacke darüber. Zwei indianische Silberohrringe, ein diskretes Make-up und ein Spritzer *Chanel Nr. 5*. Nicht sonderlich originell, aber ihr gefiel's. Und vor allem hatte es Roberto gefallen. Und Carlo mochte es auch sehr gern. Aber jetzt war nicht der Augenblick, um an Roberto zu denken, der seit langem tot war, oder an Carlo, der irgendwo auf den Weltmeeren umherschipperte. Sorgfältig schloss sie die schwere Wohnungstür ab und machte sich zu Fuß auf den Weg Richtung Via della Maddalena. Sie fürchtete sich nicht in der Altstadt, und das lag nicht an der Pistole, die hinten in ihrem Gürtel steckte. Schon als junges Mädchen war sie völlig arglos und unbefangen durch die Gassen spaziert, damals, als sie frisch vom Land gekommen war und alles in dieser vor Gerüchen und Katzen und unbekannten Abenteuern strotzenden Hafenstadt neu für sie gewesen war. In weniger als zehn Minuten war sie am *Anatra azzurra*.

Gerolamo sah sie kommen und trat aus dem Schatten einer Gasse hinaus. Er war in Zivil und trug seine schwarze Lederjacke. Als er so plötzlich aus dem Dunkel auftauchte, unterdrückte sie gerade noch einen vorschnellen Reflex.

»Ich bin nervös«, dachte sie ärgerlich.

»Ciao, Gerolamo. Wartest du schon lange?«

»Fünf Minuten, Commissario.«

Nelly blickte sich um.

Mehr noch als andere Ecken der Altstadt hatte die Via della Maddalena einen besonders dekadenten und morbiden Charme.

Zwischen den blätternden Fassaden taten sich die dunklen Mündungen heruntergekommener Gassen auf, und Secondhandläden, Bäckereien, Gemüsehändler und zu dieser Stunde bereits geschlossene Rotisserien säumten die Straße. Dazwischen lagen zahlreiche Kneipen, jede mit ihrer eigenen Klientel. Als Nelly nicht viel älter als Mau gewesen war, hatte sie hier mit zwei Freundinnen in einer winzigen Wohnung gewohnt. Allerdings dachte sie an diese Zeit nicht besonders gern zurück. Die alten Kneipen, von denen es einige schon längst nicht mehr gab, kannte sie sehr viel besser als die neuen. Im *Anatra azzurra* war sie noch nie gewesen. Sie war ehrlich gespannt. Sie beobachtete ein paar Gäste, die zum Rauchen vor die Tür gekommen waren und es offenbar eilig hatten, wieder hineinzugehen.

»Also los«, sagte sie auf Gerolamos fragenden Blick hin, »dann wollen wir mal Aldo und Nino kennenlernen.«

Niemand schien die beiden Neuankömmlinge zu bemerken. Das lange, schmale Lokal war schummrig beleuchtet, die Musik dröhnte. Ethno-Musik, eine Art Singsang. Ein dezenter Weihrauchduft lag in der Luft. Rechts hinter dem langen Mahagonitresen waren zwei junge Studentinnen damit beschäftigt, Cocktails zu mixen und die Gäste zu bedienen, die am Tresen lehnten, auf den hohen Barstühlen hockten oder an den von Bänken gesäumten Tischen entlang der Wände saßen. Überall hingen afrikanische Masken und Objekte aus aller Welt. Die Atmosphäre war angenehm: weich und gedämpft und zugleich aufgeladen, voller Verheißung und kaum gezügelter Erregung. Am Ende des Tresens stand ein gutaussehender Mann und redete mit einem der Mädchen. Er war um die vierzig, und sein helles, langes Haar war zu einem Pferdeschwanz gebunden. Er trug ein gelbes Wildseidenhemd, eine Weste, schwarze Lederhosen und einen Ohrring. Ebenmäßige Züge, schlank, gepflegt. Nelly ging auf ihn zu.

»Aldo oder Nino?«, fragte sie ohne Umschweife.

Er zuckte leicht mit den Augenbrauen.
»Nino, wieso?«
Sie zog ihre Dienstmarke hervor. »Polizei«, sagte sie knapp. »Wo können wir uns unterhalten?«
Ninos Augenbrauen rutschten fast bis zum Haaransatz, doch er sagte keinen Ton. Mit einer Kopfbewegung forderte er sie auf, ihm zu folgen, und geleitete sie durch zwei weitere Gasträume voll Stimmengewirr und Gläserklirren in ein Kabuff, das fast vollständig von einem alten Schreibtisch samt Computer und ein paar Polsterstühlen eingenommen wurde. An den Wänden ein paar Regale und ein Poster von den Malediven. Er bedeutete Nelly und Gerolamo, Platz zu nehmen, verschanzte sich hinter dem Tisch und zündete sich einen Zigarillo an.
»Kommt ihr von Santangelo? Der hat mir doch schon letzte Woche seinen neuen Gehilfen vorbeigeschickt. Hier ist alles in Ordnung, alles nach Vorschrift ...«
Nelly runzelte überrascht die Stirn. Eine Routinekontrolle?
»Niemand schickt uns. Das hier ist keine der üblichen Drogenkontrollen.«
Nino atmete sichtlich erleichtert auf.
»Kennen Sie einen Jungen namens Habib Kamali?«
Keine nennenswerte Reaktion. Nelly meinte nur ein flüchtiges Aufblitzen in seinen Augen wahrzunehmen, doch vielleicht spielten ihr die Lichter aus dem angrenzenden Gastraum einen Streich.
»Klar kenne ich den. Der arbeitet fast jeden Abend hier, aber seit drei Tagen habe ich ihn nicht mehr gesehen. Nicht mal angerufen hat er, um Bescheid zu sagen.«
»Das wird er auch nicht mehr. Er ist tot.«
»Tot?«
Das überraschte Entsetzen schien echt zu sein.
»Und woran ist er gestorben?«, fragte er, sobald er sich wieder im Griff hatte.

»Jedenfalls nicht an Masern, sonst wären wir nicht hier.«

Gerolamos Stimme klang brüsk. Im Halbdunkel hatte sein Gesicht mit den glühenden dunklen Augen etwas Beängstigendes. Es erstaunte Nelly, dass er etwas gesagt hatte.

»Er ist ermordet worden«, fügte sie hinzu.

»Ermordet …«, wiederholte Nino mechanisch. Falls er bluffte, dann war er ein großartiger Schauspieler. Sein Unterkiefer klappte herunter, er riss die Augen auf, seine ganze Mimik drückte waschechte Bestürzung aus. Vor allem wurde er blass. Bestürzung konnte man vortäuschen, aber die Gesichtsfarbe … Und es war nicht nur der Schock, er schien ehrlich betroffen zu sein.

»Habib, umgebracht? Und von wem? Ich kann es nicht fassen, ein so netter Junge … so hübsch …«

»Vielleicht können Sie uns helfen, seinen Mörder zu finden, Nino. Oder vielleicht wissen Sie ja, wer es war?«

»Ich? Woher soll ich das wissen? Ich mochte diesen Jungen wirklich gern. Ein echtes Goldstück, pünktlich, fleißig, bei den Gästen beliebt …«

»Vielleicht ein bisschen zu beliebt«, bemerkte Nelly und dachte daran, wie Habib seiner Lehrerin zufolge sein Taschengeld aufgebessert hatte.

»Was wollen Sie damit sagen, Commissario? Das hier ist ein anständiges Lokal, hier gibt's keine krummen Sachen.«

»Das habe ich auch nicht gesagt. Wie kommen Sie darauf? Allerdings gibt es Leute, die behaupten, Habib habe sich prostituiert. Wissen Sie etwas darüber?«

Nino fühlte sich sichtlich unwohl. Gereizt rutschte er auf seinem Stuhl herum.

»Ich hab mich bestimmt nicht darum gekümmert, was der Bengel außerhalb seiner Arbeitszeiten gemacht hat, es ging mich auch nichts an. Soweit ich weiß, hatte er eine Freundin. So 'ne farblose Blonde mit grünen Augen, die einen auf Vamp gemacht hat«, fügte er bissig hinzu.

»Kennen Sie sie?«, fragte Nelly hellhörig.

»Soweit ich weiß, heißt sie Miriam. Sie kam hin und wieder mit einer Freundin hierher, die wohl Monica heißt.«

Die beiden Mädchen tauschten also Namen. Warum bloß? Spiel oder Täuschung? Sie durfte nicht vergessen, bei nächster Gelegenheit Monica danach zu fragen.

»Wann haben Sie Habib das letzte Mal gesehen?«

»Ich dachte, das hätte ich schon gesagt. Vor drei oder vier Tagen. Lassen Sie mich mal überlegen: Der Abend, an dem er nicht aufgetaucht ist, war der, bevor dieser Irrsinn an seiner Schule passiert ist, und er hat noch nicht mal angerufen, um Bescheid zu geben. Eigentlich seltsam. Er rief immer an, wenn er nicht kommen konnte. Ich erinnere mich so genau, weil wir hier eine riesige Geburtstagsgesellschaft hatten und ich sauer geworden bin. Aber er hat sich nicht blicken lassen. Auch an den vergangenen Abenden haben wir immer auf den letzten Drücker Ersatz für ihn finden müssen. Ich hab versucht, ihn auf dem Handy zu erreichen, aber erfolglos.«

»Er hätte wohl kaum drangehen können. Wie war denn der letzte Abend, an dem er hier war? Ist Ihnen irgendetwas aufgefallen?«

»Ach ja, seine Freundin war da mit dieser Dicken. Er war immer ein bisschen zu abgelenkt, wenn Miriam hier war.«

»Kennen Sie sie gut?«

»Ich? Um Gottes willen, Frauen interessieren mich nicht. Ich weiß, dass er sie aus der Schule kannte, aber mit der Belegschaft hier hatte sie keinen Kontakt. Eine arrogante kleine Hippe.«

Nino schien seinen Erinnerungen nachzuhängen.

»Aber er schien völlig hin und weg zu sein, wer weiß, was der an ihr gefressen hat.«

Nelly fragte sich, weshalb er gegenüber Monica-Miriam so viel Feindseligkeit und Verachtung hegte. Eifersucht?

»Habib war verdammt hübsch«, murmelte sie wie zu sich selbst.

»Verdammt hübsch. Eine Mischung aus griechischem Gott und Beduine. Ganz außergewöhnlich!«

Nino biss sich auf die Lippen, da war ihm ein bisschen zu viel herausgerutscht. Seine Hände zitterten leicht.

»Na ja, er war halt ganz gut gelungen. Wie … ist er umgebracht worden?«

»Ich fürchte, ich kann Ihnen keine Details nennen.«

Nino schloss die Augen, als wollte er die Bilder der wie auch immer entstellten Schönheit vertreiben.

»Ein Jammer. Ein echter Jammer.«

»Ja, auch für seine Mutter und seine kleine Schwester. Die sind jetzt allein.«

Nino zuckte mit den Achseln. Richtig, Frauen interessierten ihn ja nicht.

»Sie wissen nicht, was Habib so machte? Mit wem er sich umgab? Sie kennen doch sicher jeden, der Ihren Laden frequentiert.«

»Es tut mir leid, Commissario, aber Habib war … wie soll ich sagen, offen und geheimnisvoll zugleich. Er kam, flachste herum und verschwand wieder. Eigentlich weiß ich so gut wie nichts über ihn.«

»Ihnen ist schon klar, dass es in Fällen wie diesem ernsthafte Folgen haben kann, wenn man der Polizei Informationen vorenthält?«

Nino wollte gerade den Mund aufmachen, um etwas zu erwidern, als ein stämmiger Mann mit Geheimratsecken das Zimmer betrat. Er trug einen Pulli mit rundem Ausschnitt, der seine Wampe besonders zur Geltung brachte, und ein Paar Designerjeans. Die dunklen Augen hinter den dicken Brillengläsern musterten Nelly und Gerolamo alles andere als freundlich.

»Eh, Nino, was machst du denn hier, der Laden ist rappelvoll.«

Ehe der Mann noch etwas sagen konnte, schnitt Gerolamo ihm brüsk das Wort ab:

»Polizei, setzen Sie sich.«

Sein Ton erlaubte keine Widerrede. Das eben noch aggressive Pfannkuchengesicht wurde plötzlich sanft und unschuldig:

»Polizei? Was hast du denn nun schon wieder ausgefressen, Nino?«

Der Ton war scherzhaft, nur die Augen waren noch kälter als vorher.

»Commissario Rosso, Kripo Genua. Das ist mein Assistent Privitera. Wir ermitteln zum gewaltsamen Tod eines Ihrer Angestellten, Habib Kamali. Sie sind Aldo Trevisan, nehme ich an.«

»Ja, das bin ich ... Was haben Sie gesagt, Commissario, Habib ist tot?«

Seine Augen suchten Ninos Blick, der ihnen geflissentlich auswich.

»Unser Habib? Und wer, bitte, könnte einen so netten Jungen umbringen wollen?«

»Genau das würden wir auch gern wissen. Ihr Partner war uns bisher keine große Hilfe, deshalb erhoffen wir uns von Ihnen ein wenig mehr Kooperationsbereitschaft. Wie dem auch sei, wir haben den begründeten Verdacht, dass sich Habib gegen Geld mit Männern einließ und mit harten Drogen dealte. Und da er für Sie arbeitete, wirft das kein besonders gutes Licht auf Ihr Lokal.«

Aldo klappte den Mund auf und wieder zu. Noch einmal suchte er Ninos Blick, doch Nino war ganz damit beschäftigt, einen Brieföffner mit Horngriff zu malträtieren.

»Was haben denn wir ... was hat unser Lokal damit zu tun? Mit dem Gesetz hatten wir noch nie Probleme.«

»Ganz sicher, Signor Trevisan? Weshalb sind Sie von Verona nach Genua gezogen? Bei den Veroneser Kollegen haben wir diesbezüglich bereits Informationen angefordert. Sollte es etwas geben, das wir wissen müssen, wäre es besser, Sie würden es uns selbst sagen. Heraus kommt es so oder so.«

»Na ja, in Kneipen wie unserer verkehren die unterschiedlichsten Leute, wir können schlecht alle nach ihrem polizeilichen Führungszeugnis fragen, so gern wir das täten ... Wie dem auch sei, in Verona hat uns irgendein Neidhammel angedichtet, bei uns würde mit Drogen gehandelt, und schon gab's mehrere Polizeirazzien, die bis auf ein paar Hirnis mit ein bisschen Gras für den persönlichen Gebrauch in der Tasche zu keinem Ergebnis führten. Glauben Sie denn, wir hätten Lizenzen für unser Lokal an der Riviera und für dieses hier bekommen, wenn es Probleme gegeben hätte? Wir wollen keinen Ärger, der Laden brummt, das Geschäft läuft gut, wieso sollten wir uns mit Drogendealern und ähnlichem Gesocks abgeben? Fragen Sie Ihren Kollegen Santangelo, der kann für uns bürgen.«

Nelly hörte ihm schweigend zu. Aldo Trevisans Stirn glänzte vor Schweiß.

»Und bei Habib hab ich ja schon immer gedacht, dass so einer nichts als Scherereien bringt.« Nino warf dem Freund einen vernichtenden Blick zu. »Ja, Nino, lass mich ausreden, du hast ihn immer in Schutz genommen, er war dein Augapfel, weil er so hübsch war und so – na komm, brauchst gar nicht so zu glotzen –, aber ich hab dem nie über den Weg getraut, irgendwie hatte der was Schmieriges, ein Marokkaner halt.« Aldos Stimme ließ keinen Zweifel darüber, was er von Maghrebinern hielt. »Und skrupellos war er obendrein, dass der seinen Arsch verkauft hat, wundert mich nicht, der hat's mit Frauen und Männern getrieben, mit seinen ... wie nanntest du die noch mal?«, giftete er. »Ah ja, mit seinen nachtschwarzen Onyxaugen. Und dabei hielt er sich noch für extraschlau. Offenbar hat er Leute getroffen, die nicht besonders auf seine Cleverness standen. Im

Grunde wundert es mich kein bisschen, dass es mit ihm so geendet ist. Aber was, bitte, haben wir damit zu tun?«

»Nun, Signor Trevisan, wenn jemand Drogen vertickt und in einem Lokal wie dem Ihren arbeitet, liegt es doch ziemlich nahe, die beiden Jobs miteinander zu verbinden. Dass Sie nach so vielen Jahren in der Branche so sehr auf Ihre Unschuld pochen, wundert uns ziemlich. Sie selbst haben ja gesagt, dass hier alle möglichen Leute ein und aus gehen. Zum Beispiel?«

»Das sind nur Eindrücke, Commissario, weiter nichts ...«

»Schön, Vermutungen nehmen wir auch.«

»Na ja – Nino, hör doch mal auf, mich mit deinen Blicken zu lynchen, ich hab keine Lust, wegen deines Schützlings, der übrigens mausetot ist, Ärger zu bekommen –, es gibt da so ein paar Typen, die manchmal hier reingeschneit sind, die haben häufig mit Habib rumgetuschelt. Der eine war so ein kleiner, stämmiger, aus dem Süden, würde ich sagen, aber ich kann's nicht beschwören, mit unsäglichen Krawatten und einem Ring am Finger, keine Ahnung, wie der hieß, und der andere war groß und kräftig mit blauen Augen, dem Akzent nach ein Ligurer, würde ich tippen. Besonders vertrauenerweckend wirkten beide nicht, bestimmte Gesten, Blicke, Zeichen – in meinem Beruf lernt man gewisse Dinge zu deuten. Wie der Genueser heißt, weiß ich auch nicht. Mit mir haben die nie geredet, mit dir, Nino?«

Nino zuckte die Achseln.

»Sind die beiden oder einer von ihnen heute Abend hier?«

»Ich hab sie seit ein paar Tagen nicht mehr gesehen, aber beschwören kann ich's nicht. Offengestanden hab ich nicht drauf geachtet, ich wusste von der Sache mit Habib ja nichts.«

»Wenn Sie die zwei sehen sollten oder Ihnen noch etwas einfällt, rufen Sie mich umgehend im Präsidium an. Hier ist meine Nummer.«

Nino und Aldo standen auf, und Nelly und Gerolamo gingen hinaus.

»Ich glaub, jetzt ist Schicht, Gerolamo. Wir sind außer Dienst. Kann ich dir einen ausgeben?«

Gerolamo lächelte kaum merklich.

»Einen Grapefruitsaft, Commissario. Mit Gin.«

»Einen Grapefruitsaft mit Gin und einen Four Roses. Ohne alles.«

Aldo war ihnen gefolgt und machte dem blonden Mädchen hinter dem Tresen ein Zeichen.

»Die Herrschaften sind eingeladen.«

»Danke, aber das kann ich nicht annehmen«, erwiderte Nelly ruhig und zog ihr Portemonnaie aus der Tasche. Das Mädchen sah sie unsicher an.

»Wie viel macht das?«

Nelly und Gerolamo nippten an ihren Drinks und musterten die Gäste. Wie gern hätte Nelly eine Zigarette geraucht, und obwohl sie es nur noch selten tat, hatte sie stets ein Päckchen bei sich. Es gab Intellektuellenpärchen, die in der Altstadt oder in Castelletto wohnten, dürre Studenten in ausgebeulten Jacken, aufgestylte Abiturienten mit Hipsterhaarschnitt und Designersweatshirts, »Mädels« in Nellys Alter in Begleitung ihres männlichen Zeitvertreibs oder auf der Suche nach einem Neuen, die Beine und Bäuche in Leggins gepresst, schmuckbehängt, mit langem oder kurzem Haar und müden, von zahlreichen gescheiterten Beziehungen gezeichneten Gesichtern, blutjunge Mädchen in bauchfreien Oberteilen, die sich hysterisch kichernd und mit vor Alkohol (oder Drogen?) glänzenden Augen umblickten, Männer irgendwo zwischen dreißig und fünfzig, grau, mit oder ohne Bart, klein oder groß, dünn oder dick, die sich mal unauffällig, mal herausfordernd umsahen, auf der Suche nach etwas für eine Nacht, einen Monat, ein paar Jahre, alles war recht.

Die Paare fühlten sich den anderen überlegen, die Frauen und Mädchen präsentierten ihre Begleiter mit lässiger Gewissheit und warfen vielsagende Blicke in die Runde. Und auch die Männer, den Arm schützend um die Schultern der Freundin gelegt, demonstrierten ihre soziale Überlegenheit gegenüber den Singles, die sich an den Tresen klammerten wie an einen Rettungsring, doch auch ihre Augen streiften pirschend umher. Einer wartete, bis seine Begleiterin woanders hinsah, und hob sein Glas komplizenhaft in Nellys Richtung. Beinahe hätte sie laut losgeprustet – wenn der wüsste, weshalb sie hier waren, und *wer* sie waren! –, da erschien Monica in der Tür.

»Stell dich vor mich, Gerolamo, schnell, ich will nicht, dass sie mich sieht!«

»Was? Wer …? Ah, sie.«

Jetzt hatte auch Gerolamo Monica Pittaluga entdeckt. Er wusste sofort, wer sie war, denn er hatte sie kurz im Polizeipräsidium gesehen. Das Haar fiel ihr offen über den Rücken, sie war stark geschminkt und sah älter aus. Sie trug ein durchsichtiges knallrosa Netztop, einen extrem kurzen, schwarzledernen Minirock und ein Jäckchen aus superweichem schwarzen Nappa. Ihr Gesicht war ausdruckslos, ein wenig aufreizend. Sie kam in Begleitung eines hochgewachsenen, sehr gut angezogenen jungen Mannes, der ihr den Arm um die Taille gelegt hatte. Dahinter, in einen roten Minirock sowie in ein farblich passendes Top gequetscht, aus dem zwei beängstigend dicke Brüste hervorquollen, tauchte Miriam auf. Sie trug eine graue Jacke, war lächerlich dick geschminkt und wurde von einem vornübergebeugten, bebrillten Jungen begleitet, der ihr den Arm um die Schultern gelegt hatte.

»Nach allem, was passiert ist, kommt dieses Flittchen hierher, um einen draufzumachen?«

Nelly konnte es nicht fassen. Entweder war die kleine Pittaluga einfach durchgeknallt oder sie hatte wirklich nichts mit der ganzen Sache zu tun. Habibs Tod hatte sie offenbar nicht sonderlich beeindruckt, wenn sie, gleich nachdem sie davon erfahren hatte, wieder um die Häuser zog. Oder wollte sie damit etwas demonstrieren? Und wem?

Unwillkürlich empfand Nelly Mitleid für diesen dunkelhäutigen Jungen und seine Familie. Sein Tod interessierte niemanden, gerade so, als hätte jemand eine Fliege zerquetscht. Doch Habib war keine Fliege, sondern ein Mensch wie alle anderen auch. Und was immer er in seinem jungen Leben angestellt haben mochte, er hatte hinreichend dafür bezahlt. Sie beobachtete Monica, die sich zu einem Tisch mit offenbar ebenfalls zur Genueser Oberschicht gehörenden jungen Leuten durchgezwängt hatte. Sie grüßte in die Runde und setzte sich auf den Schoß eines Jungen mit rötlichem Haar. Ihr schöner Begleiter, Miriam und der andere Junge fanden nur mit Mühe einen Platz. Wie sehr hätte Nelly sich gewünscht, Federica könnte ihr unfehlbares Töchterchen jetzt sehen. Hintereinanderweg kippte Monica zwei Bacardi hinunter und wechselte dann auf die Knie des eleganten Jungen, mit dem sie gekommen war und der sie begeistert anhimmelte. Den Busen gegen seine teure Jacke gedrückt, hielt sie die Lippen ganz dicht an sein Ohr und raunte ihm etwas zu.

»Der hat bestimmt schon einen Steifen«, kam es Nelly in den Sinn.

Monica war die Verführung in Person. Das Mädchen aus gutem Hause, das zu ihr ins Büro gekommen war, erschien jetzt wie eine entfernte Verwandte, die ihr nur ansatzweise ähnlich sah.

»Schau mal, Lombardo ist hereingekommen.«

Monicas Schutzengel hatte sich an den Tresen gesetzt und eine Cola bestellt. Sofort hatte er Gerolamo und Nelly entdeckt, ließ sich jedoch nichts anmerken.

»Schön, gehen wir, Gerolamo. Ich will nicht, dass die Mädels uns sehen. Wie der Abend ausgeht, können wir morgen früh in Lombardos Bericht lesen.«

»Wie soll der schon enden? Im Bett natürlich«, bemerkte Gerolamo wie immer tödlich ernst. Nelly konnte ein Lachen nur mühsam unterdrücken. Der Typ, der ihr zugeprostet hatte, zwinkerte ihr abermals zu, und sie trat ihm im Vorbeigehen auf den Fuß. Einen Augenblick später waren sie draußen in der samtigen ligurischen Frühlingsnacht. Nur ein leises Lüftchen regte sich, und der Duft des Meeres, vermengt mit den zahllosen Gerüchen der Altstadt, umfing sie.

»Und, was meinst du?«

»Die wissen mehr, als sie zugeben. Die beiden, meine ich. Die haben nur Mist verzapft.«

»Du nimmst ihnen die Geschichte mit dem Kerl aus dem Süden und dem Genueser nicht ab?«

»Davon laufen Tausende herum. Ob sie wahr ist oder nicht, sie bringt uns nicht wirklich weiter.«

»Die Beschreibung des einen hat mich an den Mann erinnert, der meinen Sohn besucht hat. Und was sagst du zu Monica?«

»Mehr *fimmina* als die geht kaum. Die schreckt selbst vor dem leibhaftigen Teufel nicht zurück.«

»Auch Habib hat vor nichts zurückgeschreckt, bis zu einem gewissen Punkt zumindest. Dann muss ihm die Sache aus der Hand geglitten sein.«

»So ist es.«

»Wir sehen uns morgen, Gerolamo. Deine Frau hasst mich bestimmt.«

»Arbeit ist Arbeit. Soll ich Sie nach Hause begleiten?«

»Nein danke, nicht nötig. Ich hab schließlich eine Waffe bei mir.«

»Und Sie können damit umgehen, Dottoressa. Sie treffen immer ins Schwarze.«

»Danke für das Kompliment. Und gute Nacht. Gib Serenella ein Küsschen von mir.«

Serenella war Gerolamos jüngste, drei Jahre alte Tochter.

Hadija sah ihr ein bisschen ähnlich. Vielleicht war ihm das auch aufgefallen, überlegte Nelly.

Genüsslich kuschelte sich Kommissarin Rosso in ihr gemütliches Bett. Sie war halb eingeschlafen, als das Telefon klingelte.

»Nelly?«

»Ciao, Carlo. Ich weiß ja nicht, von wo du anrufst, aber es gibt so etwas wie Zeitverschiebung, und hier ist es zwei Uhr nachts.«

»Sonst erwische ich dich ja nicht. Du bist nie zu Hause und dein Handy ist ein Diensthandy.«

»Schon gut. Wie geht's?«

»Super, und dir? Ich hab von der Sache am Gymnasium gehört. Wie geht's Mau?«

»Kannst du dir ja denken. Die Geschichte stinkt zum Himmel, es gibt schon ein paar Tote, und er steht unter Polizeischutz.«

»Was Ernstes also. Nach dem, was man so liest, weiß die Presse nicht sonderlich gut Bescheid.«

»Uns geht es nicht viel besser. Dichter Nebel. Lieb von dir, dass du anrufst.«

»Ich bin immer lieb. Nur fällt es dir meistens nicht auf. Ich bin gestern nach Mailand geflogen, und sobald ich kann, komme ich auf einen Sprung nach Genua.«

»Wieso?«

Schweigen am anderen Ende.

»Nelly, mach mich nicht wütend! Ich hab eine Wohnung in Genua. Aber vor allem will ich dich sehen!«

Die Stimme klang noch immer scherzhaft, doch Nelly wusste, dass ihre Frage ihn getroffen hatte.

»Na schön. Ich freue mich auch, wenn du kommst.«

»Ich rufe dich an, sobald ich da bin. Schlaf jetzt weiter, Commissario.«

»Ciao, Comandante.«

Von wegen, schlaf weiter! Jetzt war die Müdigkeit verflogen. Nelly ging in die Küche und machte sich einen dreifachen Kamillentee mit ein paar Tropfen Baldrian. Carlo verwünschend, schlief sie gegen halb vier ein. Doch der Anruf hatte ein angenehm warmes Kribbeln in ihrem Bauch hinterlassen, als hätten seine kräftigen Hände sie gestreichelt.

Vierter Tag

Morgen

Abermals riss das Klingeln des Telefons sie aus dem morgendlichen Schlaf. Duselig vom starken Kamillentee und der Müdigkeit, tastete sie auf dem Schiefernachttisch neben dem Bett nach ihrem Handy.

»Ja?«

»Nellyschätzchen, endlich! Dich erwischt man wirklich nur im Morgengrauen.«

»Sandra?«

»Erraten. Die Stimme des Gewissens oder besser der Presse.«

»Ich fasse es nicht. Himmel, Arsch und Wolkenbruch, wieso hab ich mein Telefon nicht ausgesteckt?! Ruft mich um halb sieben Uhr morgens an. Weißt du, dass an so etwas selbst die allerbesten Freundschaften zerbrechen?«

»Irgendwie musste ich dich doch erreichen. Ich hab Mau gebeten, dir zu sagen, dass du mich anrufen sollst, aber Pustekuchen. Verzeih mir, aber die Stadt fragt sich …«

»Du willst mir ernsthaft diesen Blödsinn verkaufen, um die Uhrzeit?«

Langsam wurde Nelly sauer, und das war alles andere als ein guter Start in den Tag. Seit geraumer Zeit fingen die Tage sowieso immer schlechter an, und eine Besserung war nicht in Sicht.

»Sei mir bitte nicht böse, Nelly, der Chefredakteur vierteilt mich. Ihr lasst nichts durchsickern, und über die Sache kursieren die wildesten Gerüchte, oder ist an denen vielleicht doch was dran? Können wir nicht wenigstens fünf Minuten miteinander plaudern? Du sollst ja keine Betriebsgeheimnisse preisgeben, nur ein kleines Schwätzchen, ich muss dir nämlich auch was sehr Wichtiges sagen.«

Sandra war eine von Nellys wenigen Freundinnen. Sie kannten sich noch aus der Uni und hatten zusammen in der berüchtigten winzigen Wohnung in der Via della Maddalena gewohnt. »Die Lasterhöhle« hatten sie sie damals genannt. Sie teilten so manches Geheimnis. Sandra war Maus Patentante. Wenn Nelly und Mau einmal nicht da waren, was selten genug vorkam, war sie sofort zur Stelle und kümmerte sich um die Katzen. Seufzend verdrängte Nelly die Wut darüber, so unsanft geweckt und vom Südseestrand fortgerissen worden zu sein, wo sie gerade mit einem gesichtslosen Mann – Carlo? – ziemlich guten Sex gehabt hatte, und ergab sich, wenn auch nicht ohne einen letzten, verzweifelten Versuch der Gegenwehr, dem Unausweichlichen.

»Selbst wenn ich dich sehen wollte, Sa, wüsste ich wirklich nicht wann. Ich hab bis über beide Ohren zu tun …«

»Geh doch erst mal richtig schön duschen, so zehn Minuten vielleicht, und dann bin ich schon mit einer frischen Focaccia unterm Arm bei dir. Du setzt einen Kaffee auf, und wir frühstücken zusammen. Und plaudern ein bisschen. Ich stehe praktisch schon vor deiner Tür.«

Es gab kein Entrinnen.

»Bis gleich, Sa.«

»Danke, mein Schatz.«

Die beiden Frauen saßen auf der Terrasse. Die Luft war lau, auch wenn man so früh am Morgen noch einen Wollpulli brauchte. Genussvoll machten sie sich über die Focaccia her. Sandra wusste, was Nelly schmeckte, und hatte auch noch ein Stück mit Zwiebeln mitgebracht. Die Katzen waren den Freundinnen schnurrend um die Beine gestrichen und hatten es sich bequem gemacht. Silvestro lag in Nellys Arm, Minni in Sandras und Pippo auf dem gemütlichen Kissen eines vakant gebliebenen Korbstuhls. Die Espressokanne stand auf dem

Eisentisch, und die Welt schien in Ordnung. Schließlich brach Nelly den Frieden.

»Und, bist du gekommen, um die Aussicht zu genießen?«

»Die Aussicht hier ist die Focaccia wert, aber ... Übrigens, wo ist eigentlich Mau?«

Nelly wurde noch wachsamer als Silvestro.

»Wieso fragst du mich das?«

»Um diese Uhrzeit müsste er doch zu Hause sein, oder?«

»Und woher willst du wissen, dass er es nicht ist?«

»Nein, Nelly, so wird das nichts. Ich bin zwar Journalistin, aber ich bin vor allem deine Freundin, die dich und deinen Sohn liebt. Ich hab dich das nicht als Journalistin gefragt, ich weiß, dass er nicht zur Schule geht, und bei unserer Zeitung ist ein anonymer Brief eingegangen.«

Nelly starrte sie an. Sandra war eine recht kleine, rundliche Frau mit unregelmäßigen Zügen, dunklen Augen und ebenso dunklem, kurzem Haar. Sie war stets bestens geschminkt, was ihren verführerisch sinnlichen Mund besonders hervorhob. Ihre Kleidung war immer eine Spur knapper als nötig und betonte ihren üppigen Busen und die runden, weiblichen Hüften. Auch der nicht weniger runde Bauch kam zur Geltung, und da alles immer einen Tick zu kurz war, waren auch ihre schönen Beine und die schlanken Fesseln zu sehen. Nachdem eine zwanzigjährige Beziehung mit einem berühmten Literaten in die Brüche gegangen war, lebte sie allein, doch richtig allein war sie eigentlich nie. Ohne viel Federlesens wechselte sie von einer kurzen Beziehung zur nächsten. Sie war verlässlich, schamlos, witzig und schlagfertig, rau und romantisch, neugierig, zärtlich, kratzbürstig und empfindlich, eine echte Frau eben. An diesem Tag trug sie einen grauen Rock, der genauso lang wie breit zu sein schien, und ein feuerrotes Kaschmirtwinset. Nach einer jugendlichen Lotter-Look-Phase war sie bei einem konservativen Kleidungsstil Marke Genueser Oberschicht angekommen, den sie mit ausnahmslos echtem Schmuck abrundete: Ohrringe mit Brillanten und kleinen Smaragden, dazu eine Goldkette von Sforza. Doch wirkte an ihr nichts je wirklich elegant noch vulgär: Sandra war Sandra, nicht mehr und nicht weniger. Eine Naturgewalt eben.

»Ein anonymer Brief welchen Inhalts? Und wieso seid ihr damit nicht zur Polizei gegangen?«

»Bist du etwa nicht die Polizei? Ehe ich irgendwelche offiziellen Schritte unternehme oder eben nicht, wollte ich ihn dir zeigen.«

Sie hielt ihr ein mit dem Computer getipptes, auf einem weißen Blatt Papier ausgedrucktes Schreiben hin. Es lautete:

»Wenn ihr mehr über die Vorfälle am Klee-Gymnasium wissen wollt, sucht nach dem verschwundenen Sohn des Gesetzes und im Garten der Macht.«

Nelly erstarrte und las den Brief noch ein Mal und noch ein Mal.

»Das ist nur wieder irgend so ein Verrückter«, flüsterte sie und sah weit über den Hafen hinweg in die Ferne.

»Ich hab sofort an Maurizio gedacht. Der Sohn des Gesetzes … der Sohn einer Kommissarin, Zeuge eines Verbrechens, Freund eines der ermordeten Jungen. Doch was hat ›der Garten der Macht‹ zu bedeuten? Mein Chef weiß von dieser Nachricht noch nichts. Sei ehrlich, Nelly, wo ist Mau? Geht es ihm gut?«

»Sandra, Mau ist in Sicherheit, doch es stimmt, dass ich ihn fortgeschickt habe, damit er sich von dem Schock erholt und um ihn von eventuellen Anspielungen und Abgründen dieser Art fernzuhalten.« Sie zeigte auf den Brief. »Und was den Garten der Macht angeht, da fällt mir beim besten Willen nichts zu ein«, log sie.

Sie hoffte, dass sie überzeugend geklungen hatte. Doch bei Sandra zog das nicht.

»Ich hab an die Pittalugas gedacht, weißt du. Keine Ahnung, warum, aber es wird gemunkelt, die kleine Monica wäre die Freundin von diesem Habib gewesen oder hätte zumindest oft mit ihm rumgehangen. Das zu schreiben, trauen sie sich noch nicht, wegen der Familie, aber früher oder später kommt was an die Oberfläche, die werden Namen und Nachnamen nennen, ich oder andere Journalisten, schließlich will jeder der Erste sein. Der Garten der Macht ... was mir da vorschwebt, ist der Park von ...«

»Federica und Gianandrea in Castelletto«, schloss Nelly nüchtern.

»Genau. Ich hab versucht, Federica ans Telefon zu kriegen, aber die lässt sich verleugnen. Die Familie hat sich vollkommen abgeschottet. Verwandte, Freunde, Bekannte, alle scheinen ein Schweigegelübde abgelegt zu haben. Es ist, als wären sie unsichtbar geworden. Dabei treibe ich mich noch in den entsprechenden Kreisen herum. Überall Grabesstille. Es ist auch niemand bereit, sich zur finanziellen Lage der Familie zu äußern.«

»Was meinst du mit finanzieller Lage?«

»Vor einiger Zeit hieß es, das Unternehmen stecke in finanziellen Schwierigkeiten, du weißt ja, die haben Niederlassungen in der ganzen Welt, sogar in China haben sie eine aufgemacht, glaub' ich. Wie dem auch sei, angeblich lief irgendwas nicht mehr so, wie es sollte, auch aktientechnisch, die waren gerade an die Börse gegangen, da hat sich der Wind gedreht. Das wurde aber nur hinter vorgehaltener Hand erzählt. Und jetzt – nichts mehr. Als hätte sich alles in Wohlgefallen aufgelöst. Übrigens, die Schule macht ja am Montag wieder auf. Und ... wie geht es der Galli?«

»Die liegt noch immer im Koma. Verdammt noch mal, Sandra, diese Geschichte macht mir echt zu schaffen. Zwei Jungs hat sie schon das Leben gekostet. Und für die anderen, die irgendwie in der Sache mit drinstecken, ohne dass wir sagen könnten, wie, bestehen erhebliche Sicherheitsprobleme. Mau bestreitet, je was gewusst zu haben, er hat angeblich nur gekifft. Wir lassen nichts raus, weil es tatsächlich noch nicht viel zu sagen gibt und weil die Ermittlungen zu heikel sind. Wie wär's damit: Wir halten meinen Sohn aus dem Spiel, und du hilfst mir den Verfasser dieses Briefes aus der Reserve zu locken, wenn es nicht einfach irgendein Spinner war, oder die Pittalugas, falls Monica was damit zu tun hat. Schreib einen sibyllinischen Artikel, gegen den keiner klagen kann, der aber durchblicken lässt, auf wen du anspielst. Und dann sehen wir mal, was passiert.«

»Meine Spezialität. Manchmal komme ich um die Klage allerdings trotzdem nicht herum. Okay, aber dafür will ich auch eine Gegenleistung haben: Wenn's irgendeine saftige Neuigkeit gibt, irgendwas Hieb- und Stichfestes, dann sagst du es mir sofort. Und zwar nur mir.«

»Ist gut. Wenn es was gibt, erfährst du es als Allererste.«

»Und wie geht's dir, Nelly?«

Sandras warmer, besorgter Ton war genauso tröstlich wie Carlos nächtlicher Anruf.

»Hart am Wind. Aber es geht schon, wie immer. Wenn Mau im Spiel ist, ist mein Panzer natürlich dünner als sonst. Danke für deine Freundschaft, Liebes.« Sandra hatte für Rührseligkeiten genauso wenig übrig wie Nelly. Sie streichelte ihr sacht über die Wange.

»Wenn du mich brauchst, ich bin immer für dich da. Grüß Mau von mir, wenn du ihn sprichst. Ich muss jetzt los, sonst verdrücke ich noch eine Scheibe Focaccia und gehe auf wie ein Hefekuchen. Ich war übrigens beim Ernährungsberater und habe mir eine neue Diät verschreiben lassen. Ganz große Klasse.«

»Auf Focacciabasis?«

»Du bist blöd«, lachte Sandra im Aufstehen und ging zur Tür. Auf der Schwelle drehte sie sich noch einmal zu Nelly um.

»Und der Seewolf? Hat er was von sich hören lassen?«

»Neugierig wie immer, hm? Ja, er hat was von sich hören lassen. Er hat mich zu einer Unzeit aus dem Schlaf gerissen, genau wie du.«

»Was sich liebt, das weckt sich.«

»Scheint so.«

Sandra umarmte sie und lief eilig die graue Schiefertreppe hinunter. Nelly schloss die Tür und räumte Teller und Tassen vom Terrassentisch. So schlecht hatte der Tag dann doch nicht angefangen, wenn man einmal von der Unruhe absah, die die geheimnisvolle, auf Maurizio und Monica anspielende Botschaft in ihr ausgelöst hatte. Mit Sandra ging es ihr immer gut. Und die Focaccia hatte großartig geschmeckt. Auch mit den Neuigkeiten über die Pittalugas ließ sich vielleicht noch etwas anfangen. Wieso meldete sich Veronica nicht? Nach der kurzen Nachricht, dass sie gut angekommen seien, hatte sie nichts mehr von sich hören lassen. Schon richtig, laut Vorschrift waren nur kurze Kontakte an bestimmten Tagen vorgesehen, und das in relativ großen Abständen, aber ihr Mutterherz hätte gern Genaueres über Maus Befinden gewusst. Wie ging es ihm? Was machte er? Bestimmt hatte er erfahren, dass Franci von einem unbekannten Killer getötet worden war. Es hatte keinen Zweck, sich den Kopf zu zerbrechen, das brachte sie nur durcheinander. »Wie wär's mit ein bisschen Gymnastik«, dachte Nelly. »Ich hab noch Zeit, und dann geht's ab zur Arbeit.«

Die Blicke in Beppes Bar wurden immer betretener und vielsagender zugleich. Bisher hatte niemand gewagt, der Kommissarin Fragen zu stellen, um das stillschweigende Übereinkommen gegenseitigen Respekts und Vertrauens nicht zu brechen. Doch diesmal konnte sich Basile, der pensionierte Brigadiere der Carabinieri, einfach nicht zurückhalten. Während Nelly sich ihrem üblichen, leicht masochistisch angehauchten Ritual des

Supercappuccinos hingab, diesmal allerdings nur im Stehen, was äußerst ungewöhnlich war, ging er auf sie zu und fragte sie rundheraus:

»Dottoressa Rosso, entschuldigen Sie bitte, wie gehen die Ermittlungen zu den schrecklichen Ereignissen am Klee-Gymnasium voran?«

Und als Nelly ihm einen vernichtenden Blick zuwarf und keine Anstalten machte, zu antworten, fügte er leicht betreten hinzu:

»Ich frage das nicht aus Neugier, wie das vielleicht manch anderer tun würde«, sein Blick fiel demonstrativ auf den ebenfalls pensionierten Piero, seinen Kontrahenten beim Kartenspiel, dem *Scopone Scientifico*, sowie in zahllosen politischen Diskussionen, der irritiert zusammenzuckte und so tat, als sei er in die Zeitung vertieft. Der Kampf um den morgendlichen Erstbesitz und die erste Lektüre des *Secolo* war ein weiterer wunder Punkt zwischen den beiden, eine Art Sport, ein Wettstreit, eine Spur früher als der andere einzutreffen, um sich die Genueser Tageszeitung unter den Nagel zu reißen, die Beppe jeden Morgen kaufte und wie zufällig auf dem Tresen liegen ließ.

»Ich erlaube mir diese Frage, weil etwas Derartiges noch nie bei uns vorgekommen ist, mit Jugendlichen, mit Schülern zumal. Als ich noch im Dienst war, hatte ich einmal mit dem Fall eines entführten Jungen zu tun, aber damals war die Sachlage sehr viel klarer. Heute, bei diesen ganzen Drogengeschichten, versteht man überhaupt nichts mehr, selbst harmlose Kinder werden da mit reingezogen …«

Piero hatte die Nase voll. Er sah von der Zeitung auf und polterte:

»Basile, hören Sie doch auf zu nerven! Sehen Sie nicht, dass die Dottoressa Ihnen nicht antworten will oder kann? Was hätten Sie zu Ihrer Zeit getan, wenn jemand Sie nach Informationen in einem brandheißen Fall ausgequetscht hätte? Hm?«

Basile wurde rot wie ein Pennäler nach einer Standpauke und blieb um die übliche bissige Antwort verlegen.

»Aber ich wollte doch keine Geheimnisse wissen, ich wollte nur mit ihr darüber reden, immerhin kenne ich mich in diesen Dingen auch ziemlich gut aus …«

Piero wollte schon nachladen, doch Nelly war schneller als er.

»Keine Angst, Brigadiere, Ihre Frage nervt mich ganz und gar nicht, und ich verstehe sehr gut, dass ein Fall wie dieser einen Schock für die Stadt bedeutet, doch so sehr ich Ihr Entsetzen über die schrecklichen und verstörenden Vorfälle teile, ist der Stand der Ermittlungen noch viel zu heikel, um darüber zu sprechen. Als Mann vom Fach verstehen Sie das bestimmt, nicht wahr?«

Die letzte Bemerkung hatte Basile gefallen.

»Aber natürlich, das verstehe ich bestens, bitte entschuldigen Sie noch einmal.«

»Keine Ursache. Ich hoffe sehr, dass Sie und die ganze Stadt möglichst bald erfahren werden, was sich wirklich ereignet hat und wer für die beiden Morde verantwortlich ist.«

»Die Zeitungen schreiben, der erste Junge in der Schule sei nicht von Ihrem Kollegen umgebracht worden, stimmt das?«, bohrte Basile, von Nellys Ton ermutigt. Piero verzog genervt das Gesicht, als wollte er sagen: »Hört der denn noch nicht auf, ihr auf den Sack zu gehen?«

»Die Meldung ist korrekt. Mario Mandelli war unschuldig.«

»Da bin ich aber froh. Ich kannte ihn, wissen Sie?«

»Nein, das wusste ich nicht.«

»Ein hochanständiger Mann. Das hat mich sehr getroffen.«

»Mich auch, Brigadiere. Uns alle im Präsidium«, sagte Nelly leise.

»Wenn ich Ihnen irgendwie behilflich sein kann … Ich kenne noch einige Leute unter den ehemaligen Kollegen, Carabinicri und sogar Informanten, die in diesen Kreisen verkehren. Sollte Ihnen das von Nutzen sein, stehe ich zu Ihrer Verfügung, Dottoressa.«

Basile hatte leise gesprochen, damit Piero, der ihn missbilligend anglotzte, nichts hörte.

»Danke, Brigadiere, ich werd's mir merken. Das ist nicht nur so dahingesagt, sollte ich Hilfe brauchen, lasse ich es Sie wissen. Und falls Ihnen etwas zu Ohren kommt, sagen Sie mir Bescheid.«

Der Ex-Brigadiere strahlte. Er bedankte sich tausendmal für das Vertrauen. Dann verabschiedete sich Nelly und überließ Basile und Piero ihren ewigen, von Beppes trockenen Bemerkungen gewürzten Streitereien. Diskussionsstoff hatten sie für diesen Morgen allemal genug.

Während Nelly ihren gewohnten Weg zur Arbeit nahm, erwischte sie sich dabei, wie sie sich immer wieder nach eventuellen Verfolgern umblickte. Nach dem falschen Polizisten und dem anonymen Brief, dessen Verfasser offenbar von Maurizios Verschwinden wusste, war die Annahme gar nicht mal so abwegig. Mindestens drei Personen kamen als Verfolger in Frage, doch dann bogen zwei davon nacheinander in die Gassen und Nebenstraßen ab, während der Dritte ihr offenbar auf den Fersen blieb. Er tat unbeteiligt und blieb vor den Schaufenstern stehen, wenn sie es tat, oder wurde langsamer, um auf Distanz zu bleiben. »Gar nicht mal so übel, der Gute, aber nicht gut genug«, dachte Nelly. Rasch bog sie in ein Gässchen ein und versteckte sich in einem Hauseingang. Kurz darauf tauchte der Mann – ein großer und kräftiger Kerl um die dreißig mit einer Narbe im Gesicht – in derselben Gasse auf und kam hastig näher, als befürchtete er, sie aus den Augen zu verlieren. Als er begriff, dass die Straße menschenleer war, blieb er einen Moment lang unschlüssig stehen, dann setzte er sich wieder in Bewegung und eilte fast im Laufschritt an Nellys Versteck vorbei. In dem Moment sprang sie mit einem lauten »Stehen bleiben, Polizei!« hervor, doch der Kerl flitzte, ohne sich umzudrehen, die Gasse hinunter. Sofort nahm Nelly die Verfolgung auf und jagte hinter ihm her – Laufen war ihr Lieblingssport, auch wenn sie ihr gewohntes Training im Peralto-Park in den letzten Tagen hatte schleifen lassen.

»Halt, Polizei!«, rief sie noch einmal, diesmal drohender.

Doch statt langsamer zu werden oder stehen zu bleiben, legte der Mann noch einen Zahn zu und bog in eine kleine Straße ein, die in einen geschlossenen Platz mündete. Jetzt war sich Nelly sicher, dass er in eine Falle gegangen war, doch als sie den kleinen Platz erreichte, war der Mistkerl wie vom Erdboden verschluckt.

»Scheiße, das kann ja wohl nicht wahr sein! Irgendwo muss er doch durchgeschlüpft sein.«

Ratlos und verwirrt blickte Nelly sich um. Doch die beiden Hauseingänge und das Tor, die auf den Platz gingen, waren verriegelt, von dem Typen keine Spur.

»Der kann nur in einem der Häuser verschwunden sein«, dachte Nelly voll ohnmächtiger Wut.

Inzwischen hatte ihr Verfolger alle Zeit der Welt gehabt, sie abzuhängen, und es war sinnlos, weiter nach ihm zu suchen. Als er an Nelly vorbeigelaufen war, hatte sie sein Gesicht ganz deutlich gesehen, sie würde ihn sofort wiedererkennen, sollte er ihr noch einmal begegnen: Als Beschatter war er verbrannt. Doch normalerweise war sie die Jägerin, und Gejagte zu sein, schmeckte ihr gar nicht.

Im Büro schenkte Valeria ihr ein strahlendes Lächeln. Sie kannten sich, seit Valeria vor rund zehn Jahren in den Polizeidienst eingetreten war, und mochten einander einfach gern. Seit ein paar Tagen beobachtete Valeria Nelly so sorgenvoll wie eine Mutter ihr kränkliches Kind. Sie verlor kein Wort darüber, bot ihr jedoch ständig Kaffee und andere Seelentröster an und setzte alles daran, ihr sämtliche Nervensägen vom Leib zu halten. Valeria war um die vierzig, wirkte jedoch wesentlich jünger. Sie war mittelgroß, hatte eine gute, an den richtigen Stellen gerundete Figur, hellbraunes, schulterlanges Haar und aparte dunkle Augen. Sie kleidete sich geschmackvoll und akkurat, selbst die Uniform stand ihr gut, und wenn sie einen Mann anlächelte, glaubte der bereits, mit ihr im Bett zu liegen. Dennoch war sie eine ernsthafte und empfindsame Person, jahrelang war sie mit einer drogenabhängigen Jugendliebe verheiratet gewesen, der ihr das Leben zur Hölle gemacht hatte. Nun hatte sie sich endlich scheiden lassen und lebte mit ihren beiden zwölfjährigen Zwillingstöchtern und ihrem neuen Partner, einem Steuerberater, zusammen. Wie oft hatte sie sich in den letzten Jahren bei Nelly über ihr verhunztes Leben ausgeheult! Jetzt war Nelly diejenige, die Unterstützung brauchte, und Valeria ließ sie nicht hängen.

»Dottoressa, Dottor Auteri hat bereits angerufen, Sie möchten ihn so bald wie möglich zurückrufen, und Dottor Esposito hat sich ebenfalls gemeldet, ob Sie bitte umgehend zu ihm kommen. Ah, und Veronica hat von sich hören lassen: alles in Ordnung. Außerdem hat das Krankenhaus noch angerufen: Signora Galli ist aus dem Koma aufgewacht. Und von Fatima Kamali gibt es auch was Neues. Die ist komplett ausgerastet, sie haben ihr Beruhigungsmittel gegeben, aus Angst, sie könnte irgendwelche Dummheiten machen ...«

»Ist gut, Valeria, ich geh' sofort zu Esposito. Ruf Gerolamo an, falls er schon da ist, er soll mich ins Krankenhaus begleiten.«

Gaetano Esposito saß an seinem Schreibtisch und antwortete auf ihr Klopfen mit einem herrischen, fast genervten »Herein!«. Doch als er Nelly sah, lächelte er.

»Kommen Sie herein, Dottoressa Rosso, machen Sie sich's bequem. Ich habe gerade mit dem Polizeipräsidenten gesprochen (um diese Uhrzeit?, wunderte sich Nelly), den die ganze Angelegenheit ziemlich – ähm – nervös macht.«

»Wen macht sie das nicht? Ich bin heute Morgen verfolgt worden.«

»Verfolgt? Das ist die Höhe. Jetzt lassen Sie sich doch endlich schützen, zum Donnerwetter!«

»Ich denke überhaupt nicht daran. Aber wenn die mich bespitzeln lassen, bedeutet das, sie haben Schiss. Wer auch immer die sind. Und das ist auf jeden Fall ein Vorteil. Wie Sie ja wissen, hatte ich Dottor Volponi bereits gesagt, dass wir eine ziemlich heiße Spur verfolgen. Wir liegen bestimmt nicht auf der faulen Haut, und die Ergebnisse werden nicht auf sich warten lassen.«

Herrgott noch mal! Kaum flatterten ihr die Nerven, sprudelte der Polizeislang in ihr hoch wie eine Geysirfontäne.

»Das wollen wir hoffen, der lässt mir nämlich keine Ruhe mehr. Wenn Sie außerdem die Freundlichkeit besäßen, mich über diese vielbesungenen Spuren auf dem Laufenden zu halten, Dottoressa – vorausgesetzt, es handelt sich nicht um ein Trostpflaster für Volponi …«, er grinste verschmitzt. »Ach, übrigens, ich soll Ihnen ausrichten, dass Sie sich so bald wie möglich mit Dottor Pittaluga in Verbindung setzen möchten.«

»Gianandrea Pittaluga?«

»Genau der. Soweit ich weiß, haben er und der Polizeichef kürzlich miteinander telefoniert oder sich getroffen.«

»Wird gemacht. Aber vorher wollte ich noch ins San-Martino-Krankenhaus: Signora Galli ist aufgewacht.«

»Natürlich, fahren Sie sofort hin, ich bin gespannt, was die zu sagen hat. Und machen Sie sich wegen des Polizeichefs keinen Kopf. Ich halte Ihnen den Rücken frei, so gut ich kann. Sie haben mein vollstes Vertrauen. Ich weiß, wie gut Sie sind. Ich habe auch mit Richter Ferrari gesprochen.«

»Danke, Dottore.«

Gerolamo saß in seiner üblichen schwarzen Lederjacke in Nellys Büro. Als sie hereinkam, lächelten seine unergründlichen, wachen Augen noch vor seinen Lippen.

»Der Wagen steht bereit, Dottoressa.«

»Schön, dann nichts wie ins San Martino. Hoffentlich kann man mit der Galli schon reden.«

Mit aufgepflanzter Sirene bahnte sich das Polizeiauto den Corso Europa entlang seinen Weg durch den zähen Verkehr. Nur widerwillig machten die im Stau steckenden Autos den drängelnden Ordnungskräften Platz, doch schließlich erreichten sie ihr Ziel. Wie immer empfand Nelly eine tiefe Abneigung gegen diesen monströsen Komplex aus alten, teils baufälligen Gebäuden, der an eine archaische Festung des Leids erinnerte. In einem notdürftig sanierten Gebäude lag, von ihrer Schwester und ihrem Ehemann überwacht und betreut, die schreckliche Galli. Der Arzt, der soeben erfahren hatte, dass die Polizei seine auf der Intensivstation befindliche Patientin sehen wolle, kam Nelly entgegen. Er hatte ein undefinierbares Alter, dichtes, graues Haar und wirkte farblos und abweisend.

»Commissario Rosso«, stellte sie sich knapp vor. »Wie geht es Signora Galli? Wir haben erfahren, dass sie aus dem Koma, in das sie nach dem Unfall vor vier Tagen gefallen ist, erwacht ist.«

»Angenehm, Commissario (sein Blick sagte genau das Gegenteil). Ich bin Doktor Bonardi. Die Signora ... die Professoressa ist seit kurzem wieder bei Bewusstsein, aber den Umständen entsprechend noch schwach und verwirrt. Für eine Befragung scheint es mir noch zu früh zu sein.«

»Ich habe nicht vor, sie lange zu belästigen. Ich will ihr nur ein paar kurze Fragen stellen, und das natürlich in Ihrer Gegenwart, Dottore. Sobald es der Patientin zu viel wird oder Sie merken sollten, dass sie sich überanstrengt, höre ich sofort auf. Doch für unsere Ermittlungen kann ihre Aussage von entscheidender Bedeutung sein.«

Doktor Bonardi zögerte einen Augenblick zu lang.

»Also, wo liegt die Patientin?«, fragte Nelly und setzte sich energisch in Bewegung, unmittelbar gefolgt von ihrem Schatten Gerolamo. Dem Arzt blieb nichts anderes übrig, als ihnen verstimmt, aber geschlagen den Weg zu zeigen.

»Hier entlang«, sagte er brüsk und öffnete eine Glastür, die in einen schummrig beleuchteten Raum führte. Dort auf einem Bett lag, an Kabel und Schläuche angeschlossen und noch weißer als das Kopfkissen, der Schrecken des Klee-Gymnasiums, Cornelia Galli. Zuerst dachte Nelly, sie hätten sich in der Tür geirrt. Diese Frau konnte unmöglich die Galli sein. Doch kaum hatten sich die Augen an die spärliche Beleuchtung gewöhnt, erkannte sie die seltsam kantig wirkenden Züge, die schmalen, hübsch geformten Lippen, die tiefen Falten, die sich von den Nasenflügeln bis zu den Mundwinkeln zogen. Ihre Lider waren geschlossen, doch beim sachten Geräusch der Tür wandte sie langsam den bandagierten Kopf und öffnete mühsam und mit äußerster Anstrengung die Augen. Neben ihr saß ein dunkelhaariger, jugendlich wirkender Mann und hielt ihre Hand. Auch er sah auf und musterte die Eindringlinge, allerdings ohne Groll. Fragend sah er Doktor Bernardi an.

»Die Polizei, Signor Marengo. Sie möchten Ihrer Frau ein paar kurze Fragen stellen. Wegen des Unfalls an der Schule, Sie wissen schon.«

Ehe der Mann etwas einwenden konnte, fügte er rasch hinzu: »Ich werde bei der Befragung anwesend sein, um sicherzustellen, dass Ihre Frau sich nicht zu sehr anstrengt oder aufregt.«

Signora Gallis Mann klappte den Mund wieder zu und nickte kurz, ohne jedoch die Hand seiner Frau loszulassen oder sich zu rühren. Er wirkte wie ein treuer Hund, der für sein Herrchen alles tun würde.

Nelly trat lächelnd ans Bett. Sie bewegte sich sehr vorsichtig und sprach mit leiser, freundlicher Stimme.

»Ich bin so froh zu sehen, dass es Ihnen besser geht, Signora. Ich bin die Mutter von Maurizio Tondelli, allerdings bin ich als Kommissarin hier. Wenn Ihnen das Sprechen zu schwer fällt, machen Sie mir einfach Zeichen. Erinnern Sie sich an den Tag des Unfalls?«

Die Frau nickte sehr langsam.

»Erinnern Sie sich noch, was passiert ist, ehe Francesco Bagnasco Sie gestoßen hat?«

Abermals ein Nicken. Doch nun musste Nelly sich weiter vorwagen, wenn sie an brauchbare Informationen kommen wollte.

»Hatte Francesco etwas in der Hand? Hat er etwas versteckt?«

»Ja, etwas«, wiederholte die Frau schleppend und nickte wieder.

»Haben Sie gesehen, was es war?«

Die Frau runzelte die Stirn, als versuchte sie sich zu erinnern. Doktor Bonardi, der hinter Nelly stand, fing an, nervös zu werden.

»Die Hand unterm Pulli. Er versteckte was unterm Pulli.« Dann fügte sie mühsam hinzu: »Ich hoffe, das hat ... das hat keine ernsten Konsequenzen für Francesco Bagnasco, dieser ... er wollte ... wollte mir bestimmt ... nichts Böses. Es war ... ein blöder Unfall.«

Sie versuchte zu lächeln. Nelly empfand ein seltsames Mitgefühl mit dieser Frau, die sie nie hatte leiden mögen. Sie war also doch nicht so eine Schreckschraube, wie sie immer geglaubt hatte. Die sonst so harten, strengen Augen schimmerten plötzlich weich und sanft.

»Es reicht jetzt, bitte«, schaltete sich der Arzt ein.

Der Mann blickte sie beipflichtend an und nickte in Richtung Tür. Kaum waren sie draußen, fragte Nelly den Arzt:

»Sie weiß noch nichts von dem Jungen, richtig?«

»In ihrem Zustand? Völlig unmöglich. Und sie darf auch in den kommenden Tagen nichts davon erfahren. Sie braucht äußerste Ruhe.«

»Danke, Dottore. Wir werden im Laufe der nächsten Tage anrufen, um uns nach ihrem Befinden zu erkundigen und zu fragen, wann wir sie erneut vernehmen können.«

»Auf Wiedersehen, Commissario.«

Doktor Bonardi war offensichtlich erleichtert, dass sie endlich Leine zogen. Entweder war er sehr professionell oder er hatte eine Aversion gegen die Polizei, dachte Nelly. Oder beides.

Dasselbe Krankenhaus, Neurologische Abteilung, Fatimas Station. Der Beamte Merli, der vor der Zimmertür abgestellt war, sprang auf, als er Nelly und Gerolamo kommen sah. Sie machte ihm ein Zeichen, sich wieder zu setzen, und stand wenige Minuten später Dottoressa Ancona gegenüber. Sie war jünger als ihr Kollege Bonardi und sehr viel freundlicher. Die Patientin stehe unter Beruhigungsmitteln, sagte sie, und die Gefahr, dass sie sich etwas antue, sei erheblich. Mit ihr zu reden, und zudem noch über den Vorfall, der für ihren Zustand verantwortlich war, sei schlichtweg ausgeschlossen. Eine Krise sei damit vorprogrammiert. Für die Frau sei es am besten, wenn man die unbegreifliche und inakzeptable Wirklichkeit vorübergehend ganz von ihr fernhielte. Es sei unmöglich vorauszusagen, wann sie sich wieder fangen würde. In den kurzen Momenten zwischen der Verabreichung der Beruhigungsmittel und dem Einschlafen rief sie nach Habib und Hadija und redete zusammenhanglose Satzfetzen in ihrer Muttersprache.

»Können wir sie sehen, Dottoressa?«, fragte Nelly.

»Aber natürlich, Commissario. Im Augenblick ist sie ganz ruhig und schläft tief.«

Nelly und Gerolamo öffneten leise die Tür und schlichen auf

Zehenspitzen ins Zimmer, obgleich selbst krachender Lärm Fatima nicht aus dem Schlaf gerissen hätte. Sie lag auf dem Bett, das Haar mit einem weißen Band zurückgebunden. Sie war fast bis zum Kinn zugedeckt, nur ihr Gesicht war zu sehen, und in dem Arm, der unter dem Laken hervorschaute, steckte eine Nadel, die ihre Vene über einen dünnen, durchsichtigen Schlauch mit einem Tropf verband. Langsam sickerte die farblose Flüssigkeit in ihren leblosen Körper. Sie war leichenblass, nur auf ihren Wangen leuchteten zwei unnatürlich rote Flecken. Im Halbdunkel des Zimmers hatte sie etwas Geisterhaftes. Hin und wieder bewegten sich lautlos ihre Lippen.

»Die Ärmste«, flüsterte Gerolamo.

Als sie wieder vor der Tür waren, wies Nelly den Wachbeamten an, dafür zu sorgen, dass niemand außer den Stationsschwestern das Zimmer betrat. Bei der Frau handelte es sich womöglich um eine wichtige Zeugin, und als solche schwebte sie in Gefahr. Dann verabschiedete sie sich von der jungen Ärztin und verließ mit Gerolamo das Krankenhaus.

Während der Wagen erneut an den Klinikgebäuden vorbeiglitt, überkam Nelly wie immer der Schauder vor den Leichenhallen, von denen sie nur zu gut wusste, dass sie da waren, auch wenn man sie von der Straße aus nicht sah. Der Tod, zumal der gewaltsame, war schon schrecklich genug, doch verbannt in diesen grässlichen, eines zivilisierten Landes gänzlich unwürdigen Bunker, war er eine Schande, ein derartiger Frevel an der Menschenwürde, dass Nelly sich fragte, wie so etwas Furchtbares in einer hochkultivierten Stadt wie Genua überhaupt noch möglich war und wie die Angehörigen der Toten dies als gottgegeben hinnehmen konnten. Wie immer sah sie den zusammengeflickten Roberto auf dem steinernen Tisch einer dieser Zellen liegen, während sich in den Nachbarzellen die Angehörigen der anderen Toten drängten und der unverwechselbare, schreckliche Geruch des Todes alles durchdrang. Die Vorhölle. Nelly war schon seit langer Zeit nicht mehr gläubig, doch wäre sie es gewesen, hätte sie es für schlicht unmöglich gehalten, dass von dort eine Seele gen Himmel und nicht in den Hades fuhr. Sie selbst hatte Roberto nach der Autopsie angekleidet und seine von Pistolenschüssen zerfetzte Brust unter seinem besten Anzug versteckt. Das Gesicht war unversehrt geblieben, heiter und schön wie immer. Sie zitterte.

»Soll ich das Fenster hochdrehen, Dottoressa?«

»Nein, nein, Gerolamo. Danke.«

Sie lächelte ihn an.

»Was hältst du davon, dass Francesco Bagnasco etwas versteckt hatte. Unter seinem Pulli. Aber wir haben nichts bei ihm gefunden.«

»Vielleicht war jemand schneller als wir.«

»Jemand war … ja, jemand war schneller als wir. Gian, der Hausmeister, war bei ihm, als ich runterkam. Aber wir haben ihn gründlich vernommen, und der war dermaßen erschüttert … Außerdem hätte er so gut wie keine Zeit gehabt, um etwas verschwinden zu lassen. Wir müssen ihn trotzdem noch einmal befragen.«

Nelly wollte noch etwas hinzufügen, doch sie stockte, weil sie plötzlich eine Eingebung hatte, den Splitter einer Eingebung, den sie nicht zu fassen bekam. Dann schüttelte sie den Kopf. Manchmal kamen die Gedanken später wieder hoch, wenn man am wenigsten damit rechnete, als hätte der Suchauftrag ans Gehirn wie beim Computer im Unterbewusstsein weitergearbeitet, um schließlich das gewünschte Ergebnis auszuspucken.

»Zeit, was essen zu gehen«, sagte sie beherzt und verdrängte die Schatten der Vergangenheit.

Vierter Tag

Nachmittag

Nelly aß ein bemerkenswert fades Brötchen mit Schinken, Rucola und Parmesansplittern. Oder lag es an ihr, dass sie nichts schmeckte? Sie saß im *Kilt*, dem Schnellimbiss im ersten Stock des Gebäudes, das sie seit jeher Augustuspalast nannte, nach dem Kino, das sich an der Ecke Corso Buenos Aires und Viale Brigate Bisagno unter den Arkaden befand. Gerolamo war nicht dabei, er war kurz nach Hause gefahren, weil Serenella krank war. Nelly versuchte, sich auf alles einen Reim zu machen, doch es kam nichts Sinnvolles dabei heraus. Während sie zwischen dem Brötchen und einem gemischten Salat mit Tomaten, Oliven und Ei hin- und herwechselte, brütete sie über den Puzzleteilen des Dramas, ohne auch nur einen Schritt weiter zu kommen. Sie warf einen Blick aus dem Fenster, und in dem Moment sah sie sie. Sie standen dicht und vertraut beieinander und redeten aufeinander ein.

Obwohl er nur unwesentlich größer war als seine Begleiterin, beugte er sich aufmerksam zu ihr hinunter, um ihr zuzuhören. Kein Zweifel, das waren Gianandrea Pittaluga und Gudrun Fallari, Monicas Vater und Miriams Mutter. Nelly hatte die Szene mit einem Blick erfasst. Er war wie immer in britischem Stil gekleidet: makelloses, blaues Jackett, rauchfarbene Hosen, hellblaues Hemd, Schlips (womöglich von Bosisio), Schuhe von Fratelli Rossetti (zwar konnte man die Marke nicht sehen, aber Nelly hätte darauf gewettet). Er trug eine Ledertasche unterm Arm, die sicher allein Nellys gesamtes Monatsgehalt wert war. Die Frau – zuerst hatte sie die wie immer makellos frisierte rotblonde Mähne erkannt, die in einem seltenen natürlichen

Tizianrot strahlte – trug ein malvenfarbenes Kostüm aus leichter Wolle, das, soweit Nelly sich erinnern konnte, perfekt zu ihren Augen passte, und eine rohseidene Bluse. Schuhe und Tasche aus Naturleder. Eine Brosche auf dem Revers (um die Form zu erkennen, standen sie zu weit weg). Sie verschwanden aus ihrem Blickfeld, und fast wäre Nelly aufgestanden, um ihnen zu folgen, doch die Sache erschien ihr dann doch zu heikel.

»Wer weiß, wohin die verschwunden sind, so ein Pech aber auch«, dachte sie gerade genervt, als die beiden das *Kilt* betraten und noch immer lebhaft aufeinander einredend aufs Buffet zusteuerten. Nelly wünschte sich, unsichtbar zu sein und bemühte sich redlich, diesen Wunsch wahr werden zu lassen. Sie saß ein wenig abseits bei den großen Fenstern, und um sie herum war jeder Platz besetzt. Das Paar suchte sich etwas zu essen und zu trinken aus und balancierte seine Tabletts zu einem Tisch schräg gegenüber dem ihren und perfekt in Nellys Blickfeld. Nelly versteckte sich hinter ihrer Zeitung und fing seelenruhig an, die zwei zu beobachten. Die beiden konnten sie bestimmt nicht sehen, und außerdem schauten sie noch nicht einmal auf. Sie waren zu sehr ins Gespräch vertieft. Was hätte Nelly für eine Wanze, ein Mikrofon oder sonst irgendetwas gegeben, um sie zu belauschen!

Eine Sache zumindest war von vornherein klar: die beiden hatten ein Verhältnis. Weibliche Intuition? »So kann man es auch nennen«, dachte sie bei sich. »So wie die sich ansehen, waren sie schon mal miteinander im Bett. Die machen nicht den Eindruck, als hätten sie's noch vor sich, dafür wirken sie zu vertraut. Ich sollte meinen Beruf an den Nagel hängen und Romane schreiben«, sagte sie sich schmunzelnd.

Die Phantasie gewann bei ihr häufig die Oberhand, und inzwischen wusste sie, dass das den Ermittlungen manchmal zuträglich war, sie manchmal aber auch auf Abwege führte. Deshalb bemühte sie sich, ihre mit dem gesunden Menschenverstand nur schwer zu vereinbarende Imagination im Zaum zu halten.

Trotzdem war sie sich ganz sicher. Wer wusste, ob Federica dasselbe dächte, würde sie die beiden so zusammen sehen. Ob sie etwas ahnte, wusste ... Nellys Meinung nach war Federica für Sex völlig unempfänglich. Sie war einfach nicht dafür gemacht, das war alles. Womöglich würde sie die heftigen Schwingungen, die von dem nur wenige Meter von Nelly entfernt sitzenden Paar ausgingen, gar nicht wahrnehmen.

Doch dann passierte etwas. Die Unterhaltung wurde immer erregter. Besonders Gianandrea wirkte angespannt. Etwas bereitete ihm Magenschmerzen, und er rückte noch näher an seine Begleiterin heran und zischte sie an. Sie war sehr blass und still geworden und versuchte nur hin und wieder, etwas zu erwidern. Schließlich griff er nach ihrer Hand und drückte zu. Immer fester. Verblüfft sah Nelly zu, wie seine elegante, hagere Hand ihre zierlichen Finger immer fester zusammenquetschte, bis sie sich schließlich auf die Unterlippe biss. So ein Händedruck tat bestimmt weh. Doch Gudrun zog ihre Hand nicht zurück, sie versuchte es noch nicht einmal. Der Schmerz hatte das Blut in ihr dezent geschminktes, eben noch kreidebleiches Gesicht zurückschießen lassen. Sie murmelte etwas und starrte ihn dabei unverwandt an. Gianandrea löste den Griff. Sie hatten das Essen nicht angerührt. Sie stand auf, um aufs Klo zu gehen, ihr Schritt war fest, doch Nelly hatte den Eindruck, dass diese Beherrschung sie einige Mühe kostete. Er blieb allein zurück und blickte sich um.

Nelly verschanzte sich hinter der Zeitung. Sie wartete einige Minuten, um ganz sicher zu sein, und als sie wieder aufsah, waren die beiden verschwunden. Alles war so schnell gegangen, dass sie den leeren Tisch mit den zwei Tabletts und den noch vollen Tellern einen Moment lang ungläubig anstarrte. Sinn-

und zwecklos, den beiden nachzulaufen. »Und noch ein neues Puzzleteilchen«, dachte sie genervt. Oder war es nur ein ganz gewöhnlicher Seitensprung? Immerhin war jetzt klar, dass die beiden nicht nur in den gleichen Kreisen verkehrten und zwei befreundete Töchter hatten, sondern sich auch persönlich gut kannten. Dennoch war es an der Zeit, Gianandrea Pittaluga, der Volponi zufolge ebenfalls mit ihr reden wollte, auf den Zahn zu fühlen.

Es ging wie von selbst: Im Büro erwartete sie die Nachricht, Gianandrea Pittaluga habe angerufen und nach ihr gefragt. Er bat um einen Rückruf in seinem Büro. Nelly kippte den Kaffee hinunter, den Valeria ihr beflissen vor die Nase gestellt hatte, und wählte die Nummer. Gianandreas Sekretärin war offenbar bereits im Bilde, denn sie stellte Nelly sofort durch.

»Dottoressa Rosso?«

Die Stimme klang formell und neutral. Mit Gianandrea hatte sie sich nie geduzt. Zwar waren sie sich bei der einen oder anderen Gelegenheit über den Weg gelaufen, doch so eng wie mit Federica war der Kontakt – ob gut oder schlecht – nie gewesen. Er war eher der spröde, reservierte Typ.

»Undurchschaubar, wie Monica«, dachte Nelly.

»Dottor Pittaluga, wie schön, dass Sie mit mir sprechen möchten, ich wollte genau dasselbe.«

»So ein Zufall, ich halte es ebenfalls für nötig, dass wir uns treffen. Das hatte ich auch Dottor Volponi gesagt.«

Bildete sie sich das ein, oder schwang da eine Drohung mit?

»Wann und wo?«

»Ich wäre Ihnen dankbar, wenn Sie heute Nachmittag in mein Büro kommen könnten, wann immer es Ihnen passt.«

»In einer halben Stunde?«

»Sehr gut. Sie wissen, wo sich unsere Büros befinden?«

»Nicht wirklich.«

»Corte Lambruschini, Aufgang B. Fragen Sie den Pförtner.«

»Ist gut. Bis gleich.«

Aber klar! Wie blöd von ihr! Der neue Sitz der Spediworld war im Corte Lambruschini, wie hatte sie das vergessen können? Federica hatte es ihr während des Umzuges erzählt und von der Großzügigkeit und der zentralen Lage der Räumlichkeiten geschwärmt. Womöglich saß die Familie sogar im Konsortium, das den Komplex hatte bauen lassen. Deshalb war er zum Essen im *Kilt* gewesen. Corte Lambruschini lag direkt gegenüber. Die Sache wurde immer interessanter. Nelly ging aufs Klo, kämmte sich sorgfältig die widerspenstigen Locken und zog sich die Lippen nach. Kritisch betrachtete sie sich im Spiegel: Die Lederjacke, die grauen Hosen, die blaue Bluse – wie bescheuert von ihr, immer, wenn die Pittalugas ins Spiel kamen, kriegte sie plötzlich peinlichste Spießeranwandlungen, ausgerechnet sie, die auf ihr Aussehen und auf Äußerlichkeiten generell keinen gesteigerten Wert legte. Sie musste an die schöne, gepflegte, ganz in Mauve gekleidete und bestimmt angenehm duftende Gudrun Fallari denken. Wollte ihre weibliche Seite ihr vielleicht insgeheim nacheifern? Es war besser, das nicht zu vertiefen. Zurück im Büro, rief sie Marco Auteri an, brachte ihn kurz auf den neuesten Stand und versprach ihm, ihn so bald wie möglich zu besuchen, obwohl sie nur zu gut wusste, dass dieses Versprechen kaum zu halten war. Dann trat sie entschlossen zur Tür. Sie war höchst gespannt auf das Treffen mit Giandrea Pittaluga.

»Ich geh dann mal, Valeria. In rund einer Stunde bin ich wieder hier.«

»Ist gut, Dottoressa«, antwortete die Sekretärin und zeigte wie immer ihr sorgenvoll fragendes Lächeln. Langsam ging ihr Valerias gluckenhaftes Benehmen auf den Geist. Sah sie denn wirklich so aus, als stünde sie kurz vor dem Kollaps?

Corte Lambruschini war nicht weit vom Präsidium entfernt,

nur ein Stück weit den Viale Brigate Bisagno hinunter. Die roten Gladiolen in den großen grünen Beeten auf dem Mittelstreifen blühten und schienen sich nichts aus den Abgasen und der verpesteten Stadtluft zu machen. Vielleicht waren sie schon dermaßen mutiert, dass ihnen der Gestank sogar gut bekam. Zu viel Sauerstoff hätte sie womöglich sofort eingehen lassen. In wenigen Minuten erreichte Nelly den Firmensitz der Spediworld. Jahrzehntelang hatten dort, östlich des Bahnhofs Brignole, halbverfallene Mietskasernen gestanden. Doch dann, als schon niemand mehr damit rechnete, hatte man sie abreißen lassen und an ihrer Stelle einen hochmodernen, glitzernden Büro- und Gewerbekomplex aus Glas und Stahl errichtet, der entfernt an ein geöffnetes Buch erinnerte. Nelly war sich noch nicht sicher, ob ihr das Gebäude gefiel oder nicht. Doch nun stand es schließlich da, und die Genueser hatten sich damit abgefunden.

Der Pförtner hinter dem Tresen blickte ihr argwöhnisch entgegen, und Nelly hielt ihm demonstrativ ihren Ausweis unter die Nase. Kleinlaut und mit Fragezeichen in den Augen öffnete er ihr den Aufzug, und Nelly fuhr in den obersten Stock.

Die Geschäftsräume der Spediworld waren atemberaubend. Für Genua völlig untypisch: Mailänder, ja, amerikanischer Luxus durch und durch. Überall Glas, nachtblauer Teppich, an den Wänden moderne Zeichnungen und Bilder, alles Originale. Überall herrschte die gedämpfte Atmosphäre von diskreter Effizienz, Stil und Komfort. Gianandrea Pittalugas persönliche Sekretärin war eine gepflegte, freundliche Dame um die dreißig. Sie kündigte Nelly an und ließ sie sofort vor. Das Büro von Monicas Vater harmonierte mit dem Rest: ein riesiger Raum, der nach Süden und auf die Piazza Brignole hinausging und den Blick bis zum Meer schweifen ließ. Die Möbel waren aus Mahagoni, der Teppich beige und die Sessel und Sofas mit tabakfarbenem Leder bezogen. Die Bilder, ein paar (echte?) Impressionisten und mehrere zeitgenössische Amerikaner, waren phantastisch. Hinter

Gianandrea Pittaluga hing ein Gemälde aus dem siebzehnten Jahrhundert, auf dem eine Seeschlacht zu sehen war. Es gab auch zwei Skulpturen, eine aus Holz und eine aus Schiefer, die Nellys Blick sofort auf sich zogen.

»Alle Achtung, Dottor Pittaluga. Ihr Büro ist überwältigend.«

Der Mann wusste Nellys aufrichtiges Kompliment zu schätzen.

»Danke, Dottoressa. Setzen Sie sich doch.« Er deutete auf einen Lehnstuhl, der vor dem riesigen Schreibtisch stand. Eilfertig war er ihr entgegengekommen und nahm nun wieder in gebührendem Abstand in seinem Chefsessel hinter dem Schreibtisch Platz.

»Wir haben uns schon eine ganze Weile nicht mehr gesehen, bestimmt seit den Pfadfindern nicht mehr. Darf ich Ihnen etwas bringen lassen?«

»Ja, ich glaube, das letzte Mal bei irgendeinem Sommercamp-Abschlusstreffen. Nein, danke, ich möchte nichts. Ich habe gerade gegessen. Im *Kilt*, gleich hier gegenüber.«

Wenn die Bemerkung ihn frappiert hatte, so ließ er sich nichts anmerken.

»Da gehe ich auch oft hin. Es ist nicht überragend, aber praktisch.«

»Ich weiß. Ich habe Sie heute dort gesehen. Mit Signora Fallari, wenn ich mich nicht irre.«

Diesmal hatte sie ins Schwarze getroffen, Gianandreas Mundwinkel zuckten fast unmerklich. Doch sofort hatte er sich wieder gefasst.

»Ach ja, Gudrun Fallari, Miriams Mutter. Eine alte Freundin der Familie, außerdem haben wir geschäftlich miteinander zu tun. Sie kümmert sich um die Public Relations unseres Unternehmens.«

»Aha. Tut sie das schon lange?«, fragte Nelly unschuldig.

»Seit vier oder fünf Jahren. Sie ist ein echter Profi, verfügt über internationale Kontakte, hat Stil, kann mehrere Sprachen und kennt sich aus. Wir sind sehr zufrieden mit ihr.«

Am liebsten hätte Nelly gefragt: »Und, läuft es im Bett genauso gut, Dottore?«, doch natürlich behielt sie die unverschämte Frage für sich, konnte allerdings ein verschmitztes Flackern in ihren Augen nicht unterdrücken, was Gianandrea nicht entging. Mit dem für seine Familie typischen, fast feierlichen Ernst fügte er hinzu:

»Außerdem haben wir gerade auch privat ziemlich schwerwiegende, ja, besorgniserregende Dinge zu besprechen.«

Nelly lehnte sich entspannt zurück.

»Ach ja?«, fragte sie abwartend.

»Natürlich«, fuhr er leicht gereizt fort. »Es ist ja wohl keine Frage, dass man sich nach dem, was in der Schule unserer Kinder passiert ist«, er betonte das »unserer« und sah sie dabei eindringlich an, »als verantwortungsvolle Eltern Sorgen macht und Fragen stellt. Wer sind diese Kinder, die wir großziehen? Kennen wir sie wirklich? Oder lassen wir sie allein, überlassen sie sich selbst, insbesondere, wenn die Mutter arbeiten muss und ihr nichts anderes übrig bleibt, als sie zu vernachlässigen?«

»Verzeihung, Dottor Pittaluga, aber meine Zeit ist kostbar: Weshalb wollten Sie mich sprechen?«

Nellys braune Augen waren dermaßen kalt und hart geworden, dass selbst Gianandrea Pittaluga sich unwohl fühlte.

»Ich wollte Sie fragen, wie weit die Ermittlungen in diesem für uns alle schockierenden Vorfall fortgeschritten sind?«

Seine Stimme klang längst nicht so sicher, wie sie sollte.

»Es ist mir selbstverständlich nicht erlaubt, über laufende Ermittlungen zu reden, zumal mit Personen, die womöglich selbst in den Fall verwickelt sind.«

Ihre Stimme war noch eisiger als ihr Blick. Gianandrea Pittaluga fuhr zusammen, als hätte eine Ohrfeige ihn mitten ins Gesicht getroffen. Bisher hatte er Nelly nie beruflich erlebt. Er hatte keine Ahnung, wie hart und aggressiv diese Frau sein konnte, die auf ihn immer so gutmütig und mütterlich gewirkt hatte. Mühsam fing er sich wieder und versuchte, zum Gegenangriff überzugehen.

»Was soll das heißen: womöglich in den Fall verwickelt? Passen Sie auf, was Sie sagen, Dottoressa.«

»Nein, Sie sollten aufpassen, was Sie sagen, Dottor Pittaluga. Glauben Sie bloß nicht, Sie könnten mich hierher bestellen und mir einen scheinheiligen Vortrag voller Anspielungen auf meinen Sohn halten, wo doch alle wissen, dass Ihre Tochter Monica etwas mit einem (kleinen?) marokkanischen Drogendealer hatte, nachts durch nicht gerade jugendfreie Altstadtkneipen zieht (wenn Sie möchten, kann ich Ihnen auch sagen wo, wann und mit wem) und höchstwahrscheinlich viel mehr über die ganze Sache weiß, als sie zugibt. Wir können nicht einmal ausschließen, dass das, was Franci aus der Klasse schaffen wollte, Monica gehörte. Apropos Eltern, die ihre Kinder nicht kennen, was halten Sie davon, in nächster Zeit mal im *Anatra azzurra* in der Via Maddalena einen trinken zu gehen? Vielleicht mit Gudrun Fallari, dann können Sie sich selbst ein Bild davon machen, wie Ihre beiden Töchterchen die Abende verbringen.«

Der Mann wollte etwas erwidern, doch er war sprachlos vor Wut. Blanker Hass lag auf seinem Gesicht, was Nelly nicht sonderlich beeindruckte.

»Was ich jedoch eigentlich von Ihnen wissen wollte, habe ich eben erfahren. Mich interessierte, in was für einem Verhältnis Sie zu Miriams Mutter stehen, und fürs Erste ist meine Frage geklärt. Außerdem wollte ich wissen, ob Sie über das Doppelleben Ihrer Tochter Bescheid wussten und über die Tatsache, dass sie sich möglicherweise in Gefahr befindet.«

Gianandrea kam immer mehr ins Schlingern.

»In Gefahr? Was wollen Sie damit sagen?«

»Monica könnte über die krummen Geschäfte, die im Dunstkreis besagter Kneipe und vielleicht sogar in der Schule ablaufen, zu viel wissen, und die Leute, die Francesco Bagnasco und Habib Kamali umgebracht haben, verstehen keinen Spaß. An Ihrer Stelle würde ich mir um die Sicherheit meiner Tochter Sorgen machen, statt anderer Leute Kindern etwas zu unterstellen. Und ich würde der Polizei alles sagen, was der Aufklärung des Falles dienlich sein könnte. Sollte Monica, und das hoffe ich, mit dieser schmutzigen Sache nichts zu tun haben, kann die Wahrheit nur von Vorteil für sie sein. Im umgekehrten Fall kann sie ihr das Leben retten.«

»Sie sind verrückt! Sie bewerfen meine Tochter und unsere Familie mit Dreck. Monica ist in keinerlei Gefahr.«

»Darf ich fragen, woher Sie diese Gewissheit nehmen?«

Gianandrea Pittaluga biss sich auf die Zunge, als wäre ihm etwas herausgerutscht, das er besser für sich behalten hätte. Nelly war verblüfft, es war, als hätte sie soeben einen winzigen Blick auf eine neue und ungeahnte Welt erhascht.

»Worauf stützt sich Ihre Gewissheit, Dottor Pittaluga? Haben Sie vielleicht Informationen, die wir bei der Polizei nicht haben? Einblicke, die uns fehlen?«

»Ich ... ich habe nur vollstes Vertrauen in meine Tochter. Hier liegt ein Missverständnis vor, Dottoressa. Wir müssen uns gar nicht so echauffieren. Ich verstehe, dass die Ermittlungen niemanden verschonen, doch ich möchte Sie bitten, keine voreiligen Schlüsse zu ziehen, und vor allem, einen bekannten und wohlgelittenen Namen wie den meiner Familie nicht ohne Beweise in die Sache hineinzuziehen. Wir sind ein großes Unternehmen, und dunkle Flecken sind nun einmal nicht gut fürs Geschäft. Das ist alles. Bitte verzeihen Sie, wenn ich Ihnen mit meinen Äußerungen unbeabsichtigt zu nahe getreten bin. Und was Monicas Umgang betrifft, so können Sie sicher sein, dass wir von nun an ein sehr viel strengeres Auge darauf haben werden. Sollte sie etwas ausgefressen haben, so handelt es sich ganz bestimmt nur um Kindereien, um arglose Fehler. Doch …«, er machte eine Kunstpause, »denken Sie daran, dass, sollte uns jemand schaden wollen, wir über jegliche Mittel verfügen, uns zu wehren.«

»Wollen Sie mir drohen, Dottor Pittaluga?«

»Sie missverstehen mich schon wieder, nein, ganz und gar nicht. Ich …«

Nelly stand auf.

»Sollten wir noch einmal mit Ihnen oder einem Ihrer Angehörigen reden müssen, lassen wir es Sie wissen. Angesichts der Tatsache, dass wir mitten in äußerst brisanten Ermittlungen stecken, die auch sie betreffen, sollte Monica bis auf weiteres nicht die Stadt verlassen. Das ist alles, Dottore. Auf Wiedersehen.«

Gianandrea Pittaluga blieb wie vom Blitz getroffen hinter seinem Schreibtisch sitzen. Er machte Anstalten aufzustehen, um sie zur Tür zu bringen, doch Nelly war bereits draußen und betrat eilig den Aufzug. Als sie im Erdgeschoss ausstieg, bemerkte sie im Vorbeigehen einen Mann, der vor dem anderen Aufzug wartete, um nach oben zu fahren. Irgendwie kam er ihr bekannt vor, doch der Groschen fiel erst, als sie schon fast bei der Tür war: Es war der Kerl, der sie am Morgen verfolgt hatte. Sie stürzte zurück zum Fahrstuhl, um ihn aufzuhalten, doch er war bereits im Aufzug verschwunden, und die Türen glitten vor ihrer Nase zu. Sie sah nach, wohin der Aufzug unterwegs war: er fuhr ins oberste Stockwerk. Sie ging zum Pförtner.

»Entschuldigen Sie, ich glaube, ich kenne den Mann, der gerade in den Lift gestiegen ist, aber der Name fällt mir nicht mehr ein. Arbeitet der hier?«

»Aber klar. Das ist Matteo Albini, das Faktotum von Dottor Pittaluga von der Spediworld.«

»Valeria, ich brauche Informationen zu einem gewissen Matteo Albini, zurzeit angestellt bei Gianandrea Pittaluga. Frag'…«

»Selbstverständlich, Dottoressa, ich weiß, was zu tun ist«, antwortete Valeria voller Berufsstolz und notierte sich sofort den Namen.

Nelly saß in ihrem Büro, schwang im Schreibtischstuhl hin und her und versuchte, sich über den Stand der Dinge klarzuwerden. Das, was sie brauchte, war schwer zu bekommen: frische und verlässliche Informationen zur finanziellen Situation des Pittaluga-Unternehmens. Und dafür kam nur Sandra in Frage. Während sie im Handy Sandras Nummer raussuchte, musste sie wieder daran denken, wie entschieden Gianandrea Pittaluga ausgeschlossen hatte, dass seine Tochter in Gefahr schweben könnte. War das tatsächlich nur Überheblichkeit gewesen? An Verantwortungslosigkeit grenzende Borniertheit? Oder wusste er über diese vertrackte Geschichte mehr, als er zugeben mochte?

»Nelly, was ist los?«

Sandra hatte ihre Nummer auf dem Display gesehen und kam wie immer sofort auf den Punkt.

»Ich brauche vertrauliche und aktuelle Informationen zur gegenwärtigen Finanzlage der Pittalugas. Gerüchte, Klatsch, Tratsch, Munkeleien und natürlich Bosheiten.«

»Mein Spezialgebiet also. Sieht so aus, als trauest du mir mehr zu als den Kollegen von der Steuerfahndung. Allerdings hab ich dir gesagt, das ist vermintes Terrain.«

»Ganz genau. Dein Spezialgebiet eben. Bis morgen.«

»Au Backe. Na dann, ciao, ich mach mich sofort an die Arbeit.«

Sandra war schon in Aktion. Diese Recherche würde sie auf Trab halten und ihr Spaß machen, und die Ergebnisse, so hoffte Nelly, ließen gewiss nicht auf sich warten.

»Ein Anruf für Sie, Dottoressa.«

Mit verschwörerischem Unterton stellte Valeria ihr den Anruf durch, und kaum hatte sie abgenommen, wusste Nelly, warum. Es war Carlo.

»Ciao, Sonnenschein. Ich bin vor fünf Minuten angekommen.«

Wo? Wie? Doch Carlo war kein Mann der großen Worte. Und er liebte es, sie zu überraschen.

»Es ist fast sechs. Soll ich dich abholen, und wir gehen zusammen was essen?«

»In einer Stunde im *Barbarossa*?«

»In Ordnung.«

Nelly liebte entschlossene, unkomplizierte Männer, und in dieser Hinsicht war Carlo wirklich unschlagbar. Ihr blieb noch nicht einmal Zeit, kurz nach Hause zu gehen ... oder doch, wenn sie sich beeilte, würde sie es schaffen.

»Valeria, ich bin weg. Wenn mich jemand sucht, bin ich jederzeit erreichbar.«

»Gut, Dottoressa.«

Valeria strahlte dermaßen zufrieden, dass man meinen konnte, sie sei diejenige, die an diesem Abend eine Verabredung hatte.

Vierter Tag

Abend

In zehn Minuten war Nelly zu Hause, hatte in weiteren zehn Minuten geduscht und sich nach noch einmal zehn die Haare geföhnt. Erst bei der Auswahl der Garderobe kam sie ins Stocken: Sie hatte Carlo seit drei Monaten nicht gesehen – oder waren es vier? –, und nach so langer Zeit war der erste Eindruck schließlich entscheidend. Schwarz passte immer gut zu ihrem Haar, also die schwarze Seidenbluse und schwarze Stretchhosen, ja, das war die richtige Wahl. Nur schade, dass die Hose an ihren kräftigen Schenkeln so spannte, mehr als beim letzten Mal, verdammt. Aber die Bluse war ziemlich weit und verhüllte die kritischen Stellen. Dafür leuchtete der üppige Busen weiß aus dem weiten Ausschnitt. Bernsteinkette und reichlich Parfum. Rote Lippen, Lederjacke (die übliche), und los. Mit zehnminütiger Verspätung traf sie im *Barbarossa* ein und versuchte sich nicht anmerken zu lassen, dass sie außer Atem war. Das *Barbarossa* war ihr Lieblingslokal zum Aperitif, aber manchmal auch für ein gutes, schnelles Abendessen. Seinen Namen verdankte es der Nähe zur Barbarossa-Mauer hinter der Porta Soprana, mitten im Herzen der Altstadt. Im Sommer konnte man draußen sitzen, doch noch war es dazu nicht warm genug. Nelly betrat das schmale Lokal mit dem langen Tresen und den hohen Tischen, an denen mehr oder weniger junge Leute saßen. Unglaublich, wie viele verschiedene Biersorten in den Regalen prangten! Ihre nussbraunen, sorgfältig geschminkten Augen suchten zwischen all den Fremden nach Carlos breitem, offenem Gesicht.

»Wo rennst du hin, siehst du mich denn nicht?«

Carlos kräftige Hand hielt sie am Arm fest, und Nelly verspürte einen angenehmen Schauder. Drei, vier Monate ohne einen Mann, und er ohne eine Frau, vielleicht. Wer wusste, ob er …

»Ciao!« Sie fiel ihm um den Hals.

Der vertraute Geruch umfing sie, als hätten sie sich erst gestern voneinander verabschiedet.

»Wie geht's meiner Karotte?«

»Jetzt schon viel besser«, murmelte Nelly und tat gleichzeitig mit Carlo einen tiefen Seufzer.

Das passierte oft. Sie mussten über ihre wiedergefundene Eintracht lachen.

»Was willst du trinken?«

»Einen Negroni.«

»Für mich eine Margarita.«

Zusammen mit den Aperitifs gab es eine Unzahl köstlicher Snacks. Carlo und Nelly bestellten noch zwei Bruschette und einen zweiten Aperitif, dann murmelte sie:

»Ich hab keinen Hunger mehr.«

»Ich dafür umso mehr«, raunte er zurück.

»Lass uns gehen.«

Auf dem Weg zu Nellys Wohnung sagten sie kein Wort. Es war ein genauso lauer, berückender Abend wie beim Besuch des *Anatra azzurra*, aber was für ein Unterschied jetzt, mit Carlo, der sie untergehakt hatte und neben ihr her ging. Er war ein wenig größer als sie, muskulös und kräftig gebaut, braungebrannt, mit schmalen, hellen Augen und dunklem, welligem, leicht weiß meliertem Haar. Nelly spürte die Erregung in sich aufsteigen und genoss jeden Augenblick dieses kurzen Spaziergangs, dieser freudigen Erwartung. Ihre Sorgen waren wie weggefegt, sie existierten nicht mehr. Es gab nur noch sie beide und das behagliche Bett, das zu Hause auf sie wartete.

Ohne Hast stiegen sie die Treppe hinauf und küssten sich

dabei leidenschaftlich. Als die Tür hinter ihnen zufiel, hob Carlo sie hoch, ohne auf ihr scherzhaftes »Pass auf, dass du dir keinen Bruch hebst!« zu achten, und trug sie geradewegs ins Schlafzimmer. Wohlig gelöst von den zwei Negroni, ließ Nelly sich ausziehen. Sie hatten das Licht nicht angemacht, der Mond strahlte hell durch die Terrassentür, und der Jasmin tat sein Bestes, um die Luft mit seinem Duft zu erfüllen. Die Katzen sprangen neugierig aufs Bett, zogen sich aber nach ein paar versehentlichen Tritten und Knüffen diskret zurück. Carlo kannte Nellys Vorlieben genau, und sie seine. Als sie sich schließlich verschwitzt in die Kissen fallen ließen, waren sie mehr als befriedigt. Wieder erfüllte ein gemeinsamer Seufzer das Zimmer, ein freudiger, entspannter, erleichterter, gelöster Seufzer.

»Was für eine lange Zeit, Menschenskinder. Zu lang«, sagte er, während sie sich an ihn kuschelte.

»Na und? Jetzt sind wir doch wieder zusammen. Und das ist umso schöner«, nuschelte Nelly schläfrig.

Behutsam deckte Carlo sie mit der bunten Steppdecke zu und drückte sie an sich. Sie fiel in einen tiefen, traumlosen Schlaf.

Fünfter Tag

Morgen

»Mau«, murmelte Nelly halb im Schlaf, als der Geruch von geröstetem Brot sie in der Nase kitzelte. Es brauchte ein paar Minuten, ehe ihr die Ereignisse der letzten Tage wieder ins Bewusstsein kamen, und dass ihr Sohn nicht hier sein konnte.

Dann der Abend, Carlo und seine Zärtlichkeiten, die Leidenschaft, die anschließende Gelöstheit nach all der angestauten Spannung, alles fiel ihr wieder ein. Sie stellte fest, dass sie ihr Pyjamaoberteil trug, obwohl sie es sich bestimmt nicht angezogen hatte. Sie lächelte, als Carlo mit einem Korbtablett hereinkam. Getoastetes Brot, Marmelade, Honig, Butter, Milch, starker Kaffee, wie sie ihn am liebsten mochte, und in einem Glas ein Sträußchen Jasmin. Sie reckte sich selig und vergrub das Gesicht in den Kissen.

Er trug einen dunkelblauen Bademantel, den sie ihm zu Weihnachten geschenkt hatte und der in ihrem Schrank stets für ihn bereithing. Wenn Mau zu Hause war, blieb sie oft bei Carlo, der in Nervi wohnte, doch manchmal übernachtete er auch bei ihnen. Mau mochte Carlo. Doch die Zeit, in der sich ihr Sohn nach einem Vater gesehnt hatte, schien ein für alle Mal vorbei zu sein. Seiner Mutter gegenüber benahm er sich eher wie ein Beschützer und hatte den Neuankömmling zumindest in der ersten Zeit kritisch beäugt. Carlo hatte sämtliche Tests bestanden, und jetzt war Mau froh, dass seine Mutter nicht immer allein war, wie sie es, abgesehen von kurzen und nicht immer glücklichen Intermezzi, bis dahin gewesen war.

»Wieso heiratest du ihn nicht, Mama? So jung bist du nun auch nicht mehr, und einen wie Carlo findest du nicht noch einmal, solltest du ihn mit deinem miesen Charakter in die Flucht schlagen«, witzelte Mau.

Carlo war Kapitän und kommandierte riesige, hochtechnologisierte Methantanker weit im Norden. Er fuhr nach Japan oder nach Grönland, durch vereiste Seestraßen am Rande der Welt, mit Informatikcracks als Matrosen und auf schwimmenden Bomben, auf denen man sich keinen Fehler leisten konnte.

»Das einzig Gute an einer Panne wäre, dass wir sie nicht mitkriegen würden. Wir flögen nämlich in null Komma nix in die Luft«, witzelte er.

Nelly hatte verdrängt, was er tat. Sie dachte nie darüber nach. Und brach er zu einer seiner langen Reisen auf, verdrängte sie ihn ebenfalls. Sie hatte weder Lust auf Ängste und Sehnsüchte noch auf Schmerz und Bindung. Wenn er nicht da war, existierte er für sie nicht. Tauchte er dann wieder auf, waren auch ihre Beziehung und die Nähe wieder da.

»Da ist er also. Es gibt ihn wieder«, dachte sie beglückt, als sie ihn ansah. »Ich hab ihn mir also doch nicht eingebildet.«

»Wie starrst du mich denn an! Wie ein verliebter Backfisch«, grinste er zufrieden.

»Ich bin ein verliebter Backfisch«, gab sie zurück, biss in einen gebutterten Honigtoast und leckte sich die klebrigen Finger ab.

»Hmmm, wie sinnlich du bist, wenn du dir so die Finger ableckst … gleich falle ich wieder über dich her«, lachte Carlo.

Er beugte sich vor, um ihr einen Kuss zu geben, verlor das Gleichgewicht und vergoss den Kaffee auf der Steppdecke.

Nelly war dermaßen zufrieden, dass sie nichts dazu sagte: Zum Teufel mit der Steppdecke, wofür gab es schließlich Waschmaschinen. Die Katzen schnurrten, er hatte sie bereits gefüttert, und Nelly fing an sich einzubilden, dass die Welt wieder in Ordnung sei.

Doch sie irrte sich. Ihr Diensthandy klingelte, und sie griff danach.

»Rosso.«

»Dottoressa«, das war Gerolamos Stimme. Er klang ganz ruhig, doch sie kannte ihn und hörte sofort, dass etwas Ernstes passiert war. »Die kleine Pittaluga ist verschwunden.«

»Was soll das heißen, verdammt noch mal, sie ist verschwunden? Hm? Und dieser Schnarchsack von Lombardo? Und sein Kollege, der sich mit ihm abwechseln sollte? Wo waren die? Die sollten ihr Tag und Nacht auf den Fersen bleiben!«

»Das waren sie auch. Gestern Abend ist sie ordnungsgemäß wieder nach Hause gekommen, begleitet von diesem Fahrer, oder was immer der ist, ein ehemaliger Boxer, Matteo Albini, und Lombardo hat sich mit seinem Wagen nur wenige Meter vom Tor entfernt vor der Villa postiert. Er schwört, dass er nicht eingeschlafen ist. Heute Morgen war das Bett unberührt und sie war verschwunden. Die Mutter hat es sofort bemerkt, weil sie heute früh irgendwohin mussten, und als sie sie wecken wollte ... puff! Angesichts der jüngsten Ereignisse hat die Mutter sich zu Tode erschreckt und uns umgehend kontaktiert.«

»Ich komme sofort. Wo bist du?«

»Auf dem Weg nach Castelletto.«

»Wir sehen uns dort.«

Carlo hatte an seinem Kaffee genippt und ihr aufmerksam zugehört. Er war nicht der Typ Mann, der sich leicht aus der Fassung bringen ließ.

»Arbeit?«, kommentierte er das jähe Ende dieses perfekten Augenblicks.

»Genau. Ich erklär's dir später.«

»Ich bin jetzt eine Weile in der Stadt. Anfang des kommenden Monats laufen wir wieder aus. Ich fahre zu mir, um ein paar Sachen zu erledigen. Wir sprechen uns später.«

Nelly war bereits angezogen, küsste ihn hastig und stürzte hinaus. Er zündete sich eine Zigarette an, setzte sich mit Minni auf den Knien auf die Terrasse und sah auf das Meer hinaus, das sich wie ein kobaltblauer Spiegel unter ihm auftat. Es war seltsam, ausnahmsweise einmal nicht davon umgeben zu sein. Und verdammt entspannend.

Doch wieso musste das Leben, egal, ob hier oder dort, immer so verflixt kompliziert sein.

Wie immer zeigte die Philippinin am Tor keinerlei Gefühlsregung. Starr stand sie da und wartete auf die Polizei. Offenbar hatte sie strikte Anweisungen erhalten. Mit fliegenden Fahnen kreuzte Nelly auf dem kleinen Vorplatz auf und erblickte sofort Gerolamo, der neben dem Tor an der Mauer lehnte. Lombardo war ebenfalls dort und sah aus wie ein begossener Pudel. Die zwei nickten grüßend, und zusammen betraten sie den Park der Villa. Der Garten erschien wie versteinert, als stünde er unter einem Bann – oder lag es an Nellys Gemütsverfassung, dass die pulsierende Schönheit des Frühlings vollkommen leblos wirkte? Plötzlich war diese Schönheit bleiern und starr, unwirklich, wie die bedrohliche Kulisse eines Alptraumes.

Die Hunde gingen ihnen mit eingezogenem Schwanz aus dem Weg, als stünden auch sie unter dem bösen Zauber, und gefolgt von Lombardo stiegen Nelly und Gerolamo eilig die Treppe zum Haupteingang hinauf.

»Die Signora ist im Salon. Der Signore ebenfalls. Bitte«, sagte die Philippinin. Federica saß auf dem hellen Ledersofa und war blass wie das Leder selbst. Sie trug ein graues Kaschmirtwinset, einen schwarzen Rock und die unvermeidliche Perlenkette um den Hals. Sie war völlig ungeschminkt, und ein unkontrolliertes Zucken umspielte ihren Mund. Mit gerunzelter Stirn starrte sie Nelly an, als sähe sie sie zum ersten Mal.

»Wir haben nicht nach dir gefragt«, zischte sie.

Ihr Mann stand nickend hinter ihr und sah Nelly halb feindselig, halb flehentlich an.

»Was ist mit unserer Tochter passiert? Wie kann sie denn einfach so verschwinden?«

Ohne auf Federicas Fragen einzugehen, sagte Nelly:

»Wann habt ihr sie zum letzten Mal gesehen?«

»Gestern Abend nach dem Abendessen. Ich bin zu ihr gegangen, um sie daran zu erinnern, dass wir heute, da die Schule noch geschlossen ist, einen Termin im Schönheitssalon haben. Sie war schon im Nachthemd; sie hat mich angelächelt und gesagt ... und gesagt: ›Na, dann bin ich wohl eine Gefangene unter ständiger Beobachtung.‹ Dann hat sie mich auf die Wange geküsst und ist in ihrem Zimmer verschwunden.«

Federicas Stimme zitterte beängstigend. Nelly wandte sich an Gianandrea.

»Dottore, haben Sie eine Ahnung, was Monica mit dieser Bemerkung gemeint haben könnte?«

»Nach unserer gestrigen Unterredung hielt ich es für angebracht, meine Tochter stärker zu bewachen und zu beaufsichtigen. Ich habe meinen Vertrauensmann Albini beauftragt, sie bei Miriam abzuholen, sie überall hinzubringen und zu einer angemessenen Zeit wieder zu Hause abzuliefern. Und das hat er getan.«

»Wie hat Monica auf diese Neuigkeit reagiert? Soweit ich weiß, war sie es nicht gewohnt, kontrolliert zu werden.«

»Sie erschien mir nicht sonderlich überrascht. Ich habe ihr gesagt, es sei zu ihrer Sicherheit. Sie hat gelächelt. Ein eigenartiges Lächeln, wenn ich jetzt darüber nachdenke. Sie hat keinen Widerstand geleistet. Aber ich hatte trotzdem das Gefühl, dass ihr die Sache vollkommen gegen den Strich ging.«

»Darf ich einen Blick in ihr Zimmer werfen?«, fragte Nelly.

»Natürlich, hier entlang«, sagte Federica sofort und ging in die Eingangshalle, von der aus eine imposante Treppe nach oben führte.

Monicas Zimmer lag im ersten Stock. Ein großer, sonnendurchfluteter Raum mit einem Balkon, der auf den Garten hinausging, auf die Azaleensträucher und Rosenbeete.

Das Zimmer eines Mädchens aus gutem Hause: ein mit schwerem altrosa Seidenbrokat beschlagenes Bett, cremefarbener Teppich, ein großer, goldgerahmter Spiegel und ein riesiger Einbauschrank voller Anziehsachen. Auf dem Boden neben dem ebenfalls mit altrosa Brokat bezogenen Sesselchen ein luftig transparentes, nach *Opium* duftendes Nichts von Nachthemd. Kaum etwas in diesem Zimmer ließ an das unangepasste, launenhafte, rebellische Mädchen denken, als das Nelly Monica in letzter Zeit erlebt hatte.

»Fehlen Kleidungsstücke, Taschen?«, fragte Gerolamo und blickte sich um, ohne eine Miene zu verziehen, doch seine Augen registrierten selbst die winzigste Kleinigkeit. Er wandte sich an Federica, die ihn verblüfft anstarrte. Vielleicht hatte sie bis dahin geglaubt, Nellys Assistent sei stumm, oder hatte ihn wegen seiner Gabe, vollkommen mit seiner Umwelt zu verschmelzen, einfach nicht bemerkt.

»Ja, Hosen, zwei Paar, einige T-Shirts, eine kleine Reisetasche. Wie für einen Wochenendausflug«, entgegnete sie verdattert.

Etwas erregte Nellys Aufmerksamkeit. Durch einen Türbogen gelangte man in einen Nebenraum. An der Wand ein modernes Regal, vor einem weiteren Fenster ein Zeichentisch, Kisten und Stellagen voller Temperamalereien und Zeichnungen. Einige Blätter lagen offen auf dem großen Schreibtisch, darunter auch zahlreiche Porträts. Andere standen zusammengerollt in Pappröhren. Nelly nahm ein paar Zeichnungen in die Hand und musterte sie verblüfft.

»Beeindruckend, nicht wahr?«

Federicas Stimme bebte vor mütterlichem Stolz und vor Angst, ihren Augapfel Monica zu verlieren.

»Ja, wirklich«, antwortete Nelly, gebannt von den neuen Welten, die sich in den Bildern vor ihr auftaten.

»Etwas Derartiges habe ich noch nie gesehen«, sagte sie.

Das war keine Lüge, um eine bange Mutter aufzumuntern. Die kleine Monica war tatsächlich mit außergewöhnlichem Talent gesegnet. Ein Bild stellte Federica dar. Es zeigte sie zusammen mit den beiden Hunden, eine abgezehrte, starre, geradezu verknöcherte Frau mit leerem Blick. Das einzig Lebendige an ihr waren das dichte, schwarze Haar und die langen Hände mit den ovalen Fingernägeln. Die Ähnlichkeit mit den beiden Rassehunden war unübersehbar und gewollt. Ein ans Surreale grenzendes Seelenporträt.

Plötzlich zuckte Nelly zusammen. Auf einem Bild war Mau zu sehen. Allerdings so schön, wie ihn nur ein verliebtes Mädchen wahrnehmen konnte: ohne Pickel, ohne Mitesser, ein junger Held ohne Furcht und Tadel, mit reiner Seele, die sich in seinen grauen Augen und dem sanften Lächeln spiegelte. Er lag auf einer Wiese, nur mit einem Paar Bermudashorts bekleidet, und sah seine Porträtistin verliebt an.

Nelly verspürte einen Stich im Herzen. Von wann war dieses Bild? Mit stummem Erstaunen stellte sie fest, dass es erst vor wenigen Monaten entstanden war. Doch sie sagte nichts. Die Bildergalerie ließ niemanden aus: Habib als Pirat, am Bug eines Fischerbootes – grausame Prophetie seines Todes –, gekleidet wie ein berberischer Korsar, mit einem feuerroten Turban, unter dem sein lockiges Haar hervorquoll. Furchtlos blickte er aufs Meer hinaus, die schwarzen Augen funkelten kühn, zwischen den vollen, zu einem Grinsen gebleckten Lippen blitzten weiße Zähne hervor.

Atemlos vor Ergriffenheit entdeckte Nelly Francesco Bagnasco. Er war als junger Pfadfinder dargestellt, schmächtig und verletzlich, mit seinen dicken Brillengläsern und dem traumverlorenen Blick. Er lächelte offen, voller Zuversicht, und wirkte trotz seines Alters noch immer wie ein Welpe. Der Beste, der Aufrichtigste, ein wahrer Ordnungshüter, so nannte ihn Mau.

Nelly musste sich zusammenreißen, um nicht in Tränen auszubrechen. Franci war fast wie ein Sohn für sie gewesen, mit ihm war ein Teil von Mau gestorben. Sie schluckte und ging zum nächsten Bild über, während die Pittalugas sie feindselig und nervös musterten. Es erschien ihnen wie ein Sakrileg, wie ein gewaltsamer Einbruch in die intimste Privatsphäre ihrer Tochter, doch sie konnten nichts dagegen tun.

Da war Miriam, als dicke Kröte dargestellt, fett und mit vorspringenden, fast obszön dreinblickenden Augen. Ihre Herzensfreundin kam auf diesem Porträt nicht sonderlich gut weg. Es war ganz neu, laut Datum gerade mal zwei Tage alt.

»Merkwürdig«, dachte Nelly flüchtig, »vielleicht war die demonstrativ zur Schau gestellte Freundschaft für Monica nichts weiter als eine Attrappe, hinter der sie sich mehr Freiheiten erlauben konnte.«

Nelly empfand plötzlich Mitleid mit Miriam, deren Zuneigung für die Freundin ihr durch und durch aufrichtig erschienen war.

Kein Zweifel, dies waren mehr als nur oberflächliche Porträts.

Es waren surreal geprägte Psychogramme, Versuche einer talentierten Künstlerin, das Wesen des Motivs zu erfassen.

Es gab auch Bilder von Monicas Brüdern und Schwestern, einige waren als Waldelfen, andere als gehässige Ferkel dargestellt; da war Matteo Albini, als Boxer gekleidet, mit einer riesigen Narbe im Gesicht und dem stumpfen Blick eines abgehalfterten Schlägers, finster und abstoßend, und nach einigen Lehrern und Schuldienern, die ebenfalls nicht besonders gut abschnitten, kam sie, Monica. Das Selbstporträt. Sie hatte sich dargestellt wie … o Himmel, wie die Ahnin auf dem Gemälde, die geheimnisvolle Caterina, nur dass Monica vollkommen nackt war und ihr unergründliches, abwesendes Lächeln lächelte. Sie hielt etwas in der Hand, doch Nelly konnte es nicht recht erkennen. Es sah aus wie ein Kästchen oder eine Schachtel oder etwas Ähnliches. Diese teils mit Kohle gezeichneten, teils sorgfältig mit Temperafarben ausgearbeiteten Porträts waren zugleich faszinierend und beunruhigend, genau wie ihre Schöpferin. Sie verrieten viel über ihren rastlosen Charakter, und vor allem konnten sie vielleicht bei den Ermittlungen weiterhelfen.

»Wenn Sie nichts dagegen haben, würde ich sie gerne mitnehmen und in Ruhe studieren. Sie könnten sachdienliche Hinweise enthalten.«

»Ich wüsste nicht, was ...«

Federica streckte sich schützend nach den Arbeiten ihrer Tochter. Sie jemand Fremdem zu überlassen – einer Rivalin in Monicas Herzen zumal –, war, als würde sie ihr Kind ein zweites Mal verlieren. Ihr Mann legte ihr eine Hand auf den Arm.

»Lass die Dottoressa machen, Liebes. Es ist ihr Job. Wenn sie ihr weiterhelfen, warum nicht? Das Wichtigste ist, unsere Tochter heil und gesund wiederzufinden.«

Gerolamo hatte derweil vollkommen lautlos das Zimmer in Augenschein genommen und auf der Suche nach einem Tagebuch oder irgendwelchen Aufzeichnungen sämtliche Schubladen geöffnet, doch ohne Erfolg.

Federica hatte jede seiner Bewegungen mit zornig zusammengepressten Lippen verfolgt.

»Ich werde jemanden für die Fingerabdrücke vorbeischicken Aber sind Sie sich sicher, dass Monica nicht einfach weggelaufen ist, weil sie die Nase voll davon hatte, unter Bewachung zu stehen? Sie ist ein ziemlich unabhängiger Typ. Es fehlen ein paar Kleidungsstücke und eine Tasche. Und wären die Umstände nicht die gegebenen, gäbe es kaum Anlass zur Besorgnis.«

»Mag sein, und es ist sehr gut möglich, dass sie uns nur einen Denkzettel verpassen will, aber wo ist sie? Und wie Sie schon sagten, Dottoressa Rosso, diese Situation lässt einen alles andere als gelassen bleiben. Ich fürchte, ich hätte ihren Worte gestern mehr Beachtung schenken sollen«, murmelte Gianandrea.

»Immerhin stand Monica unter der Obhut dieses Albini, Ihres Faktotums, also haben Sie sie doch gewissermaßen bewachen und beschützen lassen, Dottor Pittaluga. Momentan scheint es also naheliegend, dass sie dieser Kontrolle entgehen wollte. Sie haben ihr natürlich gesagt, dass sie sich nicht mehr vollkommen frei würde bewegen können, und zwar zu ihrem eigenen Besten, und das hat ihr nicht geschmeckt. Wo sie geblieben sein könnte, müssten Sie am ehesten wissen, Sie kennen sie am besten.«

Nelly verschwieg, dass das Mädchen auch unter polizeilicher Beobachtung gestanden und sich dieser ebenfalls entzogen hatte. Das wäre zu peinlich gewesen.

»Sagen Sie: Kann man das Haus nur durch den Haupteingang verlassen?«

»Natürlich nicht, Dottoressa«, entgegnete Gianandrea mit süffisantem Lächeln. »Direkt an der Villa führt die Creuza ins Zentrum vorbei. Man erreicht sie durch ein Törchen, weiter unten, auf der anderen Seite des Gartens.«

Nelly konnte es nicht fassen. Wie dämlich von ihr! Und von ihren Leuten erst, die sich noch nicht einmal die Mühe gemacht hatten, sich ein genaues Bild der Villa und des Parks zu machen. Sie errötete unwillkürlich.

»Wo genau ist dieser Ausgang? Können wir ihn uns ansehen?«

»Wie ich schon sagte, es ist das kleine Gartentor weiter unten, direkt an der Creuza. Es wird Tag und Nacht von den Überwachungskameras kontrolliert, doch die Aufzeichnungen zwischen Mitternacht und zwei Uhr morgens fehlen. Monica kannte sich damit aus.«

»Ich möchte mit Ihrem Angestellten sprechen, der Monica gestern Abend nach Hause gebracht hat, mit diesem Matteo Albini.«

»Tut mir leid, aber der ist gerade unterwegs, um einige Orte zu kontrollieren, an denen sich unsere Tochter aufhalten könnte. Sobald ich ihn spreche, werde ich ihm sagen, dass er sich mit Ihnen in Verbindung setzen soll, Dottoressa.«

»Haben Sie schon mit Miriam Fallari gesprochen? Vielleicht ist Monica bei ihr.«

»Das war unser erster Gedanke. Nein, Miriam und ihre Mutter haben sie nicht gesehen. Miriam weiß von nichts, sie hat ihr nichts anvertraut. Wir haben keine Ahnung, es ist uns schleierhaft, wieso … Glauben Sie, sie ist in Gefahr?«

Jetzt wirkte Gianandrea Pittaluga ernsthaft besorgt. Und Nelly überlegte, dass er tatsächlich allen Grund dazu hatte. Doch sie hütete sich davor, etwas zu sagen.

»Ich schätze, dass sich alles in Wohlgefallen auflösen wird, wie so oft in solchen Fällen, wenn ein Kind nach einem Streit oder weil es sich unverstanden fühlt, von zu Hause fortläuft und dann wieder zurückkommt. Mögliche Gefahren sollte man zwar nicht ausschließen, aber auch nicht überbewerten. Sollten Sie jedoch etwas wissen, das in der einen oder anderen Hinsicht Licht ins Dunkel bringen könnte, dann sprechen Sie bitte jetzt mit uns darüber.«

Federica und Gianandrea sahen sich schweigend an.

»Nein, nichts, was irgendwie nützlich sein könnte. Allerdings möchten wir … wir möchten nicht, dass die Presse davon erfährt«, stieß Gianandrea hastig hervor.

»Verständlich. Wir werden mit äußerster Diskretion ermitteln und Sie auf dem Laufenden halten.«

»Nelly!«

Federica sah sie flehend an.

»Entschuldige bitte, was ich bei deinem Eintreffen gesagt habe. Ich war völlig neben mir. Ich bin froh, dass du dich um die Sache kümmerst.«

»Ich werde mein Möglichstes tun. Ach, und ich würde gerne die Aufzeichnungen der Kameras sehen.«

»Aber da ist nichts drauf.«

»Das macht nichts, sie können dennoch aufschlussreich sein.«

Ein Schatten huschte über Gianandreas Gesicht, so unmerklich, dass Nelly fast meinte, es sich eingebildet zu haben.

»Kommen Sie mit, ich gebe sie Ihnen«, sagte er an Gerolamo gewandt.

Während die beiden Männer sich entfernten, fragte Federica unsicher:

»Glaubst du, es könnte sich um eine Entführung handeln?«

»Entführung? Aus dem eigenen Haus, mit Hunden, Überwachungskameras, Bodyguard und so weiter? Wie kommst du zu der Annahme, Federica?«

»Emanuela hat heute Nacht etwas gehört. Komm mit.«

Federica klopfte an die Tür des Nebenzimmers. Ein großes Mädchen mit schwarzem Haar machte auf, Federicas Ebenbild, von dem vorstehenden Gebiss und den vollen Lippen einmal abgesehen. Nelly kannte sie aus der Schule. Emanuela war Monicas um ein Jahr jüngere Schwester. Nelly beschloss, alle Geschwister zu vernehmen.

»Erinnerst du dich noch an mich, Emanuela? Ich bin die Mutter von Maurizio.«

»Guten Tag, Signora Nelly. Klar erinnere ich mich an Sie. Wie geht es Mau?«

»Ganz gut. Was kannst du mir über Monica sagen, Manu? Hat sie dir gestern Abend etwas erzählt? Habt ihr miteinander gesprochen?«

»Monica hat nie mit mir geredet. Sie hat mir nichts gesagt. Aber so gegen eins hab ich was gehört, eine Art Getuschel, es klang wie ihre Stimme, aber ich dachte, ich hätte nur geträumt. Ich hab ein paar Minuten gelauscht, aber es war nichts mehr zu hören, also bin ich wieder eingeschlafen. Heute Morgen, als Moni verschwunden war, ist es mir dann wieder eingefallen.«

»Unsinn. Hier kann niemand hereingekommen sein.«

Gianandrea und Gerolamo waren wieder da, Gerolamo mit einigen Videokassetten in der Hand. Gianandrea warf seiner Frau und seiner Tochter einen vernichtenden Blick zu.

»Ich hab euch doch schon gesagt, ihr sollt mit eurem Unsinn nicht noch mehr Verwirrung stiften.«

»Alles kann nützlich sein. Jede Kleinigkeit. Danke, Manu. Mein Assistent Signor Privitera hier«, Nelly deutete auf Gerolamo, »wird Ihre anderen Kinder befragen. Sind sie zu Hause?«

»Alle außer Filippo Maria, der ist gerade für drei Monate in London, um seinen Master zu machen.«

»Gut. Ich fahre ins Präsidium. Sollten Sie etwas hören, sollte Monica sich melden, sagen Sie mir bitte umgehend Bescheid.«

»Selbstverständlich, Dottoressa.«

Gianandrea klang überraschend ergeben.

»Ciao, Nelly.«

Federica verabschiedete sie mit einem flehenden Blick.

»Bring sie mir zurück«, sagten ihre Augen. Unter ihrer harten Schale hatte Federica stets einen wunden Punkt gehegt, ihre verzweifelte Liebe zu dieser Tochter, die so gänzlich anders war als sie selbst.

Gefolgt von einem noch immer völlig bedripsten Lombardo, verließ Nelly das Haus. Er hatte geglaubt, es handelte sich um einen simplen Routineeinsatz, und das Mädchen hatte ihn an der Nase herumgeführt. Er ließ ein kleinlautes Seufzen hören.

Es war bereits Mittag. Nelly rief Carlo an, stieg in den Bus und fuhr zu ihm nach Nervi. Sie beschloss, dem Polizeivize erst am Nachmittag Bericht zu erstatten. Sie musste sich noch über einiges klar werden, und außerdem wollte sie Carlo sehen. Während der 17er auf der Busspur den Corso Europa entlangsauste, stellte Nelly überrascht fest, dass der Himmel wieder blau geworden war und die Gärten, Häuser und kahlen Berge, wie von unsichtbarer Hand aufgefrischt, allmählich wieder in den gewohnten Farben strahlten.

Diese Straße war ein echter Schandfleck. Sie war in den Sechzigern gebaut worden, ohne Rücksicht auf die Entwicklung der Stadt und ihren Verkehr, viel zu kurvig, teils regelrecht lebensgefährlich, und das nur – so hieß es zumindest –, um den Baugrund einiger Spekulanten anzubinden. Jedenfalls hatten sich einige Kurven im Laufe der Jahre als tödlich erwiesen. Die Gebäude waren größtenteils hässlich und dennoch unbezahlbar: Sie sahen aus wie Mietskasernen, doch angesichts der schönen Lage und der Nähe zum Meer kosteten sie ein Vermögen. Viele waren inzwischen heruntergekommen, was ihre marode Hässlichkeit und billige Bauweise nur noch unterstrich. Zudem standen sie so dicht an der Straße, dass es schier unmöglich war, die Spuren zu erweitern und den veränderten Verkehrsbedingungen anzupassen. Genua war wie ein Buddelschiff, man kam nicht raus, weder nach Westen noch nach Osten. Wie hatte Roberto Genua einmal genannt? Ach ja, »die zugekorkte Stadt«. Da war etwas Wahres dran.

In Nervi bog der 17er in die enge Via del Commercio, und auf der kleinen Piazzetta, von der aus die Via degli Aranci zum Bahnhof abging, stieg Nelly aus und lief zur Uferstraße hinunter. Mein Gott, war das herrlich! Corso Europa und das Verkehrschaos waren wie weggewischt. Sie vergaß jedes Mal, wie schön die Uferstraße in Nervi war, denn wenn Carlo nicht da war, kam sie nie hierher. Carlo wohnte direkt an der Uferpromenade in einem in typisch ligurischen Farben sanierten Haus: Rosa mit dunkelgrünen Fensterläden, mit kleinen begrünten Terrassen und Balkonen. Obwohl seine Wohnung nicht groß war – eine charmante Dreizimmerwohnung mit Küche und Bad –, hatte sie ihn eine Stange Geld gekostet, doch der Kapitän liebte das Meer, zudem hatte er in der kleinen Bucht am Ende der Promenade sein Boot liegen, konnte nach Herzenslust im Meer baden, auch wenn das Wasser nicht immer ganz sauber war, oder im kleinen Hafen ins Schwimmbad gehen. Nelly klingelte, hin und her gerissen zwischen genüsslicher Vorfreude und Unruhe über die jüngsten Entwicklungen des Falles, über Monicas Verschwinden, die ihrer Ansicht nach in ernster Gefahr war. Carlo erschien auf dem Balkon, winkte zu ihr hinunter, und die Tür sprang auf. Nelly stieg in den dritten Stock, und Carlo zog sie in die Tür und schloss sie freudig in die Arme.

»Ich habe dir gegrillten Seebarsch mit neuen Kartoffeln gemacht«, verkündete er stolz.

»Was für ein Mann, ein echter Heiratskandidat!«, lachte Nelly.

»Stimmt, ich bin ein perfekter Hausmann. Alle Seeleute sind so: selbstständig und gute Köche.«

»Die sind aber auch noch für was anderes berühmt«, witzelte sie, »ein Mädchen in jedem Hafen ...«

Er lächelte verschmitzt.

»Wenn du wüsstest, was für eine ich als Letztes aufgerissen habe, eine hinreißende Eskimobraut, die nachts zu mir an Bord kam, während ich an den Küsten Grönlands entlangschipperte, vor lauter Pelz und Fell habe ich nie ihr Gesicht gesehen, wahnsinnig aufregend! Nur schade, dass mir irgendwann aufgefallen ist, dass ich mit einem Eisbären gevögelt habe, aber da war es schon zu spät!«

Nelly prustete los. Die Vorstellung, wie Carlo sich mit einem Eisbären in der Koje rollte, war einfach zu komisch.

Das großzügige, aus zwei zusammengelegten Räumen bestehende Wohnzimmer grenzte an die kleine Küche und ging auf den Balkon hinaus, der trotz der Uferpromenade direkt über dem Meer zu hängen schien. Niedrige, mit orientalischen Stoffen bedeckte Sofas, auf denen Kissen aus aller Welt lagen, Perserteppiche, arabische Beistelltischchen, Masken, afrikanische

Waffen und Skulpturen, eine große Trommel, ein Lamafell, jedes Land, das Carlo auf seinen Reisen besucht hatte, war in diesem Zimmer vertreten, das trotz der häufigen Abwesenheit seines Bewohners lebendige Gemütlichkeit ausstrahlte. Aus der Küche duftete es köstlich. Auf dem niedrigen Tisch standen zwei Punt e Mes und verschiedenste Sorten Oliven. Nelly ließ sich auf das Sofa fallen und kippte ihren Aperitif hinunter.

»Noch einen, bitte«, murmelte sie und sank gegen die Lehne.

»Zu Befehl, Commissario«, sagte Carlo eilfertig.

Während sie aßen und Nelly besonders den Fisch genoss, den sie sich zu kochen nie zutraute, gab sie ihm einen kurzen Abriss der Situation. Schweigend und ganz auf den Fisch oder ihre Schilderung konzentriert, hörte Carlo zu.

»Was für ein Chaos!«, sagte er schließlich beim Kaffee.

»Ganz recht. Ich mache mir Sorgen um Monica. Und Mau fehlt mir«, schloss Nelly fast kleinlaut.

»Ich halte es für ganz richtig, dass er nicht hier ist.«

»Ja, ich weiß. Aber ich hab das Gefühl ... ich weiß nicht, zu hinken oder nur eine Hand zu haben. Als hätte man mir was amputiert.«

»Übertreibst du nicht ein bisschen?«

Carlo sah sie streng an.

»Mau ist kein Kind mehr, Nelly, er ist ein junger Mann, auch wenn du ihn noch immer als kleinen Jungen sehen willst. In seinem Alter bin ich das erste Mal ausgelaufen, und das war keine Kaffeefahrt. Das war auf einem Öltanker, der um die halbe Welt geschippert ist. Jeder, der mir hätte reinreden wollen, hätte eins aufs Maul gekriegt. Ich hab eine Menge Fehler gemacht und dafür geradegestanden. Aber bereut habe ich eigentlich nichts, mein Leben hat mich zu dem gemacht, was ich bin. Hat mich Verantwortung gelehrt. Wie man so schön sagt. Nicht immer laufen die Dinge glatt, wenn man jung ist und ganz auf sich selbst gestellt. Aber ich war Waise und hatte keine Wahl.«

Nelly schwieg nachdenklich. Wenn ihre Gefühle sie mitzureißen drohten, schaffte Carlo es immer, sie wieder auf den Teppich zurückzuholen. Dafür war sie ihm dankbar. Es war heilsam, sich von ihm den Kopf zurechtrücken zu lassen, auch wenn sie manchmal heftig darauf reagierte. Auch diesmal musste sie zugeben, dass er recht hatte.

»Schon wahr, aber dass Mau mir fehlt, hat nichts damit zu tun, dass er nicht hier an meinem Rockzipfel hängt. Es ist die Gefahr, die ich nicht einschätzen kann, und die Ungewissheit darüber, was für eine Rolle er in der ganzen Sache spielt. Ich … ich spüre, dass mein Sohn mir etwas verheimlicht hat. Ich hab mir das bisher nicht eingestehen wollen, aber dieser Gedanke macht mich schier verrückt vor Angst. Da tut sich eine Leere vor mir auf, in der es nur mein Scheitern gibt.«

»Selbst wenn es so wäre und er dir etwas verheimlicht hätte, müsste man erst einmal feststellen, warum, und es ist nicht gesagt, dass es nicht gute Gründe dafür gibt.« Sie wollte ihm ins Wort fallen, doch er hielt sie mit einer Handbewegung zurück. »Ich will damit nur sagen, dass sich die ganze Angelegenheit für ihn womöglich vollkommen anders darstellt. Auch das zeigt, dass er erwachsen wird. Ab und zu solltest du deinen Mitmenschen vertrauen, Nelly. Zumindest denen, die dich lieben.«

»Willst du damit sagen, dass ich niemandem traue außer mir selbst?«

»Dir selbst und vielleicht noch deinem Assistenten Gerolamo, den ich allerdings nicht kenne.«

»Das hat gesessen. Ich bin so platt, dass ich noch nicht mal sauer werden kann. »

Ihre nussbraunen Augen wurden immer größer und ihre Stirn legte sich in Falten. Carlo kam ihr zuvor.

»Ich will dich weder provozieren noch verärgern, Liebste.

Das liegt mir mehr als fern. Ich will nur sagen, dass Mau ein großer, charakterfester Junge ist, der dich wahnsinnig liebt. Und Gut von Böse unterscheiden kann. Das solltest du nicht vergessen. Vertrau ihm.«

»Du hast gut reden. Gut von Böse ... aber wenn selbst uns Erwachsenen das manchmal nicht gelingt! Außerdem hast du nicht diese schreckliche Verantwortung, diese herzenstiefen Bande, die mich manchmal fast ersticken.«

»Nein, das habe ich nicht, auch weil Marita es nicht zulässt«, antwortete er brüsk. Nelly bedauerte, ihn verletzt zu haben. Carlo hatte eine Tochter mit einer ecuadorianischen Frau, mit der er für kurze Zeit zusammengelebt hatte, ein kleines, elfjähriges Mädchen namens Vanessa. Nach zahllosen Auseinandersetzungen und Krächen hatte Marita mit ihr vor acht Jahren Italien verlassen und ihn beschuldigt, gewalttätig zu sein und ihr die Tochter wegnehmen zu wollen; vor einem Gericht ihres Landes hatte sie schließlich durchgesetzt, dass er Vanessa nicht mehr sehen und keinen Fuß mehr auf ecuadorianischen Boden setzen durfte. Carlo hatte alle legalen Hebel in Bewegung gesetzt, doch vergebens. Nun blieb ihm nichts anderes übrig, als jeden Monat Alimente für die Kleine zu zahlen und zu hoffen, dass diese Erpressung eines Tages, wenn das Mädchen größer wäre, vielleicht ein Ende haben würde. Doch all diese für die Entwicklung eines Kindes entscheidenden Jahre waren dennoch verloren und eine tiefe Beziehung zwischen ihm und Vanessa so gut wie unmöglich. Carlo hatte sehr darunter gelitten, und gewiss litt er noch immer, auch wenn er fast nie darüber sprach.

»Entschuldige, Liebster, ich bin echt ein Trampel.«

Nelly legte ihm die Hand auf den Arm und drückte ihn sanft.

»Ach was. Selbst ich vergesse manchmal, dass ich eine Tochter habe. Und eigentlich habe ich ja auch gar keine. Ich sollte mich endlich damit abfinden, aber wie du siehst, bist du mit deiner Irrationalität nicht allein.« Er lächelte gequält.

»Ich muss los. Sehen wir uns heute Abend bei mir?«, fragte sie hastig.

»Ist gut.«

Carlos Stimme klang wieder heiter.

»Also bis heute Abend. Ciao.«

Ein flüchtiger Kuss, und schon war sie weg. Carlo deckte den Tisch ab, räumte die Spülmaschine ein und dachte an Nellys wiewohl nicht ganz vollständige Erzählung. Sie achtete immer sehr genau darauf, keine »Betriebsgeheimnisse« preiszugeben. Doch auch so gab es genug, worüber man sich einen Nachmittag lang den Kopf zerbrechen konnte.

Fünfter Tag

Nachmittag

Im Polizeipräsidium herrschte dicke Luft. Dottor Volponi war glücklicherweise für einige Tage außer Haus, da er nach Rom gerufen worden war aus Gründen, die er seinen Untergebenen nicht mitzuteilen gedachte. Auch der Zeitpunkt seiner Rückkehr war ungewiss, in drei, vier, fünf Tagen? Nur Tano Esposito, stellvertretender Leiter des Polizeipräsidiums, war über die geheimnisvollen Reisen seines Chefs informiert. Und nun wollte er Dottoressa Rosso sehen. Sofort. Er erwartete sie in seinem großen, unpersönlichen Büro.

Er war nervös, das sah sie auf den ersten Blick. Er bedeutete ihr, Platz zu nehmen, und beugte sich über seinen massiven, mit Akten beladenen Schreibtisch zu ihr hin.

»Dottoressa Rosso, was halten Sie von der Geschichte mit dem Pittaluga-Mädchen? Ich bekomme fast minütlich Anrufe wegen ihr, ich werde noch wahnsinnig. Dem Himmel sei Dank, dass der Polizeipräsident nicht da ist! Der stellt uns an die Wand. Wie weit sind Sie mit den Ermittlungen?«

»Wir stehen kurz vor dem Durchbruch«, log Nelly mit fester Stimme, »aber ich kann noch nicht genau sagen, wann wir genug Beweise haben, um eingreifen zu können.«

»Aha.«

Seine hellen Augen lagen forschend auf ihr, und sie war sich sicher, dass Esposito ihren Bluff durchschaute. Oder doch nicht? Der Neapolitaner ließ sich in seinen dunklen Ledersessel zurücksinken und seufzte.

»Menschenskinder, nicht dass wir sie auch noch in einem Fischernetz aus dem Meer ziehen müssen, die Kleine! Hübsches Ding. Eine wahre Schönheit.« Esposito seufzte erneut.

Er senkte den Blick und bewunderte Monicas Foto, das auf seinem Tisch lag.

»Darf ich?«, fragte Nelly und streckte die Hand nach dem Bild aus.

Ihr stockte der Atem. Monica war ganz in Weiß gekleidet und schaute mit ernstem Blick aufs Meer hinaus, die blonden Haare hingen ihr offen über die Schultern. Im Hintergrund das Haus, das …

»Woher haben Sie das?«

»Der Anwalt der Familie Pittaluga hat uns mehrere Fotos zukommen lassen, neueren und älteren Datums. Und Gerolamo hat noch einige von der Mutter bekommen. Ich dachte, Sie wüssten davon und hätten sie schon gesichtet.«

Seine Stimme klang vorwurfsvoll.

»Ja, natürlich, aber das hier muss mir entgangen sein. Ich bräuchte es für die Ermittlungen, wenn Sie erlauben, Dottore«, sagte Nelly rasch und nahm das Foto an sich.

Sie stand auf, verabschiedete sich eilig und war schon draußen, bevor Esposito sich von seiner Überraschung erholt hatte. Als sie die Tür hinter sich schloss, hörte sie, wie er ihr ein vergebliches »He!« hinterherrief.

Es war das Haus, das Moni auf der Zeichnung von Mau skizziert hatte. Nur zu einer kühleren Jahreszeit, denn Monica trug über ihrem weißen Kleid ein Angorajäckchen. Nelly ergriff das Telefon und rief Federica an.

»Rosso. Federica, bist du's? Entschuldige, ich wollte fragen, wo Monica da steht, auf dem Foto am Meer in dem weißen Kleid?«

»Am Meer? Ach ja, das muss San Michele di Pagana sein. Vor unserem Haus. Aber das Haus ist jetzt zu, da ist keiner mehr. Gianandrea hat heute Morgen Albini hingeschickt, um es zu überprüfen. Man kann ja nie wissen. Aber als Versteck«, ihre

Stimme wurde unvermittelt rau, »ist der Ort sowieso ungeeignet, weil wir sie dort zuerst suchen würden, das weiß sie. Jedenfalls war sie nicht da, wie gesagt. Warum fragst du?«

»Mir kam der Ort bekannt vor, aber ich konnte ihn nicht einordnen.«

»Das ist die Villa Caterina, in der Bucht von San Michele. Früher, als die Kinder klein waren, haben wir dort immer die Sommermonate verbracht. Inzwischen sind wir nur noch selten da.«

»Jetzt erinnere ich mich wieder. Einmal habt ihr übers Wochenende Mau mitgenommen. Da waren sie vielleicht zehn Jahre alt, er und Monica.«

»Genau.«

Federicas Stimme kühlte um einige Grad ab. Mau war für sie ein rotes Tuch.

»Seit wir das Haus auf Sardinien haben, bei Palau, wird die Villa Caterina so gut wie nicht mehr benutzt.«

»Glaubst du, sie könnte nach Palau gefahren sein?«

»Wir haben deinem Assistenten alle Informationen dazu gegeben, Adresse, Bild, alles.«

»Sehr gut. Ich melde mich wieder, sobald es etwas Neues gibt. Ciao, Federica.«

Nelly betrachtete die Akte, die gut sichtbar auf dem Schreibtisch lag. Mit seiner kantigen und kräftigen Handschrift hatte Gerolamo »Pittaluga« daraufgeschrieben. Wahrscheinlich hatte er schon alle möglichen Überprüfungen angestellt, während sie noch mit Carlos Seebarsch zugange war. Was soll's, der Mensch musste schließlich auch was essen. Nelly öffnete die Akte, eine blassgelbe Mappe, ganz oben lag ein Foto von Monica auf einem Ball. Sie war hinreißend schön. So verdammt fotogen, außerdem sah man auf dem Foto nicht, wie jung sie noch war. Sie trug ein schwarzes Atlaskleid, das für ein Mädchen ihres Alters völlig unpassend war, und am Finger einen Rubinring – sieh an, der Rubin! Von der Ahnherrin Pittaluga. Im Hintergrund standen junge Männer in Smokings und mit Champagnergläsern in den Händen, an den Wänden hingen riesige Gemälde. Monicas Gesicht sah so traurig aus, dass es Nelly einen Stich versetzte. Wehrlose Augen, ganz anders als sonst. Groß, hell, schimmernd und unglücklich. Darüber war handschriftlich ein Datum geschrieben, demnach war es vor etwa zwei Jahren geschossen worden, ein paar Monate nachdem sie und Mau sich getrennt hatten. Es gab noch mehr Fotos, eine Großaufnahme ihres Gesichts, strahlend schön, die Haare hochgesteckt, angefertigt im Fotostudio, das sah man, eines aus ihrer Zeit als Pfadfinderin mit Franci und Mau, ein Klassenfoto, eines am Meer, einige in den Bergen, eines mit Feldern im Hintergrund. Sie hatte sie schon beiseitegelegt, als etwas auf dem letzten Bild sie stutzen ließ. Sie nahm es noch einmal in die Hand und betrachtete es genau. Es musste im ligurischen Hinterland entstanden sein, und alle waren sie versammelt: Mau, Franci, Miriam, Monica, sogar Habib. Es war also kein Pfadfinderbild, da Letzterer dabei war. Ansonsten hätte es gut eins sein können, da die Scouts immer auf der Suche nach solchen Orten im Landesinneren waren. Es sah herbstlich aus, an den Bäumen hingen deutlich dicke Kastanien. Im Hintergrund lag, leicht versetzt, ein frisch renoviertes Steinhaus – Val Fontanabuona vielleicht, oder irgendwo bei Casella oder Crocefieschi, es konnte auch in der Nähe von Sassello sein. Was hatten die Jugendlichen, die alle irgendwie in die Geschichte verstrickt waren, mit den Tälern Liguriens zu tun? Warum waren sie dorthin gefahren? Und wer hatte das Foto gemacht? Nelly rief wieder bei den Pittalugas an. Nein, Gianandrea war nicht zu Hause. Nein, keine Ahnung, wo Albini nach seinem Abstecher nach San Michele geblieben war. Nein, nicht den blassesten Schimmer, wen Monica im Val Fontanabuona oder sonst wo im Landesinneren kennen könnte. Federica war kategorisch.

Nelly ließ Gerolamo kommen, der damit beschäftigt war, hier

und dort Informationen einzuholen. Auf Sardinien war Monica nicht gesehen worden, das Haus war verschlossen. In Madonna di Campiglio dasselbe. Natürlich konnte sie noch auf dem Weg dorthin sein oder bei Freunden untergeschlüpft sein. Auch von ihnen hatte er ein paar Adressen, alles schon überprüft. Undurchdringliches Dunkel, für den Moment.

»Was glaubst du, Gerolamo, werden wir sie lebend finden?«, begann Nelly und sah ihren Assistenten ernst an, das Kinn auf die Hände gestützt. Ihre roten Haare leuchteten in einem Sonnenstrahl, der sich durch die heruntergelassenen Jalousien ins Zimmer stahl, ihre Sommersprossen waren auffälliger als sonst und ihre Augen bis auf schmale Schlitze geschlossen. Gerolamo fand seine Chefin richtig attraktiv, aber nur einen winzigen Augenblick lang, da ihm solche Gedanken völlig fremd waren. Nelly war sakrosankt, genau wie seine Arbeit.

»Es sieht immerhin so aus, als sei sie aus freien Stücken weggegangen, Dottoressa.«

»Schon, aber selbst wenn dem so wäre, ist sie jetzt ohne Schutz. Und meiner Meinung nach weiß dieses Mädchen einfach zu viel.«

»Die Kinder sind sich über den Ernst der Lage gar nicht im Klaren. Für sie ist das alles ein Spiel. Wie auf dem Computer. Die Realität ist etwas anderes. Dabei gab es schon zwei Morde, verdammt noch mal, wie kann es sein, dass sie sich nicht vor Angst in die Hosen machen? Naivität hin oder her, das ist wirklich zu viel.«

Gerolamo hatte sich zu einem für seine Verhältnisse ungewöhnlich langen Monolog hinreißen lassen. Nelly sah ihn fragend an, während sie einen flüchtigen Gedanken verfolgte.

»Val Fontanabuona ... vorausgesetzt, es handelt sich um dieses Tal, denn es könnte genauso gut Crocefieschi oder Voltaggio oder was weiß ich sein. Schau dir das Bild hier an. Hör mal, bisher haben wir nur vage Hypothesen, nicht die geringste Spur, die diese Bezeichnung verdient. Die einzige Verbindung, die wir zu einem Tal im Landesinneren haben, ist, so abwegig das klingen mag, die Tatsache, dass dort der Hausmeister vom Klee wohnt, ein gewisser Gian … Name und Nachname findest du in der Schulakte. Ich will, dass du die Carabinieri von Chiavari kontaktierst, oder besser noch die von Gattorna, keine Ahnung, entscheide selbst, und ihnen sagst, sie sollen überprüfen, wo er wohnt und ob dieses Haus hier irgendwo dort steht. Ich will nichts unversucht lassen, verstehst du? Immerhin«, fügte sie nachdenklich hinzu, »war der Hausmeister der Erste, der bei Franci war … bei dem jungen Bagnasco, nach dem Sturz. Er befand sich vor dem Schulgebäude, vielleicht hat er etwas bemerkt oder jemanden aus dem Nebengebäude kommen sehen, erinnert sich an irgendetwas, an das er vorher nicht gedacht hat. Vielleicht findest du etwas Interessantes über das Leben der Jugendlichen außerhalb der Schule heraus.«

»Okay, Dottoressa.«

Während Gerolamo sich wieselflink in Bewegung setzte, erschien auf Nellys privater Leitung die Nummer von Veronica, Maus Schutzengel. Eine böse Vorahnung überfiel sie.

»Veronica?«

»Dottoressa Rosso? Ich wollte nur sagen, hier ist alles in Ordnung. Keinerlei Probleme.«

Nelly seufzte erleichtert.

»Wie hat er die Nachricht aufgenommen, dass der Tod seines Freundes Franci kein Unfall war? Und die von dem Mord an Habib?«

»Er war schockiert, klar, aber was seine Kumpels betrifft, ist er sehr zugeknöpft. Ich habe versucht, ihn zum Reden zu bringen, habe aber nichts herausfinden können. Ansonsten ist er ein supernetter Junge und es macht richtig Spaß, auf ihn aufzupassen.«

»Ja, wenn er will, kann er nett sein. Ich werde ihn baldmöglichst zu den neuesten Entwicklungen interviewen müssen. Danke erst mal, und grüß ihn mir.«

»Wird gemacht, Dottoressa.«

Immerhin an dieser Front herrschte relative Ruhe. Nelly stellte sich kurz das alte Häuschen im Tal vor, die Wiesen mit Schlüsselblumen, Ranunkeln und Klee, den Pollen der Akazienblüten, der alles wie mit einer feinen Schneedecke überzog, den süßlichen Duft. Plötzlich wünschte sie sich sehnlichst, selbst dort zu sein, vielleicht Wasser aus dem Brunnen zu schöpfen, den schweren Brotteig des traditionellen *micon* zu kneten und in den Ofen zu schieben, die Kaninchen und Hühner zu füttern und den Gemüsegarten zu jäten, weit, ganz weit weg von Morden und allen Scheußlichkeiten dieser Welt. An einem anderen Ort, zu einer anderen Zeit. Das bukolische Bild vermochte die Gegenwart nur ein paar Augenblicke lang zu verdrängen. Mit einem tiefen Atemzug kehrte die Kommissarin in ihr Büro zurück, das sie im Geiste verlassen hatte. Auf dem Handy wählte sie die Nummer ihres Stellvertreters Auteri. Doch statt Marco antwortete die eher kühle Stimme seiner Freundin Luciana. Sie sagte, er schlafe, er brauche viel Ruhe wegen des erlittenen Schocks. Die Ärzte hätten ihm geraten, sich von der Arbeit fernzuhalten, auch gedanklich. Ganz abzuschalten. Nelly fragte sich, wie er das anstellen wollte …

»Dann grüß ihn bitte, und gute Besserung von uns allen. Ciao, Luciana.«

Nelly beendete die Verbindung und seufzte. Dann konnte sie also nicht einmal auf Marcos Rat hoffen. Luciana hatte ihm gnadenlose Abschottung verordnet. Sie war eine ängstliche Frau, immer in Sorge wegen seines gefährlichen Berufs. Wahrscheinlich konnte sie es gar nicht fassen, dass er dieses Mal tatsächlich außen vor und ganz in ihrer Hand war. In gewisser Weise verstand Nelly sie sogar.

Der Sonntag stand bevor, doch angesichts von Monicas Verschwinden war an Schlaf ohnehin nicht zu denken. Das Wochenende versprach keine Erholung und Ruhe schon gar nicht. Wenn jemand hinter der Ausreißerin her war, würde er sich um den Feiertag garantiert nicht kümmern.

Es klopfte, und Valeria betrat gutgelaunt und triumphierend das Zimmer. Sie hatte die Informationen über Matteo Albini. Dreiunddreißig Jahre alt, geboren in Alexandrien, die Eltern Italiener, keine Vorstrafen. Er hatte an verschiedenen Orten gelebt, im Ausland und in Italien. Als junger Mann hatte er eine Karriere als Mittelgewichtsboxer angestrebt, war dann Trainer für Kampfsportarten geworden, Söldner in Afrika, Rausschmeißer in Nachtlokalen, Leibwächter. Seit fünf Jahren arbeitete er für Gianandrea Pittaluga. Ein harter Bursche, so schien es. Nelly lobte sie für ihre schnellen Ergebnisse, und Valeria errötete geschmeichelt.

Es war schon nach sieben, als die Kommissarin das Polizeipräsidium verließ. Ohne weiter vorangekommen zu sein. Aus dem Val Fontanabuona gab es noch keine Nachricht, und auch die Infos zur Firma Pittaluga ließen auf sich warten. Sandra war nicht erreichbar. Es war Freitag Abend, verflixt. Alle waren verschwunden, hatten sich in Luft aufgelöst. Nur die Pittalugas setzten über ihren Anwalt Himmel und Hölle in Bewegung. Doch es half alles nichts. Vielleicht würde Monica ja irgendwann ein Lebenszeichen von sich geben, sie konnte sich doch denken, welche Ängste ihre Familie ausstand. Oder vielleicht war genau das ihre Absicht, machte ihr sogar Spaß? Oder war es ihr egal? Wenn es um Monica ging, gelang es Nelly einfach nicht, objektiv zu bleiben. Geradezu allergisch reagierte sie mittlerweile auf dieses Mädchen. Vor allem seit sie überzeugt war, dass ihr Sohn ihr etwas Wichtiges verheimlichte und dass dieses Etwas mit Monica zu tun hatte. Sie musste mit ihm reden, so schnell wie möglich.

Als sie nach Hause fuhr, dankte sie dem Himmel, dass Carlo dort auf sie wartete. Er war der einzige Lichtblick in diesem düsteren, mit Fragezeichen gespickten Szenario. An der Ecke Via Fieschi stand ihre Marokkanerin mit den Blumenkörben. Sie hatte Veilchen, die echten, kleinen. Nelly kaufte vier Sträußchen und sog immer wieder tief ihren Duft ein – ein Duft nach Frühling, nach Kindheit, nach erster Liebe –, und das Leben schien ihr einen Moment lang weniger grausam und ungerecht.

Fünfter Tag

Abend

Carlo hatte alles für Bruschette vorbereitet und saß nun, als sie nach Hause kam, auf der Terrasse, Silvestro auf dem Schoß und den Blick aufs Meer gerichtet. Sie lief zu ihm und küsste ihn auf den Mund.

»Ich liebe, liebe, liebe dich, was für ein Glück, dass du hier bist!«

Zu ihrer Überraschung errötete Carlo vor Freude.

»Wirklich?«

»Wirklich. Wenn du nicht da bist, lebe ich zwar, aber nur halb.«

»Das sagst du mir zum ersten Mal.«

»Ja, weiß der Himmel warum. Aber es stimmt. Wenn du nicht da bist, funktioniere ich nur, ohne richtig zu leben. Ist ... ist es schlimm, Herr Doktor?«

»Ich fürchte ja, Signora. Die Diagnose ist eindeutig, und meist gibt es kein Gegenmittel: Sie sind verliebt.«

»Und ... das ist unheilbar?«

»Das will ich doch schwer hoffen«, lachte Carlo und zog sie in seine Arme, wobei er um ein Haar Silvestro eingequetscht hätte, der instinktiv die Krallen ausfuhr und unter zornigem Miauen wie eine Rakete unter den Tisch floh. Die Veilchen, die mit dem Jasmin um die Wette dufteten, noch in der Hand, schmiegte Nelly sich an die Brust ihres Mannes, der ihr sanft übers Haar strich. Nach ein paar Minuten erhob sie sich, um die Blumen in die blaue Glasvase zu stellen und die Kerzen in dem vierarmigen Messingleuchter anzuzünden, den Carlo von einer seiner Reisen mitgebracht hatte. Carlo schob die Brotscheiben in den Ofen und entkorkte eine Flasche Dolcetto. Sie schüttelte ihre Schuhe so schwungvoll ab, dass sie in den Blumentöpfen auf der Terrasse landeten, zog den BH aus, der ihre stattlichen Brüste einzwängte, und warf ihn auf einen der Korbstühle.

»Oho, das fängt ja gut an«, kommentierte Carlo und nahm rasch den BH auf, um seinen Duft einzuatmen. Nach der vierten Bruschetta mit Knoblauch, Öl, Peperoncino und frischen Tomaten und der zweiten mit Sardellen und Peperoncino und nach dem dritten Glas Dolcetto schmiegte sich Nelly wieder in seine Arme.

»Zum Glück bist du so solide. Da brauche ich keine Angst zu haben, dich mit meinem Gewicht zu erdrücken.«

»Keine Sorge, ich halte was aus. Wie war's denn heute?«

»Wir segeln auf Sicht.«

Eine lange Pause, dann murmelte er: »Hmmm.«

»Und du, ist dir etwa was eingefallen?«, fragte Nelly, die neugierig geworden war.

»Es gibt ein paar Eckpfeiler. Die Schule. Das *Anatra azzurra*. Habibs Wohnung. Das Haus der Pittalugas. Francis Wohnung ...« Carlo zögerte. »Deine Wohnung.«

»Meine Wohnung? Hier?«

»Deine Wohnung. Hier. Hast du mal in Maus Sachen gesucht? Oder im Rest der Wohnung? Vielleicht hat er etwas versteckt?«

Nelly war wie vom Blitz getroffen. Letztlich wäre der Polizeipräsident gar nicht mal im Unrecht gewesen, wenn er ihr den Fall entzogen hätte. Schweigend stand sie auf und ging in Maurizios Zimmer. Carlo folgte ihr. Sie stellten den gesamten Raum auf den Kopf. Nelly war sauer. Das Zimmer des eigenen Sohnes durchsuchen zu müssen schien ihr geradezu unanständig, doch vor allem ein leuchtender Beweis für ihr Scheitern als Mutter und Polizistin, und es frustrierte sie, dass sie nicht früher daran gedacht hatte. Eine ganze Weile fanden sie nichts, doch dann zogen sie aus den Tiefen einer Schublade, unter verwaschenen, geflickten T-Shirts von Mau – diese oder keine, neue zog er ja nicht an – eine lackierte Dose hervor, wie man sie in den Chinaläden der Altstadt kaufen konnte. Sie war schwarz und mit rosa Seerosen verziert.

»Die hält Monica in der Hand, auf ihrem Selbstporträt. Das war es also.«

»Bist du dir sicher? Mach sie auf.«

In der Dose lag ein kleines Herz aus Gold, oder besser, ein halbes Herz. Es brauchte nicht viel Phantasie, um sich vorzustellen, bei wem sich die andere Hälfte befand.

»Dann hatte ich also recht. Sie sind wieder zusammen, aber im Geheimen. Warum heimlich, zum Teufel? Was hecken sie die ganze Zeit aus? Er und diese kleine Schlampe!«

Nellys Stimme klang fast hysterisch. Carlo sah sie erstaunt an.

»Was hat dich denn gebissen? Dein Sohn ist nicht verpflichtet, dich über sein Liebesleben auf dem Laufenden zu halten. So habe ich dich ja noch nie erlebt, das passt gar nicht zu dir.«

»Begreifst du denn nicht? Ich traue diesem Mädchen nicht. Und Mau auch nicht. Und wenn sie Heimlichkeiten haben, geht es vielleicht nicht nur um Liebe. Vielleicht waren sie auch in anderen Dingen Komplizen.«

»Das ist ein Liebespfand. Mehr nicht. Beruhige dich. Wenn du dich so verhältst, verstehe ich, dass dein Sohn keine große Lust verspürt, sich dir anzuvertrauen.«

Ihr blieb vor Staunen der Mund offen stehen. Was für ein widerwärtiges Beispiel von Männer-Solidarität! Doch sie war zu neugierig, ob noch mehr zu finden wäre, um jetzt darauf einzugehen. Schweigend und angespannt setzten sie die Suche fort.

»Nichts, verdammt, nichts!«

»Du müsstest dich doch freuen, dass wir nichts finden. Was hast du denn erwartet, dass wir auf ein Kilo Kokain stoßen?«

Nelly schoss wie von der Tarantel gestochen herum, doch bevor sie Carlo mit einer Schimpftirade überziehen konnte, rief er aus: »Was haben wir denn da?«

In einer Socke hinten im Schrank hatte er etwas gefunden. Nelly erkannte es zuerst gar nicht, so komisch kam es ihr vor, dass Mau sein Handy in eine Socke wickeln sollte. Aber nein, sein Handy hatte er ja mitgenommen, und er hatte ein Siemens, während das hier ein altes Nokia war, ziemlich groß, kein Mobiltelefon der neusten Generation.

»Aber das … das ist Franci Bagnascos Handy! Wie kommt denn das hierher?«, rief sie schließlich bestürzt aus, nachdem sie es ein paar Mal gedreht und gewendet hatte.

Verflixt und zugenäht, das also hatte Franci unter dem Pullover verborgen. Sein Handy. Die Aussagen von Monica und der Galli stimmten in diesem Punkt überein. Und nun hatte es Mau. Was zum Teufel hatte das zu bedeuten?

»Franci muss es Mau gegeben haben, an diesem vermaledeiten Vormittag. Und natürlich ist das anschließend niemandem aufgefallen. Wer achtet schon auf ein Handy? Die Jugendlichen haben ja alle eins. Als die Kollegen Maus Sachen durchsucht haben, dachten sie, es sei seines. Und haben es ihm zurückgegeben. Doch er hat mir nichts gesagt, im Gegenteil, er hat es gut versteckt. Warum, verdammt, hat er das getan?«

»Schau doch mal ins Adressbuch, welche Namen da stehen. Und welche Nummern. Vielleicht gibt es jemand Verdächtigen, irgendetwas Wichtiges, eine Spur …«, sagte Carlo aufgeregt.

Nelly befolgte seinen Rat und drückte ein paar Tasten. Doch das Telefon blieb still und stumm. Es funktionierte einfach nicht.

»Vermutlich ist der Akku leer. Wenn Mau es seit dem Tag des Unglücks da drin hatte, ohne es zwischendurch aufzuladen, wäre das nur natürlich.«

»Gib es mir mal, Nelly«, sagte er.

Er nahm das Handy und öffnete sein Gehäuse.

In einer Sekunde wusste er, was los war.

»Das ist keine Handykarte. Das ist ein Mikrochip, auch eine Karte, wenn du so willst, aber sie passt nicht zum Telefon. Um sie zu lesen, braucht man einen Computer. Ein einfaches, geniales Versteck. Hut ab vor Franci Bagnasco. Er hat alle gelinkt.«

»Glaubst du, dass Mau das wusste? Dass Franci ihm noch sagen konnte, dass im Handy etwas versteckt war, vielleicht sogar was? Oder meinst du, Mau weiß nichts davon und glaubte einfach, der Akku sei leer?«

»Das kann uns nur dein Herr Sohn sagen«, erwiderte Carlo.

Nelly sah ihn wie vor den Kopf geschlagen an. Warum war sie nicht von selbst darauf gekommen? Dass Mau etwas am sichersten Ort der Welt versteckt hielt. Direkt vor ihrer Nase. Das halbe Herz war vielleicht wirklich nur ein Geschenk unter Verliebten. Das Handy mit dem Mikrochip hingegen spielte in einer ganz anderen Liga.

»Dieses kleine Ding kann Unmengen von Informationen enthalten«, unterbrach Carlo ihre Gedanken. »Soweit ich das beurteilen kann, handelt es sich um ein eher ungewöhnliches Modell. Du musst es schleunigst der Kriminaltechnik übergeben.«

»Sag mir nicht, was ich tun muss. Sag mir bloß nicht, was ich tun muss. Natürlich bekommt das die Kriminaltechnik. Und dann gebe ich den Fall ab, verdammt.«

Nelly war außer sich. An ihrer Schläfe pochte deutlich sichtbar ein geschwollenes Äderchen. Sie lief in Maus Zimmer auf und ab, dann ging sie in den angrenzenden Raum, ihr Arbeitszimmer. Carlo folgte ihr besorgt.

»Sag das nicht. Noch wissen wir ja gar nicht, ob der Chip etwas mit dem Fall zu tun hat. Und schließlich hast du ihn ja gefunden.«

»Das kann man auch ganz anders sehen. Außerdem ist das

Quatsch, du hast ihn gefunden. Wenn's nach mir gegangen wäre, läge er noch immer dort in seinem Zimmer, und wer weiß für wie lange. Tolle Ermittlerin, also wirklich!«

Auf dem Schreibtisch in Nellys Büro lag die aufgeschlagene Akte mit den Fotos und den Zeichnungen, die sie im Haus der Pittalugas bekommen hatte. Das Bild mit Monica im weißen Kleid am Meer und dem Haus im Hintergrund lag obenauf. Carlo nahm es in die Hand und betrachtete es noch einmal eingehend. Dann sagte er bewundernd:

»Ist sie das, die berühmte Monica? Nicht schlecht!«

Aus ihren Gedanken gerissen, sah Nelly ihn erstaunt an, nahm ihm das Foto aus der Hand, suchte sich aus dem Stapel Maus Zeichnung in Bermudashorts heraus und hielt sie daneben. Mit den beiden Bildern in der Hand trat sie auf die kleine Terrasse hinaus. Carlo folgte ihr.

»Heiße Braut, wie sie wohl sagen würden, oder?! Die kann einem den Kopf verdrehen. Mau hatte sie verlassen, aber es scheint, dass er sie sich dann zurückgeholt hat ...«

Sie hielt inne, während der Verdacht, der ihr seit dem Morgen durch den Kopf schwirrte, endlich Gestalt annahm und im Kerzenlicht der Terrasse aufleuchtete.

»Was denkst du, Nelly?«, fragte Carlo, dem ihr verstörter Blick allmählich Sorgen bereitete.

»Sieh dir die Zeichnung von Mau an.«

»Hmmm, betrachtet durch den Filter der Liebe, würde ich mal sagen.«

»Ja. Aber sie stammt vom letzten Sommer, siehst du die Bermudashorts? Hinten steht auch das Datum drauf. Und meines Wissens haben sie sich vor circa zwei Jahren getrennt.«

»Das sieht tatsächlich nicht danach aus. Passt alles zusammen: das halbe Herz, die Zeichnung ...«

»Klar, verflixt noch mal. Sie haben uns alle zum Narren gehalten. Aber zu welchem Zweck? Warum, verdammt noch mal?«

»Dottoressa, fangen Sie nicht schon wieder an. Und mäßigen Sie Ihre Ausdrucksweise. Das bringt die Ermittlungen auch nicht voran«, lachte Carlo erheitert, als sie einem Stuhl einen Tritt versetzte, so dass er mit den Beinen nach oben zu liegen kam.

»Sie haben sich weiterhin getroffen oder wieder damit angefangen, verstehst du? Aber warum heimlich? Ob sie die Reaktion der Pittalugas fürchteten? Kaum vorstellbar. Und Habib? Und Franci? Welche Rolle spielen sie in der ganzen Geschichte? Das ergibt alles keinen Sinn. Nicht das geringste bisschen Sinn. Und außerdem hast du recht. Wegen des Handys und seines Inhalts muss ich unbedingt mit Mau reden.«

»Das wird nicht so leicht sein. Du kannst ja schlecht einfach zu ihm fahren. Sie könnten dir folgen. Und am Telefon wirst du nicht viel aus ihm herausbekommen.«

»Ich fahre trotzdem hin. Sofort. Das Schutzprogramm ist mir egal, dann müssen wir Mau eben woanders hinbringen.«

»Und mein Tiramisu?«, fragte Carlo bedauernd.

»Du hast Tiramisu gemacht? Also dafür ist immer Zeit. Und dann düse ich nach Castagnole. Ich sag schnell Veronica Bescheid.«

»Dann düsen wir beide nach Castagnole«, verbesserte er sie, während er das Tiramisu aus dem Kühlschrank holte und auf den Tisch stellte. Doch das Schicksal wollte es, dass sie es nicht in Ruhe genießen konnten. Während Carlo die Tellerchen bereitstellte und die Konsistenz seines Werkes prüfte, wählte Nelly Veronica Peronis Handynummer. Immer nervöser tippte sie drei oder vier Mal die Zahlenfolge ein, dann drehte sie sich um und sah ihren Gefährten mit gerunzelter Stirn an.

»Es geht niemand ran. Wie kann das sein? Sie muss doch immer erreichbar sein.«

»Vielleicht ist es ausgeschaltet?«

»Ach was, sie geht nicht ran. Das Telefon klingelt, dann

schaltet es auf besetzt, weil niemand abhebt. Was kann da nur passiert sein? Los, wir müssen hinfahren.«

»Beruhige dich, versuch es gleich noch mal von unterwegs, vielleicht ist sie ja gerade auf der Toilette, was weiß ich, oder kann aus sonst einem Grund nicht rangehen.«

»Genau, sie kann nicht. Aber warum? Das ist es ja, was mir Sorgen macht!«

Carlo saß am Steuer und Nelly, die noch mehrmals vergeblich versucht hatte, Veronica zu erreichen, wurde immer unruhiger, je näher sie Castagnole erst über die Autobahn und dann der Landstraße folgend kamen. Die wenigen Gewissheiten, auf die sie gebaut hatte, waren durch die Entdeckung ins Wanken geraten, dass Mau und Monica wieder zusammen waren, und das wahrscheinlich schon seit einigen Monaten oder mehr. Welche Rolle spielte also ihr Sohn? Vom unschuldigen Zuschauer zum Hauptdarsteller, sollte Monica in der Geschichte tatsächlich eine relevante Rolle einnehmen, wovon Nelly nach wie vor überzeugt war. Und was befand sich auf dem Mikrochip, den Franci vor seiner Ermordung dem Freund anvertraut hatte? Hing sein Tod irgendwie mit dem Besitz dieser potentiellen Informationen zusammen? Bei Habib war es wahrscheinlich dasselbe, wenn man den Worten dieser merkwürdigen Person Glauben schenken konnte, die Mau einen Besuch abgestattet und sich als Polizist ausgegeben hatte: »Dein Franci hatte was, das nicht ihm gehörte, und dafür hat er mit dem Leben bezahlt …« Doch auch diese Verdachtsmomente traten nun in den Hintergrund angesichts ihrer Sorge, dass dort unten, in dem alten Bauernhaus, etwas passiert sein könnte, etwas, das eine erfahrene Polizistin wie Veronica daran hinderte, den Anruf ihrer Vorgesetzten entgegenzunehmen.

Die Staatsstraße war quasi leer, und auch auf den Landstraßen nach Castagnole wurden die Kurven nur selten von den

Scheinwerfern entgegenkommender Autos beleuchtet. Dunkle Waldflecken wechselten mit Weinbergen und den mondbeschienenen Wiesen der Täler ab. Dann auf einem Hügel die Ortschaft, die Burg. Sie fuhren nicht hinein, sondern umrundeten die Stadtmauer in Richtung *Al Pus*, wie der Hof der Großeltern in der Gegend genannt wurde. Tante und Onkel waren schon vor einigen Jahren ins Dorf gezogen, weil sie nicht mehr alleine in dem alten, unkomfortablen Landhaus bleiben konnten, schon gar nicht im Winter. Sie hatten den Hof übernommen, als Nellys Eltern ins Dorf gegangen waren. Doch die waren schon lange tot, und mittlerweile verbrachten nur noch sie und Maurizio dort hin und wieder die Sommerferien.

Al Pus befand sich in einem Tal, umgeben von Hügeln. Der Mond spielte mit ein paar Wolken Verstecken und beschien nur hin und wieder die Weinhänge, wo die Reben in säuberlichen Reihen ihre zarten Blätter und ersten winzigen Trauben zeigten, die Haine von Nusssträuchern, Buchen und Weiden und die Wiesen rund um den Hof. Er beleuchtete die Rückfront, während die Hausseite zur Straße hin in völlige Finsternis getaucht war. Nelly fragte sich besorgt, wie sie ihren Sohn und Veronica nur an einen solch unübersichtlichen Ort hatte schicken können, der für einen Hinterhalt geradezu ideal war. Nur ihre felsenfeste Überzeugung, dass niemand auf die Idee kommen würde, sie hier in dem kleinen Ort im Asti-Gebiet zu suchen, konnte sie auf diese gewagte Lösung gebracht haben. Die beiden stellten den Wagen in einiger Entfernung ab, um eventuelle Besucher nicht auf sich aufmerksam zu machen, stiegen aus und schlichen lautlos näher. Veronicas Wagen war nicht zu sehen, wahrscheinlich stand er in dem ehemaligen Stall, der jetzt als Garage diente. Richtig, sie wollten ja nicht auffallen. Das Gebäude war äußerst einfach, Erdgeschoss und erster Stock. Wenige Zimmer, unten fünf und oben fünf. Nahe am Wohnhaus öffnete sich der *crutin*, das unterirdische Gewölbe, in dem früher die Flaschen gelagert wurden, und von der Küche aus führte eine Treppe in den Keller, wo ihre Familie jedes Jahr den Wein gekeltert und abgefüllt hatte. Eine Seite des Hofes wurde durch das Gebäude begrenzt, in dem sich oben der Heuboden und unten der Stall befanden, wo Nelly als Kind immer zwischen den Hufen der großen weißen Ochsen und des Esels mit den Meerschweinchen Fangen gespielt hatte. Vorn die zementierte Tenne, hinten der Nutzgarten. Mein Gott, wie oft hatte Nelly hier mit Cousins und Nachbarskindern gespielt, auf dem Hof und in den Maisfeldern! Den Brunnen gab es auch noch, in der Mitte des Hofes, der Eimer zum Wasserschöpfen hing neben der Haustür. So schnell, wie diese Eindrücke aus der Kindheit gekommen waren, wurden sie auch wieder von anderen Gedanken verdrängt und verschwanden.

»Wir müssen ohne Vorwarnung rein, ohne uns zu erkennen zu geben, wir wissen ja nicht, was uns erwartet. Das Problem ist nur: wenn alles in Ordnung ist und wir tauchen einfach so auf, im Dunkeln, kann es sein, dass Veronica auf uns schießt.«

Nellys Stimme war nur ein Wispern. Vom Haus war kein Laut zu hören, kein Lichtstrahl drang durch die Fenster nach außen. Die Kommissarin zog den Zweitschlüssel aus ihrer Jackentasche, steckte ihn leise ins Schloss und drehte ihn geräuschlos um. Die Tür ging auf und ein schmaler Lichtschein fiel in den dunklen Flur.

»Pass auf, ich gehe vor, man kann nie wissen«, flüsterte sie und packte ihre Pistole. Carlo gehorchte und merkte, dass er kaum noch atmete, um nur kein Geräusch zu machen.

Ein von früher vertrauter Duft nach Äpfeln, Wein, Trauben, Korn und Erde stieg ihnen in die Nase. Leise schlossen sie die Tür hinter sich. In den Zimmern war es kalt, geisterhaft das Spiel aus Licht und Schatten, das die Fenster hereinließen. Die abgenutzten Bodenfliesen machten unter ihren Füßen kein Geräusch. Sie inspizierten die ebenerdigen Räume, Nelly ging voran, Carlo, der das Haus nicht kannte, folgte ihr. Im Erdgeschoss: niemand. Die Küche war aufgeräumt, auf dem Tisch Spuren des Abendessens. Nelly handelte, sie hatte aufgehört zu denken. Eng an die lange Treppenhauswand gedrückt, stiegen sie die Stufen hinauf. Die Frau stieß eine Tür nach der anderen auf, die Pistole im Anschlag. Die Betten waren gemacht, auch in den zwei Räumen, die bewohnt aussahen.

»Wir müssen uns draußen umsehen. Sie könnten noch hier sein«, flüsterte Nelly, ohne genau zu wissen, wen sie meinte, Mau und Veronica oder ihre potentiellen Angreifer.

»Könnten sie nicht auch einfach ins Dorf gegangen sein, was trinken?«, wandte Carlo leise ein, um die Lage ein wenig zu entdramatisieren.

»Ohne Handy? Denk doch mal nach! Und das Auto haben sie hiergelassen?«

»Vielleicht haben sie ja einen Spaziergang gemacht, und das Handy kann jeder mal vergessen, selbst die abgebrühteste Polizistin«, witzelte er.

»Mir ist absolut nicht nach Scherzen zumute, Carlo.« Im Mondlicht sah er ihr blasses Gesicht und die angstvoll geweiteten Augen.

»Lass uns hinausgehen. Ich sehe mich auf der rechten Seite um, du auf der linken. Vor dem Stall treffen wir uns wieder.«

Nach wenigen Minuten standen sie vor dem Eingang zur sogenannten Garage. Das Schwingtor war zum Glück nicht abgeschlossen. Im Innern stand das Auto, mit dem Veronica Mau zum Hof gefahren hatte, ein metallicfarbener Polo neueren Modells. Ein paar Korbflaschen, Utensilien und Werkzeuge, Körbe, Kartons. Ein Ochsenjoch und das alte Geschirr für den Esel hingen an der Wand. Sonst nichts. Nelly schwankte und lehnte sich Halt suchend an den Wagen.

»O Gott, o Gott.«

»Ganz ruhig. Wir haben noch nicht den Keller durchsucht.«

»Stimmt ja, verdammt, der Keller! Den habe ich total vergessen.«

Die schwere Holztür bereitete ihnen keine Probleme, weil der Schlüssel von außen steckte. Nelly tastete in der Dunkelheit nach dem Lichtschalter, doch bevor sie ihn fand, hatte sich schon jemand auf sie gestürzt. Sie rollten über den Boden und rangen keuchend miteinander. Carlo machte das Licht an und wollte Nelly gerade zu Hilfe kommen, als er erstarrte, weil die Frau, die nun unter Nellys süßer Last auf dem Boden lag, erstaunt ausrief:

»Dottoressa Rosso!« Gleichzeitig rief auch Nelly: »Veronica! Wo ist mein Sohn, Veronica?«

Veronica rappelte sich auf und rang nach Atem. Ein Auge war angeschwollen, ihre Chefin hatte eine kräftige Rechte.

»Wo ist mein Sohn, Veronica? Und wer hat dich in den Keller gesperrt? Ist er ... ist er entführt?«

Veronica schüttelte den Kopf und erzählte beschämt, was sich zugetragen hatte. Mau hatte sich zunächst ordentlich benommen und nach und nach das Vertrauen der Beamtin gewonnen, die ja ohnehin zu seinem Schutz da war und keinen Grund hatte, ihm zu misstrauen. Allerdings hatte sie ihm das Handy abgenommen, damit er nicht mit jemandem telefonierte, der das Versteck preisgeben könnte. Doch am Vortag hatte es einen Zwischenfall gegeben: Mau war eine halbe Stunde verschwunden, ohne ihr Bescheid zu sagen, mit dem alten rostigen Fahrrad, das im Stall stand, angeblich weil er den Sonnenuntergang unten am Fluss sehen wollte, wie er anschließend mit Unschuldsmiene seiner fuchsteufelswilden Aufpasserin gesagt hatte. Auf ihre Vorwürfe hin hatte er sich entschuldigt und gesagt, er würde es nie wieder tun, es sei dumm gewesen; er hatte hoch und heilig versprochen, den Hof nicht mehr zu verlassen.

»Von wegen, Sonnenuntergang, der hat mich verarscht! Ich

glaube, er hat von der Telefonzelle am Ortseingang aus telefoniert. Ich bin mir sogar sicher, denn …«

»Denn? Was ist dann passiert?«

»Heute Abend war er besonders gut gelaunt. Wir saßen beim Essen, da hat Mau gesagt, der Wein, den wir tranken, sei widerlich – wortwörtlich –, er wolle in den Keller gehen, vielleicht gäbe es dort noch eine alte Flasche von dem guten. Ich wollte ihn nicht allein gehen lassen und bin also mit, er ließ mir an der Treppe den Vortritt, und als ich hinunterstieg … Es ist so peinlich, ich fasse es einfach nicht, dass dieser Bengel mich so hereinlegen konnte …«

»Weiter, Veronica, bitte, erzähl uns alles.«

»Na ja, viel mehr ist nicht zu sagen, ihr könnt es euch denken, er hat mir mit einer flinken Bewegung die Pistole weggenommen, die ich hinten im Gürtel stecken hatte, hat mir dabei einen Schubs gegeben, so dass ich die drei flachen Stufen hinuntergestolpert bin, und dann die Tür von außen abgeschlossen. Das war's, in null Komma nichts hat er mich übertölpelt, der kleine Wichs…, 'tschuldigung, Dottoressa, aber Ihr Sohn hat sich mir gegenüber wirklich saumäßig verhalten. Er hat mein Vertrauen missbraucht, das kameradschaftliche Verhältnis zwischen uns, er muss alles mit jemandem geplant haben, der ihn kurz darauf mit dem Auto abgeholt hat. Jedenfalls habe ich einen Wagen kommen und wegfahren hören. Und mich lässt er einfach hier zurück. Das werde ich ihm nie verzeihen. Und vor allem werde ich mir das nie verzeihen. Und dann die Pistole! Warum hat er sie mir abgenommen? Sie werden doch nicht mit der Dienstwaffe herumlaufen, diese kleinen Stinker?«

Veronicas Lippen begannen zu zittern, Nelly legte einen Arm um sie und zog sie an sich.

»Ich weiß, wie du dich fühlst, nenn ihn ruhig, wie du willst, ich bin ganz deiner Meinung, ich fühle mich genauso belogen und betrogen. Nur dass es noch schlimmer ist, weil der Halunke mein eigener Sohn ist. Und weil er nun draußen herumläuft und ihm alles Mögliche passieren kann. Carlo, glaubst du auch, dass der mysteriöse Fahrer, der Mau abgeholt hat …«

»… Monica war. Bestimmt, das muss sie gewesen sein, nachdem er ihr durchgegeben hat, wo er ist.«

»Aber wie kann das sein? Warum sind sie geflohen?«

»Fragen Sie mich das nicht, Dottoressa, woher soll ich das wissen, verdammt noch mal? Ihr Sohn war mal gutgelaunt, mal niedergeschlagen. Auch wenn er nicht gern davon sprach, war doch klar, dass ihm der Gedanke, dass sein Freund von einem noch unbekannten Killer vorsätzlich erschossen wurde, keine Ruhe ließ. Als er davon erfuhr, war das wie ein Schock für ihn. Und auch Habibs Tod hat ihn sehr mitgenommen.«

»Aber Sie, Veronica, haben Sie kein Handy? Hatten Sie das nicht dabei, als Mau Sie im Keller eingesperrt hat?«, fragte Carlo verwundert.

»Ich hatte es während des Essens auf den Tisch gelegt. Als wir in den Keller sind, habe ich es nicht eingesteckt, ich konnte ja nicht ahnen …«

Veronica sah sich suchend um. Im selben Moment ertönte von Nellys Handy das Signal, dass eine SMS eingegangen war.

Sie war von Mau. Nelly las vor: »Mama, fahr zum Hof und befreie Veronica. Habe sie im Keller eingesperrt. Waffe und Handy liegen in der obersten Schublade der Kommode in ihrem Zimmer. Ich hab ihr die Waffe weggenommen, weil die Leute in den Filmen immer das Schloss aufschießen und sich so befreien. Sei nicht allzu sauer und mach dir keine Sorgen um mich. Bitte sie um Entschuldigung, ich weiß, dass ich echt arschig zu ihr war. Aber ich hatte keine andere Wahl, und ich weiß, was ich tue. LG«

»›Mach dir keine Sorgen‹, schreibt der doch tatsächlich! Das glaube ich einfach nicht. Irgendwas muss passiert sein …

Monica! Sie muss ihn dazu überredet haben, diesen Unsinn zu machen, was fällt denen nur ein? Wohin wollen sie denn gehen, nachdem sie dieses Bravourstück durchgezogen haben? Wissen sie denn nicht, in welcher Gefahr sie schweben?«

»Und jetzt?«, fragten Veronica und Carlo fast unisono.

»Und jetzt ... fahren wir alle nach Hause und legen uns hin, was, verdammt, sollen wir um diese Uhrzeit sonst tun?«, erwiderte Nelly, die völlig ermattet war. Die anderen zwei nickten stumm.

Auf der Rückfahrt schwiegen alle. Jeder hing seinen eigenen Gedanken nach. Als sie vor Veronicas Haustür angelangt waren, in Pegli, brach Nelly das Schweigen:

»Montag früh erwarte ich deinen Bericht, Veronica. Ruh dich aus, mach dir keine Vorwürfe und ruf mich an, wenn dir irgendetwas einfällt. Versuche, das Verhalten meines Sohnes zu entschuldigen, wenn du kannst. Gute Nacht.«

»Gute Nacht, Commissario. Und grämen Sie sich nicht zu sehr. Mau mag ja manchmal ein kleines Aas sein, aber im Grunde ist er in Ordnung.«

Nelly antwortete mit einem schwachen Lächeln. Als sie endlich im Bett lagen, strich Carlo ihr zärtlich über die Haare, wie man es bei kranken Kindern tut, und nahm sie in den Arm.

»Es wird alles gutgehen. Mau wird schon seine Gründe gehabt haben. Er weiß, was er tut.«

»Es wäre besser gewesen, wenn er mir seine Gründe anvertraut hätte. Ich glaube nicht, dass ich unter diesen Umständen die Ermittlungen weiterführen kann. Volponi wird es mir nicht erlauben, Esposito auch nicht. Und herumzuspazieren, während ein oder zwei Mörder frei herumlaufen, ist auch nicht gerade gesundheitsfördernd für diese Kinder. Ich wollte, ich hätte dein Vertrauen in Mau, Carlo. Und nicht diese schreckliche Angst.«

Er umarmte sie, und sie schmiegte sich fest an ihn und schlief vor lauter Erschöpfung fast augenblicklich ein.

Sechster Tag

Morgen

Nelly wurde vom hellen Schein der Morgensonne geweckt.

»Wie ich die Sonne auf meinem Bett liebe«, brummte sie noch ganz verschlafen.

»Und den Caffè Latte ans Bett«, erwiderte Carlo, der schon eine Weile mit dem Frühstück auf sie wartete.

»Ich hatte einen komischen Traum«, murmelte sie, »oder besser gesagt, einen ganz üblen Alptraum.« Und sie begann zu erzählen.

»Mau war noch klein, acht oder neun Jahre alt, in der Kluft der Wölflinge. Monica war auch da, ebenfalls noch ein Kind und in Pfadfinderuniform. Sie kletterten auf den Ästen eines sehr hohen Baumes herum, dessen Zweige zwischen steilen Felsen über einen reißenden Fluss hingen, mit Stromschnellen und kleinen Wasserfällen. Bei jeder Bewegung drohten die Kinder abzustürzen, doch sie lachten und alberten völlig gedankenlos herum. Ich versuchte, sie zu warnen, aber ich brachte keinen Mucks heraus und war außerstande, mich zu rühren. Dann sah ich, dass auch Franci bei ihnen war, weiter oben im Baumwipfel. Und Habib, auf einem anderen Ast. Plötzlich trat aus dem dichten Wald ein Mann hervor, der wie ein Jäger angezogen war. Er schoss auf etwas, das sich im Unterholz bewegte, vielleicht ein Wildschwein, dachte ich. Sein Gesicht konnte ich nicht erkennen. Aber plötzlich hob er den Lauf der Flinte und schoss auf Franci, der lautlos herabfiel und in den Strudeln des Flusses versank, dann auf Habib, dem es genauso erging. Ich habe den Mund aufgerissen, um zu schreien, aber ich war stumm und wie festgenagelt. Schrecklich! Mau und Monica lachten und spielten immer weiter, sie schienen nichts mitbekommen zu haben. Der Mann hatte wieder angelegt, und in dem Moment sah ich sein Gesicht. Es war Gian, der Hausmeister vom Klee.«

Nelly saß aufrecht im Bett und nippte an ihrem Milchkaffee. Carlo hörte aufmerksam zu.

»Unten am Flussufer standen reglos zwei weitere Zuschauer: Gianandrea Pittaluga und Gudrun Fallari, Miriams Mutter. Sie beobachteten die Szene, ohne einzugreifen. Ungerührt. Dann, als Gian zum dritten Mal die Flinte ansetzte, begannen sie sich leidenschaftlich zu küssen. Leidenschaftlich. Aber da bin ich zum Glück aufgewacht.«

»In unseren Träumen werden all unsere Erlebnisse wild durcheinandergemischt, doch manchmal hat unser Unterbewusstsein die Eindrücke schon weiterverarbeitet und hilft uns bei der Reflexion. Vorausgesetzt, wir wollen auf unsere innere Stimme hören und verstehen sie zu interpretieren«, sagte Carlo, als Nelly nachdenklich über die Dächer auf das glatte blaue Meer hinaussah, so fern und nah zugleich. Dann sprang sie mit einem Satz aus dem Bett.

»Was für ein schöner Tag, lass uns aufs Land fahren, komm!«

Carlo sagte nichts, dachte aber bei sich, dass die Arme vor lauter Sorge wohl übergeschnappt war und man ihr besser nicht widersprach. Als Nelly unter der Dusche stand, klingelte ihr Handy. Es war Gerolamo. Carlo reichte ihr das Telefon, das sie mit tropfender Hand nahm.

»Dottoressa, ich weiß jetzt, wo das Haus auf dem Foto steht. Tatsächlich im Val Fontanabuona. Und ich weiß auch, wem es gehört. Einem gewissen Caprile, Giovanni.«

»Caprile, Giovanni …«

»Von Beruf Hausmeister am Paul-Klee-Gymnasium.«

»Gian! Der wird uns ein paar Fragen beantworten müssen, wenn wir ihn finden. Am besten, wir fahren sofort hin.«

»Soll ich Sie abholen, Dottoressa?«

»Ja, in einer halben Stunde. Ich warte hier auf dich.«

Nelly legte das Handy weg und informierte Carlo, der sie erwartungsvoll ansah: »Jetzt weiß ich auch, wohin wir unseren Ausflug machen. Aber Gerolamo und ich fahren allein.«

»Abgelehnt, dafür bin ich zu eifersüchtig«, war seine Antwort.

»Das ist doch rein beruflich. Du kannst nicht mitkommen.«

»Ich komme ja gar nicht mit, ich habe nur denselben Weg wie ihr.«

»Mach, was du willst«, schloss Nelly knapp.

Letztlich war es ihr nicht unlieb, dass Carlo sie begleitete. Er konnte auf sich selbst aufpassen, und wenn es Probleme geben würde … Aber welche Probleme sollten das sein? Was erwartete sie sich von diesem Besuch eines Häuschens im hintersten Winkel von Lumarzo? Von einem Plausch mit dem Hausmeister Giovanni Caprile, genannt Gian?

»Etwas, das mich zu Mau führt«, dachte sie.

Und damit verbunden, da war sie sich sicher, zu Monica.

»Und dieses Mal, verflixt und zugenäht, werden sie sich nicht mit einem Haufen Lügen herausreden können«, knurrte sie erbost.

Gerolamo hatte seinen Opel Kadett irgendwo am Rand der Altstadt geparkt. Als er an der Haustür klingelte, erwarteten Nelly und Carlo ihn bereits.

»Endlich lerne ich sie einmal kennen, Assistente Privitera!«

Und Carlo war wirklich froh, den berühmten Gerolamo endlich einmal zu Gesicht zu bekommen, von dem Nelly schon so viel erzählt hatte. Hätte er zu dem eher eifersüchtigen Typ Mann gehört, wäre er wahrscheinlich schon ein wenig nervös geworden, obwohl ihm klar war, dass die gegenseitige Wertschätzung der beiden rein professioneller Natur war und ihre enge Zusammenarbeit ganz von den speziellen Anforderungen ihres Berufs herrührte. Trotzdem betrachtete er das Gesicht seines Gegenübers mit geradezu detektivischem Interesse. Gerolamo blieb ungerührt. Er trug eine dunkle Sonnenbrille, die seine Gefühle und Gedanken verbarg, sollte dies notwendig sein. Er schüttelte kräftig die Hand, die Carlo ihm entgegenstreckte, und musste unwillkürlich lächeln. Dieser stattliche Mann mit dem offenen Blick war ihm auf Anhieb sympathisch.

»Mein Freund, Kapitän Carlo Mossotti«, stellte Nelly vor. Die Situation belustigte sie, und neugierig betrachtete sie die zwei Männer. Beide spielten in ihrem Leben eine wichtige Rolle, wenn auch aus vollkommen unterschiedlichen Gründen, und sie zusammen zu sehen, war allemal interessant. Wie würden sie wohl reagieren? Sie waren so verschieden, äußerlich und auch charakterlich, und doch hatten sie einiges gemein.

»Das Vergnügen ist ganz auf meiner Seite, Capitano«, erwiderte Gerolamo und deutete eine Verbeugung an.

Ihr Assistent konnte manchmal etwas merkwürdig Steifes und Antiquiertes entwickeln, wenn ihm eine Situation nicht behagte, doch dieses Mal nahm er die Brille ab, sah seinem Gegenüber direkt in die Augen und lächelte breit.

»Können wir Ihnen einen Kaffee anbieten, Assistente Privitera?«

Gerolamo ernährte sich von Kaffee. So ein Angebot konnte er unmöglich ausschlagen. Zehn Minuten später schlürften er und Carlo ihren Kaffee (pechschwarz für Gerolamo, mit einem Schuss Milch für Carlo) und plauderten miteinander, oder besser gesagt, Carlo redete wie ein Wasserfall und Gerolamo flocht einzelne Wörter oder Halbsätze ein, als wären sie alte Bekannte. Nelly war verblüfft.

»Carlo möchte uns auf unsere Landpartie begleiten, Gerolamo. Und da es sich um einen eher informellen Besuch handelt, denke ich, wir können ihn ruhig mitnehmen.«

Die Kommissarin sah ihren Assistenten forschend an, um auch den geringsten Anflug von Unmut bei dieser Nachricht nicht zu übersehen, doch er antwortete nur aufrichtig, dass er nichts dagegen habe. Grünes Licht, also. Die drei machten sich auf den Weg.

Es war ungefähr zehn Uhr an einem sonnendurchfluteten Samstagvormittag, und die paar armen Seelen, die noch in der Stadt unterwegs waren, konnten den Nachmittag kaum erwarten, um gen Riviera auszuschwärmen, in die umliegenden Täler des Hinterlandes oder ins südliche Piemont. Nelly und ihre Begleiter erreichten in wenigen Minuten die Tiefgarage, wo sie unter der Woche ihren alten, weinroten Fiat Punto parkte. Sie verzichteten zu diesem Anlass auf den Dienstwagen, um den privaten Charakter des Ausflugs zu unterstreichen. Niemand redete. Dann, während sie zügig auf der Staatsstraße, die von Genua über den Apennin nach Piacenza führte, Richtung Val Bisagno fuhren, unterrichtete Nelly Gerolamo über die Ereignisse der letzten Nacht. Über Maurizios freiwilliges Verschwinden, um nicht zu sagen seine Flucht, über die Falle, die er Veronica gestellt hatte. Mit Monica als Komplizin, höchstwahrscheinlich.

»Wenn wir nicht auf konkrete Hinweise stoßen, die meinen Sohn entlasten, und ihn nicht schnellstens finden, glaube ich nicht, dass ich die Ermittlungen weiterführen kann. Ich habe schon Zeit gewonnen, indem ich Veronica gesagt habe, sie soll ihren Bericht erst Montag früh abliefern, aber das wird nicht viel nützen. Wenn wir nicht bald irgendetwas in der Hand haben, geht der Fall an Carmine Lojacono, oder Esposito wird einfach selbst die Leitung übernehmen. Spätestens Montag muss ich ihn über die aktuelle Lage informieren. Ich kann Veronicas Verständnis nicht länger strapazieren. Oder deines.«

»Meines?«, fragte Gerolamo verwundert. »Ich weiß von nichts, Commissario. Ich weiß nur, dass die Carabinieri dort das Haus von dem Foto als das eines gewissen Caprile, Giovanni identifiziert haben, ledig, wohnhaft in einem winzigen Flecken der Gemeinde Lumarzo, Hausmeister am Paul-Klee-Gymnasium. Und dass wir bei ihm in der Gegend einen Spaziergang machen, weil das Wetter so schön ist.«

»Und dass Caprile die Schüler immer zu sich nach Hause einlud … Aber was heißt das letztlich schon? Vielleicht haben die Jugendlichen einen Sonntagsausflug zu Gian gemacht, eventuell mit anderen Klassenkameraden, völlig harmlos, nur dass Mau mir eben nie etwas davon erzählt hat.«

In einem Anfall von Schuldgefühlen, gepaart mit Hilflosigkeit, hatte Nelly den Eindruck, dass sie so gut wie nichts über ihren Sohn wusste, einmal abgesehen von seinem Geburtsdatum, Vor- und Zunamen sowie seiner Anschrift.

»Oder er hat mir davon erzählt, und ich habe ihm nicht richtig zugehört«, fügte sie mehr an sich selbst gewandt hinzu. Auch das war möglich, manchmal musste Mau Sachen mehrmals sagen, bis sie sie mitbekam oder sich merkte.

»An einem Ausflug von Freunden zu dem Hausmeister, der auf dem Land wohnt, wäre jedenfalls nichts Merkwürdiges. Er schien mit den Jugendlichen ein recht herzliches Verhältnis zu pflegen«, murmelte Gerolamo, und schon wieder war dies ein für seine Verhältnisse erstaunlich langer Kommentar. Nelly warf ihm einen prüfenden Blick zu. Es war klar, dass Gerolamo versuchte, sie zu trösten und zu beruhigen. Dass er sich in sie hineinversetzen konnte. Und das nervte sie und rührte sie zugleich.

Die Straße, über die der Punto brauste, führte am Bisagno entlang und weiter in das frische Grün des Apennin. Sie fuhren linker Hand des Flusses, auf der neuen Superstrada. Nelly war schon mehrmals in dem Tal gewesen, auf der Suche nach Möbeln für die Wohnung, nach Kacheln fürs Bad oder einfach nach einer leckeren Trattoria, um mit Freunden zu Abend zu essen. Sie kannte sich ganz gut aus in der Gegend, doch nicht gut genug, um auf

Anhieb I Balzi zu finden, das Dörfchen, wo Gian wohnte. Hinter dem Tunnel, der bei Bargagli rechts in Richtung Tal führt, erreichten sie Ferriere und fuhren eine Weile Richtung Sottocolle weiter. Irgendwann bogen sie in eine Seitenstraße ein, die sich links den Berg hinaufschlängelte, immer steiler, immer schmaler. Obwohl Nelly an die Straßen des ligurischen Hinterlands gewöhnt war und sicherheitshalber die Hupe betätigte, bevor sie um die Kurven fuhr, konnte sie doch ein paar Mal nur um Haaresbreite einem Panda oder einer klapprigen Ape ausweichen, die mitten auf dem engen Sträßchen heruntergeschossen kamen, ohne sich um den Gegenverkehr zu scheren und natürlich ohne warnend zu hupen. Am Steuer immer die typischen Alten der Gegend, die weder erschraken noch sich aufregten, sondern nur listig lächelten wie nach einer gewonnenen Wette oder einer erfolgreich absolvierten Geschicklichkeitsübung.

»Heiliger Strohsack, das scheint hier so eine Art russisches Roulette zu sein.«

Nelly war sauer. Dieser Sport war gar nicht nach ihrem Geschmack. Zumal sie auf der Außenspur fuhr, direkt am Abgrund, sie konnte also kaum nach rechts ausweichen, ohne einen Absturz zu riskieren. Die beiden Männer waren ganz in den Anblick der majestätischen, fast wilden Natur, der Kastanien- und Steineichenwälder mit ihrem dichten Unterholz vertieft, aus dem nachts die Dachse, Wildschweine und Füchse kamen, und schienen sich nicht weiter um die betagten Kamikaze-Fahrer zu sorgen.

Hoch am Himmel flogen zwei Bussarde. Sie sahen aus wie im Tanz, leicht hielten sie ihre Flügel in den Wind und ließen sich von ihm treiben. Schweigend, elegant, konzentriert, jederzeit bereit, sich im Sturzflug auf die Beute zu werfen.

Plötzlich kam ein schwarzer Geländewagen um die Kurve gerast. Ihr Hupen nutzte Nelly nichts: der Wagen streifte den

Punto, und allein ihr geistesgegenwärtiges Lenkmanöver verhinderte, dass sie den Hang hinabstürzten, der in diesem Abschnitt besonders steil und von keiner Leitplanke begrenzt war. Ihre Schimpftiraden mischten sich mit Gerolamos sizilianischen Kraftausdrücken und Carlos anschaulichen Seemannsflüchen. Der Jeep setzte seine halsbrecherische Fahrt fort, als sei nichts gewesen, und hinterließ eine Staubwolke auf der schon längst nicht mehr geteerten Straße. Nelly hielt wenige Meter hinter der Kurve auf einem kleinen Platz, der ersten Haltemöglichkeit seit längerem.

»Dieser Scheißkerl, Spinner, Wichser, zerbeult mir meine ganze Fahrertür! Und um ein Haar lägen wir jetzt zerschmettert da unten in der Tiefe! Gerolamo, hast du dir wenigstens das Kennzeichen gemerkt?«

»Wie denn, zum Teufel? Ich konnte nicht mal fluchen, so schnell ging alles.«

»Ganz zu schweigen von der Staubwolke ... Aber Zeit zum Fluchen hatten Sie, Assistente, das kann ich Ihnen versichern, auch wenn ich nur die Hälfte verstanden habe!«, sagte Carlo, der sich schnell von dem Schrecken erholt hatte.

Nelly war ganz fahl im Gesicht vor Zorn und Angst. Ihre Beine zitterten, als sie ausstieg, um sich den Schaden an der Tür anzusehen. Ein breiter schwarzer Lackstreifen zog sich, vermischt mit dem Rot des Puntos und dem hellen Untergrund des Blechs, fast über die gesamte Wagenlänge.

»Es ist wirklich ein Wunder, dass er uns nicht in den Abgrund befördert hat, ein wenig hatte er mich schon über den Rand gedrängt. Keine Ahnung, wie ich das Auto auf der Straße halten konnte.«

»Das Haus. Da ist es«, unterbrach sie Gerolamo.

Tatsächlich erstreckte sich hinter der Kurve rechts der Straße zuerst der kleine Schotterplatz und dann eine Wiese; die Straße selbst schlängelte sich weiter über eine Art Bergsattel in eine flach abfallende Ebene. Auf der Wiese stand, von einem Kirschbaum beschattet, ein weißes Bauernhaus samt Schuppen. Ein Panda neuesten Modells parkte vor dem Schuppen. Weiter hinten, links der Straße, führte ein Weg zu einer kleinen Anhöhe; dort oben, mit der Wiese von dem Foto davor, stand das frisch renovierte Wohnhaus von Giovanni Caprile.

Immer noch auf den unbekannten Rowdy schimpfend, gingen Nelly und die zwei Männer zu dem Haus hinauf. Seitlich war Wäsche zum Trocknen in der Sonne aufgehängt, überall standen Geranientöpfe und Sträucher von Pfingstrosen und Hortensien. Auf der anderen Seite des Hauses sah man den kunstgerecht angelegten Gemüsegarten. Die Saubohnen blühten, die Zucchini sprossen schon, und auch die Tomatenpflänzchen waren bereits an die Stangen gebunden, die ihnen den ganzen Sommer über Halt geben würden. Auf dem Rasen vor dem Haus hatte sich jemand in einem Liegestuhl gesonnt. Als sie näher kamen, erklang Hundegebell. Die drei verstummten. Nelly bedeutete Gerolamo, in der einen Richtung das Haus zu umrunden, während sie und Carlo andersherum gingen. Sie trafen sich hinter dem Haus, wo ein Schottervorplatz zu einer Garage führte. Neben der Garage gab es ein Gehege mit drei oder vier Jagdhunden.

Das Gebell wurde noch lauter und wütender, sobald die Hunde die Besucher erblickten. Doch niemand trat aus dem Haus, um nachzusehen, wer gekommen war. Gerolamo deutete auf die Hintertür, Nelly ging nach vorne und klingelte. Nichts rührte sich. Es lag eine merkwürdige Spannung in der Luft, erwartungsvoll, leer.

»Vielleicht war das Gian in dem schwarzen Geländewagen. Aber warum hatte er es so verteufelt eilig? Schluss jetzt, wir gehen rein«, entschied Nelly.

»Einfach so?«, fragte Gerolamo erstaunt.

»Wenn du Bedenken hast, bleib draußen. Ich übernehme die Verantwortung.«

»Aber Dottoressa ...«, sagte er nur beleidigt.

Zum Glück mussten sie die Tür nicht aufbrechen: Sie war nur angelehnt. Das Erdgeschoss bestand aus einem kleinen Flur und einem großen Wohnzimmer rechts, wo ein Tresen die ländlich gehaltene Küche vom Rest des Raumes trennte. So weit man sehen konnte, war sie ganz neu eingerichtet, mit den modernsten Haushaltsgeräten. Im Flur ging eine Tür zu einer Toilette ab und eine Treppe führte nach oben.

»Signor Caprile? Gian ... Ist jemand zu Hause?«

Gerolamo zog aus reiner Gewohnheit seine Pistole, instinktiv tat Nelly es ihm gleich und bedeutete Carlo, auf der Schwelle zu warten. Ihr Assistent schlich schnell und leise die Stufen hinauf, während Nelly, die das Gästeklo kontrolliert hatte, ins Wohnzimmer trat. Ein merkwürdiger Geruch lag in der Luft, den sie nur zu gut kannte: der Geruch nach Kordit. Hier war geschossen worden, vor kurzem. Die Möbel waren allesamt aus Holz, schwer und rustikal, so wie man sie in den Fabriken des Tals herstellte. Ein bequemes Ledersofa, ein neuer Fernseher, ein Ständer mit Gewehren zur Wildschweinjagd, an den Wänden Bilder zweifelhaften Geschmacks. Während sie langsam weiterging, registrierte sie automatisch alle Einzelheiten. Als sie den Küchenbereich betrat, der vom Wohnzimmer aus nicht einsehbar war, stolperte Nelly und musste am Tresen nach Halt suchen: Das, worüber sie gestolpert war, war Giovanni Capriles Arm.

Der Hausmeister saß breitbeinig auf dem Boden, den Oberkörper an den Tresen gelehnt. Zumindest nahm Nelly an, dass es sich um Gian handelte, denn sein Gesicht war durch den Schuss unkenntlich geworden. Der Mann hielt das Gewehr noch in der Hand, dessen Lauf auf sein Kinn gerichtet war. Oder besser gesagt auf das, was einmal sein Kinn gewesen war. Es war kein Jagdgewehr. Drumherum Fetzen von Gehirn, Knochen und Blut. Carlo, der ihr gefolgt war, unterdrückte einen Schrei.

Nellys Blick eilte sofort zu dem Waffenständer, in dem kein Platz frei war.

»Ach du Schande, er hat sich erschossen!«, brachte Carlo endlich hervor, der wie gelähmt auf das Szenario starrte.

»Sieht ganz so aus«, erwiderte sie, wenig überzeugt, und betrachtete aufmerksam die Leiche und vor allem die Waffe. Ein Präzisionsgewehr, neueres Modell.

»Oben ist keiner, aber hier riecht es ja …« Gerolamo betrat argwöhnisch schnüffelnd das Wohnzimmer. Er öffnete den Mund, um noch etwas zu sagen, schloss ihn aber sofort wieder, als er Carlo sah, der schweigend mit dem Finger auf etwas deutete. Mit wenigen Schritten war er bei Nelly, die sich inzwischen über den Toten gebeugt hatte.

Ein paar Minuten betrachtete er das Bild, das sich ihm bot, dann sagte er: »Und drei. Damit wäre die alte Regel mal wieder bestätigt.«

Die anderen sahen ihn stumm an.

»Oben finden sich interessante Dinge, zum Beispiel Tütchen mit Shit und Kokain.«

»Wo?«

Nelly und Carlo sahen ihn fragend an.

»Gut sichtbar auf dem Bett.«

»Ich habe den Eindruck, wir sind zehn Minuten zu spät gekommen«, flüsterte sie und dachte an den schwarzen Jeep.

»Glaubst du, das Arschloch oder die Arschlöcher in dem Geländewagen haben etwas mit der Sauerei hier zu tun?«, fragte Carlo, als habe er ihre Gedanken erraten.

»Gut möglich, dass sie Caprile aus dem Weg geräumt haben, oder sie haben ihn so gefunden und sind dann schnellstens abgehauen.«

»Das war übrigens ein Range Rover Baujahr ’89.«

Auch mit Autos kannte Carlo sich aus. Nelly warf ihm einen bewundernden Blick zu.

»Es könnte wirklich sein, dass der Mörder sich vor unserer Nase aus dem Staub gemacht hat … Mal sehen, ob es irgendwo eine Botschaft gibt«, seufzte sie dann und sah sich um.

Es gab eine Botschaft. Sie lag auf dem Boden, halb unter der Leiche verborgen und blutverschmiert. Dort stand:

»Die Gier hat mich dazu getrieben, zu dealen und zu töten. Gott möge mir verzeihen. Ich kann es nicht. Giovanni Caprile.«

Getippt auf einem Computer, auch die Unterschrift.

»Und wo hat er den Computer? Findest du, das sieht hier nach einem Computer aus?«, fragte Gerolamo sofort.

Nelly wies mit dem Kinn auf ein Tischchen, das in einer Ecke des Wohnzimmers zur Hälfte in einem Regal verschwand. Darauf thronte ein ziemlich neuer Computer mit Drucker und Faxgerät. Gerolamo hob die Arme. Die modernen Kommunikationstechnologien hatten selbst die hintersten Winkel des Landes erreicht.

Nelly dachte an den Brief, den jemand Sandra bei der Zeitung hatte zukommen lassen: Ob der wohl von demselben Computer stammte? Vielleicht hatte der Hausmeister ihnen ja einen Hinweis geben wollen, aber worauf? Es klang fast wie eine Anklage gegen Mau und Monica, zumindest wie eine Anspielung, dass sie in die Sache verwickelt waren, von jemandem, der noch einiges mehr darüber wusste. Oder hatte er vielleicht nur Verwirrung stiften wollen, um den Verdacht von sich selbst abzulenken? Nelly beschloss, die beiden Nachrichten erkennungsdienstlich analysieren zu lassen, auch wenn es garantiert nicht leicht sein würde, mit Gewissheit zu sagen, ob sie von derselben Person oder zumindest aus demselben Gerät stammten. Computer waren nicht mehr die Schreibmaschinen von einst mit ihren jeweiligen Eigenheiten. Drucker schon eher. Manchmal konnten die Experten kleine Wunder bewirken.

Sie riefen in der Zentrale an, und während sie auf die Ankunft der Kollegen warteten, durchsuchten sie Haus und Garage. In der Garage stand ein brandneuer BMW, laut Fahrzeugpapieren zugelassen auf Giovanni Caprile, außerdem der bekannte alte Panda mit dem Kennzeichen des Tals.

Sie waren gerade wieder ins Haus zurückgekehrt, als es zaghaft klopfte. Mit der Waffe in der Hand, man konnte ja nie wissen, ging Gerolamo zur Tür und öffnete.

Die junge Frau riss erschrocken die Augen auf, als sie den Mann mit der Waffe sah. Sie fing an zu schreien und hörte nicht auf, bis Nelly sie endlich mit dem Wort »Polizei« ins Haus lotste und beruhigen konnte.

»Wie heißen Sie, Signora? Was führt Sie her?«, fragte sie dann ganz sanft, um sie nicht weiter aufzuregen.

»Ich … ich heiße Emilietta Oliva, ich wohne unten im Dorf. Ich … bin hin und wieder zum Putzen bei Gian, und zum Kochen. Seit seine Mutter gestorben ist, kommt er nicht so gut zurecht, ist ja klar, ein alleinstehender Mann, seine Schwestern wohnen in Genua und kommen selten zu Besuch … Aber die Polizei, warum denn? Warum sind Sie hier? Es ist doch nichts passiert?«

»Er hat sich erschossen«, sagte Gerolamo trocken. Dann musste er das Mädchen stützen, das schwankte und zusammenzubrechen drohte. Nelly warf ihm einen vernichtenden Blick zu. Er verzog nur das Gesicht und zuckte mit den Achseln. Die Putzgeschichte nahm er ihr nicht ab. Und die Reaktion der jungen Frau bestärkte ihn darin, dass ihre Beziehung zu dem Toten wesentlich inniger gewesen sein musste, als sie ihnen weismachen wollte.

»Du bist ein unverbesserlicher Macho, Gerolamo«, zischte Nelly ihm ärgerlich zu.

»Das stimmt nicht, Dottoressa«, verteidigte er sich schwach.

Sechster Tag

Nachmittag

Nun lag Emilietta in dem Liegestuhl vor dem Haus – sie hatten ihr nicht erlaubt, ihren Freund noch einmal zu sehen –, die Augen tränengefüllt. Sie erzählte. Von Gian, diesem lieben und guten Menschen, ihre Familien kannten sich schon ewig, er hatte ihr so geholfen, als sie sich von ihrem Mann getrennt hatte.

»Einen wie ihn gibt's kein zweites Mal, er dachte nur an die Arbeit und an das Haus, wir wollten heiraten ... Warum hat er das nur getan? Ich kann gar nicht glauben, dass er sich umgebracht hat, nicht er.«

»Hatte er Freunde, Feinde?«, fragte Nelly.

»Nur Freunde, jeder im Tal kannte ihn, und er hatte nie Streit mit jemandem. Auch die Schüler mochten ihn gern, sie kamen ihn manchmal besuchen.«

»Und das Haschisch und das Kokain?«

Emilietta verschlug es die Sprache. Sie sah Nelly verständnislos an, dann wurde sie richtiggehend böse und ließ eine dialektale Schimpftirade auf sie niedergehen.

»*U me Gian u l'ea n'ommu onestu, nu l'ha faetu ninte, belin*, mein Gian ist ein anständiger Kerl, der hat nichts mit Drogen zu tun, seine einzigen Laster waren die Jagd und gutes Essen. Sein Körper ist noch warm, und schon werft ihr mit Dreck nach ihm ...«

»Sehen Sie sich an, was er geschrieben hat.«

Mit dem Zettel vor der Nase verstummte Emilietta einen Augenblick, um dann sofort wieder loszulegen. Ihr Vertrauen in den geliebten Mann war unerschütterlich.

»Das ist ganz sicher nicht von ihm. Es ist nicht mit der Hand geschrieben, nicht einmal die Unterschrift. Ich glaube kein einziges Wort davon, das sind doch alles Lügen. Und wie ich schon sagte, ich glaube auch nicht, dass er sich umgebracht hat. Da müssen Sie woanders suchen, jemand anderen. Vielleicht die Leute, die ihn besucht haben. Vielleicht haben die ihn ja umgebracht.«

»Welche Leute?«

»Er kannte sie gut. Es waren Kollegen, Freunde, hat er mir mal gesagt. Hausmeister oder Krankenpfleger, irgend so etwas, nicht aus dem Tal hier. Er hat sie in Genua kennengelernt. Wenn sie kamen, wollte er nicht, dass ich hier war. Keine Ahnung, warum. Vielleicht schämte er sich, weil ich eine einfache Frau vom Land bin.«

Ihre kastanienbraunen Augen füllten sich wieder mit Tränen.

»Emilietta, würden Sie sie wiedererkennen? Können Sie sie beschreiben?«, fragte Nelly.

»Ich habe sie ein paar Mal gesehen, aber fast immer nur von weitem. Sie kamen nicht immer zusammen, mal kam der eine, mal der andere, dann alle beide. Ich kann mir Gesichter nur schwer merken. Aber einer hatte furchtbare Schlipse an, knallbunt, und einen Schnurrbart … und eine riesige goldene Uhr. Der andere sah irgendwie nach Sportler aus, keine Ahnung, vielleicht ein Boxer, ziemliches Muskelpaket, und ich glaube, er hatte Narben im Gesicht. Er hat ein paar Mal die Schüler hergebracht, ist aber sofort wieder gefahren und kam sie dann am Abend abholen. Ich bin nicht sicher, ob ich sie wiedererkennen würde, richtig von nahem habe ich sie nie gesehen, er hat mich nie vorgestellt. Er sagte immer: ›Da kannst du noch so beleidigt tun, wenn die da sind, will ich keine Frauen hier haben.‹«

»Das hat Ihnen möglicherweise das Leben gerettet, Emilietta. Wann waren die Männer das letzte Mal hier, heute Morgen?«

»Ich glaube, aber sie könnten auch schon gestern Abend gekommen sein, was weiß ich. Er war nervös, gestern hat er mir gesagt, dass er den ganzen Nachmittag und Abend zu tun hat. Heute Morgen habe ich ihn angerufen, ob wir uns sehen, und er hat gesagt: ›Bleib bloß weg bis heute Abend, steck deine Nase nicht in Dinge, die dich nichts angehen.‹ Dann hat er aufgelegt. Aber ich hatte so ein komisches Gefühl, deshalb bin ich nach dem Mittagessen zu Rosalba gegangen, die wohnt da gegenüber, unter dem Vorwand, dass ich Eier brauchte, verrückt, bei den vielen Hühnern, die meine Tante hat, und dann habe ich den Geländewagen von dem Narben-Typ gesehen. Also habe ich ein bisschen mit Rosalba geschwatzt und gewartet, dass sie gehen, Kaffee getrunken ... Dann habe ich mal kurz nicht aufgepasst, und als ich den Wagen wegfahren hörte, waren sie schon um die Kurve, ich wollte sofort zu ihm laufen, aber Rosalba hat mich aufgehalten, sie erzählte mir gerade von ihren Eheproblemen ...« Emilietta merkte, dass Nelly allmählich ungeduldig wurde, und beeilte sich, zum Schluss zu kommen. »... und dann habe ich Ihr Auto gesehen und wie Sie ausgestiegen sind. Ich wusste nicht, ob Gian wegen Ihnen gesagt hatte, dass ich wegbleiben soll, deshalb habe ich noch ein Weilchen gewartet, aber dann kamen Sie gar nicht mehr heraus und mir wurde immer banger. Ich habe gespürt, dass etwas Schlimmes passiert ist, so was habe ich im Gefühl. Also habe ich mir die Ausrede mit der Putzfrau ausgedacht ... und jetzt ist mein Gian tot. Wer wird denn nun Michele den Vater ersetzen, der hatte ihn doch so gern? Wir hatten so viele Pläne ...«

Emilietta begann wieder zu weinen.

»Wer ist Michele?«

»Mein Sohn. Er ist drei.«

Und weiteres Schluchzen. Mittlerweile waren der Gerichtsmediziner (diesmal nicht Parodi, sondern ein bleicher, unsicher wirkender junger Mann, den Nelly noch nie gesehen hatte) und die Spurensicherung gekommen. Stinksauer, weil Samstag Nachmittag war, fragte Celsi lauthals, ob die Leute, wenn sie sich schon unbedingt erschießen mussten, nicht wenigstens bis Montag warten konnten.

Nelly deutete mit dem Kopf auf die junge Frau, die sich umgedreht hatte und ihn entsetzt anstarrte, die Wangen noch tränenfeucht, und er verstummte. Während alle ihre Arbeit machten und man auf den stellvertretenden Staatsanwalt wartete, ging Nelly mit Emilietta zum Nachbarhaus. Vielleicht hatten Rosalba und ihr Mann ja bemerkt, um wie viel Uhr der Geländewagen gekommen war. Nelly ließ ihr ein wenig Zeit, das erste Entsetzen über die Nachricht vom Tod des Nachbarn zu überwinden, dann begann sie mit der Befragung.

»Signora, haben Sie einen schwarzen Geländewagen kommen sehen?«

»Tut mir leid, aber gestern Abend waren wir nicht da. Wir sind runter nach Gattorna in den Pub gefahren, und dann haben wir im Dorf bei meiner Mutter übernachtet.«

Rosalba war klein und brünett, eine hübsche, lebhafte Frau. Sie hatte zwei reizende Grübchen, und ihre Augen sprangen flink zwischen Nelly, Emiliettas vom Weinen verquollenem Gesicht und dem stummen Assistenten mit der Sonnenbrille hin und her. Ihr Ehemann, ein großer, massiger junger Kerl, sah sie dagegen verdattert an.

»Gian tot? Was für ein Geländewagen? Selbstmord? Mord? *Mia, belin, cose de l'atru mundu*, so was gibt's hier doch gar nicht!«

»Um wie viel Uhr sind wir heute Morgen zurückgekommen, Schatz?«

Der »Schatz« sah seine Frau mit immer tumberer Miene an.

»Gegen zwölf, glaube ich. Ich habe keinen Geländewagen gesehen. Mir ist nichts aufgefallen.«

»Mir schon«, trumpfte Rosalba auf. »Ich habe ihn gesehen, als wir kamen, er parkte neben dem Haus. Die Hunde bellten wie verrückt. Kurz darauf kam Emi, und wir haben noch darüber gesprochen. Sie hat mich auch gefragt, wann die gekommen sind. Aber ich konnte es ihr nicht sagen. Und außer uns wohnt hier niemand.«

»Haben Sie die Schüsse gehört?«

»Hier wird immer geschossen. Die Jäger richten die Hunde ab, lassen sie laufen, gewöhnen sie an die Gewehrschüsse. Vor allem am Wochenende. Wer kümmert sich da noch um Schüsse?«

»Die Hunde, o Gott, die müssen Hunger haben!«

Emilietta, genannt Emi, schien aus der Lethargie zu erwachen, in die sie versunken war, und wollte nach draußen zu dem Hundegehege laufen. Einfach etwas zu tun, etwas Alltägliches, schien ihr ein letzter Halt, ein Rettungsanker. Nelly erinnerte sich, wie wichtig es für sie gewesen war, zu waschen und zu bügeln, mit Mau spazierenzugehen, zu kochen und langsam und konzentriert den täglichen Verrichtungen nachzugehen, als Roberto ermordet worden war. Sie hatte sich wie in Zeitlupe bewegt, jeder Geste eine fast rituelle Bedeutung verliehen, sich so sehr auf ihr Tun konzentriert, dass sie nicht nachdenken musste. Später hatte sie irgendwo gelesen, dass das eine buddhistische Meditationstechnik war, eine Methode, den Augenblick in totaler Intensität zu leben. Keine Vergangenheit, keine Zukunft. Nur die Gegenwart, wahrgenommen mit allen Sinnen.

»Noch ein paar Fragen, dann können Sie sich den Hunden widmen, Emilietta. Die Schüler vom Gymnasium, waren die häufig bei Gian zu Besuch?«

»Die Schüler?« Emilietta sah die Kommissarin unsicher an. Was hatten die Schüler damit zu tun? Sie runzelte nachdenklich die Stirn.

»Ja, da kamen manchmal Schüler, ich sagte Ihnen ja, dass er sehr beliebt war. Hin und wieder. Einer oder zwei, oder drei, oder eine kleine Gruppe. Sie waren nett, sympathisch, sie lachten und waren immer gut drauf. Ich wäre auch gerne auf diesen künstlerischen Schulzweig gegangen, aber mein Vater wollte das nicht.«

Nelly zog das Foto mit den Jugendlichen aus der Tasche und zeigte es ihr: »Können Sie sich erinnern, diese Jugendlichen hier bei Gian gesehen zu haben, Emilietta?«

Emilietta seufzte und zwang sich, das Bild anzusehen. Es schien sie große Überwindung zu kosten.

»Ich glaube schon, vor allem an den Dunkelhaarigen hier erinnere ich mich, so ein Hübscher! Bei ihr«, sie wies auf Monica, »habe ich nie kapiert, ob sie von einem die Freundin war. Gutaussehendes Mädchen. Aber immer sehr reserviert. Sie kam manchmal in Begleitung des Boxers.«

»Was taten sie hier?«

»Was sollten sie schon groß machen, einen Ausflug, nehme ich an, die gute Luft genießen. Sie brachten Salami mit, Schafskäse und Saubohnen, auch mal eine *pasqualina* oder Ravioli. Ich habe sie vielleicht drei oder vier Mal gesehen. Aber es kamen auch andere, viele andere. Gian war so …«

Beliebt. Klar. Nelly sah Gerolamo durch seine Sonnenbrille an, ihre Blicke trafen sich.

Nachdem sie Emilietta entlassen hatten und diese schnell zu den Hunden gelaufen war, kehrte Nelly in Gians Haus zurück und fand den Einsatzleiter der Spurensicherung im Wohnzimmer. Er machte ein zerknirschtes Gesicht, sein unangebrachter Scherz von vorhin tat ihm immer noch leid.

»Celsi, ich brauche unbedingt ein ballistisches Gutachten der Waffe, mit der Gian sich erschossen haben soll, und auch von den Jagdgewehren. Als Erstes aber will ich natürlich das Gewehr untersucht haben, das der Tote in der Hand hielt. Ich brauche einen Abgleich mit dem Projektil, das Franci Bagnasco getötet hat. Und zwar bis gestern.«

»Das dachte ich mir schon, Commissario. Ich bin selbst gespannt darauf.«

Doktor Bussi, deutlich jünger und weniger abgebrüht als Parodi, hatte noch nicht so viele Mordopfer gesehen wie sein Kollege. Er berührte den Leichnam vorsichtig, fast ehrfürchtig. Nelly fand ihn sympathisch.

»Selbstmord, Dottore?«

»Sieht wie ein typischer Selbstmord aus. Den Gewehrlauf hat er sich unter das Kinn gehalten, dann den Abzug gedrückt. Nach der genaueren Untersuchung des Leichnams und der Flugbahn der Kugel werden wir mehr wissen ... Der Todeszeitpunkt war wahrscheinlich heute Morgen. Aber der Kollege Nardini ist da durchaus qualifizierter als ich, er wird Ihnen zu allen Einzelheiten Genaueres sagen können.«

»Commissario, Commissario, mir ist noch etwas eingefallen. Entschuldigen Sie, aber, die Emi hat mir von dem Foto mit den Schülern erzählt. Die kannte ich auch, vom Sehen, sie haben mich immer ganz freundlich gegrüßt. Also, als Sie gerade im Haus waren, waren zwei von ihnen hier.«

Rosalba stand in der Tür und redete mit lauter, aufgeregter Stimme, während ein Beamter vergeblich versuchte, ihr den Eintritt zu verwehren.

»Was? Welche zwei?«

Nelly, Gerolamo und Carlo drehten sich gleichzeitig um und sahen sie an. Erschrocken wich die Frau einen Schritt zurück. Eingeschüchtert fuhr sie fort:

»Der Lange, ein bisschen pickelige, und die kleine Blonde, sie kamen in einem nagelneuen Mini, mein Traumauto. Sie haben zum Haus hochgeschaut, haben wahrscheinlich Ihr Auto gesehen, Commissario, und sind dann schnell wieder abgerauscht.«

»Wann?«, brachte Nelly heiser hervor.

»Vor ungefähr einer Stunde, bevor die anderen Polizisten kamen.«

»Wenn Sie sich an noch etwas erinnern, Rosalba, egal was, hier ist meine Handynummer. Geben Sie sie auch Ihrer Freundin Emilietta. Sie können mich jederzeit anrufen.«

Als die Frau wieder weg war, sah Gerolamo Nelly fest an.

»Sie waren also hier.«

»Und sind wieder gefahren, wahrscheinlich weil sie meinen Wagen gesehen haben.«

»Das war knapp. Wenn sie gekommen wären, als die mit dem Range Rover noch da waren ...«

»Ob sie Caprile vertrauten?«

»Vielleicht ... oder aber sie wussten, dass er Francesco Bagnasco ermordet hat, oder vermuteten es zumindest und wollten Räuber und Gendarm spielen, wer weiß. Das können sie uns nur selber sagen.«

Auf dem Rückweg redeten Nelly, Carlo und Gerolamo weiter über das unvermutete Auftauchen der beiden Teenager am Ort des Selbstmordes – oder Mordes? – und suchten nach Erklärungen. Sie hatten die Ankunft des stellvertretenden Staatsanwalts abgewartet, der sich vornehm jeglichen Kommentars à la Celsi enthalten hatte (um höchstwahrscheinlich etwas Ähnliches zu denken). Wenig später hatte man Capriles Leichnam hinausgetragen und ins San Martino gebracht.

»Schon wieder Arbeit für Nardini«, dachte Nelly düster. In der letzten Woche hatte er nicht gerade Däumchen gedreht. Eine weitere Leiche für ihn, und wieder eine Handvoll Luft für sie.

Waren Mau und Monica also wirklich wieder zusammen? Was hatten sie vor? Und wenn die Insassen des schwarzen Jeeps sie vor ihr finden würden? Vielleicht waren sie den zwei ahnungslosen Teenagern auf der Spur?

Der Mann mit den Narben musste Matteo Albini sein. Es galt also herauszufinden, ob er einen schwarzen Range Rover Baujahr '89 hatte. Mit einer demolierten linken Seite. Dann wäre sie aus dem Schneider. Nelly wählte Gianandreas Handynummer.

Der schien nur darauf zu warten, denn er war sofort am Apparat.

»Dottoressa Rosso? Was Neues?«

»Ja, aber nichts, was Monica direkt betrifft. Sagen Sie, besitzen Sie oder Ihr Gehilfe Albini einen schwarzen Range Rover Baujahr '89 oder älter?«

»Ja, sicher, das ist eines der Autos, über die Matteo frei verfügt. Er hat ihn gestern benutzt, um einige Orte zu überprüfen, an denen Monica sich aufhalten könnte. Warum?«

»Wir haben Grund zu der Annahme, dass er in ein ungeklärtes Verbrechen zumindest verwickelt sein könnte. Nach ihm wird gefahndet. Wenn Sie ihn sehen, raten Sie ihm, sich bei uns im Polizeipräsidium zu melden. Und ..«

Am anderen Ende der Leitung herrschte tiefes Schweigen.

Sie glaubte zu hören, wie Gianandrea Pittaluga den Atem anhielt.

»... sagen Sie, fehlt noch ein anderes Auto in Ihrer Garage? Hatte Monica Zugriff auf einen Wagen?«

»Monica hat gerade den Führerschein gemacht. In der Garage fehlt der beige-braune Mini, aber ich könnte nicht sagen, welches meiner Kinder ihn genommen hat. Wissen Sie, es sind so viele und sie sind ständig unterwegs, da habe ich nicht immer den Überblick.«

Die Leitung brach zusammen oder wurde getrennt. Die Pittalugas brauchte sie nicht mehr aufzusuchen, es war klar, dass Albini bei Gian gewesen war und beteiligt war an dem ... Selbstmord. Nelly rief im Polizeipräsidium an und gab Anweisung, ihn suchen zu lassen.

»Wie geht's jetzt weiter?«, fragte Gerolamo dann.

»Wir fahren nach San Michele di Pagana«, sagte Nelly nach kurzem Überlegen.

»Aber ...«

Nelly kam seinen Einwänden zuvor: »Vielleicht denken sie,

dass wir den Ort schon überprüft haben und sie dort sicherer sind als anderswo. Die Chuzpe traue ich ihnen mittlerweile zu. Außerdem wissen sie wahrscheinlich eh nicht weiter, genau wie wir. Wir fahren zur Villa Caterina«, entschied sie.

»Eine Chance gibt es immerhin«, stimmte Carlo ihr zu, wenn es auch ein wenig zweifelnd klang.

»Wer einen besseren Vorschlag hat, nur heraus damit.«

Die beiden Männer wechselten einen einvernehmlichen Blick: Besser, man widersprach ihr nicht.

Der Wagen folgte jetzt zügig der Straße, die sich in immer engeren Biegungen und Haarnadelkurven ins Tal hinabschlängelte. Der Verkehr hier im Hinterland war noch erträglich. Sie verließen das Tal in Richtung Küste über Uscio und erreichten bei Recco die Riviera. Die letzten Kilometer von hier nach Santa Margherita und weiter nach San Michele di Pagana waren mühsam und zäh. Obwohl es schon später Nachmittag war, schob sich im Schein der lauen Maisonne eine unglaubliche Blechlawine am Meer entlang. Während sie im Schritttempo vorankamen, blieb ihnen nichts anderes übrig, als sich ganz dem Anblick dieser unverschämten, absoluten Schönheit hinzugeben, die ihrer inneren Verfassung, allen voran Nellys, hohnzulachen schien.

Zu den Bergen hin wurde die Via Aurelia von den Gärten der Villen gesäumt, mit ihren prächtigen Rosen und Oleandern, Jasminen und Bougainvilleen in voller Blüte, mit weißen Callas und weiß-violetten Glyzinien und duftenden Kissen aus Salbei und Rosmarin, während unten, zum Meer hin, sich weitere Häuser und kleine, halb in der Natur versteckte Villen über die grünen Buchten und das im Abendsonnenschein glitzernde Meer zu neigen schienen. An den Stränden und Badebuchten lagen noch vereinzelte Sonnenanbeter, und Nelly verfluchte im Stillen ihren Beruf, der sie von dem gewöhnlichen Leben ausschloss und ihr nur ganz selten erlaubte, das zu tun, was für

Normalsterbliche selbstverständlich war, wie zum Beispiel den Samstag an der Riviera zu verbringen. Und wenn sie nun keine Polizistin wäre? Würde das etwas an dieser Sache ändern, in die die Kinder verwickelt waren, oder an Maus Verhalten in dieser ganzen schlimmen Geschichte? An seiner Beziehung zu Monica? An der Liebe, die ihn so ausschließlich an sie zu binden schien und von der die Erwachsenen nichts wussten? An dem geheimnisvollen Leben der Jugendlichen jenseits von Schule, Zuhause, Frühstück, Mittag- und Abendessen? Mau und Monica waren für Nelly von heute auf morgen zu Fremden geworden. Ihr Sohn war ein Unbekannter für sie. Wäre sie keine Polizistin, würde das irgendetwas am Lauf des Schicksals ändern, das so unbeirrbar auf ein unbekanntes Ziel zusteuerte?

Obwohl es warm war, fröstelte Nelly. Carlo sah, dass sie zitterte.

»Alles wird gut, Nelly«, sagte er leise zu ihr.

»Ja«, erwiderte sie wie ein Schulmädchen, das die gelernte Lektion herunterleiert, und klammerte sich an die Worte wie an eine Zauberformel: »Alles wird gut, ich weiß.«

Je näher sie San Michele di Pagana kamen, um so unfassbarer wurde die Schönheit der Landschaft, und nicht einmal der irrsinnige Strom der Blechkarosserien konnte ihren Reiz trüben. Sie stellten den Wagen auf einem Parkplatz hinter der Ortschaft ab und folgten zu Fuß der kleinen Uferpromenade. Es war ein Abschnitt der Riviera, den Nelly jahrelang sorgfältigst gemieden hatte.

Zum ersten Mal war sie mit Roberto hier gewesen an einem goldenen Septembertag, als sie mit Mau schwanger war. Sie hatten auf den Felsen Focaccia gegessen, Cola aus Dosen getrunken und dann in dem klaren, von der Spätsommersonne noch warmen Wasser gebadet. Roberto war dünn und blass, mit seiner zerbrechlichen Aura des kurzsichtigen Intellektuellen. Er hatte in jenem Sommer wenig Sonne abbekommen. Sie sah mit ihren Sommersprossen und den roten Haaren aus wie eine deutsche Touristin, und ihr Bauch wölbte sich unter dem grotesk gespannten Badeanzug. Es war ein Moment seltenen, unwiederbringlichen Glücks gewesen. Ein Moment, an den man sich in seiner Todesstunde erinnern möchte, den man, wenn möglich, mit hinübernehmen möchte in ein anderes Leben, wenigstens als blassen Widerschein. Es war einer der wenigen perfekten Momente gewesen, dachte sie, während sie dem engen, von Felsen gesäumten Weg folgten, der nach einer Biegung in eine wunderschöne Bucht mündete.

Auch heute waren kaum Menschen hier, nur wenige Touristen kannten diesen zauberhaften Ort, und die Saison hatte noch nicht begonnen. Villa Caterina, leicht erhöht rechter Hand inmitten eines Parks gelegen, wirkte auf edle Art heruntergekommen und alt. Sie war groß und in unverfälscht ligurischem Stil gehalten: verwaschenes Rosa mit dunkelgrünen Fensterrahmen. Ein Gittertor versperrte die Zufahrt zum Haus, und eine hohe Mauer umgab den Park. Nahe beim Tor stand ein winziges Häuschen, sicher das des Wächters. Zwei Fenster waren offen, Wäsche hing auf der Leine. Auf Gerolamos Klingeln hin erschien eine Frau am Fenster.

»Sie wünschen?«

»Polizei. Bitte machen Sie auf.«

Die Frau sah ihn verwundert an. Polizei? Schnell kam sie seiner Aufforderung nach. Das alte Tor öffnete sich automatisch, sie kam den dreien besorgt entgegen, ihr Gesicht ein einziges Fragezeichen. Casa Pittaluga und Polizei waren zwei diametral entgegengesetzte Begriffe, unvereinbar für die Hüterin der Villa.

»Was ist los?«

»Wir kommen wegen der Ermittlungen um Signorina Monica Pittaluga«, sagte Nelly schnell und zeigte ihren Ausweis. »Haben Sie sie in den letzten Stunden zufällig gesehen?«

Die Frau schien nichts von Monicas Verschwinden zu wissen. Dabei hatte Federica ihr doch versichert, dass sie sich keinesfalls in San Michele di Pagana aufhalten konnte. Woher wollte sie das wissen? Ach ja, Matteo Albini hatte sie informiert, der schien ja überall seine Hände im Spiel zu haben.

»Haben Sie gestern nicht mit Dottor Pittaluga gesprochen? Oder haben Sie seinen Angestellten Matteo Albini gesehen?«, fragte die Kommissarin, doch bevor die Frau antworten konnte, sprang Gerolamo plötzlich mit langen Sätzen auf das Haus zu und rief dabei: »Polizei! Kommen Sie mit erhobenen Händen heraus«, und zu Nelly gewandt: »Vorsicht, Dottoressa. Da ist einer im Haus. Bewaffnet. Ich habe ein Gewehr hinter dem angelehnten Fenster dort aufblitzen sehen.«

Nelly rief Carlo zu: »Bleib hier bei der Frau, rühr dich nicht von der Stelle. Du bist unbewaffnet, vielleicht schießen sie«, und rannte hinter Gerolamo her, der den Pfad zum Haus hinaufeilte und dabei Deckung hinter Hortensienbüschen und Bäumen suchte, die die Zufahrt säumten. Der erste Schuss war nicht zu hören, doch in der Nähe des Assistenten brach ein Zweig. Sie schossen mit Schalldämpfer aus dem ersten Stock. Nelly nahm die kleine Steintreppe, die ein Stück an der Auffahrt entlangführte, dann nach rechts auswich und schließlich ebenfalls auf dem Rasen vor dem Haus mündete. Gerolamo erwiderte das Feuer, und der Gewehrlauf verschwand aus der zerbrochenen Fensterscheibe. Nelly und ihr Begleiter kauerten reglos hinter einem Oleander, der den Rasen vor dem Haus begrenzte. Sie hatten nun ein paar Meter ohne jeden Schutz bis zum Haus vor sich.

Nelly befahl: »Gib mir Deckung.«

Während der Assistent auf das Fenster schoss, sprang sie auf und rannte auf den Eingang der Villa zu. Doch plötzlich wurde aus einem zweiten Fenster geschossen, diesmal im Erdgeschoss, und das Projektil sirrte ganz nah an Nellys rechtem Ohr vorbei, die sich mit einem Hechtsprung unter das Terrassendach flüchtete, das den großen Eingang überspannte. Hier war sie vor Blicken und Schüssen sicher. Gerolamo stieß einen seiner farbigen sizilianischen Flüche aus, vor Erleichterung und auch aus Ärger, nicht mit einer zweiten Person gerechnet zu haben. Das hätte die Kommissarin leicht das Leben kosten können.

Die Haustür war von innen verriegelt, doch Nelly gelang es im Schutz des Vordachs, das Schloss aufzuschießen. Einmal dagegengeworfen, und sie war drin. Gerolamo robbte hinter den dichten Sträuchern weiter nach rechts, wo er vom Haus aus nicht so gut gesehen werden konnte. Dann rannte er, wie ein Verrückter nach oben ballernd, auf die geöffnete Haustür zu. Niemand schoss auf ihn, und aus dem Inneren der Villa drang kein Laut mehr nach draußen.

Nelly schlich die Treppe hinauf und bedeutete Gerolamo, das Erdgeschoss im Auge zu behalten. Dem gefiel die Sache nicht, wahrscheinlich befand sich derjenige, der geschossen hatte, im ersten Stock, doch er folgte ihren Anweisungen und ging schnell durch die halbdunklen, großen Räume, stieß eine Tür nach der anderen auf und kontrollierte, ob sie leer waren. Niemand da, wie er vermutet hatte. Von oben hingegen erklang das Pfeifen eines Projektils, gefolgt vom lauten Knall eines ungedämpften Schusses; voller Angst um Nelly stürzte Gerolamo die Treppe hinauf. Im ersten Stock herrschte dasselbe Halbdunkel wie unten. Keuchend und vor sich hin fluchend, öffnete er nacheinander alle Zimmertüren. Es waren die Schlafräume, voll mit alten, schweren Möbeln, von weißen Leintüchern verhängten Sesseln und mit düsteren Bildern an den Wänden. Eine nicht lange zurückliegende Sanierung betonte durch Böden aus Terrakotta- oder Schieferfliesen und schneeweiße Wände den herrschaftlichen Charakter der Villa, doch Gerolamo hatte keine Muße für derartige architektonische Betrachtungen. Seine Sinne waren aufs äußerste gespannt, sein Finger zitterte am Abzug.

Nichts regte sich, und auch die beiden Bäder waren leer. Verzweifelt fragte er sich, wo seine Chefin nur abgeblieben war und ob die Stille nach den Schüssen bedeutete, dass sie getroffen war, als er das Flurende erreichte. Hier gab es eine angelehnte Tür, offenbar ein Hinterausgang, der zu einer Treppe an der Rückseite des Hauses führte. Vorsichtig trat er ins Freie und hatte in einer Sekunde die Situation erfasst.

Nelly kauerte auf den obersten Stufen, und sein Herz tat einen Sprung. Er bückte sich zu ihr herunter, merkte aber gleich, dass sie nicht verletzt war, sondern sich über eine weitere Person beugte, die auf den Stufen lag. Es war Mau, der in ihren Armen ruhte und den sie zu reanimieren versuchte. Kaum sah sie Gerolamo, deutete sie zum Fuß der Treppe. Gerolamo folgte ihrem Finger mit dem Blick und sah auf den untersten Stufen rücklings einen Mann liegen, leblos. Aber zuerst musste er sich um Nelly und den Jungen kümmern.

»Wie geht es ihm? Ist er verletzt?«

»Es ist ein Wunder, dass wir noch leben, Gerolamo. Dieses Arschloch«, Nelly wies mit dem Kinn auf den Kerl am Fuße der Treppe, »wollte auf mich schießen und Mau hat sich auf ihn gestürzt, um ihn daran zu hindern, deshalb hat er mich um Haaresbreite verfehlt, dann wollte er wieder schießen, aber ich war schneller und habe ihn getroffen. Sieh nach, ob er lebt oder tot ist.«

Gerolamo tat wie geheißen.

»Er ist tot, Dottoressa. Ein Schuss in die Stirn.«

»Ruf die Kollegen und einen Krankenwagen«, erwiderte Nelly, während sie sich weiter bemühte, Mau aus seiner Ohnmacht zu erwecken.

Der Assistent nickte schweigend und rief, schon zum zweiten Mal heute, im Polizeipräsidium an. Während er mit dem Einsatzkommando sprach, fügte Nelly hinzu:

»Der andere ist entkommen, er hat Monica mitgenommen.

Es war Matteo Albini. Ich konnte gerade noch sehen, wie die zwei in Monicas Mini stiegen. Gib Fahrzeugtyp und Kennzeichen an alle Streifen weiter, sie müssen ihn aufhalten.«

»Wie geht es dem Jungen?« Besorgt kniete Gerolamo sich neben seine Vorgesetzte.

»Er ist gestürzt und mit dem Kopf auf die Stufen geknallt, als dieser Mistkerl ihn weggestoßen hat, um auf mich zu zielen. Er hat mir das Leben gerettet«, sagte sie, ohne aufzusehen. Sie war ganz auf Mau konzentriert, der aus der Kopfwunde reichlich Blut verlor.

Neben Nelly lag ihre Pistole, noch warm. Auch neben der Leiche des Mannes lag eine Pistole, dicht bei seiner geöffneten Hand. Gerolamo sagte: »Den habe ich schon mal gesehen.«

»Wo denn?«

»Vielleicht im Polizeipräsidium. Ich bin mir nicht ganz sicher.«

Atemlos tauchte Carlo neben ihnen auf, die Sorge stand ihm ins Gesicht geschrieben.

»Was zum Teufel ist hier vorgefallen? Maurizio? Nelly, geht es dir gut?«

»Ja, mir ist nichts passiert. Es waren die aus dem Geländewagen. Einer ist tot, der andere ist mit Monica abgehauen.«

Nelly wies auf den Schotterweg, der an der Längsseite des Parks hinabführte.

»Der Mistkerl, der geflohen ist, war Matteo Albini, das Mädchen für alles bei den Pittalugas. Ich habe nicht kapiert, ob sie freiwillig mit ihm gegangen ist oder nicht«, fügte sie hinzu.

»Dann saßen in dem Range Rover also zwei. Aber wer kann das hier sein?«

Carlo stand neben dem Toten auf der Treppe und sah ihn sich genau an. Dann sagte er zu Nelly:

»Findest du nicht, dass auf ihn die Beschreibung passt, die Mau dir von diesem Kerl gegeben hat, der ihn in eurer Wohnung bedroht hat?«

»Du hast recht, das muss er sein. Das wird uns Mau bestätigen können, wenn er sich erholt hat«, erwiderte Nelly, die Mau streichelte und ihn leise beim Namen rief.

Langsam kam der Junge wieder zu sich. Er hatte eine große Beule, aber die Wunde hatte zum Glück fast aufgehört zu bluten, sie schien nicht sehr tief zu sein.

»Mama …«, murmelte er, »du hast mir das Leben gerettet … Dieses Arschloch hätte mich umgebracht, da wette ich drauf.«

»Das glaube ich auch. Aber wir sind quitt, mein Lieber, du hast mir nämlich auch das Leben gerettet. Leider musste ich ihn töten. Lieber hätte ich ihn nur verletzt, aber das Risiko war zu hoch. Er hat mich einmal nur knapp verfehlt, ich konnte nicht darauf hoffen, dass er sich ein zweites Mal irren würde.«

»Das ist dieser Hurensohn, der mich auch damals besucht hat, weißt du noch … Au, mein Kopf … mir ist schwindelig.«

»Der Krankenwagen ist gleich da.«

Mau sah sich verwirrt um:

»Wo ist Monica? Wo ist Matteo?«

»Sie waren vor uns, er hat sie mit sich gezogen, und dann sind sie in ihrem Auto abgehauen. Ich konnte ihnen nicht folgen, weil ich nicht wusste, wie schwer du verletzt bist. Ich fürchte, du musst mir einiges erklären.«

Mau bewegte sich und versuchte, etwas zu sagen, doch plötzlich verlor er wieder das Bewusstsein. Der Krankenwagen hielt vor dem Haus, und einen Moment später waren die Sanitäter da. Im Nu hoben sie den mageren Jungen hoch und legten ihn auf die Trage. Carlo sagte spontan: »Ich fahre mit ihm.«

Nelly warf ihm stumm einen dankbaren Blick zu. Auch Celsi war mittlerweile direkt aus dem Tal herübergekommen und glaubte seinen Augen nicht zu trauen.

»Was ist denn hier los, Dottoressa Rosso? Soweit ich gehört habe, geht der hier auf Ihr Konto.«

»Ja, das stimmt. Er wollte mich erschießen, mein Sohn ist

dazwischengegangen, er hat ihn weggestoßen und auf mich gefeuert; da habe ich zurückgeschossen.«

»Ich wollte keineswegs anzweifeln, dass Sie aus Notwehr gehandelt haben. Aber allmählich nehmen mir die Leichen in diesem Fall ein wenig überhand. Und«, fügte er leise hinzu, »ohne dass ein Ende in Sicht wäre.«

»Gerolamo, sag den Pittalugas Bescheid, dass Albini sich in Begleitung eines Mannes befand, der versucht hat, mich umzubringen, und dass beide in einen Mordfall verwickelt sein könnten, nämlich an Giovanni Caprile, dem Schulwart. Und dass Albini geflohen ist mit Monica im Schlepptau. Die beiden werden gesucht. Monica könnte in größter Gefahr schweben.«

Während Gerolamo die Pittalugas über die neuesten Entwicklungen unterrichtete, kümmerte sich Nelly um den Toten. Den Dokumenten zufolge, die sie in seinen Taschen fand, war er mindestens drei Personen, eine davon war ein Kolumbianer namens Manolo Alvarez. Eine andere ein italienischer Staatsbürger, Alfio Spaventa. Die dritte war Spanier, ein gewisser Paco Ibarra. Außerdem trug er ein dickes Bündel Banknoten bei sich, Wohnungsschlüssel und etwas, das wie der Schlüssel zu einem Tresor aussah, dazu diverse Kreditkarten. In seinem Notizbuch zahlreiche Adressen. Darunter fiel ihr die von Gudrun Fallaris Büro samt Telefonnummer ins Auge. Nelly nahm auch das Handy an sich, das der Mann in der Tasche hatte. Der junge Gerichtsarzt war mittlerweile ebenfalls eingetroffen, fassungslos ob der Dinge, die ihm dieser sonnige Samstag bescherte. Es blieb ihm nur festzustellen, dass der Tote einen Schuss in die Stirn abbekommen hatte.

Sechster Tag

Abend

Müde, aber kämpferisch saß Nelly erneut auf dem hellen Sofa der Pittalugas. Und musterte das Ehepaar mit grimmiger Aufmerksamkeit. Federica gelang es nur schwer, ihre Sorge zu verbergen, ihre Selbstkontrolle wurde auf eine harte Probe gestellt. Die Verwunderung von Monicas Eltern darüber, dass Matteo Albini, auf welche Art auch immer, in die Sache verwickelt war, hätte kaum größer sein können.

»Wie ist das möglich? Du kennst ihn doch schon ewig, er ist so lange bei uns, was hat ihn nur dazu gebracht, auf eine Polizistin zu schießen, das ergibt alles keinen Sinn. Matteo ist absolut vertrauenswürdig …«, brach es schließlich aus Federica an ihren Mann gewandt heraus.

Gianandrea machte eine abwehrende Handbewegung. Er hatte tiefe Schatten unter den Augen, seine Miene war düster. Drohend.

»Ich kann nicht glauben, dass er Monica etwas antut. Das ist ganz und gar ausgeschlossen. Da muss ein Irrtum vorliegen.«

»Wie lange kennen Sie ihn, Dottore?«

»Er ist seit fünf Jahren bei mir angestellt. Gudrun Fallari hat ihn mir damals empfohlen, früher war er Profiboxer, dann Rausschmeißer, zuletzt Mädchen für alles in ihrem Büro. Ein idealer Leibwächter. Schnell, diskret, korrekt. Und mehr als das. Matteo ist die Treue in Person. Ich bezahle ihn gut, und er ist jeden Cent wert. Er hat beste Referenzen und mir niemals Anlass zur Klage gegeben. Inzwischen ist er so etwas wie meine rechte Hand geworden. Ein absoluter Profi, der eigenverantwortlich entscheidet, aber auch weiß, wo seine Grenzen sind.«

Nelly zog eine Grimasse.

»Vielleicht bessert er sein gutes Gehalt noch ein wenig auf. Zum Beispiel mit Drogengeschäften. Und für einen ›echten Profi‹ dürfte der Schritt vom Söldner zum Killer nicht besonders groß sein.«

»Matteo? Ausgeschlossen. Absurd. Ich vertraue ihm wie mir selbst«, erwiderte Gianandrea pikiert.

Das Vertrauen der Pittalugas in Matteo Albini war durch nichts zu erschüttern. Auch Federica zeigte sich ungläubig und empört.

»Haben Sie ihn jemals in Begleitung dieses Mannes gesehen?«

Nelly legte Gianandrea und seiner Frau einen der Alfio-Paco-Manolo-Reisepässe vor. Die beiden schüttelten den Kopf. Nie gesehen, weder mit Matteo noch irgendwann anders.

»Wussten Sie, dass Monica mit Mau oder anderen hin und wieder ins Val Fontanabuona fuhr und dort den Hausmeister des Gymnasiums besuchte, einen gewissen Giovanni Caprile, genannt Gian? Den wir heute tot in seinem Haus gefunden haben?«

»Natürlich nicht. Den Namen habe ich noch nie gehört. Aber was könnte Monica mit diesem Hausmeister vom Klee zu schaffen haben, diesem Signor ...«

»Caprile, Giovanni Caprile. Genannt Gian«, wiederholte Gerolamo mechanisch.

»Das hofften wir eigentlich von Ihnen zu erfahren, Dottor Pittaluga. Denn leider«, fuhr Nelly mit plakativ bedauernder Miene fort, »sind wir mit unserem Latein am Ende, da alle möglichen Zeugen der Reihe nach ausgeschaltet werden. Francesco Bagnasco, Habib Kamali, Giovanni Caprile. Im Moment sieht es so aus, als ob dieser Albini zusammen mit Spaventa, oder wie sein Kompagnon heißen mag, Monica entführt hat und dann über sie Maurizios Versteck ausfindig gemacht hat, um auch ihn zu kidnappen.«

Nelly ignorierte den erstaunten Blick, den Gerolamo ihr

angesichts dieser merkwürdigen Version der Geschichte zuwarf, und fuhr mit ratloser Miene fort: »Das Einzige, was wir zurzeit mit relativer Sicherheit sagen können, ist, dass Albini an den Ereignissen am Klee und dem Tod der Jugendlichen beteiligt ist, genauso wie sein Spießgeselle, der mich erschießen wollte. Capriles Rolle ist noch unklar, der Selbstmord könnte genauso gut nur vorgetäuscht gewesen sein. Und da sie am Ort des Verbrechens gesehen wurden, führt die Spur zu Ihrem Albini und Kompagnon.«

Gianandrea Pittaluga entschlüpfte eine gehässige Grimasse.

»Und Sie kommen anscheinend immer zu spät. Zu spät für die Jungen, zu spät für diesen Caprile, und, Gott behüte, vielleicht auch zu spät für Monica, sollten Ihre Verdächtigungen bezüglich Matteo sich als richtig erweisen. Über ihn kann ich Ihnen nichts weiter sagen, er ist nicht besonders mitteilsam, was sein Privatleben betrifft, er scheint gar keines zu haben oder eben eins, das diesen Namen verdient. Er wohnt bei uns, von Verwandten oder Freunden kenne ich keine Anschrift.

Wenn ich so darüber nachdenke, ist er, so unglaublich es klingen mag, eine Art Phantom. Einmal hat er mir gesagt, er sei im Ausland geboren, in Alexandrien, ja, das steht auch in seinen Papieren. Aber die Referenzen der vorigen Arbeitgeber sind tadellos. Sie können ja Signora Fallari fragen ...«

Ach, in Federicas Anwesenheit wurde die liebe Gudrun zu Signora Fallari.

»Das werde ich zweifellos tun, Dottor Pittaluga.«

Nelly sah ihn kalt an.

»Wie geht es Maurizio?«, fragte Federica süßsauer.

»Ganz gut, aber er ist noch nicht vernehmungsfähig.«

»Vielleicht kann er ja erklären, was passiert ist.«

»Vielleicht«, nickte Nelly abschließend und erhob sich.

Die Unterredung war beendet. Sie und Gerolamo verabschiedeten sich und gingen hinaus, wo der Blütenduft sie geradezu ansprang und ein Schimmer die Dunkelheit erhellte, der zitternd von der Stadt zu Füßen des Nobelviertels Castelletto aufstieg. Schweigend betraten sie die Bar-Gelateria *Reati*, die Nellys Altersgenossen immer noch so nannten, obwohl sie schon längst *Guarino* hieß, und weiterhin schweigend trank er ein Bier und sie ihren gewohnten Four Roses ohne alles. Gerolamo stellte ihr keine Fragen wegen der eigenartigen Wahrheit, die Nelly den Pittalugas aufgetischt hatte, und sie gab keine Erklärungen. Im Moment tat das nichts zur Sache. Dann bestellten sie zwei Toasts, denn sie hatten seit dem Morgen nichts mehr gegessen, und Nelly rief im Krankenhaus an, während Gerolamo zu Hause Bescheid gab, dass es später würde.

Carlo berichtete, dass Mau schlief, er war sehr aufgeregt gewesen, hatte unzusammenhängende Sachen gemurmelt, bis er nach den nötigen Untersuchungen ein Beruhigungsmittel bekommen hatte. Diagnose: Schädeltrauma, leichte Gehirnerschütterung, aber keine Hämatome im Gehirn.

»Ich glaube, ich sollte lieber noch eine Weile hierbleiben, Nelly. Der Polizist, den du geschickt hast und der heute Nacht bei ihm Wache hält, ist zwar schon da, aber meine Anwesenheit könnte trotzdem nützen, falls er aufwacht und etwas sagen will. Außerdem bis du dann ruhiger.«

»Ich weiß nicht, wie ich dir danken soll, Liebster.«

Nelly war ihm aus tiefstem Herzen dankbar für seine Unterstützung. Sie war derart an das Alleinsein gewöhnt, daran, immer alles aus eigener Kraft zu meistern, dass das Entgegenkommen ihres Freundes sie zutiefst rührte.

»Oh, na ja, da finden wir schon etwas«, sagte er und lachte andeutungsvoll.

Nelly war nicht zu Scherzen aufgelegt. Ihr Schweigen verunsicherte ihn. Schließlich sagte Carlo:

»Was wirst du jetzt tun?«

»Ich gehe zu Gudrun Fallari.«

»Um diese Uhrzeit? Es ist schon spät«, wandte er ein, »du bist seit heute Morgen auf den Beinen, und nach allem, was passiert ist, solltest du dich ausruhen, sonst klappst du mir noch zusammen. Du bist auch nur ein Mensch, vergiss das nicht.«

»Ich bin so geladen, dass ich ewig weitermachen könnte. Bei dieser Frau muss ich das Überraschungsmoment nutzen.«

»Tu, was du nicht lassen kannst.«

Carlos Stimme war um einige Grade abgekühlt. Sie schickte ihm einen Kuss durchs Telefon, um ihn milde zu stimmen, und legte auf.

»Ich komme mit, Dottoressa. Wenn es nötig ist. Zu Hause habe ich schon Bescheid gesagt.«

»Gut, Gerolamo. Danke.«

Gudrun Fallari war gewiss von ihrem Freund Gianandrea vorgewarnt worden, doch sie wusste nicht, dass ihr Name in Alvarez-Spaventa-Ibarras Adressbuch auftauchte. Wenigstens hoffte Nelly das. Als sie am Tor klingelten, antwortete sie sofort und sagte: »Kommen Sie rein, Dottoressa Rosso«, als sei es vollkommen natürlich, dass Nelly samstagabends um elf vor ihrer Haustür stand.

»Also, Signora Fallari«, begann Nelly ohne große Vorreden und im Stehen, »Sie kennen einen gewissen Signor Alvarez.«

»Alvarez?« Ihre Augen weiteten sich in unwissendem Staunen.

»Dann Signor Ibarra.«

»Ibarra? Nie gehört.«

»Gewiss aber Signor Spaventa.«

»Ich verstehe nicht, Commissario. Wer sind diese drei Leute, deren Namen ich noch nie gehört habe?«

»Es sind nicht drei. Es ist, oder besser gesagt, es war der Dreieinige. Dieser Herr hier.«

Und sie zeigte ihr ein Bild von einem der Ausweise des Toten, das ihm am ähnlichsten sah.

»Den habe ich noch nie im Leben gesehen. Sollte ich ihn kennen?«

»Ich glaube schon. Denn in dem Adressbuch dieses Kerls befinden sich Ihr Name und die Telefonnummer Ihres Büros.«

Falls Gudrun Fallari überrascht war, bemühte sie sich redlich, es zu verstecken. Doch ihr empfindlicher Teint überzog sich vom Hals an aufwärts mit einem tiefen, weiß gescheckten Rot.

»Volltreffer«, dachte Nelly.

»Wir gehen davon aus, dass Sie diese Person kennen, woher und in welcher Eigenschaft möchten wir nun von Ihnen erfahren.«

»Ich habe nicht die leiseste Ahnung ... Wer ist dieser Mann? Hat er etwas verbrochen?«

Auch ihr Atem ging nun schneller, flacher. Ab und zu stockte er. Aber sie beherrschte sich, fing sich langsam nach dem ersten Schreck.

»Wahrscheinlich handelt es sich um einen Komplizen Matteo Albinis, ebenfalls ein alter Bekannter von Ihnen. Beide könnten verantwortlich sein für einen Mord und für die Entführung meines Sohnes Maurizio und Monica Pittalugas. So sieht es zumindest aus.«

»Ach, diese verrückte Geschichte ... Matteo, ein absolut vertrauenswürdiger Mann, ich kann nicht glauben, dass er das getan hat. Ja, Signor Pittaluga hat mich über die neusten Entwicklungen informiert, unvorstellbar. Und dieser ... Ibarez ... soll also derjenige sein, der ...«

»... in einem Schusswechsel mit der Polizei getötet wurde«, beendete Nelly den Satz trocken.

Gudrun versuchte ihr mutig die Stirn zu bieten, doch in ihren Augen stieg eine Unruhe auf, ihr Blick sprang rastlos zwischen Nelly und ihrem Assistenten Gerolamo hin und her.

»Möchten Sie mir etwas sagen, Signora, oder muss ich davon ausgehen, dass Sie die Ermittlungen zu behindern gedenken? Die Ermittlungen in drei Mordfällen, plus dem Tod von Wachtmeister Mandelli und diesem Mann hier. Zu viele Tote für eine einzige Woche, finden Sie nicht? Und wie der Zufall es will, stehen zwei der Verdächtigen mit Ihnen in Verbindung.«

Die Stimme der Frau wurde hoch und schrill:

»Was soll das heißen, mit mir in Verbindung? Albini war bei mir angestellt und ist seit vielen Jahren Gianandreas Vertrauensmann«, sie biss sich auf die Lippen, »ich meine, Dottor Pittalugas, und dieser andere, der angeblich meine Telefonnummer hatte, wer kann sagen, ob er sie jemals benutzt hat?«

»Sein Handy. Vom Handy des Mannes wurden mehrere Telefonate in Ihr Büro getätigt. Mit Durchwahl.« Die Zimmertemperatur schien schlagartig einige Grade anzusteigen.

Gudrun schluckte.

»Vielleicht stand er mit jemandem aus meinem Büro in Verbindung«, stotterte sie nervös und war sich der Röte, die nun ihr gesamtes Gesicht bis zum Haaransatz überzog, vollkommen bewusst.

»Meine Agentur hat viele Betätigungsfelder, sie organisiert Hostessen für die Veranstaltungen, die sie durchführt, und manchmal auch Leibwächter. Vielleicht hat er sich bei uns beworben, was weiß ich. Was werfen Sie mir vor? Ich kann beim besten Willen nicht jede und jeden im Gedächtnis behalten, der schon einmal bei uns war. Schluss jetzt, ich glaube, ich muss mich mit meinem Anwalt in Verbindung setzen.«

»Ja«, stimmte Nelly frostig zu, »das glaube ich auch. Vor allem nach dem, was Dottor Pittaluga ausgesagt hat.«

Die Röte verschwand schlagartig aus Gudruns Gesicht. Sie wurde totenbleich.

»Ausgesagt? In Bezug auf was denn? Sie machen Witze.«

»Nicht im Geringsten. Sie können ihn ja selbst fragen. Er hat angegeben, diesen Mann in Begleitung Albinis gesehen zu haben, in Ihrem Büro.«

»Dieser Feigling. Ich hätte ihm niemals vertrauen dürfen, niemals …«

Trotz ihrer undurchdringlichen Miene musste einen Moment lang ein Funke des Triumphs in Nellys Augen aufgeleuchtet sein, denn die Befragte bemerkte sofort ihren Fehler und versuchte zurückzurudern.

»Ich meinte natürlich Albini … wenn Dottor Pittaluga ihn in Begleitung dieses Ibanez in meinem Büro gesehen hat, muss das vor langer Zeit gewesen sein, was bestätigt, dass er wahrscheinlich ein Kollege von Albini war.«

»Er sagte, vor wenigen Tagen.«

»Ich rufe jetzt meinen Anwalt an.«

»Tun Sie das. Wo ist übrigens Ihre Tochter?«

»Sie ist ausgegangen. Immerhin ist Samstag Abend. Oder braucht sie dafür die Erlaubnis der Polizei?«

»Nein, Signora. Aber die Polizei interessiert sich von Amts wegen für Mordopfer, Drogenhandel, illegalen Im- und Export, Verbindungen zum organisierten Verbrechen, verschwundene Kinder … Passen Sie auf Ihre Tochter auf, Signora. Und kommen Sie am Montag in mein Büro. Mit Ihrem Anwalt, wenn Sie darauf bestehen. Um siebzehn Uhr, passt Ihnen das?«

Die Frau hatte sich wieder gefangen. In ihren Augen blitzte der Zorn darüber auf, solche Schwäche gezeigt zu haben, doch Nelly hatte sich schon umgedreht und strebte mit Gerolamo im Gefolge dem Ausgang zu.

»Danke, wir finden allein hinaus. Ach, übrigens, Dottor Pittaluga hat uns auch einige interessante Enthüllungen gemacht über Ihre Beziehungen … sagen wir mal, intimerer Art, wenn man diesen etwas antiquierten Ausdruck verwenden möchte.«

Das war zu viel.

»Schwachsinn. Er kann Ihnen rein gar nichts enthüllt haben. Und selbst wenn, was gäbe es groß zu sagen. Schnee von gestern, längst vorbei, ein unbedeutendes Abenteuer. Als ich mich von meinem Mann getrennt habe, hat Dottor Pittaluga mich sehr unterstützt, das war alles.«

»Wenn Sie das sagen, Signora … Gute Nacht.«

Nelly und Gerolamo gingen hinaus, während das durchdringende Kreischen eines Zuges die Stille des milden, von betörenden Düften erfüllten Abends zerriss. Kurz vor Genua brach Gerolamo das Schweigen. Er sah Nelly von der Seite an, sie wirkte hundemüde.

»Hut ab, Dottoressa, die haben Sie ganz schön in die Enge getrieben.«

»Ich habe es so satt, von allen verarscht zu werden in dieser vermaledeiten Geschichte, Gerolamo. Allen voran von meinem Sohn. Aber jetzt gehen wir schlafen, mein Akku ist leer. Wenn es keine weiteren Neuigkeiten gibt, von denen es heute schon ein paar zu viel waren, aber man weiß ja nie, bleibst du morgen mal bei deiner Familie. Die anderen jedoch schicken wir durch die Altstadt, um die Fotos von Alfio oder Paco herumzuzeigen, wie der Kerl auch immer heißen mag, und seine Wohnung zu finden, irgendjemand muss doch diesen Mann kennen, den … den ich erschossen habe«, sagte sie und sah ihm direkt in die Augen.

»Quälen Sie sich nicht. Besser, er liegt im Leichenschauhaus als Sie oder Ihr Sohn.«

»Gute Nacht, Gerolamo.«

»Gute Nacht, Dottoressa.«

Sie hatte ihn nach Hause nach Sampierdarena gefahren. Gerolamo wohnte an einem kleinen, wundersam ruhigen Platz, der wie eine Oase abseits der befahrenen Straßen lag. Es gab sogar ein wenig schüchternes Grün, ein paar alte Bäume und eine dörfliche Atmosphäre. Ein Ort, der zu Gerolamo passte, dachte sie und beobachtete, wie er etwas vornübergebeugt die Haustür aufschloss.

Irgendwie schaffte Nelly es bis in ihr Bett. Sie sah alles wie durch einen Schleier, nicht nur vor Müdigkeit. Dann verzog sich der Nebel plötzlich, und sie starrte mit aufgerissenen Augen die Zimmerdecke an, während einige unglaubliche Ideen in ihrem Kopf Gestalt annahmen. Doch als sich eine halbe Stunde später Carlo sachte neben sie unter die leichte Bettdecke schob, schnarchte sie schon leise.

Siebter Tag

Morgen

Mau schlief noch in dem kleinen Krankenhauszimmer. Der Wachtposten vor der Tür erhob sich, um Kommissarin Rosso zu begrüßen, die gegen neun Uhr am Morgen auftauchte, in der Hand die in Papier gewickelte Frühstücksfocaccia.

»Alles ruhig, Lepri?«

»Alles okay, Dottoressa. Vor zwei Stunden habe ich Vitti abgelöst.«

»Gut, bis gleich.«

Leise trat Nelly ein und setzte sich ans Kopfende des Bettes neben ihren Sohn. Nichts Gravierendes, hatten die Ärzte zu Carlo gesagt, nur eine leichte Gehirnerschütterung. Zwei Tage unter Beobachtung, ein wenig Ruhe, und er wäre wiederhergestellt. Während sie wartete, dass ihr Sohn aufwachte, verzehrte Nelly gedankenverloren zwei Stücke Focaccia. Wenn sie ihn so schlafend daliegen sah, fragte sie sich, wie er es nur schaffte, derart unschuldig und jung und wehrlos auszusehen und sie gleichzeitig so brutal und kalt zu belügen. Lügen, die ihn das Leben hätten kosten können. Während die Mutter ihren Erinnerungen und Gefühlen nachhing, öffnete Mau ein Auge und begegnete ihrem ernsten Blick.

»Ciao, Ma.«

»Ciao, Mau. Wie fühlst du dich?«

»Weiß nicht. Benommen, glaube ich. Habt ihr diesen Mistkerl Matteo gefunden? Und Monica?«

»Nein, Mau. Die Fahndung läuft, aber es ist nicht so leicht, sie zu finden, ohne jeden Hinweis. Sie könnten überall sein. Hast du eine Idee?«

»Nein. Es war alles ein solches Durcheinander, totales Chaos.«

»Jetzt erzähle erst einmal der Reihe nach. Und dieses Mal will ich keine Lügen hören.«

»Ich und Moni sind wieder zusammen, seit Ende des Sommers.«

Sie sagte nichts, sondern wartete, dass er fortfuhr.

»Sie kam zu mir zurück. Das mit Habib war wohl nie was Ernstes, hat sie zumindest behauptet. Und dass sie immer nur mich geliebt hat. Ich habe ihr geglaubt. Wir waren sehr glücklich, eine Zeitlang. Aber dann habe ich erfahren, dass sie häufig ins *Anatra azzurra* ging, auch hinter meinem Rücken. Sie hat mir eine Menge Bockmist erzählt. Habib war dort. Ich war total eifersüchtig.«

Eine kurze Pause. Seine grauen Augen verengten sich bei der Erinnerung zu Schlitzen.

»Wir haben ziemlich oft gestritten, uns gegenseitig beschuldigt, dann aber wieder versöhnt. Ich wollte sie nicht noch einmal verlieren.«

Ein Seufzer. Warum musste die Jugendliebe, oder besser gesagt, die Liebe, egal, in welchem Alter, immer so schwierig, kompliziert und bitter sein? Warum war das Glück so kurzlebig und der Kummer schon programmiert? Nelly fühlte einen bedrückenden Schmerz in der Brust, sie war wehrlos gegenüber diesem unumgänglichen, immer gleichen Leid. Sie konnte ihrem Sohn nicht helfen, konnte ihm das Glück nicht schenken. Und seinen Schmerz nicht lindern.

»Aber einmal bin ich stinksauer geworden, weil ich Wirklichkeit und Lügen nicht mehr auseinanderhalten konnte, wie vor ein paar Jahren. Ich habe ihr gesagt, dass ich nicht noch einmal so leiden will wie damals, dass es mir dann lieber wäre, wenn Schluss wäre. Da hat sie mir eine Geschichte erzählt.«

Es war offensichtlich, dass Mau das Weiterreden schwerfiel. Nelly sagte nichts, sondern wartete, bis er so weit war, fortzufahren.

»Eine total beschissene Geschichte. Sie hat gesagt, dass ihr Vater ihre Mutter seit Jahren betrügt, mit Miriams Mutter. Dass sie die beiden in der Villa Caterina im Bett erwischt hat. Dass er sie gebeten hat, um der Familie willen, den Mund zu halten, und ihr hoch und heilig versprochen hat, Gudrun Fallari zu verlassen, er schwor, es sei bloß eine bedeutungslose Affäre, aber das stimmte nicht. Sie trafen sich weiterhin, und Moni wusste es. Das machte sie nervös, misstrauisch, hat sie verändert. Sie hatte Panikattacken, die ganze Welt schien ihr aus Lügen und Verrat zu bestehen. Sie ist gar nicht so abgebrüht, wie sie immer tut. Tief im Innern ist Moni ein zerbrechliches Mädchen.«

Die Vorstellung einer zerbrechlichen Monica war Nelly zwar vollkommen neu, doch sie biss sich auf die Lippen, um nichts zu sagen.

»Seitdem rauchte sie häufig Shit, und dann hat dieser Mistkerl Habib ihr Kokain angeboten, und sie nahm es ab und zu. Dafür hielt sie ihn sich warm. Für sonst nichts. Auch Habib sniffte, aber volle Kanne. Und er hatte was mit einem von diesen zwei Typen von seiner Arbeit, Nino, glaube ich. Der hatte auch nichts als Probleme, letztlich eine arme Sau. Die Drogen wurden im *Anatra azzurra* vertickt. Also habe ich mich da mal ein wenig umgesehen, erstens aus eigenem Interesse und dann um ihr zu helfen, aus der Scheiße wieder herauszukommen. Irgendwie habe ich auch Franci mit reingezogen, ich Volltrottel. Ich wollte noch mehr herausfinden und habe sie gnadenlos ausgequetscht, in ihren Sachen gewühlt, sobald ich Gelegenheit dazu hatte. Franci half mir. Er war ja immer so eine Art Don Quichotte, das weißt du, er hatte Mitleid mit allen und jedem. Ich glaube, er würde sogar seinem Mörder vergeben, so religiös war er. Aber sie sagte nie die ganze Wahrheit, wich mir aus. Du … kennst sie ja.«

»Mau …«, Nellys Stimme hatte einen drohenden Unterton.

»Am Abend vor … vor dem Unglück rief Franci mich an, er

sagte, es sei etwas Unglaubliches passiert, er müsse sofort mit mir reden, aber dann hat er es sich anders überlegt.

›Morgen nach der Schule, und sei ja vorsichtig. Ich erzähle dir alles und dann beraten wir uns mit deiner Mutter, die ist schließlich bei der Polizei‹, hat er gesagt.

In der Schule, bevor das Chaos losbrach, war er total aufgeregt, schaute sich immer um, suchte Habib, der nicht da war.

›Das glaubst du mir nie, was ich dir zu erzählen habe, das sind Sachen, die gibt's gar nicht. Wir müssen unbedingt mit deiner Mutter reden, aber kein Wort zu den anderen.‹«

Dann waren die Polizisten mit den Drogenhunden gekommen. Und etwas Komisches war passiert. Monica hatte Franci ein Zeichen gegeben, zu ihr zu kommen, sie hatten kurz getuschelt und zurück an seinem Pult hatte Franci Mau ganz aufgeregt etwas zugeflüstert.

»Er hat mir gesagt, er müsse jetzt Monica decken, aber zum letzten Mal. Ich dachte, dass sie wahrscheinlich Koks bei sich hatte. Es handelte sich um ein Ablenkungsmanöver, wie du vermutet hattest. Er sollte die Beamten auf die Dachterrasse locken, dann würden die Mädchen ihre Show abziehen und könnten in dem allgemeinen Durcheinander verschwinden. Franci stand auf und wollte hinausgehen, da stellte sich ihm diese dumme Kuh von Galli in den Weg, er hat sie kaum berührt, das schwöre ich dir, vielleicht war hinter ihr die Stufe vom Lehrerpult und sie ist gestolpert, ich weiß nicht, wie sie dermaßen stürzen konnte. Und er, er konnte doch kein Blut sehen, hat sich zu Tode erschreckt. Ich bin ihm instinktiv hinterhergerannt, weil er mich so verzweifelt angesehen hat. Auf der Treppe sagte er immer wieder: ›O Gott, was habe ich getan, Scheiße, ich hab sie umgebracht‹, und ich zu ihm: ›Ach Quatsch, die ist hart im Nehmen, das ist nicht mehr als ein Kratzer, komm mal wieder runter.‹

Als wir auf das Dach kamen, hat er mir sein Mobiltelefon in die Hand gedrückt.

›Nimm du das, versteck es, gib es niemandem. O mein Gott, Mau, wenn die Galli wirklich stirbt? Ich hab eine Scheißangst, ich bin so ein Idiot, ich wollte ihr doch nichts tun, was soll jetzt nur werden?‹

Er hat sich gar nicht wieder eingekriegt. Ich habe sein Handy eingesteckt und weiter versucht, ihn zu beruhigen, aber er war vollkommen außer sich, totale Panikreaktion. Dann sind deine Rambos gekommen. Den Rest kennst du.«

»Erzähl weiter, Mau.«

Maurizio wirkte nun sehr müde.

»Ich habe es bei uns in der Wohnung versteckt, in einem Strumpf. Sein Handy, meine ich.«

Wieder eine Pause, diesmal länger. Nelly wartete schweigend.

»Ich wusste nicht mehr, wem ich noch trauen sollte. Dir konnte ich nichts sagen, weil ich Moni nicht in die Sache hineinziehen wollte, wegen ihrer blöden Drogengeschichten, und dann wusste ich einfach nicht, was das mit dem Handy sollte. Ich habe versucht herauszufinden, ob irgendwelche Nummern gespeichert waren, aber da war nichts, oder der Akku war leer. Ich dachte, vielleicht wusste er nicht mehr, was er tat, vielleicht spielt das Handy überhaupt keine Rolle.«

Er atmete tief durch, um Luft zu schöpfen. Das Reden hatte ihn angestrengt. Er lehnte sich in die Kissen, und Nelly kämpfte gegen ihre aufsteigende Muttersorge an.

»Aber irgendwas Merkwürdiges steckte dahinter, etwas, das mit der Schule zu tun hatte. Dieser Gian, weißt du … er versorgte jeden, der wollte, mit Shit, und ich hatte ihn ab und zu im *Anatra azzurra* gesehen. Wahrscheinlich beschränkte er sich nicht auf Shit. Ich hatte ihn im Verdacht, als dieser Mistkerl, der sich als Polizist ausgab, mich bedrohte. Er sagte doch,

Habib besäße etwas, das ihm nicht gehöre, an dem man sich die Finger verbrennen könne. Das er angeblich Franci gegeben hatte, aber das war gelogen. Ob ich etwas davon wüsste oder es vielleicht selbst hätte. Und wenn ich etwas wüsste, müsste ich es sagen, oder ich würde genauso enden wie Franci. Dass ›sie‹ mich dann kriegen würden. Ich weiß nicht, wie ich ihn davon überzeugen konnte, dass ich von nichts eine Ahnung hatte. Ich hatte Monica seit Francis Tod nicht mehr gesehen. Aber ich hatte mir in den Kopf gesetzt, herauszufinden, wer ihn ermordet hat. Ich fühlte beziehungsweise ich fühle mich immer noch verantwortlich, weil ich ihn in die ganze Sache hineingezogen habe. Monica ist meine Angelegenheit, nicht Francis. Es ist nicht gerecht, dass er dafür sterben musste.«

»Mau, es war Habib, der Franci in seine gefährlichen Kreise hineingezogen hat. Du kannst nichts dafür. Und Franci hat das aus Solidarität zu diesem Jungen getan. Es war seine Entscheidung, auch wenn er die Folgen nicht in ihrer ganzen Tragweite ermessen konnte. Für seinen Tod ist allein der Scheißkerl verantwortlich, der ihn erschossen hat.«

Das stimmte, doch Mau schien es noch nie so gesehen zu haben. Zum ersten Mal betrachtete er die Ereignisse aus einem anderen Blickwinkel, und einen Moment lang wirkte er erleichtert. Doch die Schuldgefühle gewannen schnell wieder die Oberhand. Langsam schüttelte er den Kopf und seufzte erneut tief. Nelly wurde klar, wie sehr ihr Sohn unter dem Verlust des Freundes litt. Mühsam fuhr der Junge fort:

»Ich halte es jedoch für unwahrscheinlich, dass dieser Dreckskerl ihn umgebracht haben soll, der dich in der Villa erschießen wollte und den du dann getötet hast. Woher hätte er wissen sollen, dass Franci auf dem Dach war und alles, so früh am Morgen? Gian dagegen war in der Schule. Oder besser gesagt, vor der Schule.«

Er hatte schnell gesprochen, jetzt lehnte er sich in die Kissen zurück und schloss die Augen. Seine Mutter gab ihm einen Moment der Erholung.

»In Castagnole saß ich wie auf glühenden Kohlen: Als herauskam, dass nicht dein Polizist Franci getötet hatte, sondern jemand, der aus dem Nachbarhaus geschossen hatte, wollte ich dich anrufen und dir alles erzählen, was ich wusste. Aber dann wollte ich doch wieder nicht, weil ich Monica nicht mit hineinziehen wollte, sondern sie beschützen. Weil – o Scheiße, Mama! – sie war es, die Franci an dem Morgen aufs Dach geschickt hat. Ich kann das kaum sagen, Mannomann, ich hab so einen Kloß im Hals. Ich habe sie dann vom Dorf aus angerufen. Und ihr gesagt, wo ich bin. Sie war sehr aufgeregt, sie hatte einen Verdacht, wer Franci getötet haben könnte, eventuell derselbe, der auch Habib aus dem Weg geräumt hatte, auch wenn sie nicht wusste, warum. Sie sagte, dass wir Beweise bräuchten, dann würden wir dich anrufen. Ich sollte irgendwie meinen Schutzengel loswerden, sie würde mich abholen und wir würden auf eigene Faust weiterermitteln. Ich tat, was sie wollte. Arme Veronica, ich war wirklich nicht nett zu ihr. Wer weiß, ob sie mir das je verzeiht, ich muss mich bei ihr entschuldigen, aber ich wusste nicht mehr aus noch ein und wollte bloß noch Monica sehen. Sie kam abends mit dem Auto, und wir sind abgehauen. Sie meinte, Francis Mörder …«

»… sei Gian.«

»Ja, woher weißt du das? Habt ihr ihn überführt? Wir haben gesehen, dass ihr bei ihm wart, gestern, aber Monica ist umgekehrt, als sie deinen Wagen sah. Ich wollte nicht mehr davonlaufen.«

»Gian ist tot. Ich vermute, dass er ermordet wurde, auch wenn bisher alles auf einen Selbstmord hindeutet. Matteo Albini und dieser andere waren vor uns bei ihm. Wenn du und Monica das Haus betreten hättet, als sie noch da waren, hättet ihr vielleicht auch dran glauben müssen. Oder vielleicht … Aber wie seid ihr dann in der Villa Caterina gelandet?«

»Das war Monicas Idee. Wir wollten uns dort verstecken, erst mal alles sortieren. Aber da waren Matteo und dieser Alfio, Matteo nannte ihn Alfio. Ich habe ihn sofort wiedererkannt, man kann ja gar nicht glauben, was das alles für eine Scheiße ist. Sie schienen dort auf uns zu warten.«

»Hast du mit Monica über Francis Handy gesprochen?«

Es entstand ein langes, peinliches Schweigen.

»Ich … ähh, nein. Ich habe ihr nichts davon erzählt. Keine Ahnung, warum. Auch Franci wollte sie nicht in diese Geschichte hineinziehen, da dachte ich, es sei besser, ihr nichts zu sagen. Um sie nicht in Gefahr zu bringen. Sie wusste aber, dass Habib etwas sehr Gefährliches gestohlen hatte, sie wusste nur nicht was, und dass er es vielleicht Franci gegeben hatte, vielleicht auch nicht. Sie hat mich gefragt, ob ich es hätte … und ich wollte es ihr sagen, ich schwöre es, keine Ahnung, warum ich es nicht konnte. Ich konnte einfach nicht, Mama.«

Aus Maus Augen sprach all die Qual, die ihm seine Zweifel bereiteten. Monica zu verdächtigen war schrecklich für ihn. Doch er konnte nicht anders.

»Ich habe es gefunden, Francis Handy. Es war nicht leer. Es befand sich nur keine Karte darin, sondern ein Mikrochip, bald kennen wir auch seinen Inhalt. Unsere Techniker arbeiten daran. Aber welche Rolle spielt Albini in der ganzen Geschichte?«

»Ich schwöre dir, Mama, ich weiß es nicht. Er ist wie ein treuer Hofhund der Pittalugas, ich kapiere einfach nicht, warum er geschossen hat und warum er Monica mitgenommen hat. Glaubst du, sie ist in Gefahr?«

»Ich weiß es nicht, Mau. Ich habe ein paar Vermutungen, aber mir fehlen die Beweise.«

»Wie geht es jetzt weiter?«

»Du bleibst noch einen Tag in aller Ruhe hier, während wir Monica und Albini suchen.«

»Ich kann nicht, Mama. Ich will hier raus, mir geht es gut.« Er sah sie flehend an.

»Und wo, bitteschön, soll ich dich hinbringen? Du hast deine Leibwächterin übertölpelt, bist abgehauen. Im günstigsten Fall nehmen sie mir die Ermittlungen weg. Veronica liefert morgen früh ihren Bericht ab. Zudem habe ich einen Mann umgebracht, auch dazu wird es ein Verfahren geben.«

In ihr nachdenkliches Schweigen hinein klingelte Nellys Handy.

»Sandra? Ja, ich höre … ja, auch die vagen Gerüchte, vor allem aber die üblen.«

Während die andere sprach, zeigte Nellys Gesicht keine größere Gefühlsregung. Doch das »Du bist ein Schatz!« am Ende des Telefonats klang dermaßen enthusiastisch und aus tiefster Seele, dass ihr Sohn aufhorchte.

»War das Sandra? Was sagt sie?«

»Vertrauliche Informationen«, erwiderte seine Mutter und fügte hinzu: »Hör zu, ich will, dass du dich nicht von hier wegbewegst, ich lasse dich Tag und Nacht überwachen. Keine Dummheiten, klar? Ob du heute schon rauskannst, weiß ich noch nicht, wir werden sehen. Inzwischen suche ich eine Lösung für dich, eine sichere Unterkunft. Und ich bitte dich, nicht noch einmal auszubüchsen. Ich kann nicht immer rechtzeitig kommen.«

Mau lag schon eine patzige Erwiderung auf der Zunge, da klingelte erneut das Handy. Nelly antwortete, und nach einer Sekunde sprang sie so unvermittelt auf, dass ihr Sohn erschrocken zusammenfuhr.

»Ihr habt sie gefunden? Und wo? Ich bin sofort da!«

»Sie haben sie gefunden? Wen? Monica und Matteo? Wie geht es ihr?«

»Sie sind wieder zu Hause. Gesund und munter. Sie sagen, sie wussten nicht, wer wir waren, weil wir uns nicht als Polizisten zu erkennen gegeben haben. Sie hielten uns für irgendwelche Verbrecher, die Monica entführen wollten.«

»Das ist unmöglich, die wollen dir einen riesen Bären aufbinden, Mama.«

»Reg dich nicht auf und bleib schön hier, ich halte dich auf dem Laufenden, so gut es geht.«

Nelly stürzte hinaus, während ihr Sohn mit großen Augen hinter ihr her starrte.

Albini saß ungerührt im Büro seines Arbeitgebers. Von nahem wirkte er noch muskulöser, als Nelly ihn in Erinnerung hatte. Er strahlte eine beinah animalische Urgewalt aus. Seine Augen schienen das einzig Lebendige in seinem Gesicht zu sein, dunkel und ständig in Bewegung, wie bei einem Vogel. Gerolamo war schon da, als sie ankam. Gianandrea saß hinter seinem Mahagonischreibtisch und Monica war in einem Sessel versunken, der neben dem Fenster stand. In einem anderen Sessel saß Avvocato Nencioni, feister und mürrischer denn je. Die Morgensonne schimmerte auf den blonden Haaren des Mädchens, das nicht besonders müde oder mitgenommen aussah. Als Nelly eintrat, lächelte Monica ihr zu.

»Wie geht es Mau? Alles in Ordnung? Was für eine Aufregung in der Villa Caterina, es ging alles so schnell, der reinste Weltuntergang. Als wir hinfuhren, wussten Mau und ich nicht, dass Matteo da sein würde, aber zum Glück war er ja da.«

Anerkennendes Lächeln in Albinis Richtung, der eine bescheidene Miene zur Schau stellte.

»Was soll das heißen, zum Glück war Albini da? Unfassbar! Weißt du, dass sein Kumpan versucht hat, mich zu erschießen, und Mau verletzt hat? Dass ich ihn erschießen musste? Es gibt eine Menge Fragen, die wir Signor Albini stellen müssen, und dir auch.«

»Er hat auf dich geschossen und Mau verletzt? Ist er tot? Das habt ihr mir ja gar nicht gesagt ...«

Monica sah verunsichert ihren Vater an, dann Matteo Albini.

Nelly schenkte ihr und den anderen keine weitere Beachtung, sondern wandte sich direkt an Albini. Der Mann hatte sie nicht eine Sekunde aus den Augen gelassen, seit sie den Raum betreten hatte.

»Warum haben Sie auf uns geschossen, Sie und Ihr Begleiter? Und was hatten Sie bei dem Hausmeister verloren, den wir tot im Val Fontanabuona gefunden haben?«

Matteo Albini schien sich zu verwandeln. Pure Unschuld stand nun in sein kantiges Gesicht geschrieben.

»Ich hatte meinen Kollegen um Hilfe bei der Suche nach Signorina Pittaluga gebeten. Ich wusste, dass sie manchmal zu Giovanni Caprile fuhr, weil ich selbst sie schon ein paar Mal dorthin chauffiert hatte, wir dachten, vielleicht wüsste er, wo sie war, man kann ja nie wissen, oder vielleicht war sie sogar bei ihm ...«

Er hatte eine tiefe, wohlklingende Stimme. Nelly wurde klar, dass Matteo Albini nicht nur ein Muskelpaket war, sondern auch äußerst gerissen und zudem ausgestattet mit einer gehörigen Portion Sex-Appeal. Doppelt gefährlich, dachte sie. Federica konnte sich nicht zurückhalten: »Aber, Matteo, warum hast du uns denn nichts davon gesagt?« Er drehte sich zu ihr um und sah sie mit einem entschuldigenden Lächeln an.

»Die Idee kam mir ganz spontan, ich hätte Ihnen Bescheid sagen müssen, das tut mir leid, Signora.«

Nelly wurde das Gefühl nicht los, dass die Worte, die in diesem Raum gewechselt wurden, einen doppelten Boden hatten. Hatte sie sich das eingebildet, oder lag in dem »Signora« eine ganz leichte, kaum hörbare ironische Note? Matteo wandte sich wieder Nelly zu.

»Wir fanden den toten Hausmeister und sind hochgestiegen,

um zu sehen, ob die Signorina oder irgendwer im ersten Stock sei, wir wollten in nichts verwickelt werden, und weil wir oben auf dem Bett die Drogen gesehen haben, sind wir lieber schnell wieder gegangen.«

»Das haben wir gemerkt. Sie hätten uns beinah den Abhang hinunterbefördert. Was den ›toten Hausmeister‹ betrifft, wir haben Zeugen, dass Alfio Spaventa, oder wie er sonst heißt, und Sie mit ihm befreundet waren und ihn mehrmals getroffen haben, wenn die Jugendlichen nicht dabei waren. Was haben Sie dazu zu sagen?«

»Es stimmt, dass wir ein paar Mal bei ihm waren. Aber befreundet wäre zu viel gesagt. Ich hatte Signor Caprile bei den Ausflügen der Signorina kennengelernt, wie gesagt, und manchmal sind wir alleine zu ihm gefahren, Alfio und ich. Um mit ihm zur Jagd zu gehen. Er war ein guter Jäger, und er hatte sehr gute Hunde. Aber auch Alfio kannte ich nicht besonders gut. Er war sehr zurückhaltend, was sein Privatleben betraf. Ich weiß nicht einmal, wo er wohnte. Ich wusste nur, dass er ein guter Privatdetektiv war, sehr erfahren.«

»Signor Albini, Sie wissen natürlich, dass Sie die Polizei hätten verständigen müssen? Sie sind kein naiver Junge, der beim Anblick einer Leiche den Kopf verliert, angesichts ihres Lebenslaufes als Soldat. Und erfahrene Leute gibt's hier auch eigenartig viele. Die in noch eigenartigere Beziehungen verstrickt sind.«

»Wie gesagt, Signor Spaventa und ich wollten in nichts verwickelt werden, auch damit es meinem Arbeitgeber nicht zum Nachteil gereichen würde.«

Er sagte wirklich »Nachteil« und »gereichen«. Nelly ließ nicht locker.

»Und wenn Sie auf die Polizei schießen, dann gereicht Ihrem Arbeitgeber das nicht zum Nachteil, wie Sie sich auszudrücken belieben?«

Matteo Albinis Gesichtsausdruck wurde noch unschuldiger und aufrichtiger, ein wahres Inbild der Vertrauenswürdigkeit. Nur dass diese Miene und seine Worte nicht zu dem wachsamen, kalten Blick passten. So geschickt er auch war, er tischte ihnen eine einzige große Lüge auf, und Nelly wusste das. Nun ging von seiner Person sogar eine kaum verhohlene Drohung aus.

»Wir wussten nicht, dass Sie von der Polizei sind. Sie trugen ja Zivil. Haben sich nicht zu erkennen gegeben. Unter diesen Umständen mussten wir denken, die Signorina sei in Gefahr, ihr seien Killer auf den Fersen. Bei allem, was in den letzten Tagen geschehen ist, konnte man nichts mehr ausschließen, und so haben wir eben gehandelt. Ein grober Fehler, aber verzeihlich. Ein Fehler, der Alfio das Leben gekostet hat. Das allerdings hätte nicht passieren dürfen.«

In seiner Stimme lag ein deutlicher Vorwurf, die Anklage war offensichtlich.

»Totaler Schwachsinn!«, fuhr Gerolamo brüsk dazwischen. »Ich habe ganz laut ›Polizei!‹ gerufen.«

»Das hat aber keiner von uns gehört, leider. Sie vielleicht, Signorina Monica?«

Monica hatte die Unterhaltung mit großen Augen verfolgt.

»Ich ... ich stand unter der Dusche, im oberen Stock. Ich habe nichts gehört, bis die Schüsse fielen. Matteo hat mir gesagt, Verbrecher seien hinter uns her, sie seien in die Villa eingedrungen und wollten uns entführen. Vielleicht umbringen.«

Ihr Erstaunen wirkte echt.

»Du hast mir in San Michele di Pagana aber nicht gesagt«, fuhr sie an Matteo gewandt fort, »dass Gian tot ist ...«

»Von dir, Monica, hätte ich gerne zwei klare Antworten: Stimmt es, dass du Francesco Bagnasco an jenem Tag gebeten hast, Professoressa Galli abzulenken, weil du Drogen verschwinden lassen musstest?«

Monica schien wie vom Blitz getroffen.

»Wer hat denn diesen Quatsch verzapft?«

»Franci selbst hat es zu Maurizio gesagt.«

»Das … das stimmt nicht. Ich weiß nicht, was Franci zu Mau gesagt hat, aber ich habe ihn um nichts Derartiges gebeten. Ich und Drogen, unvorstellbar.« Sie war bis zu den Haarwurzeln errötet.

»Zweite Frage: Warum habt ihr eure Namen vertauscht, du und Miriam, zumindest im *Anatra azzurra*?«

»Nur zum Spaß, es war ein Spiel, weiter nichts. Um ein paar Idioten auf den Arm zu nehmen, die uns nervten.«

Wie von der Tarantel gestochen, fuhren Federica und Gianandrea hoch und riefen fast aus einem Mund: »Jetzt wollen Sie also die Opfer beschuldigen? Gibt es irgendwelche Beweise für diese Unterstellungen?«

Nelly hatte genug und gab Gerolamo ein Zeichen, den Mann und Monica wegzubringen, aber Gianandrea Pittaluga mischte sich lebhaft ein:

»Es war ein schreckliches Missverständnis, Dottoressa. Sie werden gemerkt haben, dass die Dinge ganz anders liegen, als es zunächst aussah. Man kann Matteo keinen Vorwurf daraus machen, dass er Monica beschützen wollte, auch wenn es ein Irrtum war … und Sie können ein Mädchen nicht ohne Beweise beschuldigen, nur aufgrund von Gerüchten und voreingenommenen Zeugen.«

Auch Avvocato Nencioni erhob sich, bereit zum Angriff.

»Meine Klienten haben das Recht …«

Nelly unterbrach ihn mit einer Handbewegung.

»Sehr gut. Die Missverständnisse, wegen der auf Polizisten geschossen wird und durch die ein Mann zu Tode kommt, klären wir im Präsidium. Holen Sie sich ruhig eine Legion von Anwälten zur Verstärkung, wir gehen.«

Achter Tag

Morgen

Da lagen die Zeugenaussagen, unterschrieben und gut sichtbar auf ihrem Schreibtisch. Nelly las sie zum hundertsten Mal, während Esposito ihr seufzend gegenübersaß und immer noch leicht gereizt war, dass er am Vortag, einem Sonntag!, so dringend ins Präsidium gerufen worden war und dafür eine schöne Dame in Portofino hatte sitzenlassen müssen. Allem Anschein nach standen sie kurz vor dem Durchbruch, hatte Nelly sowohl ihm als auch Richter Ferrari am Telefon gesagt, und nun schien alles zu zerplatzen wie eine Seifenblase.

»Was für ein Schlamassel«, wiederholte der stellvertretende Polizeipräsident nun schon zum dritten Mal.

Etwas anderes schien ihm nicht einzufallen. Nelly ignorierte ihn. Sie folgte den Gedanken, die ihr durch den Kopf schossen, suchte zwischen den Zeilen etwas, das weniger als den Anschein einer Wahrheit hatte, die unwahrscheinliche Wahrheit. Aber was hieß schon Wahrheit, Nelly zweifelte allmählich daran, dass es sie überhaupt gab. Maus Wahrheit, die von Albini, die von Monica oder die der Pittalugas – andere konnten die ihre nicht mehr präsentieren, weil sie tot waren. Die Lebenden logen alle miteinander.

»Sie lügen, alle«, sprach sie ihren Gedanken laut aus.

»Na, wunderbar. Und können wir das beweisen?«, fragte Esposito sarkastisch.

»Ich brauche noch ein wenig Zeit.«

Tano Esposito schüttelte den Kopf und ließ sich in seinen Stuhl zurücksinken.

»Er sieht schon verdammt gut aus«, dachte Nelly, als sie ihn so betrachtete, und zensierte diesen dämlichen Gedanken gleich wieder. Der stellvertretende Polizeipräsident hatte helle, wache Augen, ein gebräuntes, regelmäßiges Gesicht und ein gewisses Etwas, das die Frauen anzog. Das zumindest Nelly anzog. Außerdem war er offensichtlich ein Fachmann für Blicke, so wie er sie nun ansah, als er ihre wenig professionelle Aufmerksamkeit auf sich spürte. Schnell senkte sie die Augen.

Er seufzte erneut. Nelly erwartete sein viertes »Was für ein Schlamassel«, doch diesmal trafen die Worte des Polizeivize sie unvorbereitet.

»Die Sache ist zu groß geworden für einen allein, zumal für jemanden, der persönlich involviert ist. Und es gibt einen weiteren Toten, erschossen von Polizeiseite, legitime Notwehr, einverstanden, aber die genauen Umstände müssen noch geklärt werden. Das macht ein Verfahren unvermeidlich.«

»Nehmen Sie mir den Fall nicht weg, bitte. Ich weiß, dass ich ganz nah dran bin an einem konkreten Ergebnis, da steckt was Größeres hinter dieser ganzen verrückten Geschichte.«

Sie war nicht bereit, sich kampflos geschlagen zu geben. Doch Esposito fiel auf ihren Bluff nicht herein.

»Vager geht's nicht. Soll ich das dem Polizeipräsidenten erzählen, der alle zwei Stunden bei mir anruft und dazwischen noch einmal?«

»Sagen Sie ihm, dass Sie die Leitung der Ermittlungen übernommen haben. Tun Sie es, ich arbeite Ihnen zu, aber lassen Sie mich weitermachen, wenn auch aus dem Hintergrund. Bitte ziehen Sie mich jetzt nicht ab.«

»Ist Ihnen klar, was Sie da von mir verlangen?«

»Habe ich jemals meine Aufgaben nicht zufriedenstellend erfüllt? Habe ich nicht wenigstens ein bisschen Vertrauen verdient?«

»Dottoressa Rosso, Nelly, Sie haben die Zeugenaussagen gelesen.«

»Die lügen doch alle.«

»Das haben wir verstanden. Aber wie lautet die Wahrheit?«

»Wenn Sie das wirklich wissen wollen, lassen Sie mich weitermachen.«

»Selbstvertrauen haben Sie ja, was? Mittlerweile gibt es hier zwei ganz frische Leichen, von denen zufälligerweise eine durch Sie ums Leben gekommen ist. Eine banale Verwechslung, nehme ich an.«

»Ach Quatsch, Verwechslung!«, brach es aus Nelly heraus. »Sie glauben doch nicht etwa diesen Unsinn, dass die beiden die Kinder beschützen wollten und nicht gemerkt haben, dass wir Polizisten sind, weil wir in Zivil waren und uns angeblich nicht zu erkennen gegeben haben! Das ist absurd! Und mein Bericht, Gerolamos Bericht, zählen die denn gar nicht? Und der Tod von Caprile? Sie waren am Ort des Verbrechens, kurz bevor wir ankamen!«

»Verbrechen, Verbrechen … bislang ist es Selbstmord. Und die Rolle Ihres Sohnes wird immer unklarer. Auch wenn das Pittaluga-Mädchen bestätigt, dass sie ihn aus seinem Versteck geholt hat, weil er ihr Freund ist und sie ihn, wörtlich, vermisste! Morde, Selbstmorde noch und nöcher, und das gnädige Fräulein vermisst ihren Liebsten! Und er schlägt der Beamtin, die ihn bewachen soll, ein Schnippchen, um mit dem Mädchen abzuhauen! Romeo und Julia auf genuesisch! Geheimnisvolle Typen, die auf Polizisten schießen, ein VIP-Leibwächter, über den man nichts Genaues weiß, und von dem anderen nicht mal das kleinste bisschen. Matteo Albini hat ausgesagt, dass er Spaventa vor einiger Zeit über eine PR-Agentur kennengelernt hat, die Fallari schwankt wie das Fähnchen im Wind, zuerst leugnet sie, jemals mit ihm zu tun gehabt zu haben, dann besinnt sie sich eines Besseren und erkennt ihn wieder, dann taucht sogar eine Karteikarte mit seinem Namen auf, Alfio Spaventa. Zu welcher Wohnung die Schlüssel passen, die bei der Leiche gefunden wurden, ist ungeklärt, im Adressbuch keine Anschrift, niemand außer Albini scheint den Mann je gesehen oder gekannt zu haben. Dieser Hurensohn gibt an, er habe den Kollegen um Hilfe bei der Suche nach der Tochter seines Arbeitgebers gebeten, und das Ergebnis kennen wir. Die wollen uns wohl verarschen, verdammt, die glauben, wir seien bescheuert«, zischte Esposito, der sich bei seiner Zusammenfassung langsam in Rage geredet hatte.

»Dann meinen Sie also auch …«

»Das stinkt zum Himmel … scheint aber wahr. Es wird nicht leicht werden, diese Flut von Schwachsinn zu widerlegen. Albini behauptet, er und sein Kumpan hätten Capriles Leiche und den Stoff gesehen und panikartig die Flucht ergriffen, um nicht in etwas hineingezogen zu werden. Zwei solche Kerle und Panik! Und sie seien dorthin gefahren, weil – hört, hört! – sie wussten, dass er ein guter Freund der Jugendlichen war, den sie manchmal besuchten! Himmel, Arsch und Zwirn, entschuldigen Sie, Dottoressa, aber halten die uns denn für komplette Idioten? Ja, klar, muss wohl so sein. Kein ernstzunehmender Ermittler kann diesen schreienden Unsinn glauben.«

Esposito hielt inne, weil er das strahlende Lächeln auf Nellys Lippen sah.

»Nein, wirklich, das passt nicht zusammen, Dottoressa Rosso, Nelly. Darf ich Nelly sagen?«

Er ließ ihr keine Zeit zu antworten und fuhr fort:

»Sie haben recht. Verarschen wollen die uns. Von vorne bis hinten. Und der Polizeipräsident ist sehr besorgt wegen der Presse, des guten Rufs der Pittalugas. Dem auf den Grund zu gehen kann heißen, dass wir selbst zugrunde gehen«, schloss er und sah ihr direkt in die Augen.

Im Zimmer war es wieder still geworden. Dann fragte Nelly unschuldig:

»Wann, sagten Sie, kehrt Dottor Volponi zurück?«

Esposito blickte sie aufmerksam an.

»Am Wochenende. Er wird in Rom aufgehalten wegen der Ermittlungen zu den neuen Terrorgruppierungen auf nationaler und internationaler Ebene.«

Wieder Schweigen. Dann:

»Also gut, Nelly, einverstanden, die Untersuchung wird offiziell von meinem Büro aus weitergeführt. Ich werde dem Polizeipräsidenten sagen, dass ich die volle Verantwortung übernehme angesichts der Schwere und Komplexität des Falles. Dass es zur Stunde nicht geraten scheint, Sie zu beurlauben, auch wegen des negativen Lichts, das dies auf die Polizei werfen würde. Aber ich will über jeden Schritt, jeden Atemzug informiert werden. Alles, was Sie tun, wird mit mir abgestimmt. Es darf nichts mehr passieren, das in der Öffentlichkeit schlecht ankommt.«

Nelly bemerkte plötzlich, dass der schöne Tano nicht nur mit einem bemerkenswerten Äußeren und einer extrem sympathischen Art gesegnet war, sondern auch mit Mut und Verstand.

»Keine Knalleffekte mehr und keine Kurzschlusshandlungen. Maximale Vorsicht. Jede Aktion, ich wiederhole, muss im Vorhinein mit mir abgesprochen und von mir autorisiert werden. Das sind die Bedingungen. Aber sie gelten nur bis zur Rückkehr des Polizeipräsidenten, damit das klar ist. Danach habe ich nichts mehr zu sagen.«

»Danke, Dottore.«

»Tano.«

Nellys Lächeln war mehr wert als jeder Kuss. Doch jetzt war nicht der Moment, sich zu freuen. Eine düstere Sturmwolke braute sich über ihren Köpfen zusammen, und die Frage war nur, wann der Orkan losbrechen würde. Jeder Tag zählte, und Fehler wären nicht wiedergutzumachen, das spürte Nelly.

»Was machen wir mit Albini? Leider mussten wir ihn laufenlassen«, bemerkte Esposito nach einer kurzen Pause.

»Vielleicht ist das gar nicht so verkehrt. So können wir sehen, was er tut, ihm vielleicht folgen«, war Nellys Antwort.

»Gut. Sorgen Sie dafür, dass er überwacht wird. Noch eins, Nelly. Ich möchte persönlich Ihren Sohn Maurizio befragen.«

»In Ordnung. Fahren wir ins Krankenhaus. Er kommt heute um die Mittagszeit raus, ich hole ihn ab.«

»Haben Sie schon überlegt, wie Sie ihn schützen wollen? Vor ihm selbst und anderen, versteht sich. Arme Veronica!«

»Ein Freund wird sich um ihn kümmern.«

»Er muss sich aber zur Verfügung halten. Die Peroni wäre jederzeit bereit, seine Bewachung zu übernehmen. Sie sagt, es war ihre Schuld, dass er abgehauen ist, noch einmal wird ihr das nicht passieren.«

»Das glaube ich ihr gerne. Aber warten wir erst einmal ab, ob es wirklich nötig ist«, erwiderte Nelly.

»Für Ihren Sohn könnte die Sache gefährlich werden. Sehr sogar«, erwiderte Esposito und musterte sie mit einem merkwürdigen Gesichtsausdruck.

»Ich weiß. Aber was hilft's? Die Gefahren werden nicht weniger, wenn wir nichts unternehmen. Das haben wir in den letzten Tagen ja gesehen.«

Wenn sie sich ereiferte, wurde Nelly fast schön. Nun war es an dem Polizeivize, sie neugierig und überrascht zu betrachten. Bis dahin war sie für ihn eine nette, nicht mehr ganz junge Frau gewesen, mit der man gut zusammenarbeiten konnte. Plötzlich merkte er, dass sie auch in dem Sinne eine Frau war, den er normalerweise diesem Wort zumaß.

Lang und gebeugt, die Rastazöpfe zerzauster denn je und die Hose zerrissen, saß Maurizio fertig angezogen auf seinem Bett in dem schmucklosen, irgendwie trostlosen kleinen Krankenzimmer und wartete. Neben dem Fenster saß Carlo schweigend auf einem Stuhl und wartete ebenfalls. Der Wachpolizist vor der

Tür las wie immer die *Gazzetta dello Sport*. Er erhob sich, um Nelly und den stellvertretenden Polizeipräsidenten zu begrüßen.

»Alles in Ordnung, Dottore. Dottoressa Rosso.«

Mau und Carlo sahen fragend den elegant gekleideten Mann an, der mit Maus Mutter den Raum betrat. Espositos tabakfarbener Anzug saß wie angegossen, und das himmelblaue Hemd betonte seine Bräune. Mau dachte kurz:

»Mit einem wie dem hätte Carlo eine harte Konkurrenz.«

Denn wie gesagt, Gaetano sah nicht nur gut aus, und selbst Mau, der Männern normalerweise wenig Beachtung schenkte, entging nicht sein kluger und entschlossener Blick. Dem man nur schwer entkam.

Auch Carlo hatte instinktiv den möglichen Rivalen erkannt und eine spontane Abneigung gegen den gepflegten und attraktiven Mann empfunden. Sogar Nelly fiel das auf. Schnell stellte sie die Männer einander vor, dann wandte sich der Polizeivize an Mau.

»Da haben wir also unseren jungen Detektiv. Wir treten in die mütterlichen und väterlichen Spuren, wie es scheint.«

Es war keine Ironie, die in Espositos Worten mitschwang, fast eher ein wenig Bewunderung.

»Aber Ermittlungen dieser Art bergen schwer kalkulierbare Risiken«, fuhr er dann fort.

»Das habe ich gemerkt. Auch mein Freund Franci hat das gemerkt, leider zu spät«, erwiderte Mau ohne aggressiven Unterton.

Nelly beobachtete verwundert, wie sich zwischen den beiden eine instinktive Sympathie entspann. Sie waren auf derselben Wellenlänge, sie kommunizierten ohne Schwierigkeiten.

»Du hast sicher gehört, was Matteo und deine Freundin gestern ausgesagt haben. Hier ist das Protokoll ihrer Zeugenbefragung. Ich möchte, dass du es aufmerksam durchliest und alles unterstreichst, was nicht zu deiner Sicht der Dinge passt. Dann will ich, dass du mir noch einmal erzählst, was passiert ist. Auch wenn du es schon deiner Mutter erzählt und schriftlich ausgesagt hast.«

Mau begann gleich konzentriert zu lesen. Hin und wieder machte er am Rand ein Zeichen oder unterstrich ein Wort. Dann brach es aus ihm heraus:

»Das ist der Wahnsinn. Hier steht mehr oder weniger das, was passiert ist, aber aus einer völlig anderen Perspektive betrachtet. Vom Mond aus oder so. Es passt nicht zur Atmosphäre des Ganzen, das ist es. Vor allem von dem Zeitpunkt an, als Monica und ich die Villa Caterina erreichten. Also, wie gesagt, Matteo und dieser andere Wichser waren schon da. Mir kam es so vor, ich weiß nicht, als hätten sie auf uns gewartet. Keine Ahnung wieso. Oder doch, sie waren nicht überrascht, uns zu sehen, das ist es. Sie haben uns begrüßt, als ob nichts wäre. Auch Monica wirkte nicht erstaunt oder verärgert. Sie hat gesagt: ›Ciao, Matteo. Das hätte ich wissen müssen, dass du hier bist.‹

Den anderen hat sie ignoriert. Aber ich habe ihn erkannt und ihr ins Ohr geflüstert: ›Scheiße, Moni, das ist der Typ, der mich bedroht hat, nachdem Franci ermordet wurde. Er suchte etwas, das Habib Franci gegeben haben soll. Und wenn ich darüber nachdenke, ich glaube, ich habe ihn auch mal im *Anatra azzurra* gesehen.‹

Ich bekam eine Scheißangst. Ich machte mir fast in die Hosen vor Angst. Ich konnte die Gefahr beinah körperlich spüren. Aber sie hat nur gelacht.

›Ach was, das ist ein Freund von Matteo, der gern mal den Privatschnüffler spielt. Vielleicht steckt mein Vater dahinter, der seine eigenen Ermittlungen anstellt. Mein Vater ist echt paranoid. Oder, Matteo?‹

Matteo sagte wenig. Er und der andere warfen sich komische Blicke zu. Er hat nur genickt und dann Monica beiseitegezogen. Der andere ließ mich nicht aus den Augen, hat aber keinen Ton gesagt. Sie wechselten ein paar Sätze, dann sagte sie zu mir: ›Mein Vater nervt total. Komm, wir gehen duschen, dann essen wir etwas und können reden.‹

Sie hat meine Hand genommen und mich nach oben gezogen. Ich war total besorgt, voller Fragen, aber sie hat zuerst sich und dann mich ausgezogen und unter die Dusche gestellt.«

Hier hob Tano leicht eine Augenbraue und Mau errötete.

»Irgendwann haben wir … ähm, uns geküsst unter der Dusche, da hörten wir plötzlich Schüsse. Ein paar erstickt, plop, plop, andere richtig laut. Wir sind unter der Dusche hervorgesprungen und haben uns in Windeseile angezogen, da stand schon Matteo in der Tür. Er hatte eine Pistole in der Hand.

›Schnell, weg hier. Ich weiß nicht, wer diese Dreckskerle sind, aber sie schießen auf uns. Vielleicht dieselben, die Franci ermordet haben, los, Kinder, bewegt euch.‹

Monica rannte los, er hinterher, ich hinter ihm, der andere folgte uns. Wir liefen zur Hintertür hinaus, und irgendwann merkte ich, dass der Mann hinter mir stehen geblieben war. Ich drehte mich zu ihm um und sah, dass er sich in Position stellte und mit der Waffe auf die Tür zielte. Instinktiv wartete ich, um zu sehen, was passieren würde, und dann kamst du aus der Tür, Mama.

›Das ist meine Mutter‹, schrie ich, ›nicht schießen, sie ist bei der Polizei‹, und dann warf ich mich auf ihn.

Aber anstatt die Waffe runterzunehmen, stieß er mich weg. Im Fallen klammerte ich mich an seinen Arm, um den Schuss abzulenken. Dann muss ich mit dem Kopf auf die Stufen geknallt sein. Ich weiß nur noch, dass du dich über mich gebeugt hast, als ich aufwachte.«

»Was hast du gefühlt, in diesen Momenten? In der Villa Caterina?«

Tano Esposito hörte ihm hochkonzentriert zu, ihn interessierten nicht nur die Worte.

»Gefahr. Größte Gefahr. Auch wenn Monica mich beruhigen wollte, ich hatte das deutliche Gefühl, dass etwas nicht stimmte. Instinktiv, wie ein Tier.«

»Und davor? Als Monica dich angerufen hat? Als ihr euch getroffen habt? Hat sie dir nicht erklärt, warum sie glaubte, dass Gian der Mörder eures Freundes Franci sei?«

»Das hat mir ein Vögelchen gepfiffen.«

»Wie?«

»Das waren ihre Worte: ›Das hat mir ein Vögelchen gepfiffen. Sobald wir Beweise haben, schnappen wir ihn uns, dieses Schwein.‹ Mehr hat sie nicht gesagt.«

»Welche Beweise?«

»Das hat sie nicht gesagt.«

»Aber war es denn nicht gefährlich, zu diesem Gian zu fahren, wenn er doch ein Mörder war?«

»Kann sein, wenn man rational darüber nachdenkt. Aber ich habe mir keine großen Gedanken gemacht. In diesem Augenblick schien es einfach das Nächstliegende zu sein.«

»Diesbezüglich ist die Aussage des Mädchens sehr schwammig. Sie spricht von ›Gefühlen, Ideen, Informationen, die ihr sammeln wolltet‹, aber vor allem, dass sie bei dir sein wollte. Und dass sie es leid war, eure Beziehung vor den Eltern zu verstecken. Klingt das plausibel?«

»Darüber haben wir nicht gesprochen.«

»Sie gibt an, dass sie keine sicheren Informationen über Capriles Beteiligung hatte, nur Verdachtsmomente. Gerüchte.«

»Mir gegenüber hat sie es als so gut wie sicher dargestellt. Aber über ihre Quellen wollte sie nichts sagen. Monica ist so …«

Vergeblich suchte er nach einem passenden Ausdruck.

»Überzeugend?«, schlug Tano Esposito vor.

»Ja.«

»Nun, an diesem Punkt weichen eure Aussagen am stärksten voneinander ab. Dein Wort gegen ihres. Ansonsten sind es nur Nuancen, wenn man so will.«

»Na ja, etwas mehr ist es schon«, mischte sich Nelly ein, wurde aber von Espositos Blick gestoppt.

»Ein zentraler Punkt ist das, was du deiner Mutter erzählt hast, dass dein Freund Franci an jenem Morgen tat, was er getan hat, ohne der Galli schaden zu wollen, klar, sondern um Monica einen Gefallen zu tun. Weil sie etwas zu verbergen hatte. Hat deine Freundin dir dazu etwas gesagt?«

»Als ich sie fragte, was sie Franci an diesem verfluchten Morgen genau gesagt hat und ob sie wirklich etwas verschwinden lassen wollte, hat sie es abgestritten und mich beschimpft. Aber ich … bin mir nicht sicher. Ich weiß nicht, wem ich glauben soll, das ist es.«

»In Ordnung, Maurizio. Pass auf dich auf. Und wenn dir noch etwas einfällt, so unwichtig es auch erscheinen mag, was weiß ich, ein Blick, ein Ausruf, informiere sofort deine Mutter oder mich. Hier hast du meine Handynummer.«

»Danke.«

»Tano«, sagte der Vizechef und Mau lächelte ihn an.

Als der Mann draußen war, fragte Mau:

»Und jetzt, Mama? Wohin gehen wir?«

»Du bleibst eine Weile bei Carlo.«

Sie verschwieg, dass die beiden überwacht würden, und fuhr stattdessen fort: »Und bitte keine Alleingänge mehr, ja? Das macht alles nur schlimmer und könnte sogar die ganzen Ermittlungen auffliegen lassen. Außerdem würde ein wenig Vertrauen in die eigene Mutter nicht schaden. Ich dachte ja nicht, alles über meinen Sohn zu wissen, aber ein klein wenig schon. Und wenigstens hatte ich gehofft, dass er sich mir anvertraut.«

Nelly konnte eine gewisse Bitterkeit nicht verbergen.

»Es ist alles so kompliziert, Mama.«

»Klar. Und wenn wir schon bei den Gemeinplätzen sind, nichts ist, wie es scheint. Ich hoffe nur, dass wir wenigstens auf derselben Seite stehen.«

»Das geschieht mir recht. Ich verstehe ja, dass du sauer auf mich bist. Aber dein Vizepräsident da hat in einer halben Stunde mehr von mir kapiert als du in einem halben Leben.«

Nelly ließ sich nichts anmerken, aber die Worte ihres Sohnes trafen sie tief. Carlo war bis dahin merkwürdig schweigsam gewesen. Nun schien ihm der Moment gekommen, sich einzumischen.

»Na los, Mau, wir werden schon miteinander zurechtkommen, du und ich endlich mal ohne Frauen. Ich freue mich, dass du eine Weile bei mir wohnst. Gehen wir.«

Entschlossen packte er den Rucksack des Jungen, und Mau stand auf und folgte ihm. Sie wurden durch einen Seiteneingang hinausgeführt, und begleitet von zwei Beamten in Zivil fuhren sie im Privatauto nach Nervi.

Esposito wartete vor dem Krankenhaus auf Nelly, im Dienstwagen mit Fahrer. Schweigend hielt er ihr die Tür auf. Dann, als der Wagen Richtung Polizeipräsidium fuhr, sagte er: »Ihr Sohn gefällt mir, Nelly, wirklich ein ganz besonderer Junge.«

Sie lächelte dankbar. Bei seinen Worten wurde ihr so wohl wie seit langem nicht mehr.

Nach kurzem Zögern fuhr Tano fort: »Sein Vater war ein Kollege, habe ich gehört. Im Einsatz ums Leben gekommen.«

Nelly erstarrte. »Ja. Mau war damals zwei. Sein Vater und ich wollten heiraten, und eine Woche vor der Hochzeit wurde er … wurde Roberto getötet.«

Der stellvertretende Polizeipräsident sah ihr an, wie sehr sie litt, und fragte nicht weiter.

»Das tut mir sehr leid. Ich wollte nicht indiskret sein.«

Sie schüttelte die roten Locken. Doch sie brachte keine Antwort zustande. Nach einer Pause wechselte er das Thema: »Und jetzt schauen wir uns mal an, was sich auf dem berühmten Mikrochip befindet. Ich platze vor Neugier«, sagte er betont euphorisch, um seine Verlegenheit zu überspielen.

»Ich auch. Ich hoffe nur, dass meine Vermutungen sich bestätigen«, erwiderte Nelly, die es tatsächlich kaum erwarten konnte zu erfahren, was auf diesem Ding drauf war, das so viele Menschen das Leben gekostet hatte.

Ärgerlich und verwirrt starrte Bianchi auf den Bildschirm: Er hatte die Chipkarte mit dem Computer verbunden, konnte aber nicht auf sie zugreifen. Dabei war er ein Zauberer seines Fachs. Es gab ein verschlüsseltes Passwort, das den Zugang verwehrte. Alle Tricks, die er bisher angewandt hatte, hatten nicht gefruchtet.

Um ihn herum standen angespannt und schweigend Esposito, Gerolamo und Nelly. Das anfangs hoffnungsvolle Warten wurde allmählich zur Qual. Sie wirkten wie Angehörige am Kopfende eines Patienten, dessen Zustand sich zusehends verschlechterte.

Auf die Nachfragen der Kommissarin hin verlor sich der Informatiker in komplizierten, mit Flüchen gespickten technischen Erklärungen.

»Himmeldonnerwetter noch mal, diese Mistkerle! Kriminelle, die sich mit Informatik auskennen, haben mir gerade noch gefehlt, um mir das Leben schwerzumachen. Es handelt sich um eine Einweg-Verschlüsselung des Passworts, One-way-hash auf amerikanisch, die umgekehrt nicht rekonstruiert werden kann. Sie nennt sich MD5, wurde von einem gewissen Ron Rivest entwickelt, möge er in der Hölle schmoren! Man nimmt ein normales Passwort und verwandelt es mit Hilfe eines Algorithmus in eine 128 Bit lange Sequenz … den Codeschlüssel …«

»Vergiss es, das ist verlorene Liebesmüh, ich verstehe schon nichts von Mathematik, geschweige denn von Informatik.

Wenn ich recht begriffen habe, sind wir gelinkt?«, fragte Nelly ungeduldig. »Gibt es keine Möglichkeit, dieses verfluchte MD5-Dings zu knacken?«

Bianchi brachte es nicht über die Lippen, die Sache nervte ihn höllisch. Widerwillig gab er schließlich zu: »Nein. So wie die Dinge zur Zeit liegen ... nein.«

»Das glaube ich einfach nicht, da muss es doch was geben, und wenn die selbst ihr Passwort vergessen, können sie dann auch nicht mehr auf den Chip zugreifen?«, platzte Tano Esposito heraus.

»Nein, dann können nicht einmal sie mehr zugreifen.«

Ein mutloses Schweigen folgte. Nelly, Gerolamo und der stellvertretende Polizeichef fanden keine Worte, so groß waren ihre Enttäuschung und ihre ohnmächtige Wut. Sie hatten geglaubt, kurz vor des Rätsels Lösung zu stehen, ganz dicht an einer großen Sache dran zu sein, und nun versperrte ein verschlüsseltes Passwort ihnen den Weg zum Ziel. Entschlossen, nicht so schnell aufzugeben, begann Nelly noch einmal:

»Aber wenn ich nun das Wort wüsste, das Passwort, aus dem die Sequenz entwickelt wurde, könnte ich die Sequenz rekonstruieren, die ja, wenn ich das richtig verstanden habe, auf immer dem gleichen System basiert, egal, wie lang sie am Ende ist?«

Bianchi sah sie an, als hätte er gerade entdeckt, dass Kommissarin Rosso die Reinkarnation Einsteins war.

»Ja, wenn wir das Ausgangswort haben, dann ja. Aber haben wir das denn? Haben sie uns das etwa freundlicherweise mitgeliefert, die Typen mit ihrem Mikrochip?«

Erneut mutloses Schweigen. Düstere Blicke.

»Und alle Möglichkeiten einfach mal durchzujagen ...?«, schlug Gerolamo kleinlaut vor.

Bianchi grinste.

»Warum nicht, dazu bräuchten wir nur einen Computer, wie ihn die Japaner für die Simulationen des Weltwetters gebaut haben, und etwa dreihundert Jährchen Zeit, dann hätten wir's schon.«

Da sagte Nelly plötzlich, wie von einem Geistesblitz getroffen: »Versuch es mal mit ›Monica‹ als Ausgangswort.«

Bianchi ließ sich seine Verwunderung nicht anmerken. Was zum Teufel hatte ein Frauenname damit zu tun?

»Es dauert eine Weile, Commissario. Ich versuche es und informiere Sie dann.«

»Gut. Sag Bescheid, sobald du etwas weißt«, meinte Esposito und verließ, gefolgt von den anderen, das Zimmer.

»Klar. Wäre ja auch zu einfach gewesen, wenn wir ganz normal auf den Chip hätten zugreifen können. Da muss etwas ganz Heißes drauf sein, wenn es dermaßen geschützt ist«, seufzte Nelly. Sie machte die Tür noch einmal kurz auf und rief dem Informatiker zu: »Und bitte, Bianchi, gib alles! Dieses Ding da hat schon mehrere Leben gekostet, ich möchte nicht, dass es weiter mordet. Und schließ es gut weg, wenn du nicht daran arbeitest. Diejenigen, die es suchen, geben sich nicht damit zufrieden, dass sie es verloren haben. Auch wenn sie bisher nicht wissen, dass es sich in den Händen der Polizei befindet. Das hoffen wir zumindest.«

»Habe ich Sie jemals enttäuscht, Dottoressa?«

Bianchi war äußerst empfindlich. Er war im Nu beleidigt und musste immer gehätschelt werden.

»Ich weiß, dass du zaubern kannst. Ich habe vollstes Vertrauen in dich. Sag Bescheid, wenn du irgendetwas herausfindest.«

Der Informatiker schenkte ihr ein strahlendes Lächeln, jetzt war er in seinem Element. Nelly und Gerolamo überließen ihn seiner Arbeit, Esposito verabschiedete sich und verschwand in seinem Büro.

»Was, glaubst du, wird dabei herauskommen?«

Nelly hatte ihre eigene Vermutung, wollte aber Gerolamos Meinung hören.

»Ich könnte wetten, dass es sich um wichtige Informationen über irgendwelche schmutzigen Geschäfte handelt. Wahrscheinlich Zahlen, Daten für Lieferungen und Übergaben von Drogen und anderen illegalen Waren, und Namen, vielleicht von den Verbindungsmännern. Aber solange wir da nicht rankommen, nützt uns das gar nichts. Das ist es, was ich denke.«

»Ich vermute dasselbe: Drogenübergaben, Gelddepots für die Bezahlung, Liefertermine, Namen, all die alten Sachen auf modernsten Kommunikationssystemen. Vielleicht könnten wir herausfinden, wer hier in Genua die Fäden zieht. Bei den Drogen muss es sich um Kokain handeln. Herkunftsland Südamerika. Vielleicht. Meinst du, wir sollten schon mit Santangelo darüber reden?«

Gerolamo wurde vorsichtiger als ein Fuchs.

»Ich persönlich würde zunächst die Ergebnisse abwarten, bevor ich mit Santangelo spreche. Es ist besser, seiner Sache sicher zu sein. Ich ... bei dem ganzen Durcheinander bin ich noch nicht dazu gekommen, Ihnen etwas zu sagen.«

»Was denn, Gerolamo?«

»Aus Verona haben uns Nachrichten über Nino und Aldo erreicht. Sie sind keineswegs unschuldig, sondern aktenkundig wegen Drogenhandels, Kokain, in ihrem Lokal. Deswegen mussten sie schließen.«

»Und warum zum Teufel durften sie dann an der Riviera ein neues Lokal eröffnen, und ausgerechnet in Genua?«

»Aus irgendeinem merkwürdigen Grund sind diese Informationen, wie soll ich sagen ... verschwunden.«

»Soll das ein Witz sein? Verschwunden? Das ist doch nicht möglich, verdammt!«

»Doch, ist es. Sie schienen sauber zu sein und waren es nicht.«

Der Rat zur Vorsicht wurde also befolgt. Je weniger Leute innerhalb des Präsidiums davon wussten, umso besser. Wie hieß es noch? Ein Schelm, der Böses dabei denkt, aber ein schlauer Schelm. Sie durften nicht das Risiko eingehen, dass diese Informationen, für die jemand bereits getötet hatte und es sicher wieder tun würde, einfach verschwanden, ohne dass sie sie kannten. Und rund um das *Anatra azzurra* und ihre Betreiber waren schon eine Menge merkwürdiger Dinge passiert.

Nelly und Gerolamo saßen sich in Nellys Büro gegenüber und schwiegen. Jeder hing seinen eigenen Gedanken nach.

»Wie locken wir sie aus der Reserve?«, fragte die Kommissarin plötzlich und hörte auf, mit den Fingern auf den Schreibtisch zu trommeln.

»Ich würde dem *Anatra azzurra* noch mal einen Besuch abstatten.«

»Das auf jeden Fall. Oder besser noch, wir laden sie vor, die beiden Gentlemen. In der Regel werden die Leute im Präsidium gesprächiger. Kümmere du dich inzwischen um den sogenannten Alfio Spaventa und lass dir die ballistischen Gutachten zu Capriles Waffe geben, sobald sie fertig sind. Ich fahre noch einmal bei den Pittalugas vorbei und treffe mich mit einer alten Freundin. Wir sprechen uns dann später wieder.«

Achter Tag

Nachmittag

Die äußere Welt hatte sich für Nelly in eine Zone des Zwielichts zurückgezogen. Der gewohnte Weg durch die Stadt war nur noch Kulisse, weit weg, gedämpft. All ihre Sinne waren darauf konzentriert, die neuen Informationen zu sortieren. Ihr Gehirn ratterte wie ein Computer bei der Datenverarbeitung, aber von einer Erleuchtung, sollte es die überhaupt geben, war sie noch weit entfernt. In der Nacht hatte sie geglaubt, alles klar zu sehen, doch bei Tageslicht betrachtet, schienen ihre Schlussfolgerungen nur eine Möglichkeit von vielen zu sein. Alles andere als definitiv und durch keinerlei Beweis gesichert. Sie setzte sich ins *Tonitto* auf der Piazza Dante, wohin ihre langsamen Schritte sie geführt hatten. Gehen und Nachdenken waren zwei Tätigkeiten, die sie gerne miteinander verband. Die Bar lag unter den Arkaden, an der Ecke zu der Straße, die zwischen den hohen Palazzi der Via Madre di Dio in der Erde verschwand, um auf der lichtüberfluteten Uferpromenade wieder herauszukommen oder bei der *sopraelevata*, der Hochstraße, die als Schnellstraße die Hafenfront in zwei Teile schnitt und mit der man in den Sechzigern gehofft hatte, das Problem des Durchgangsverkehrs von Ost nach West zu lösen. Alternd und ewig umkämpft, hatte die Hochstraße überlebt und verschandelte weiterhin die historischen Gebäude des Hafens.

Nelly hatte sich gerade an einem der kleinen Tische vor der Bar niedergelassen, als Sandra in einem unsäglichen Leopardenkostüm ankam, das Lichtjahre von ihrem üblichen Kleidungsstil entfernt war. Sie bemerkte den ungläubigen Blick der Freundin und sagte erklärend: »Ein Geschenk. Ich kann ja schlecht den Schenker enttäuschen!«

»Auf gar keinen Fall. Und darf ich den Namen des Schenkers erfahren?«

»So was von neugierig! Nummer elf, geht dich gar nichts an«, gab Sandra kokett zurück.

»Das sagt die Richtige … hier spricht das Klatschblatt von Genua und Ligurien höchstpersönlich!«

»Pass nur auf, wenn du mich so behandelst, verrate ich dir gar nichts«, erwiderte die Journalistin.

»Soll ich in Tränen ausbrechen? Auf die Knie fallen?«

Nelly sah flehend zu ihrer Freundin auf.

»Um Himmels willen. Ich habe doch ein weiches Herz. Und, wie geht's unserem Mau, alles in Ordnung?«

»Ja, zum Glück.«

»Das ist ja mal eine Neuigkeit, abgesehen davon, dass du«, und sie zitierte die Schlagzeile des *Secolo XIX*, »bei einem Schusswechsel einen ›Verdächtigen‹ getötet hast, der in der Villa einer bekannten Genueser Persönlichkeit das Feuer auf dich eröffnet hatte. Was war denn da nur los?«

»Genau das, was wir auf der Pressekonferenz mitgeteilt haben. Wir ermittelten in der Tragödie vom Klee und dem rätselhaften Verschwinden eines Mädchens aus prominenter Familie, um euch weiter zu zitieren. Wir fuhren zu der Villa besagter Familie, aus ungeklärten Gründen hat einer der Leibwächter das Feuer auf uns eröffnet, nachdem wir uns als Polizeibeamte zu erkennen gegeben hatten. In dem darauffolgenden Schusswechsel …«

»… zog er den Kürzeren. Okay. Entweder sie waren taub, oder es steckt etwas anderes dahinter.«

»Das glauben wir auch. Aber so geht es aus den Zeugenaussagen hervor.«

»Und der Hausmeister vom Klee, dieser Caprile, hat er sich wirklich umgebracht vor lauter Gewissensbissen, Francesco Bagnasco erschossen zu haben? Wieso so plötzlich? War er der Autor des Briefes, den ich dir gezeigt habe?«

»Als wir ihn fanden, war er nicht mehr in der Lage, uns das zu sagen. Aber seinem Abschiedsbrief nach zu schließen, scheint wirklich er dir diese geheimnisvolle Botschaft vom ›Sohn des Gesetzes‹ und so weiter geschickt zu haben.«

Sandra stieß einen Pfiff aus.

»Gibt es denn gesicherte Anhaltspunkte, dass er Franci erschossen hat? Die Waffe?«

»Wird noch untersucht. Du hast es etwas zu eilig. Morgen wissen wir mehr. Und du wirst die Erste sein, die etwas erfährt, ich schwöre es.«

»Das will ich hoffen. Es scheint nicht gerade gesundheitsfördernd, in diesem Fall zu ermitteln. Sein Leben zu riskieren, ohne wenigstens die Exklusivrechte zu haben, scheint mir wenig professionell. Was nimmst du?«

»Zwei, nein, lieber drei Tramezzini; eins mit Thunfisch und Salat, zwei mit Krabben und Mayonnaise.«

Nelly konnte schon nicht mehr gerade gucken, so ausgehungert war sie. In den letzten Tagen hatte sie es nicht geschafft, eine einzige ordentliche Mahlzeit zu sich zu nehmen.

»Und dazu einen Tomatensaft mit Salz und Pfeffer und einen doppelten Espresso. Und du? Ich lad dich ein, also hau rein.«

»Einen Espresso macchiato, danke«, sagte Sandra mit würdevoller Miene. Doch auf den fragenden Blick der Freundin fügte sie hinzu:

»Der Kostümschenker hat mich zum Mittagessen in das Restaurant im Palazzo Ducale eingeladen. Ich habe mir gerade auf seine Kosten hemmungslos den Bauch vollgeschlagen.«

»Ach so, ich hab mich schon gewundert«, rutschte es Nelly heraus, woraufhin Sandra beleidigt dreinschaute.

»Willst du damit etwa andeuten, ich sei ein Vielfraß?«

»Aber nein, nur ein Schleckermaul. Aber um zum Punkt zu kommen: Deinen privaten Informationen zufolge, stecken die Pittalugas nicht mehr in finanziellen Schwierigkeiten, sondern sind absolut solvent. Alle beschwören sie die Stabilität ihres Unternehmens.«

»Also, dass es schlecht um sie stand, beruhte auf Gerüchten von vor einigen Jahren. Ich habe die Geschichte damals nicht besonders aufmerksam verfolgt, kannte sie nur vom Hörensagen. Keine Ahnung, ob was dran war. In den gutinformierten Kreisen hieß es jedenfalls so. Liquiditätsprobleme, außerdem der Börsengang kurz zuvor, die Kurse stiegen erst und stürzten dann ab, wie wir ja alle leider wissen. Sie hatten ihre Aktivitäten zu sehr diversifiziert, mit Hilfe von ein paar Ausländern Schiffe gekauft, was weiß ich, hier werden die Gerüchte sehr vage. Aber du hast ja die Mittel, um das zu überprüfen.«

Nelly nickte kurz. Vorausgesetzt, die Kollegen der Zoll- und Steuerfahndung zeigten sich kooperativ. Und waren schnell genug.

»Doch seit ein paar Jahren haben sie ganz diskret wieder Oberwasser bekommen. Vielleicht neue Partner, immer ist von diesen sogenannten multinationalen Amis die Rede, jedenfalls sieht alles sauber aus. Außer ...«

»Außer?«

»Nur Gerede. Gerüchte. Es gibt Schatten.«

»Was soll das denn heißen, Schatten?«

»Die Identität dieser Partner ist gewissermaßen geheimnisumwoben. Nicht einmal die Arbeitnehmervertretungen wissen viel darüber, obwohl sie Garantien verlangt hatten, als Entlassungen drohten. Aber da die Probleme ja überwunden schienen und unsere Finanzbeamten und die Polizei darüber wachen und die Euros wieder kräftig fließen, sogar zusätzliche Arbeitsplätze geschaffen wurden ... sind nun alle glücklich und zufrieden. Ach, Gianandreas jüngerer Bruder, Lucio, hat sich oder wurde aus dem Vorstand verabschiedet. Ein anderer, Barnaba, widmet sich ganz der Archäologie, seinem Hobby seit Schulzeiten. Er ist raus aus dem Spiel. Pierpaolo ist viel in der ganzen Welt unterwegs, um die Entwicklungen der verschiedenen Tochterfirmen zu verfolgen. Die standesgemäß verheirateten Schwestern kümmern sich um ihren eigenen Kram und kassieren die Dividenden. Gianandrea steht also praktisch allein an der Spitze des Familienunternehmens. Als unangefochtener Patriarch. Ach, und er schläft seit Jahren mit Gudrun Fallari. Das wissen fast alle außer Federica. Die jedoch gerüchteweise zarte Bande mit Matteo Albini verbinden.«

Nelly fuhr hoch.

»Federica und Matteo Albini?«

»Na ja, sie wird auch ihre Bedürfnisse haben. Und Gianandrea ist aller Wahrscheinlichkeit nach meist anderweitig beschäftigt oder zu müde, um etwas zustande zu bringen, wenigstens bei ihr.«

»Federica … und Matteo Albini? Bist du dir ganz sicher?«

»Alles, was ich dir hier verkaufe, ist heiße Luft. Oder besser gesagt, ein heißes Lüftchen. Mit Vorsicht zu genießen. Zwar sind meine Quellen zuverlässig – wenn sie von etwas Wind bekommen, ist es zu neunzig Prozent wahr –, meinen Kopf würde ich aber trotzdem nicht darauf verwetten. Da ist vielleicht nicht viel drin, aber es ist der einzige, den ich habe. Jetzt muss ich los und harre gespannt deiner wertvollen Informationen. Übrigens spricht mittlerweile jeder über die Pittalugas. Die ganze Stadt. Und ich war die Erste, die sie erwähnt hat, in dem berühmten Artikel, den du bei mir bestellt hast. Ciao, ciao.«

»Ciao … und danke, Sa.«

Sandra gab ihr einen dicken Kuss auf die Wange und entfernte sich hüfteschwingend in ihrem Leopardenkostüm, gefolgt von den Blicken eines Großteils der Gäste im *Tonitto*.

Nelly verzehrte ihr drittes Tramezzino, das mit den Krabben, ohne viel davon zu schmecken.

Vielleicht hatte es auch keinen Geschmack. Sie zahlte und ging zum Aufzug nach Castelletto. Sie musste das ganze Zentrum durchqueren, von Piazza De Ferrari über Via XXV Aprile bis zur Piazza Fontane Marose, um dann schließlich in Portello durch den Tunnel zu gehen, der zu einem der ältesten und meistbenutzten Aufzüge Genuas führte. Sie war so gedankenverloren, dass sie auf der Piazza Fontane Marose fast unter einen Motorroller geraten wäre. Die Vorstellung, dass Federica Pittaluga eine Affäre mit Matteo Albini hatte, war einfach unfassbar für jeden, der, wie sie, diese Frau kannte oder zu kennen glaubte, ihre Strenge und ihren religiösen Wahn. Im Übrigen ein Familienlaster. Auch Gianandrea schmückte seine Reden gerne mit Bibelzitaten, fiel ihr ein. Es wollte einfach nicht in Nellys Kopf, dass diese distinguierte Dame mit einem Mann schlief, der nicht ihr Ehemann war. Dabei war sie es doch von Berufs wegen gewöhnt, auf die unglaublichsten Dinge zu stoßen, und hatte gemeint, dass nichts mehr sie erschüttern könne. Bis letzte Woche zumindest. Als die Bombe geplatzt war, wie man so schön sagt, und zwar direkt in ihrer Wohnung. Und jetzt diese pikante Enthüllung, dass Federica ausgerechnet mit der rechten Hand ihres Mannes schlief, was für ein Mangel an Phantasie. Aber wahrscheinlich war es eher ein Mangel an Gelegenheiten, Signora Pittaluga konnte man nicht gerade als verführerisch bezeichnen, und Matteo war ja so hilfsbereit, wie alle immer betonten. So professionell.

Das Haus der Pittalugas wirkte wie ausgestorben. Die Philippinerin schien sie wiederzuerkennen, verzog das Gesicht zu einem dünnen Lächeln und ließ sie Platz nehmen. Federica kam sofort herunter, als hätte sie schon auf sie gewartet. Ihr Gesicht wirkte angespannt und übernächtigt, und ihre Mundwinkel zuckten merkwürdig.

»Was gibt es denn noch? Hatten wir nicht alles geklärt?«

»Ich bin privat hier, Federica. Wir verfolgen eine Spur, die«, sie legte eine Kunstpause ein, »direkt zu eurem Matteo Albini führt.«

»Ach ja? Und warum erzählst du das ausgerechnet mir? Matteos Rolle haben wir doch wirklich bis ins Detail besprochen. Er ist wieder frei, ihm wird nichts vorgeworfen. Ihr habt euch nicht zu erkennen gegeben, wart in Zivil …«

»Nun hör endlich auf mit diesem Unsinn. Der Mann ist in schmutzige Geschäfte verwickelt, er könnte sogar ein Mörder sein. Zusammen mit diesem Alfio Spaventa, der mich umbringen wollte – bisher kennen wir nicht einmal seinen richtigen Namen –, steckte er mit dem Hausmeister unter einer Decke, diesem Caprile. Sie dealten mit Kokain. Dafür werden wir bald Beweise haben, keine Sorge.«

Federicas Gesicht wurde nun auffallend blass. Sie litt, das war deutlich zu sehen.

»Dann stimmt es also«, dachte Nelly. Und fügte laut hinzu: »Ich wollte dich warnen, dass du nicht einer Person dein Vertrauen schenkst, die es aller Wahrscheinlichkeit nach nicht verdient. Das ist alles. Und Monica möchte ich noch ein paar Fragen stellen.«

»Sie ist nicht da. Sie wollte zu Miriam gehen. Mit Matteo natürlich. Wir lassen sie nicht mehr aus den Augen, nach allem, was passiert ist. Aber was gibt es denn noch? Was sucht ihr denn bloß? Warum versteift ihr euch so auf Matteo? Wenn dieser Hausmeister doch gestanden hat und Selbstmord begangen hat …«

»Du sagst das ganz richtig: *wenn* er gestanden hat und *wenn* er Selbstmord begangen hat. Falls du Monica siehst, sag ihr, dass ich sie noch etwas wegen der Ereignisse von neulich fragen möchte. Nichts Besonderes, nur ein paar Kleinigkeiten. An deiner Stelle würde ich sie allerdings nicht in Matteos Obhut geben, bis wir nicht mehr über seine Geschäfte und seine Vergangenheit wissen. Auf Wiedersehen, Federica.«

Die Frau stand nicht auf, um sie zur Tür zu begleiten. Endlich war die Maske, die sie trug, brüchig geworden und offenbarte das Gesicht einer Frau, die von heftigen Emotionen geschüttelt wurde. Nach diesem kurzen Blick in die geheime Welt der sorgsam verborgenen Leidenschaften trat Nelly in den immer ungestümer hervorbrechenden Mai hinaus.

»Federica und Matteo Albini …«, flüsterte sie noch einmal kopfschüttelnd. Sie versuchte sich die beiden im Bett vorzustellen, doch ihre Phantasie reichte nicht aus.

Man kann wirklich niemanden kennen, schlussfolgerte sie. Und auf ihren Sohn bezogen, war dies eine besonders schmerzliche Einsicht.

Celsis Anruf aus dem Labor war eindeutig: Die Waffe war die, mit der Franci getötet worden war. Auf dem Gewehr nur Fingerabdrücke von Gian. Der Schusswinkel unanfechtbar. Gut möglich, dass er sich selbst erschossen hatte. Außerdem stand er unter Drogen. Kokain. Wie Habib. Sollte es Mord sein, waren Profis am Werk. Der Mann war schon einige Stunden tot, als Nelly und die anderen eingetroffen waren. Die Kommissarin bedankte sich, legte auf und starrte auf einen nichtexistenten Punkt an der weißen Wand ihres Büros, in das sie nach dem Imbiss mit Sandra und dem Besuch bei Federica Pittaluga gerade zurückgekehrt war. Einige Stunden. Wenn sie es gewesen waren, was hatten Matteo Albini und sein Komplize in der Zwischenzeit getan? Wahrscheinlich etwas gesucht. Hatten sie es gefunden? Sinnlos, sie zu fragen. Einer war tot, der andere würde sowieso lügen. So saß Nelly an ihrem Schreibtisch und fing wieder ganz von vorne an, oder fast. Es gab ein Verbrechen, einen verdächtigen toten Mörder und einen lebenden, doch das einzige Tatmotiv war immer noch der rätselhafte Inhalt des Mikrochips, mit dem Bianchi seit Stunden hartnäckig rang.

Und Habib? Wenn man das gleiche Motiv annahm, konnte auch er auf Gians Konto gehen. Einer oder zwei, welchen Unterschied machte das schon … Wenigstens war der Hausmeister, falls er unschuldig war, ein bequemer Sündenbock für den wirklichen Mörder. Aber Gian hatte ein Alibi für die Stunden, in denen der zweite Junge ungefähr gestorben sein musste. Er war mit Emilietta zusammen gewesen, die Rosalba und ihren Mann als Zeugen anführen konnte. Sie hatten den Abend zusammen verbracht. Die genaue Uhrzeit jedoch war nicht zu bestimmen, Nebelschwaden also auch hier. Die Informationen auf dem Mikrochip mussten wirklich wichtig sein, wenn sie diese ganze Reihe von Verbrechen ausgelöst hatten. Nur sie würden Licht in das Dunkel bringen können. Vielleicht. Bianchi gab sein Bestes. Seine Berufsehre stand auf dem Spiel. Ein wenig Geduld also.

Gerolamo betrat festen Schrittes den Raum, in dem Valeria arbeitete. Mit einem Kopfnicken zu der Frau hin wandte er sich Nellys Büro zu und klopfte an die Tür. Valeria sah ihn genervt an. Das war ihre Aufgabe, sie wollte immer über alle Vorgänge informiert sein. Sie mochte keine Eindringlinge, und Nellys Assistent gehörte nicht zu ihrem engeren Sympathiekreis im Polizeipräsidium. Sie tolerierte ihn, weil er Kommissarin Rosso so ergeben war.

»Aldo und Nino sind da, Dottoressa«, verkündete er.

»Schick sie herein«, erwiderte sie, aus ihren Gedanken gerissen.

Die beiden wirkten wie Katze und Fuchs aus Pinocchio. Vorsichtig, ein gewinnendes Lächeln im Gesicht, setzten sie sich nebeneinander vor ihren Schreibtisch, während Gerolamo sich etwas abseits im Halbdunkel niederließ, um ihre Aussagen aufzunehmen.

»Gut, die Herren, ich will keine Zeit verlieren. Servieren Sie mir also nicht irgendeine Wahrheit, sondern *die* Wahrheit. Kannten Sie diese Männer?«

Es waren die Fotos von Giovanni Caprile und dem geheimnisvollen Alfio Spaventa, als Leichen. Die Kneipiers erschauderten. Etwas zögernd begann Aldo zu reden, nachdem er seinem Kompagnon einen Blick zugeworfen hatte.

»Ja, sie waren Gäste bei uns. Sie kamen ab und zu, wie so viele. Es sind die beiden, von denen wir Ihnen erzählt haben, als Sie letztes Mal bei uns waren. Die manchmal mit Habib sprachen.«

»Und ihre Namen kannten Sie nicht?«

»Nein, also ... vielleicht, wenn ich darüber nachdenke ... wir sind uns nicht sicher ... und mittlerweile kennen wir sie natürlich, die Namen. Sie stehen ja in allen Zeitungen. Deshalb ist uns eingefallen, dass wir ›Paco‹ schon mal gehört haben.«

»Paco? Nicht Alfio?«

»Ich glaube Paco. Das sind nicht so geläufige Namen. Wenn sie Alfio gesagt hätten, würde ich mich daran erinnern.«

»Und dass sie mit Kokain handelten, erinnern Sie sich daran?«

Die beiden fuhren wie auf Kommando hoch, doch bevor sie etwas sagen konnten, hielt Gerolamo ihnen ein Bild von Matteo Albini unter die Nase.

»Schon mal gesehen?«

»Der kam manchmal in Begleitung dieses Mädchens. Die, die sagte, sie hieße Miriam, aber die den Zeitungen zufolge wohl Monica Pittaluga ist. Sie nannte ihn Matteo. Aber auch sein Foto war heute Morgen in allen Zeitungen.«

Diesmal hatte Nino gesprochen.

»Verkaufte er euch auch Drogen?«

»Also, was zum Teufel ... Wir haben doch schon gesagt, dass wir ...«

Gerolamo schlug mit der Faust auf den Tisch, Aldo und Nino fuhren erschrocken zurück.

»Nichts interessiert uns weniger als das, was ihr schon einmal ausgesagt habt. Euer Lokal ist der Mittelpunkt eines Drogenrings. Und das wisst ihr. Mischt ihr da mit? Wie in Verona? Wer hat euch die weiße Weste verschafft?«

»Herrje, Sie wollen uns ruinieren, uns um jeden Preis etwas anhängen. Wenn in oder vor unserem Lokal mit Drogen gedealt wird, ist das nicht unser Ding, sondern das der Drogenfahndung. Wir sitzen in der Altstadt, da zirkuliert so einiges. Aber wir kümmern uns nicht darum, wir machen uns nicht die Hände schmutzig. Wir hängen an unserer Lizenz, aber hallo! Vor allem nach der Sache in Verona. Da wurde nicht gedealt, absolut nicht ... von wegen weiße Weste verschafft ... wir doch nicht ...«

Nelly fragte Nino unvermittelt:

»Waren Sie informiert, dass Ihr Liebchen Habib kokste?«

Ninos Ohren wurden feuerrot. Aldo fuhr wie von der Tarantel gebissen herum, der Zorn stand ihm ins Gesicht geschrieben.

»Dann hast du es also wirklich mit diesem dreckigen Marokkaner getrieben und mich immer verarscht! Wenn deine Geschichten wenigstens nicht in der Leichenhalle enden und uns in den Ruin treiben würden ... elender Scheißkerl«, knurrte er.

»Was sagen Sie denn da, Commissario ... Und selbst wenn ich eine Schwäche für den Jungen hatte, angenommen, er hätte Drogen genommen, was habe ich damit zu tun? Woher sollte ich das wissen?«

»Weil Sie, wie unsere Ermittlungen ergeben haben, selbst Drogen nehmen. Eigenbedarf, einverstanden. Aber irgendwie müssen Sie sich die Ware ja beschafft haben. Richtig?«

Nino schien entschlossen.

»Ja, das ist richtig. Habib hatte mir gesagt, dass dieser ... Giovanni Caprile und der andere wussten, wie man an Koks rankommt. Habib hatte immer etwas. Auch für mich.«

Aldo starrte ihn an, als wolle er ihn erwürgen.

»Tut mir leid, Aldo. Eine Laune, und du kennst ja meine Schwäche für Kokain ...«

»Und Sie wissen nicht, woher die Drogen stammten, die Habib besaß?«

»Nein, keine Ahnung, um Himmels willen! Habib sagte mir, dass seine Freunde gute Kontakte zu Lieferanten hätten, Genaueres wollte ich gar nicht wissen. Ich bin froh, dass ich nicht mehr weiß.«

»Matteo Albini?«

»Von ihm hat Habib nie gesprochen, das schwöre ich. Ich weiß nichts über ihn.«

»Er stand aber in Verbindung mit Caprile und Alfio oder Paco, wie Sie möchten.«

»Vielleicht kannten sie sich, schon möglich. Vielleicht nahm er auch Drogen, was weiß ich … oder das Mädchen, diese Monica Pittaluga. Was sie betraf, war Habib ebenfalls sehr zugeknöpft. Ich war sicher, dass sie etwas miteinander hatten, auch wenn er das immer bestritten hat. Mehr weiß ich nicht, ehrlich.«

»Die Informationen, die wir aus Verona bekommen haben, werden nicht ohne Folgen für Sie bleiben, darüber sind Sie sich hoffentlich im Klaren. Vielleicht wäre da etwas Entgegenkommen ganz hilfreich …«

»Ihr Polizisten seid doch alle gleich, ihr packt einen bei den Eiern und lasst nicht mehr los. Warum sprechen Sie nicht mal mit …«

»Mit?«, entfuhr es Nelly und Gerolamo unisono. Aldo erdolchte Nino fast mit seinen Blicken, der biss sich auf die Lippen.

»Mit Commissario Alfonso Santangelo«, stotterte Nino.

»Also gut, dann hören wir mal, was Santangelo dazu zu sagen hat«, sagte Nelly frostig.

Die beiden schienen zu Stein erstarrt. Gerolamo ebenso.

»Du weißt, wir haben unsere eigenen Methoden, Nelly. Ja, ich habe sie gedeckt, mein Büro. Die beiden Herren hier«, in seiner Stimme schwang Ironie mit, »sind Informanten von uns.«

Santangelo saß entspannt in Nellys Büro, die langen Beine übereinandergeschlagen und wie immer einen Zigarillo rauchend. Seine Augen wie immer undurchschaubar, seine Art wie immer jovial. Aldo und Nino kauerten auf ihren Stühlen. Sie wagten kaum zu atmen. Man sah, dass sie eine Heidenangst vor ihm hatten.

»Wir mussten Ihren Namen nennen, Dottor Santangelo, sonst hätten die uns die Lizenz entzogen …«

»Schon gut, Jungs, kein Problem. Ich regele das mit den Kollegen.«

Santangelo klang versöhnlich, für ihn ging es um eine unbedeutende Bagatelle, so schien es.

Die beiden unterschrieben ihre jeweilige Zeugenaussage und erhoben sich, um zu gehen. Nelly hätte in diesem Augenblick um nichts in der Welt in Ninos Haut stecken wollen. Sein Partner schien jeden Moment zu explodieren.

»Ihr könnt mit einem Besuch der Drogenfahndung rechnen, in naher Zukunft. Wir werden euch von nun an im Auge behalten. Als Informanten seid ihr jedenfalls nichts mehr wert. Wenn ich merke, dass ihr ein doppeltes Spiel treibt … Sag mal, Nino, wo beschaffst du dir in letzter Zeit deinen Stoff, seit deine Lieferanten sterben wie die Fliegen?«

Santangelos Stimme, die hinter ihnen herschallte, war plötzlich drohend, höhnisch geworden.

Der Mann drehte sich um, es schien ihm nicht sehr gut zu gehen.

»Bei irgendwelchen Marokkanern, die ich nicht kenne, mal hier, mal da. Aber ich plane eine Entziehungskur, ich will aussteigen, Commissario.«

»Ach ja? Herzlichen Glückwunsch. Wir sehen uns bald wieder. Vielleicht fallen dir in der Zwischenzeit ein paar Dinge ein, die ihr mir besser früher gesagt hättet«, schloss Santangelo andeutungsvoll.

Die beiden verschwanden. Nelly und Gerolamo sahen sich an. Dann wandte sich Nelly mit ernster Miene an Santangelo:

»Alfonso, warum hast du mir nichts über die zwei gesagt, als ich dich nach dem *Anatra azzurra* gefragt habe? Dass sie Informanten sind, meine ich. Oder sind es private Informanten deiner Leute?«

Santangelo rückte ein klein wenig nervös auf seinem Stuhl herum. Gerolamo ließ ihn keine Sekunde aus den Augen.

»Ich dachte, es sei nicht so wichtig. Wir halten sie uns warm, damit sie uns was über die verschiedenen Drogenringe der Stadt erzählen, nichts Großes bisher. Wenn wir herumerzählen, was sie tun, fliegt ihre Deckung auf, und dann Gute Nacht. Du weißt ja, wie das läuft.«

»Eine Kollegin darüber zu informieren, die in einem Mordfall ermittelt, sogar in mehreren Mordfällen, heißt doch nicht, etwas über deine kostbaren Informanten herumzuerzählen«, erwiderte Nelly wütend.

»Scheiße, was soll das, bin ich jetzt der Kriminelle? Komm schon, mach nicht so einen Wind, ihr habt doch auch eure Geheimnisse vor den Kollegen, euer Chip da, was für ein Zufall, der berühmte codierte Mikrochip, von dem hast du mir doch auch nichts gesagt, oder, Nelly? Dabei könnte er meine Leute direkt betreffen. Nein, hier erfährt man die Sachen auf merkwürdigen Wegen. Die zwei da sind nur arme Schweine, aber wenn du möchtest, werde ich sie ordentlich in die Mangel nehmen, und wenn sie etwas über deine Sache wissen, werden sie es ausspucken, darauf kannst du dich verlassen. Und spiel nicht immer die Streberin, arbeite lieber mal mit dem hier anwesenden Kollegen zusammen. Okay? Bis dann, Nelly.«

Und Santangelo legte einen bühnenreifen Abgang hin, ganz der Gekränkte. Nelly und Gerolamo sahen sich schweigend an. Dann sagte sie:

»Das wird noch ein Nachspiel haben.«

»Das muss ein Nachspiel haben. Wir sollten den stellvertretenden Polizeipräsidenten informieren.«

»Genau. Aber woher weiß Santangelo von dem Mikrochip?«

»Lass uns Bianchi fragen.«

Bianchi schien aus allen Wolken zu fallen.

»Aber Dottoressa Rosso, Commissario Santangelo hat gesagt, Sie hätten ihn über alles informiert und wollten, dass ich ihn auf dem Laufenden halte. Was hätte ich denn tun sollen? Ihm nicht glauben?«

»Schon gut, Bianchi. Aber kurz bei mir durchrufen, als er wieder weg war, das hättest du schon tun können, um sicherzugehen.«

»Sicherzugehen? Soll das ein Witz sein? Wenn man nicht einmal mehr den Leuten hier im Präsidium trauen kann ... Also, wenn noch einmal so etwas passiert, sage ich Ihnen sofort Bescheid«, fügte er hinzu, als er Nellys und Gerolamos Mörderblicke sah. Dann meinte er mutlos: »Ach, und was diesen blöden Mikrochip betrifft, ich war gerade auf dem Weg zu Ihnen, ich habe es schon Dottor Esposito gesagt: Monica ist leider nicht das Ausgangspasswort.«

Nelly wollte schon die Schultern hängen lassen, als ihr plötzlich einfiel, dass die Mädchen im *Anatra azzurra* ihre Namen vertauscht hatten, und sie sagte: »Nur nicht den Mut verlieren, versuch es bitte noch einmal mit Miriam.«

Bianchi sah sie an und sagte nur: »Okay.«

Zurück in Nellys Büro blickten sie und Gerolamo sich ratlos an.

»Santangelo hat uns nicht alles gesagt. Weder vorher noch jetzt. Die Sache stinkt gewaltig.«

»Natürlich hat er uns nicht alles gesagt«, bestätigte Gerolamo düster und dachte an den meisterhaften Auftritt des Leiters der Drogenfahndung.

In diesem Moment ließ der Polizeivize Nelly in sein Büro rufen.

»Nun, Nelly, Sie erlauben doch, dass ich Sie beim Vornamen nenne, oder?«

»Ich dachte, das hätten wir schon geklärt, Tano.«

»Gut. Fassen wir also zusammen. Dieser Giovanni Caprile scheint tatsächlich den jungen Bagnasco ermordet zu haben. Zu diesem Zweck hat er sich in dem Gebäude neben der Schule auf die Lauer gelegt, das gerade saniert wird, und auf einen günstigen Moment für den Schuss gewartet. Er war bei der Leiche, als Sie dazukamen. Weil er gerade geparkt hatte, ihm zufolge. Er könnte aber genauso gut auf ihn geschossen haben und dann blitzschnell hinuntergespurtet sein, um in den Taschen des Opfers oder in dem Medaillon zu suchen, das es um den Hals trug. Ohne zu finden, was ihn interessierte, wie wir wissen. Ihrem Sohn Maurizio zufolge, hat Alfio Spaventa, nennen wir ihn mal so, behauptet, dass Habib dem jungen Bagnasco etwas gegeben hat. Der wiederum zu Maurizio gesagt hat, er wolle zur Polizei gehen. Wusste Habib denn von diesem Entschluss? Der Mörder, oder die Mörder, haben Habib entführt, weil er sie verraten hat, etwas Wichtiges an sich genommen und gegen alle Regeln verstoßen hat, haben ihn gefoltert, er konnte oder wollte nichts sagen, außer dass Francesco Bagnasco den Mikrochip hatte, vielleicht hat er gedroht, dass der zur Polizei gehen würde, wenn ihm etwas zustieße, seine Entführer haben ihn umgebracht, versenkt und sich an Bagnascos Fersen geheftet. Und nicht ohne Erfolg.«

Bevor der Vizechef fortfahren konnte, nutzte Nelly, die schon länger unruhig hin und her gerutscht war, seine Atempause, um ihren Teil zur Rekonstruktion beizutragen:

»Dann sähe es also folgendermaßen aus: Caprile, der der Einzige ist, über dessen Beteiligung wir so gut wie sicher sind, liegt in der Wohnung gegenüber der Schule auf der Lauer, und zwar schon am Morgen nach dem ersten Verbrechen, das an Habib. Aber hier gibt es noch eine Menge offener Fragen: Woher wusste der Hausmeister, was in der Schule passieren würde? Die Durchsuchung mag ja noch angehen, aber die Flucht der Jugendlichen aufs Dach? Und in die Wohnung hochgehen mitsamt Gewehr? Es handelt sich um ein zerlegbares Modell mit Zielfernrohr. Ein Profiteil. Er muss es also in Einzelteilen hinaufgebracht haben, in einem Kasten. Der aber bei der Hausdurchsuchung nicht gefunden wurde. Aber wie auch immer, nehmen wir einmal an, Caprile nutzt die Gelegenheit, schießt auf Franci, versteckt das Gewehr und rennt hinüber, um ihn als Erster zu durchsuchen und den Mikrochip einzustecken, denn den wollen doch scheinbar alle. Er konnte nicht wissen, dass der Junge ihn Maurizio gegeben hatte, versteckt in seinem Handy. Mein Sohn wurde dann von der Polizei durchsucht, die nichts Verdächtiges finden konnte, so dass er als sauber galt. Aber der, der den Mikrochip suchte, wollte ganz sicher gehen. Diese Leute hinterlassen verbrannte Erde, um nur ja alle Spuren zu beseitigen. Caprile war seinerseits zum Risiko geworden, vielleicht glaubten sie, er habe den Chip gefunden und selbst eingesteckt, um eventuell den gleichen Nutzen daraus zu ziehen, den Habib sich versprochen hatte. Erpressung, nehme ich an.«

Nun stoppte Tano sie mit einer Handbewegung.

»Okay, bis hierher klingt alles plausibel. Aber erklären Sie mir eins, Nelly. Der anonyme, geheimnisvolle Brief, von dem Sie mir zum Glück schließlich doch erzählt haben. Wenn Caprile der Mörder war, warum sollte er diesen Brief schreiben? Um jeden Verdacht von sich abzulenken? Um indirekt Mau und Monica zu beschuldigen? Und wie ist der Teenager Bagnasco in das ganze Durcheinander geraten? War er ein Erpressertyp? Nein, Maurizio hat ja selbst gesagt, dass er mit Ihnen reden wollte, also mit der Polizei. Der Punkt ist doch folgender: Wer kann die Mörder über das informiert haben, was in der Schule passierte, in Realzeit? Die Flucht hinauf zur Dachterrasse vorhersehen? Die kleine Pittaluga steckt knietief im Schlamassel. Maurizio hat zu Protokoll gegeben, dass seine Freundin Drogen nimmt, dass sie an diesem Morgen in der Schule wahrscheinlich Kokain bei sich hatte. Durch die unangekündigte Durchsuchung soll die Sache dann ins Schleudern geraten sein. Das sind einfach zu viele Zufälle, total unwahrscheinlich. Wir müssten sie noch einmal in die Mangel nehmen, sie weiß noch nicht, dass Maurizio einige Dinge über sie erzählt hat, und wer weiß, ob er alles erzählt hat.«

Nelly nickte voller Überzeugung und versuchte, zu Wort zu kommen, dieses Mal ohne Erfolg, da ihr Gegenüber sie mit einer strikten Geste aufhielt.

»Allerdings ist es eine delikate Angelegenheit, sie in die Mangel zu nehmen, außerdem ist Maurizios Position schwierig. Seine Aussage könnte als unglaubhaft eingestuft werden. Es gibt keine Zeugen für das, was er und der junge Bagnasco an diesem verfluchten Morgen miteinander besprochen haben. Und genauso wenig für das, was Monica und Francesco Bagnasco gesagt haben. Außerdem, bevor sie rausging, hat die Drogenfahndung die Hunde auf sie angesetzt, und sie hatte kein Kokain bei sich, nicht einmal Hasch. Sie und Miriam waren clean.«

Tano sah, wie sich in Nellys Gesicht Verwunderung breitmachte und sie ein paar Mal den Mund auf- und wieder zuklappte.

»Das wussten Sie wohl nicht? Glaubten Sie wirklich, die Mädchen hätten sich in dem allgemeinen Aufruhr heimlich aus dem Staub gemacht? Nun gut, dem war nicht so. Das hat mir gerade Santangelo bestätigt. Er war nicht danach gefragt worden. Die beiden Busenfreundinnen sind ganz normal von unseren tüchtigen Hunden beschnüffelt worden. Und sie hatten nichts versteckt.«

»Das … das haut mich jetzt aber um.«

»Weil Maurizio gelogen haben könnte? Bagnasco könnte genauso gut gelogen haben. Oder Monica. Das Wort Ihres Sohnes ziehe ich als Letztes in Zweifel, Nelly. Also, dieser Caprile und unser sogenannter Alfio Spaventa dealten mit Drogen, und Habib gehörte zu ihrem Ring. Caprile könnte auch auf Albinis oder Spaventas Konto gehen, vielleicht wurde er aber auch von jemandem aus dem Weg geräumt, der vor ihnen da war, während sie nur den Mikrochip suchten«, wieder musste er Nelly aufhalten, die stirnrunzelnd etwas einwerfen wollte. »Lassen Sie mich das kurz beenden, es ist nicht sehr wahrscheinlich, ich weiß, aber auf dem Gewehr finden sich nicht ihre Fingerabdrücke, und Zeugen gibt's auch nicht. Er könnte sich auch tatsächlich selbst erschossen haben aus Schuldgefühlen, eine Sache ist es, mit Drogen zu dealen, eine andere, kaltblütig einen Jungen umzubringen. Theoretisch könnte Albini, auch wenn Ihnen diese Interpretation nicht gefällt, Nelly, nichts von der kriminellen Aktivität seines Kollegen gewusst haben, gut, gut, das ist nicht besonders glaubwürdig, einverstanden, aber es gibt keine objektiven Hinweise darauf, dass er beteiligt ist. Ihm wird nichts vorgeworfen, lange Zeit seines Lebens hat er im Ausland verbracht, auch als Söldner, nachdem er die wenig erfolgreiche Karriere als Profiboxer aufgegeben hatte, aber bei Interpol ist er nicht bekannt. Ganz anders liegt der Fall bei Alfio-Paco, da gucken Sie, was? Nun überrasche ich Sie schon zum zweiten Mal, die Information ist noch ganz frisch, wie Sie sehen, war es gut, mich mit an Bord zu holen …« Esposito lachte zufrieden über seinen Witz. »Unser Alfio Spaventa heißt in Wirklichkeit Francesco (Paco) Vennaro, geboren in Argentinien, die Eltern Italiener. Es hat ein wenig gedauert, ihn ausfindig zu machen, weil er eine Gesichtsoperation hat vornehmen lassen. Seine Fingerabdrücke waren jedoch bei Interpol registriert. Er war Drogenhändler mittleren Kalibers, der seiner Festnahme durch Flucht nach Kolumbien vor einigen Jahren entging. Er wurde schon lange gesucht, schien verschwunden zu sein, wie in Luft aufgelöst. Nun ist er endgültig verschwunden. Und mit ihm viele Geheimnisse.«

Nelly hatte die letzten Sätze schweigend angehört und dachte über die Neuigkeiten nach.

»Verbrannte Erde. Immerhin haben wir den berühmten Mikrochip. Und das wissen die nicht. Es sei denn …«

Tano sah sie erstaunt an.

»Es sei denn?«

Nelly berichtete haarklein von ihrer Unterredung mit Santangelo. Der Polizeivize hörte ihr gespannt zu, ohne sie zu unterbrechen oder etwas einzuwerfen.

Als sie fertig war, machte sich ein Schweigen im Raum breit, das lange andauerte, zumindest schien es ihr so. Schließlich stand Tano Esposito auf und trat ans Fenster, mit dem Rücken zu ihr. Er dachte nach. Dann fasste er einen Entschluss. Er drehte sich um und sah sie an.

»Commissario Santangelo ist ein wenig unorthodox, doch bisher war er immer sehr effizient. Seine Vorgehensweise ist, wie soll ich sagen, schwierig zu interpretieren, im Übrigen bewegt er sich auf einem ganz speziellen Terrain. Ich habe schon so einiges über ihn gehört … natürlich nur gerüchteweise. In gewisser Hinsicht ist er ein Kapitel für sich, das nun in unsere Ermittlung hineinreicht. Unbekannte Welten, irgendwie. Und was den Chip angeht, so viel er auch wert sein mag, solange sein Inhalt nicht dechiffriert werden kann … Aber wir wollen nicht den Mut verlieren, unser Bianchi und sein Team sind wahre Computer-Freaks. Was Santangelo betrifft, ich werde mich um ihn kümmern. Und nun wollen wir Feierabend machen, Nelly. Ich habe den Eindruck, dass Sie etwas Ruhe gebrauchen können. Wir sehen uns morgen.«

Achter Tag

Abend

Nelly, Carlo und Mau saßen auf der kleinen Terrasse über der Uferpromenade von Nervi, wo sie ein schnelles, leckeres Abendessen eingenommen hatten – *pasqualina* und *cima*, die typische Genueser Blätterteigtorte und kalte gefüllte Kalbsbrust, dazu einen gemischten Salat –, zubereitet selbstverständlich von Carlo. Keiner hatte große Lust zu reden. Nur Carlo versuchte hin und wieder, das bleierne Schweigen zu brechen. Die hellen Leuchten der Nachtfischer glitzerten auf dem dunklen Meer in einer mondlosen Nacht.

»Heute sind wir eine Runde durch den Park gejoggt und waren dann im Meer schwimmen. Das Wasser ist noch ziemlich kalt, aber danach fühlt man sich wie neugeboren. Dein Sohn ist ein großartiger Schwimmer. Ich kam fast ein bisschen außer Atem.«

»Ach was, bei einem alten Mann wie dir braucht es nicht viel dazu«, frotzelte Mau.

»Das nächste Mal lasse ich dich nicht so leicht gewinnen, um dich aufzubauen«, gab Carlo provozierend zurück.

Nelly fühlte sich kaputt, kraftlos. Der Morgen des Unglücks an der Schule schien Ewigkeiten zurückzuliegen, ihr früheres Leben in einer Art Traum zu verschwimmen. Selbst der Cappuccino bei Beppe nahm mythische Züge an, als sei er Teil des verlorenen Paradieses. Sie saß zurückgelehnt und mit geschlossenen Augen in dem kleinen Korbsessel. Die Männer sahen sich erstaunt an. Das war ein ungewohntes Verhalten für sie. Dann, während sie an ihrem Orangensaft mit Weißwein auf Eis nippte, wandte Nelly sich plötzlich an ihren Sohn:

»Was hat Monica wegen des Kokains gesagt, das sie dabeihatte, als sie Franci an jenem Morgen um Hilfe bat?«

»Sie meint, sie hatte ihn um nichts gebeten, wie oft soll ich das noch sagen. Sie behauptet, sie hatte nichts dabei, das sei alles Quatsch, sie wisse nicht, warum er mir so etwas erzählt hat.«

»Aber du glaubst ihr nicht so richtig, sagtest du auch. Wenn sie ihn wirklich nicht gefragt hat, warum sollte Franci lügen und dieses Ablenkungsmanöver starten? Das ihn dann das Leben gekostet hat?«

»Ich weiß es nicht, Ma. Ich weiß es wirklich nicht. Monica könnte doch etwas dabeigehabt haben und es nur nicht zugeben wollen …«

»Hatte sie aber nicht. Beide Mädchen wurden von den Drogenhunden kontrolliert, bevor sie hinausgingen. Sie hatten nichts dabei, weder sie noch Miriam. Nicht das kleinste bisschen Rauschgift.«

Nun war es an Mau zu schweigen, und die Verwirrung stand ihm ins Gesicht geschrieben. Die Fragen, die Zweifel.

»Mama, ich möchte sie sehen. Ich muss mit ihr reden. Sie muss mir endlich die Wahrheit sagen!«, stieß er am Ende aus.

»Das letzte Mal, als ihr euch gesehen habt, gab es ein ganz schönes Chaos. Es ist ja schon riskant, das Haus zu verlassen, wie ihr zwei es heute getan habt, auch wenn ich zugeben muss, dass es schwer ist, bei diesem Wetter drin zu bleiben. Aber Monica treffen … ganz abgesehen davon, dass die Pittalugas sie sicherlich sorgfältig unter Verschluss halten.«

Mau zuckte mit den Schultern.

»Da gibt es Mittel und Wege. Wir wussten schon immer, wie man das umgehen kann.«

»In normalen Zeiten vielleicht. Aber nach allem, was passiert ist, dürfte es nicht mehr so leicht sein. Außerdem ist Albini ein gefährlicher Mann, und Federica hat gesagt, dass er sie nicht aus den Augen lässt. Du sagtest, Monica sei nicht erstaunt gewesen, ihn in der Villa Caterina zu sehen. Vielleicht wollte sie dorthin, um ihn zu treffen …«

Mau wurde grün im Gesicht. Die Verdächtigungen, die seine Mutter andeutete, trafen ihn tief. Wahrscheinlich hatte er sich dieselben Fragen auch schon gestellt. Trotzdem oder gerade deswegen wurde er wütend.

»Du kannst sie einfach nicht leiden«, giftete er. »Du traust ihr ja alles zu, nur weil sie reich ist und wie ein Snob rüberkommt und du nur ein kleinbürgerlicher Spießer bist, ein Landei. Ein stinkkonservativer Bulle, der immer überall das Böse sieht. Aber Monica ist nicht so, wie du denkst.«

Er sprang auf, dass der Sessel beinah umkippte, und verschwand in der Wohnung. Nelly und Carlo blieben allein auf der Terrasse zurück. Nach ein paar Minuten fragte Carlo in die Stille hinein:

»Warum musstest du ihn so provozieren, Nelly? Was, meinst du, erreichst du damit, wenn du sie ihm als eine Art schwarze Witwe präsentierst?«

»Ach was, schwarze Witwe! Es gibt einfach noch offene Fragen. Das ist alles. Ich bin diese Geschichte leid, lass uns schlafen gehen.«

Carlo und sie betteten sich wie immer auf dem großen Schlafsofa im Wohnzimmer, während Maurizio sich schon auf das Gästesofa in Carlos winzigem Studio zurückgezogen hatte. Aber er fand keine Ruhe. Verzweifelt drehte er sich von einer Seite auf die andere. Als er endlich einschlief, gegen drei Uhr morgens, quälten ihn eine Reihe von Alpträumen, die erst mit der Morgendämmerung verschwanden und ein Gefühl von Schwere und Unbehagen zurückließen. Er hatte nur noch einen Gedanken im Kopf: sich mit Monica zu treffen, die Sache endgültig aufzuklären. Sich von dem Zweifel zu befreien, der ihm die Kehle zuschnürte.

Neunter Tag

Morgen

Valeria lächelte sie schüchtern an, wie immer in den letzten Tagen. Nelly unterdrückte mühsam die gereizte Reaktion, die der treue Hundeblick der Frau mittlerweile bei ihr auslöste. Sie wusste, dass Valeria sie gern hatte, und wollte sie nicht vor den Kopf stoßen.

»Neuigkeiten, Valeria?«

»Ein Anruf von einem gewissen Basile, Commissario. Er hat mir die Nummer einer Bar gegeben und gesagt, es sei dringend und sehr wichtig. Sie sollen ihn so schnell wie möglich zurückrufen.«

Nelly forschte kurz in ihrem Gedächtnis, ohne ein Gesicht zu finden, das zu dem Namen passte. Sie war Lichtjahre von Beppes Weinlokal entfernt, und es dauerte, bis der Groschen fiel. Der pensionierte Carabinieri-Brigadiere, was konnte der nur wollen? Die beste Art, dies herauszufinden, war, ihn anzurufen. Beppe war am Apparat, und kaum hatte er ihre Stimme erkannt, sagte er: »Ich reiche Sie mal an Brigadiere Basile weiter, Dottoressa.«

Basiles Stimme klang durchs Telefon anders als sonst. Jünger und energischer, als es seinem Alter entsprach. Warum war ihr das noch nie aufgefallen?

»Dottoressa? Ich habe interessante Neuigkeiten für Sie. Können wir uns auf der Piazzetta treffen, in einer halben Stunde?«

Den Namen des kleinen Platzes in der Altstadt flüsterte er nur. Nelly sagte zu und starrte dann nachdenklich den Staub an, der auf einem Regal an der Wand vor ihrem Schreibtisch in der Sonne schimmerte. Was konnte Basile ihr zu sagen haben?

Hauptsache, er vergeudete nicht ihre Zeit … auch wenn im Moment nicht wirklich viel zu tun war. Aber ja, Basile oder die Kristallkugel, eins so gut wie das andere. Sie lachte bitter auf und erntete dafür einen besorgten Seitenblick von Valeria, die gerade mit einer Tasse Kaffee für sie hereinkam. Die Fürsorglichkeit der Beamtin, die sie gerade noch genervt hatte, rührte plötzlich ihr Herz.

»Danke, meine Liebe. Du bist so nett und geduldig mit mir, und ich bin gerade so unausstehlich.«

Valeria errötete vor Freude. Sie war eine zartbesaitete und einfühlsame Frau. Nelly spürte Dankbarkeit in sich aufsteigen, dass es auf der Welt auch Menschen wie sie gab und nicht nur Verbrecher und brutale Mörder, wie sie manchmal glaubte. Die Menschen lösten in ihr seit neustem ein Gefühl des Grauens aus. Seit sich sogar der Junge, den sie selbst geboren hatte und der mit ihr unter einem Dach lebte, quasi in einen Fremden verwandelt hatte, machten sie Nelly Angst. Keine reale, eher eine metaphysische Angst, sozusagen. Ihre Gesichter erschienen ihr wie Masken, hinter denen sich Monster verbargen. Masken, die von einem auf den anderen Moment abfallen oder zerbröseln konnten wie in einem Horrorfilm, um darunter etwas ganz anderes zum Vorschein zu bringen. Etwas Böses. Gewaltsam riss sie sich von diesen Gedanken los, die ihr alle Energie raubten und ein frustrierendes Gefühl der Ohnmacht zurückließen, wie in ihrem Traum neulich, als Gian gerade erneut das Gewehr anlegte. Genau so fühlte sie sich momentan auch im realen Leben.

»Verdammt, eine Depression ist jetzt wirklich das Letzte, was ich gebrauchen kann!« Sie raffte sich auf und machte sich, nachdem sie Valeria ciao gesagt hatte, auf den Weg zu ihrer Verabredung mit Basile.

Die Gassen waren dieselben, auch die Gesichter. Sie war es, die nicht mehr dieselbe war. Das wurde ihr klar, als sie in denselben Carruggio einbog, in dem sie ein paar Tage zuvor ... ja, Matteo Albini in die Falle gelockt hatte. Niemand war unterwegs, nur eine nicht mehr ganz junge Prostituierte stand da und wartete auf einen Kunden, der vergangenen Zeiten nachhing. Sie war etwa so »nicht mehr ganz jung« wie sie. Früher hatte es viele ihrer Art in der Altstadt gegeben, doch mittlerweile waren sie von den üppigen, lärmenden Schwarzen mit ihren bunten, über den Brüsten spannenden T-Shirts und den blassen, blutjungen Sklavinnen des Ostens abgelöst worden, und nicht mehr viele hielten die Fahne hoch. Nelly lächelte der Frau zu, die die Stirn runzelte und ihr misstrauisch mit den Blicken folgte. Wer war diese große Rothaarige, die durch die Gasse schritt, als gehöre sie ihr? Doch die Kommissarin war in Gedanken schon wieder bei dem bevorstehenden Treffen mit Basile und den »Enthüllungen«, die er ihr versprochen hatte. In der Zwischenzeit war ihr klargeworden, dass ihr Treffpunkt genau jener Platz war, wo sie Matteo Albini »verloren« hatte, und ihre Hände kribbelten vor Aufregung.

Auch die Piazzetta war wie ausgestorben, abgesehen von zwei räudigen Katzen, die ausgestreckt und schläfrig vor einer nagelneuen, glänzend grünen Tür in der Sonne lagen. Basile hockte auf einem Poller in der Nähe. Als er sie sah, hob er kurz die Hand und wandte sich ohne ein Wort der Begrüßung direkt zur Tür. Sie folgte ihm stumm. Vor der Tür nahm der Mann einen Dietrich aus der Jackentasche und steckte ihn ins Schloss. Die Tür öffnete sich geräuschlos, dahinter lag ein dunkler und kühler Gang. Eine Treppe mit hohen Schieferstufen führte steil nach oben, Basile schloss die Tür hinter ihnen und begann, mit einer angesichts seiner Leibesfülle unerwarteten Beweglichkeit, hinaufzusteigen. Nelly folgte ihm anstandslos. Bestimmt fünf Stockwerke Stufen, schließlich ein Treppenabsatz mit zwei dunklen Wohnungstüren. Die rechte von ihnen war weniger leicht zu öffnen als die Haustür, doch der Brigadiere schaffte es. Nelly fragte sich, was zum Teufel sie da tat, außer eine nicht näher definierte Zahl von Gesetzen zu brechen, doch sie spürte, dass sie diese perfekte, nagelneue, bis ins kleinste Detail renovierte Wohnung sehen musste. Das Äußere des Hauses hätte niemals auf ein so luxuriöses Inneres schließen lassen. Die Wohnung war ein Juwel. Ein kleiner Eingangsbereich mit einem Fenster auf den Seitenhof hinaus. Eine Tür führte direkt in ein recht geräumiges Wohnzimmer mit hellem Parkettfußboden. Der Innenarchitekt verstand sein Geschäft: das Ganze strahlte eine Aura von Luxus und Komfort aus, Senf- und Türkistöne, modernes Design von erlesenem Geschmack. Nelly musste dieses Schmuckkästchen unwillkürlich bewundern, die perfekt ausgestattete Küche, ein riesiges Wasserbett mit Spiegeln an der Decke, wenige, antike Möbel, Wände und Vorhänge, Tagesdecke und Kissen in verschiedenen Blautönen. Fernseher und Videorekorder, eine große Auswahl an Pornofilmen. Dann sah sie das Foto von Monica und Miriam. Am Meer, im Sommer. Es stand in einem silbernen Rahmen auf einem kleinen Möbel des englischen Klassizismus. Wer weiß, aus welchem Grund Nelly nicht besonders erstaunt war. Für sie war klar, dass Monica irgendetwas mit der Wohnung zu tun hatte. In dieser verdammten Geschichte hatte sie mit allem etwas zu tun, und wie. Auch hier lag dieser durchsichtige Hauch eines Nichts, genau wie in ihrer Wohnung, auf dem Boden. Doch das Parfüm war ein anderes. Es war nicht *Opium*, und es erfüllte den gesamten Raum. Sie hatte den Duft schon einmal wahrgenommen … sie erinnerte sich nicht genau, vielleicht in Gudrun Fallaris Haus. Oder war es bei den Pittalugas gewesen? Jedenfalls handelte es sich um *Giò* von Armani. Düfte gehörten zu Nellys wenigen weiblichen Schwächen. In den Schubladen nur Unterwäsche, für Damen und Herren, Präservative, im Wandschrank Bademäntel und Hausröcke, Pflegeprodukte fürs Bad, ein gefüllter Kühlschrank. Champagner, hauptsächlich Veuve Clicquot. Ein Liebesnest. Ein Absteigequartier. Sofort zählte sie zwei und zwei zusammen: Hierhin musste Matteo Albini verschwunden sein, damals, als sie ihn ertappt hatte, wie er ihr folgte. Oder vielleicht war er ihr gar nicht gefolgt, sondern einfach auf dem Weg hierher gewesen, als sich ihre Bahnen kreuzten. Vielleicht glaubte er, sein Versteck sei aufgeflogen. Die Dinge erschienen ihr nun in einem neuen Licht. Wessen Quartier war das hier? Albinis? Gianandreas? Oder etwa von beiden, Herr und Angestellter? Und wen brachten sie hierher? Die jeweiligen Geliebten, in einem gefährlichen Spiel, einer hinter dem Rücken des anderen? Oder sprachen sie sich ab? Nelly wurde ganz schwindelig. Basile hielt am Eingang Wache. Sie ging zu der anderen Wohnung, der linken Tür, und bedeutete ihm, sie zu öffnen. Am Anfang hatte Basile Schwierigkeiten, doch schließlich meisterte er auch dieses Schloss. Und hier erwartete sie eine weitere Überraschung. Die Einrichtung war ganz anders als in der ersten Wohnung, barocker und protziger. Der Besitzer oder derjenige, der sie bewohnte, musste ein völlig anderer Mensch sein als der, der das Apartment gegenüber benutzte. Die vorherrschende Farbe war Rot, Samt und Brokat die bestimmenden Stoffe. Ein übergroßes Sofa aus schwarzem Leder. Teuer und eher geschmacklos. Im Schrank hingen keine Kleider, doch Nelly konnte sie fast vor Augen sehen: Größe, Stil. Und dann die unnachahmlichen Krawatten. Hier hatte Paco gewohnt, darauf hätte Nelly ihren Kopf verwettet. Von Ausweispapieren keine Spur. Der Kühlschrank leer. Alles blitzblank geputzt. Es sah aus, als sei diese Wohnung lange Zeit nicht benutzt worden. Aber sie hatten ja Pacos Schlüsselbund, es wäre also ein Leichtes zu überprüfen, ob er hier gewohnt hatte.

Bis zu diesem Moment hatten die beiden kein Wort gewechselt. Nelly wollte gerade den Mund öffnen und etwas sagen, als

Basile den Finger an die Lippen legte. Sie spitzten die Ohren, schnellen Schrittes kam jemand die Treppe herauf. Er blieb vor der Wohnung stehen, die sie zuerst besichtigt hatten. Zum Glück hatten sie die Tür hinter sich zugezogen, bevor sie die andere betreten hatten. Ein leises Rascheln, dann drehte sich der Schlüssel im Schloss. Basile und Nelly pressten die Ohren an die Tür, um zu hören, was passierte. Paco würde wohl kaum nach Hause kommen, weder heute noch in den folgenden Tagen. Und tatsächlich betrat der geheimnisvolle Besucher entschlossen das Liebesnest. Basile hielt Nelly davon ab, die Tür einen Spaltbreit aufzumachen, um zu sehen, wer es war: zu gefährlich, formten seine Lippen geräuschlos. Die Tür der rechten Wohnung schloss sich hinter dem Neuankömmling, und die zwei huschten schnell hinaus, zogen die Tür so leise wie möglich hinter sich zu und eilten die Treppenstufen hinunter.

Als sie draußen in der Sonne standen, im Carruggio weit entfernt von der Piazzetta, sagte Nelly: »Danke, Brigadiere. Das war unglaublich, eine Riesenhilfe. Aber woher wussten Sie …«

Der Mann lächelte freudig, hielt sich mit listigem Blick die Hand vor den Mund, als Zeichen der Verschwiegenheit.

»Ich kenne jemanden im Präsidium. Ich habe gehört, dass eine Wohnung gesucht wird. Von dem Toten, den Schlüsseln, dem anderen. Die Altstadt hat viele Augen und Ohren, und ich habe noch ein paar meiner alten Informanten, zuverlässige Leute. Ich freue mich, dass es ein Treffer war, Dottoressa. Und ich hoffe sehr, dass diese Entdeckung Sie einen Schritt voranbringt auf der Suche nach dem oder den Verbrechern, die all diese Schweinereien begangen haben.«

»Es wäre verdammt interessant zu wissen, wer da in die Wohnung gegangen ist. Das brächte uns wirklich voran, obwohl ich ein paar Vermutungen habe.«

»Meine Informanten sagen, in der Wohnung herrsche ein reges Kommen und Gehen, mit einigen Konstanten: der Mann vom Zeitungsfoto, dieser Hausmeister der Pittalugas, Matteo Albini, und der andere, den Sie … der in der Schießerei ums Leben gekommen ist«, verlegen machte er eine Pause, doch Nelly zeigte keine Gefühlsregung, »und ein paar Frauen.«

»Das Mädchen aus der Zeitung, Monica Pittaluga? Haben Sie die hier reingehen sehen? Die von dem Bild im Schlafzimmer?«

Nellys Stimme klang so aufgeregt, dass Basile sie erstaunt ansah.

»Von ihr war nicht die Rede. Wohl aber von anderen Frauen. Von vielen, die sich wahrscheinlich mit dem Toten trafen. Als er noch lebte, natürlich«, fügte er schnell hinzu, als er sich seiner ungewollt komischen Bemerkung bewusst wurde. Aber Nelly hatte derzeit keinerlei Sinn für Humor und verzog keine Miene.

»Ich werde Ihnen die Fotos zukommen lassen, damit Sie sie Ihren Informanten zeigen können.«

»Dottoressa, wir hatten heute Pech – oder Glück, wie man's nimmt, mir wurde gesagt, dass sich dort schon tagelang niemand mehr hat blicken lassen.«

Das glaubte ihm Nelly sofort.

»Und was haben Sie nun vor, mit der Wohnung?«

»Überprüfen, ob Paco Vennaros Schlüssel zu den Türen passen, zur Haustür und der linken Wohnungstür, zumindest. Und das Haus heimlich überwachen lassen, um zu sehen, wer dort ein und aus geht. Und zuallererst natürlich prüfen, wem es gehört oder wer Mieter ist.«

Sie wollte noch etwas hinzufügen, doch Basiles Hand packte sie am Arm und zog sie schnell in den Schatten des Hauseingangs, in dem sie sich auch damals vor ihrem vermeintlichen Verfolger versteckt hatte. Aus Richtung der Piazzetta kam jemand schnell den Carruggio herabgelaufen. Ohne sich umzusehen, ging die Person an ihrem Versteck vorbei. Nelly traf fast der Schlag. Es war Federica Pittaluga. Sie weinte haltlos. Die

Tränen kamen unter den großen Gläsern der Sonnenbrille hervor und rannen ihr still über die Wangen. Basile bemerkte die Überraschung der Kommissarin.

»Und schon ist uns ein Fisch ins Netz gegangen«, kommentierte er mit leiser Stimme.

»Und was für einer!«, fügte sie hinzu.

Nun erst setzte sich das Gesamtbild von Albini und Federica in ihrem Geist zusammen, bis ins Detail, auf dem großen, nachtblauen Bett, beide nackt in den Seidenlaken, sie mit orgiastisch entrückter Miene. So wenig ihr Matteo Albini gefiel und behagte, empfand sie doch zum ersten Mal eine Art Komplizenschaft, ein tiefes weibliches Verständnis für Federica.

»Sie ist kein kalter Fisch, sie ist letztendlich auch eine Frau aus Fleisch und Blut«, dachte sie, und dieser Gedanke mischte sich mit der Schadenfreude, dass dieser Großkotz Gianandrea mit wohlverdienten, schweren Hörnern auf dem kahlen Haupt herumlief.

»Brigadiere, Sie waren mir eine außergewöhnlich große Hilfe, und wenn Sie noch etwas hören, wissen Sie ja, wo Sie mich finden.«

Basile wirkte plötzlich zehn Jahre jünger. Seine Augen blitzten, die Wangen waren vor Aufregung gerötet.

»Darauf können Sie sich verlassen, Dottoressa Rosso. Es war mir wirklich ein Vergnügen.«

Nachdem sie sich von dem Mann verabschiedet hatte, der direkt zu Beppes Bar ging und dabei zehn Zentimeter über dem Erdboden zu schweben schien – er war glücklich, auch wenn er sein Geheimnis niemandem anvertrauen durfte –, kehrte Nelly ins Polizeipräsidium zurück. Sie dachte immer noch an Federica, an ihr hemmungsloses Weinen. An ihre ungewohnte Kleidung, Jeans, Männerhemd, die pathetische dunkle Brille, die dennoch ihren Gefühlsausbruch nicht verbergen konnte. Was war nur der Auslöser gewesen? Und wenn sie sich irrte, wenn es nicht Federicas Liebesnest gewesen war, sondern Monicas? Wenn die Mutter es entdeckt hatte? Sie musste Tano über alles informieren. Tano? Ja, so nannte sie ihn bei sich, bei diesem neapolitanischen Gangster-Vornamen. Eine kurze Verwunderung überkam sie, die schnell wieder von ernsteren Gedanken abgelöst wurde. Die Entdeckung der Wohnung hatte sie wie elektrisiert. Sie verscheuchte auch die albernen Gedanken an Federicas und Matteos Liebesspiele und an den gehörnten Gianandrea, die, wie sie fand, unter der Würde einer ernstzunehmenden Polizistin waren. Dennoch lächelte sie bei sich, als sie das Büro des stellvertretenden Polizeipräsidenten betrat.

»Nelly, guten Morgen. Wir scheinen heute guter Dinge zu sein«, empfing er sie mit einem breiten Grinsen.

»Ich habe auch allen Grund dazu, Tano. Ich habe höchstwahrscheinlich Pacos Schlupfwinkel entdeckt. Und auch die Wohnung, die Angehörige der Genueser High Society für ihre amourösen Treffen nutzen.«

Diese letzte Neuigkeit war ein Leckerbissen für ihn. Seine Augen blitzten.

»Spannen Sie mich nicht auf die Folter, erzählen Sie schon!«

Valeria staunte. Dottoressa Rosso war nun schon seit über einer Stunde beim Vizechef und wollte gar nicht mehr herauskommen. Valeria war von Natur aus unfähig, schlecht von anderen zu denken, insbesondere von Nelly, insofern kam sie nicht auf die Idee, dies könne rein private und ganz unprofessionelle Gründe haben, aber sie war doch verblüfft. Ob die Ermittlungen nun vor der entscheidenden Wende standen? Hoffentlich, dann wäre die Kommissarin vielleicht endlich wieder so ausgeglichen und heiter wie früher und nicht dieses Nervenbündel, das sie manchmal ohne jede Sympathie musterte, als sei sie eine Fremde. Ach, das war aber auch eine unschöne Geschichte, und dann war auch noch ihr Sohn Maurizio darin verwickelt. Das war hart für eine Mutter. Einen Moment lang dachte sie an ihre beiden Mädchen, die gerade anfingen, sie infrage zu stellen, zu kritisieren. Die sie manchmal kaum wiedererkannte. Wenn sie jemals in eine solche Sache verstrickt wären, wie würde sie wohl reagieren? Sie erschauderte leicht. Besser gar nicht darüber nachdenken, wozu sich heute mit den Sorgen von morgen belasten? Doch ein Schatten hatte ihr Herz gestreift. Die langen Jahre voller Angst mit dem geliebten, drogenabhängigen Mann kamen ihr wieder in den Sinn. Mühsam riss sich Valeria zusammen und kehrte zu den Papierbergen zurück, die sich auf ihrem Schreibtisch türmten.

Sie war ganz in die Arbeit vertieft, als die Tür aufging und Bianchi den Kopf hereinstreckte. Er atmete schwer, so als sei er gerannt.

»Ist Dottoressa Rosso hier?«

»Sie ist beim Vize…«

Valeria konnte den Satz nicht zu Ende sprechen. Die Tür schlug zu, Bianchi war offenbar schon in Tanos Büro gestürzt. Ja, insgeheim nannte auch Valeria ihren attraktiven Vorgesetzten so. Nicht, dass sie sich irgendwelche Chancen ausgerechnet oder es gar auf eine Affäre angelegt hätte. Um Himmels willen, nein. Es ging ihr gut mit Mario. Er war so solide, zuverlässig, der sichere Hafen nach den Stürmen. Aber was ist eine Frau ohne Phantasien? Tano Esposito war nun mal der Prototyp eines Abenteuers, von dem jede Frau träumte. Das war nicht seine Schuld und auch nicht die der Frauen. Es war einfach so. Nun spitzte Valeria neugierig die Ohren in Richtung seines Büros. Sie konnte sich nicht mehr auf die Arbeit konzentrieren. Es war klar, dass entscheidende Dinge vor sich gingen. Wenige Minuten später tauchte Gerolamo in der Tür auf, und es wiederholte sich die gleiche Szene wie bei Bianchi. Valeria wünschte sich, eine Fliege zu sein und in Tanos Büro brummen zu können, um die neusten Entwicklungen mitzubekommen. Denn die gab es, das war mal sicher. Aber sie war eben immer die Letzte, die etwas erfuhr, zum Kuckuck damit!

Nach einer weiteren halben Ewigkeit verließen Nelly und Gerolamo das Büro des stellvertretenden Polizeichefs. Jeder von ihnen schien ganz genau zu wissen, was er zu tun hatte. Der Assistent verschwand in null Komma nichts die Treppen hinunter, er benutzte nie den Aufzug, und Nelly kam türenschwingend hereingestürmt. Valeria sah, dass ein ernster, fast düsterer Ausdruck auf ihrem geröteten Gesicht lag. Keine Spur von Triumph, von Befriedigung über einen gelösten Fall. Sie war angespannt, ihre zusammengepressten Lippen ein schmaler Strich. Die tiefe Falte zwischen den Augenbrauen lud nicht eben zu Fragen oder Kommentaren ein. Die Polizeibeamtin musste sich auf die Lippen beißen, um sich zurückzuhalten. Nelly verschwand in ihrem Büro, ohne sie anzusehen, und schloss wortlos die Tür hinter sich.

»Heilige Mutter Gottes, was mag denn nun wieder passiert sein? Von wegen gelöster Fall«, murmelte Valeria bei sich. Lustlos machte sie sich wieder an die Arbeit.

Neunter Tag

Nachmittag

Nelly schaute aus dem Fenster auf den Park, der den Corso Aurelio Saffi begrenzte, den Kopf gedankenleer. Ein Bild nach dem anderen tauchte in ihrem Geist auf, völlig uneingeladen: Mau bei seinen ersten, wackeligen Schrittchen, so pummelig, wie er später nie mehr gewesen war, Roberto, der glücklich lachend herbeisprang, um ihn vor dem Sturz aufzufangen. Robertos Leiche auf dem Tisch im Leichenschauhaus, sie, wie sie in dem leeren Haus an jenem ersten Abend Mau an sich presste, ihre Mutter, die nicht mehr aufhörte zu weinen, während sie selbst wie versteinert war. Wie verrücktspielende Blitze lösten sich die Visionen ab, Mau in den folgenden Jahren, sein erstes Fahrrad, das Clownskostüm an Karneval, im Zeltlager als Wölfling, später als Pfadfinder. Und Monica, so klein und so blond, viel blonder als heute, die an ihren Lippen hing.

»Darf ich zum Abendessen bleiben, Nelly? Darf ich, ja?«

Wann hatte sie aufgehört, so vertrauensselig, so unfassbar süß zu lachen? In welchem Alter hatten sich ihre hellen Augen von klaren Seen in unergründliche Brunnenschächte verwandelt? Sie sah ihre Mutter, die den drei Kindern Mau, Monica und Franci Brote schmierte, in ihrer alten Küche: Ohne ihre Hilfe hätte sie niemals weiterarbeiten können. Doch sie hatte es ihr nicht gedankt. Immer war sie abweisend gewesen, hart und verschlossen in ihrem Schmerz. Ihr Vater war damals schon tot. Dann sah sie ihre Mutter auf dem Sterbebett, unendlich traurig und fern. Nelly erschauerte. Sie löste sich gewaltsam vom Fenster und dem Bilderfluss, der sich ihrer bemächtigt hatte; dies war nicht der Moment, um Bilanz zu ziehen, sich in Erinnerungen zu ergehen oder Reue zu empfinden, es gab so viel zu tun.

Die neusten Entwicklungen hatten Teile des Bildes erhellt, ohne etwas wirklich Entscheidendes für das Gesamtverständnis hervorzuheben: Das Ausgangspasswort war tatsächlich Miriam gewesen, doch wie bei chinesischen Schachteln zeigte sich auf dem Bildschirm nur eine neue endlose Reihe chiffrierter Daten. Kaum hatten sie ein Hindernis überwunden, und was für eins, standen sie schon vor dem nächsten. Bianchi hatte aufgegeben, um diesen Code zu entschlüsseln, brauchte es die Erfahrung einer Spezialabteilung, die sich in Rom befand. Und dorthin wurde der Inhalt des Mikrochips nun geschickt.

»Valeria, komm doch bitte mal«, rief Nelly, im Rahmen der Tür stehend, die ihre Büros voneinander trennte.

Neunter Tag

Abend

Im Wohnzimmer des Apartments in Nervi saßen ein angegrauter Herr, eine rothaarige Frau und ein schlaksiger Junge mit Dreadlocks schweigend beim Essen. Auf Außenstehende hätten sie wahrscheinlich wie eine ganz normale Familie gewirkt, die sich abends bei Tisch trifft. Schließlich verläuft die Kommunikation auch in vielen »normalen« Familien nicht besonders lebhaft. Doch hier war schnell klar, dass diese Familie nicht normal war, ganz zu schweigen von der Situation. Nelly war spät nach Hause gekommen, sie wirkte angespannt und bekümmert. Die beiden Männer hatten mit dem Essen auf sie gewartet, doch das schien ihre Stimmung nicht zu heben.

»Ihr hättet ruhig schon anfangen können. Tut mir leid, dass ich nicht Bescheid gesagt habe, dass es später wird«, lautete ihr gleichgültiger Kommentar.

Carlo und Mau wechselten einen verwunderten Blick. Ihr Verhältnis hatte sich mit den gemeinsam verbrachten Stunden allmählich gefestigt. Es entwickelte sich zu einer innigen Komplizenschaft, wie sie es vorher nicht gekannt hatten. Mau entdeckte, dass sich die Beziehung zu einem Mann auf einer völlig anderen Wellenlänge abspielte als die zwischen ihm und seiner Mutter. Und Carlo, den die versagt gebliebene Vaterschaft im Grunde seines Herzens immer noch schmerzte, erfreute sich am Kontakt mit dem witzigen und sensiblen Jungen, der ihm weder durch eine unterschwellige Konkurrenz noch durch sonstige emotionale Verwirrungen entfremdet wurde, wie es zwischen Vater und pubertierendem Sohn sonst häufig der Fall war. Sie waren schon beim Kaffee, als Nelly endlich das Schweigen brach.

»Mau, unsere Ermittlungen haben heute eine neue Wendung genommen. Es ist nicht länger ratsam für dich hierzubleiben, morgen wirst du an einen geheimen Ort gebracht. Dort bleibst du, bis die Lage sich normalisiert hat.«

»Normalisiert? Was zum Teufel soll das heißen? Mir geht's prächtig hier und Carlo kümmert sich um mich, ich werde also ständig überwacht. Sag, was los ist, warum wollt ihr mich wegbringen? Hat es etwas mit Moni zu tun?«

Mau war offensichtlich alarmiert. Auch Carlo wollte etwas einwenden, doch Nelly kam ihnen zuvor.

»Es wird gemacht, wie ich sage, Mau. Und was Moni anbelangt, kann sein. Du weißt, dass sie in dieser Sache drinsteckt. Carlo kann nicht ewig deinen Babysitter spielen, früher oder später muss auch er wieder arbeiten. Ich habe keine Lust, darüber zu streiten, ich hatte einen sehr anstrengenden Tag. Morgen Mittag wirst du abgeholt und weggebracht. Ende der Diskussion.«

Mau wurde rot wie eine reife Paprika. Er war kurz davor zu explodieren, überlegte es sich aber anders, sprang auf und stürmte in sein provisorisches Gästezimmer. Die Tür schlug laut hinter ihm zu. Seine Mutter und Carlo blieben einige Minuten schweigend sitzen. Dann stand Nelly auf, holte die Flasche Four Roses aus dem Barschrank, wo sie immer stand, und goss sich einen großzügigen Schluck ein. Carlo beobachtete sie stumm.

»Möchtest du auch einen?«, fragte sie schließlich und hielt ihm die Flasche hin.

»Ja, bitte.«

Sie tranken schweigend und sahen sich dabei immer mal wieder an, jeder darauf wartend, dass der andere das Wort ergriff. Schließlich begann Carlo:

»Bist du sicher, dass du das Richtige tust? Dein Sohn hat sich gerade wieder etwas gefangen, ich glaube nicht, dass er hier bei mir in Gefahr schwebt. So mit ihm zu sprechen, ihn zum jetzigen Zeitpunkt wegzubringen, ist eine Provokation. Du weißt, wie sehr er an dem Mädchen hängt. Schon gestern Abend seid ihr ihretwegen aneinandergeraten. Er könnte falsch reagieren …«

»Es ist mein Sohn, es ist mein Fall und auch meine Verantwortung. Ich weiß, dass du das sagst, weil du ihn magst, ich bin dir auch dankbar dafür, aber ich möchte dich bitten, dich nicht einzumischen, Carlo. Ich schwöre dir, es ist so schon schwer genug für mich.«

»Nelly, warum übergibst du die Ermittlungen nicht jemand anderem und nimmst dir ein paar Tage frei? Das würden alle verstehen. Wir fahren mit dem Jungen irgendwohin, vielleicht wäre er damit einverstanden, obwohl ich meine Zweifel habe.«

Sie nippte an ihrem Bourbon, ohne den Mann anzuschauen, der sich vorgebeugt hatte. Mit einem Schluck leerte sie ihr Glas und sagte bestimmt:

»Tut mir leid, ich kann nicht anders.«

Und bevor er etwas erwidern konnte:

»Ich bin todmüde, Carlo, wirklich. Ich gehe schlafen.«

Er blieb allein zurück und schenkte sich, während sie im Bad verschwand, noch einen großen Schluck Four Roses nach. Irgendetwas stimmte da nicht. Ein nicht greifbares Gefühl der Unruhe befiel Carlo, der mit dem Glas in der Hand auf die Terrasse trat und lange auf das von glitzernden Lichtern gesprenkelte schwarze Meer hinaussah. Noch vor wenigen Tagen war Nelly ihm so nahe gewesen wie nie zuvor, und nun schien sie Lichtjahre entfernt. Es war, als sei sie plötzlich eine Fremde geworden.

Im Dunkeln auf dem Schlafsofa ausgestreckt, starrte Nelly an die Zimmerdecke, ohne sie zu sehen. Sie lag lange wach, doch als Carlo leise neben ihr unter die Decke schlüpfte, stellte sie sich schlafend.

Zehnter Tag

Morgen

Nelly wurde um halb acht wach, weil ihr Handy klingelte. Einen Moment lang fragte sie sich, wo sie war. Carlos kleine Wohnung, ja sogar dass er schlafend neben ihr lag, flößte ihr ein beklemmendes Gefühl der Fremdheit ein.

»Ja, Gerolamo«, murmelte sie leise, um ihren Gefährten nicht zu wecken. Dann erhob sie sich, ging zu Maus Zimmer und schaute hinein. Das Bett war zerwühlt, der Junge weg.

»Er ist vor wenigen Minuten herausgekommen. Er sieht sich dauernd um, ob er verfolgt wird, aber wir sind ihm auf den Fersen«, berichtete ihr Assistent verschwörerisch.

»Gerolamo, bitte, jetzt hängt alles von euch ab … wenn ihr ihn verliert … wenn ihm etwas zustößt, ich …«

»Ich weiß, Dottoressa. Ganz ruhig, wir verlieren ihn nicht aus den Augen. Und den Minisender haben Sie ja sicher gut platziert, der wird uns führen, falls er uns entwischen sollte. Wir können jederzeit eingreifen. Alles wird gutgehen.«

»Himmel, ich weiß wirklich nicht, wie ich mich von Esposito dazu überreden lassen konnte, meinen Sohn als Köder zu benutzen, ich muss wirklich verrückt gewesen sein. Wo ist er jetzt?«

»Er tut so, als ginge er joggen, hat sich die Kapuze seines Pullis tief ins Gesicht gezogen. Um ein Haar wäre er uns durch die Finger geschlüpft.«

Nelly entfuhr ein leises Stöhnen.

»Aber er hat es nicht geschafft. Er läuft ohne Eile Richtung Bogliasco, jetzt ist er im Ortskern von Nervi, bald hat er die Aurelia erreicht.«

»Ich bin sofort da.«

Nelly warf sich eilig in Hose, T-Shirt und Pullover und band sich im Bad, auf dem WC sitzend, gerade die Laufschuhe zu, als Carlo im Türrahmen auftauchte. Es war klar, dass er ziemlich sauer war.

»Das war also alles ein abgekartetes Spiel, um seine Flucht zu provozieren und ihm dann zu folgen. Ich hoffe, du wirst es nicht bereuen, Nelly. Die Risiken kennst du besser als ich.«

Er musste aufgewacht sein und ihr Telefonat mitbekommen haben. Einen Augenblick sah sie ihn überrascht und bestürzt an, fing sich aber schnell wieder:

»Carlo, ich bin keine verantwortungslose Mutter. Mein Sohn ist alles, was ich habe. Das weißt du. Es wäre sowieso passiert, Mau wäre auf jeden Fall abgehauen, um Moni zu treffen. Vielleicht morgen oder in zwei Tagen oder in drei. Oder sie hätte nach ihm gesucht. Und vielleicht hätten wir ihn aus den Augen verloren, mit unberechenbaren Folgen. Es ist ... sein Herz treibt ihn. Das klingt melodramatisch, aber genau so ist es. Die beste Art, ihn zu beschützen, ist, der Sache auf den Grund zu gehen, die Wahrheit herauszufinden, die Fäden des Spiels selbst in der Hand zu halten.«

»Wer hat dir denn diesen Quatsch eingeredet? Etwa dein schöner Polizeivize? Der will doch nur seinen Fall lösen, was interessiert den schon Maurizio? Dem kann's ja egal sein, wenn er dran glauben muss.«

Carlo brüllte förmlich.

»Los, geh schon, bloß keine Zeit verlieren. Aber auch ich hänge an Maurizio. Ist schließlich der einzige Sohn, den ich habe. Wie's scheint, hänge ich vielleicht sogar mehr an ihm als du.«

Nelly hatte sich das nicht bis zu Ende angehört. Blitzschnell hatte sie die Pistole eingesteckt, und während sie die Türklinke packte, um die Treppe hinunterzustürzen, schrie sie verbittert ihren Geliebten an, der mitten im Zimmer stand:

»Danke, Carlo. Vielen Dank für die Unterstützung und das

Verständnis!« Ihre Augen waren voller Tränen, doch sie schluckte sie hinunter, und mit Gerolamo am Handy, der ihr den Weg wies, setzte sie sich ihrem Sohn mit gebührendem Abstand auf die Fersen.

Es war kein sehr sonniger Tag. Die Temperatur war abgekühlt, und über den Himmel zogen weiße und blaue Wolkenstreifen, welche die Tramontana nach Kräften zu zerstreuen versuchte. Ideales Laufwetter, doch keiner der morgendlichen »Jogger« achtete darauf. Am wenigsten Maurizio, der es nicht erwarten konnte, Monica zu treffen. Er hatte beinah sofort gemerkt, dass er beschattet wurde, doch er hoffte, die Verfolger noch abhängen zu können. Erst war er durch die Via degli Aranci gelaufen, dann zwischen den hohen Mauern der engen Via del Commercio im Ortskern hindurch, um schließlich bei Capolungo auf die Aurelia zu stoßen. Schnell ließ er Nervi hinter sich und lief in Richtung Bogliasco. Rechts, weit unterhalb von ihm das Meer, die Oberfläche vom Wind gekräuselt, in einem leicht bedrohlich wirkenden Blaugrau. Dann erreichte er den Bahnhof von Bogliasco, wo die Schranken des Bahnübergangs sich gerade schlossen und das bekannte Signal den nahenden Zug ankündigte. Der Junge schien anzuhalten, doch dann sprang er mit einem Satz über die heruntergelassene Schranke und schaffte es gerade noch, vor dem vorüberfahrenden Zug die Gleise zu überqueren, ohne von ihm erfasst zu werden. Nicola, der etwa zwanzig Schritte hinter ihm war, musste den Zug passieren lassen, um nicht überrollt zu werden. Als er wild fluchend endlich auf der anderen Seite des Bahnübergangs stand, war Mau verschwunden.

»Verschwunden? Wie das? O nein, nein …«

Nelly hatte mittlerweile die Villengegend erreicht, wo auch Gudrun Fallari und Miriam wohnten. Gerolamo, der einen kleinen Vorsprung hatte, versuchte die Kommissarin zu beruhigen.

»Das hätte nicht passieren dürfen, aber es ist auch nicht weiter schlimm. Wir folgen einfach dem Signal des Peilsenders, es zeigt an, dass er in den Ort hineinläuft, Richtung Bar *Peruzzi*. Ich gehe jetzt dorthin.«

»Ich komme«, erwiderte Nelly atemlos und ohne lang zu überlegen.

Keuchend erreichte sie Gerolamo, der in der Nähe des Bahnhofs auf sie wartete, und gemeinsam durchquerten sie die Ortschaft, geleitet von dem winzigen Sender, den sie in das Bündchen von Maus Kapuzenpulli eingenäht hatte. Kurz darauf trafen sie vor der Bar *Peruzzi* auf Nicola, der nach unten in Richtung der tiefer gelegenen Parkanlage wies.

»Dort irgendwo muss er sein. Ich bin ihm nicht gefolgt, um nicht entdeckt zu werden«, flüsterte er. Nelly kehrte um und bog in eine kleine Creuza ein, die sich nach einer Weile gabelte und wieder hinauf zu der Terrasse und dem kleinen Park führte, während Gerolamo und Nicola oben herum gingen und über die Treppenstufen herabkamen. Verblüfft trafen sie vor einer Bank wieder aufeinander, wo gut sichtbar Maus graues Kapuzensweatshirt lag. Der Junge hatte sie durchschaut, soviel war klar, hatte sie mit dem abgelegten Pullover samt eingenähtem Sender hierhergelockt.

»Verdammte Scheiße, er hat uns gelinkt. Aber weit kann er noch nicht sein«, stieß Gerolamo mit besorgtem Blick in Nellys leichenblasses Gesicht aus.

»Er könnte aber auch schon im Bus oder Zug nach Genua sitzen. Dann haben wir ihn verloren. Unsere einzige Hoffnung ist, dass er direkt zur Fallari-Villa geht. Nicola, du suchst den Bahnhof ab, dann durchkämmst du den Ort, zusammen mit Lepri, der überwacht noch die Aurelia, sag ihm, er soll herkommen, wir gehen zu Gudrun«, befahl Nelly, die sich wieder gefangen hatte. Was sie am meisten gefürchtet hatte, war eingetroffen: Der Junge hatte sie abgehängt.

Wenige Minuten später klingelten sie und Gerolamo an der Haustür der Familie Fallari. Verschlafen und im Morgenmantel öffnete Miriams Mutter die Tür. Kaum hatte sie die Kommissarin erkannt, bellte sie wütend los.

»Sie geben wohl nie auf, wie? Was wollen Sie denn noch von uns?«

»Ist Monica bei Ihnen?«

»Nein, ich glaube nicht … ich sehe mal nach. Warum überhaupt? Wer gibt Ihnen das Recht, in die Häuser der Leute einzudringen. Ich rufe jetzt …«

Nelly schob sie grob beiseite und betrat das Haus. Gerolamo folgte ihr. Sie suchten alles ab. Aber keine Spur, weder von Monica noch von Miriam.

»Er hat uns wirklich an der Nase herumgeführt«, sagte Gerolamo zerknirscht. »Wer weiß, wo sie sich verabredet haben.«

Gudrun hatte mittlerweile ihren Anwalt angerufen, der Gift und Galle spuckte, und gleich darauf die Pittalugas.

»Monica ist nicht zu Hause. Und Matteo Albini auch nicht.« Sie wirkte ehrlich erstaunt darüber und schien sich allmählich selbst Sorgen zu machen. Nelly und Gerolamo rannten hinaus, während Gudrun ihnen kurzentschlossen folgte.

»Er ist irgendwo hier. Weit kann er nicht sein«, wiederholte Nelly und ging in Richtung der Bahngleise, die weiter unten durch den Park führten.

»Himmel, was für ein Schlamassel!«, stöhnte Gerolamo.

»Er muss einfach hier sein. Wenn er uns ans andere Ende des Ortes geführt hat, dann, weil er uns von hier fernhalten wollte. Er hat keinen großen Vorsprung. Wir müssen uns trennen, Gerolamo, du gehst dort hinüber, und sag Nicola und den anderen Bescheid, dass sie kommen und die Gegend gründlich durchkämmen sollen. Und Sie«, wandte sie sich drohend an Gudrun, »wehe Ihnen, wenn meinem Sohn etwas zustoßen sollte! Sie kennen den Park gut, Sie kommen mit mir!«

»Ich … komme mit, aber ich verstehe nicht, was hier eigentlich los ist, was haben diese Kinder nur wieder vor? Können Sie mir das erklären?«

Maurizio saß wartend auf einem Felsen in der geheimen Bucht, der Bucht ihrer sommerlichen Badeausflüge. Um dorthin zu gelangen, musste man unter einem Felsvorsprung durchschlüpfen, auf dem Pinien und Myrte, Lorbeer und Ginster wuchsen, musste bei ruhiger See kniehoch durchs Wasser waten, bei stürmischer See hindurchschwimmen. Heute Vormittag war das Meer gekräuselt von der Tramontana, aber relativ ruhig. Der Junge saß auf »ihrem« Stein und wartete. Er keuchte noch von dem Sprint, mit dem er seine Beschatter abgehängt hatte. Von oben war die winzige Bucht nicht zu sehen. Und auch nicht vom Meer aus, wo sie durch eine Reihe hoch aus dem Wasser ragender Felsen abgeschirmt wurde. Monica war noch nicht da, die Möwen kreischten und stürzten sich hinab, um sofort mit ihrer Beute im Schnabel wieder aufzusteigen. Plötzlich hörte Mau einen undeutlichen Laut aus dem Schuppen, in dem das Werkzeug für die Boote aufbewahrt wurde, oder vielleicht von den paar Gesteinsbrocken, die am Fuße der steilen Felswand in einer Linie mit dem Schuppen lagen.

»Monica? Bist du das?«, fragte er hoffnungsvoll, stand auf und ging in die Richtung, aus der das Geräusch gekommen war.

Nelly hatte das Gefühl, das Herz müsse ihr jeden Augenblick in der Brust zerspringen. Sie keuchte, doch nicht nur vor Anstrengung, während sie mit Gudrun den schmalen Fußweg hinabrannte, der die Kurven der Straße abkürzte, die zu den am Hang verstreuten Villen führte. Irgendwann hörte der Asphalt auf, und man konnte nur noch über immer steilere Pfade zu den tiefer gelegenen Buchten vordringen. Doch zunächst musste man auf einer Fußgängerbrücke die Bahngleise überqueren. Die

Frauen sprachen nicht. Erst als sie auf der anderen Seite der Gleise waren, fragte Gudrun: »Können Sie mir jetzt endlich sagen, was hier los ist?«

»Mein Sohn muss hier irgendwo sein. Und er schwebt in größter Gefahr, das gleiche Ende zu nehmen wie Franci und Habib.«

Gudrun erschauderte.

»Signora Fallari, von Mutter zu Mutter: gibt es hier irgendwo einen Ort, wo die Jugendlichen sich häufig aufhalten?«

Die Frau zuckte mit den Achseln.

»Vielleicht im Sommer? Ein Ort, an dem sie alleine sind, ein Versteck? Ein geheimer Treffpunkt?«

Mau hatte mittlerweile den Schuppen erreicht, aus dem die Geräusche kamen. Vorsichtshalber hatte er einen Stein aufgehoben, den er in der Tasche seiner Trainingshose fest mit der Faust umklammerte. In der frischen Morgenbrise zitterte er ein wenig, weil er seinen Pulli zurückgelassen hatte, aber auch vor Anspannung. Auf seine Rufe hatte niemand geantwortet, deshalb war er alarmiert. Die Tür zum Schuppen war nie abgeschlossen, sie war halb kaputt und schwang quietschend auf, als Mau dagegendrückte. Zuerst konnte er, aus dem grellen Sonnenlicht kommend, nichts erkennen in der Dunkelheit. Dann sah er eine Person, die stöhnend und sich windend auf einem Haufen Taue kauerte. Langsam ging er näher, und als er das Bündel zu sich umdrehte, erkannte er verblüfft Monica. Das Mädchen war an Händen und Füßen gefesselt, in ihrem Mund steckte ein Knebel. Mit heftigen Bewegungen hatte sie es geschafft, Geräusche zu machen und seine Aufmerksamkeit auf sich zu lenken.

»Moni! Was für eine Scheiße geht denn hier ab? Wer hat dich gefesselt?«

Während er sich schnell daranmachte, ihr den Knebel abzunehmen, sah er, dass das Mädchen die Augen angstvoll aufriss. Doch bevor er sich umdrehen konnte, bekam er einen schweren Schlag auf den Hinterkopf und verlor das Bewusstsein.

Kurz darauf kam er wieder zu sich, weil er vom Meerwasser durchnässt wurde. Er lag bäuchlings am Strand, und zwei kräftige Hände banden ihm Gewichte an Arme und Fußgelenke. Monica, die immer noch geknebelt war, war genauso bestückt und starrte ihn mit nacktem Entsetzen in den Augen an.

»Hil...«, setzte Mau an, doch der Lauf einer Pistole ließ ihn verstummen. Hinter der Pistole sah er in die verwaschenen Augen von Miriam, die ihn hasserfüllt anblickten.

»Miriam? Bist du denn total übergeschnappt?«, rief er erschrocken aus und versuchte gleichzeitig aus den Augenwinkeln zu erkennen, wer sich da an seinen Füßen zu schaffen machte. Es war Matteo Albini.

Er war ganz auf seine Arbeit konzentriert. Wenige Schritte von ihnen entfernt dümpelte ein Motorboot im seichten Wasser.

»Scheiße, Miriam, was habt ihr vor? Du bist ihre beste Freundin ...«

»Miriam, ja, ja, Miriam. Die dumme Gans. Die Kröte, so hat mich die Kuh da genannt«, und sie versetzte Monica einen Tritt, der sie aufstöhnen ließ.

»Aber ihr seid doch Freundinnen! Ich habe sie doch angerufen, und du warst am Telefon, gestern Abend, weil sie nicht konnte, aber sie sollte mich heute Morgen treffen, wir sollten uns doch hier ...«

Langsam ging Mau ein Licht auf.

»Und, ist sie etwa nicht da?«, spottete Miriam. »Da ist sie, deine süße Prinzessin. Ach, du bist aber auch naiv. Raffst du langsam, dass die Story für euch hier zu Ende geht?«

»Warum, Miriam?«

»Antworte ihm nicht, dumme Gans«, fuhr Matteo sie grob

an, »wir müssen von hier verschwinden, bevor sie uns finden. Dieser feine Herr wurde überwacht, wer weiß, ob sie ihn noch suchen, obwohl ich sichergestellt habe, dass er ab Bogliasco alleine war. Und diese Niete reinzulegen, die sie in Genua vor der Villa postiert haben, war ein Kinderspiel. Aber wir dürfen keine Zeit verlieren. Wir steigen ins Boot und lassen sie absaufen, aber natürlich müssen sie uns zuerst sagen, wo dieses Ding geblieben ist, das uns gehört. Und vielleicht, wenn sie es uns geben, überlegen wir es uns noch einmal anders und werfen sie nicht über Bord …«

Er lachte böse.

»Was für ein Ding?«, tat Mau erstaunt, der natürlich genau wusste, wovon Albini sprach.

»Vielleicht hast du es wirklich nicht«, warf Miriam ein. »Monica hätte es mir jedenfalls gesagt, wenn du es hättest … oder vielleicht auch nicht, am Ende hat sie Lunte gerochen, dass ich alles eingefädelt habe, die ganze schöne Geschichte, an der dieses Rindvieh von deiner Mutter sich den Kopf blutig stößt. Auch die tolle Kommissarin schätzt mich natürlich nicht besonders. Wie im Übrigen alle.«

»Hör schon auf mit dem Gejammer, dumme Kuh«, grunzte Matteo, »ich habe dich immer geschätzt. Für dich habe ich sogar auf die Annehmlichkeiten mit der Padrona verzichtet. Also nerv nicht rum. Ich riskiere hier Kopf und Kragen, nur weil ich auf dich gehört habe.«

Inzwischen hatte er Monica auf den Boden des Außenborders geschafft und schickte sich an, dasselbe mit Mau zu tun.

»Du? Ja, du bist zu mir gekommen, nachdem diese Nutte dich weggejagt hat und als du kapiert hast, dass ich ein funktionierendes Gehirn habe. Weil es dir passte.«

»Von wegen funktionierendes Gehirn. Du hast uns doch in diese ganze Scheiße reingeritten mit deinen tollen Plänen von den schnellen Millionen, und ich Trottel habe auf dich gehört.«

»Dafür werde ich uns auch wieder herausholen.«

»Und wie willst du ungestraft davonkommen? Du wohnst schließlich hier, ohne Alibi …«

»Aber wir haben doch ein Alibi. Wir waren die ganze Nacht zusammen und den ganzen Morgen, in unserem Liebesnest in der Altstadt, stimmt's, Schatz?«

»Du redest zu viel! Halt deine geschwätzige Klappe!«

»Das musste einfach mal raus, okay? Wenn mich nicht alle so mies behandelt hätten, wär vieles nicht passiert.«

»Wenn dieser Scheißmarokkaner dir nicht die Daten für die Lieferungen geklaut hätte, meinst du wohl, und sich in den Kopf gesetzt hätte, uns erpressen zu wollen, obwohl wir doch du weißt schon wen erpressen wollten.«

»Idiot, jetzt bist du es, der den Mist ausplaudert …«

Matteo Albinis Ohrfeige traf sie voll ins Gesicht, das zur Seite geschleudert wurde. Miriam sah ihn hasserfüllt an und wischte sich mit einer Hand das Blut aus dem Mundwinkel.

»Du löst immer alle Probleme mit Ohrfeigen und Faustschlägen …«, murmelte sie.

Nun lag auch Mau trotz heftiger Gegenwehr auf dem Boden des Bootes, und die beiden anderen sprangen hinein. Albini ließ den Motor an und der Außenborder steuerte aufs Meer hinaus.

Nelly hörte das Motorboot aus nächster Nähe, konnte aber die kleine Bucht, zu der Gudrun sie führte, nicht sehen. Sie waren noch zu weit oberhalb auf dem Fußweg. Sie sah das Boot erst, als es schon auf das offene Meer zusteuerte. Als sie Albini erkannte, schrie sie laut auf, doch ihre Stimme ging im Motorenlärm unter. Sie packte ihr Handy:

»Tano, wir brauchen ein Polizeischnellboot, sofort. Bei Bogliasco hier unterhalb des Parks fährt ein Motorboot mit Albini und weiteren Personen an Bord aufs Meer hinaus, eine von ihnen ist, glaube ich, Mau. Schnell!«

Der Polizeivize hatte die Operation von seinem Büro aus permanent verfolgt. Sie fuhr fort:

»Und ich brauche einen Hubschrauber, er muss mich aufnehmen, absoluter Notfall! Mein Sohn ist in Lebensgefahr.«

Mau versuchte verzweifelt, Miriam zum Reden zu bringen, das unausweichliche Ende doch noch irgendwie abzuwenden.

»Aber woher hatte Habib denn dieses … was auch immer es war?«

»Er hat es mir gestohlen, dieser dreckige Marokkaner. Es gehörte ihm«, sie deutete auf Matteo, »und Habib wollte ganz besonders schlau sein. Er wollte eine Menge Geld. Beteiligung. Stattdessen durfte er bei der Fischparty mitmachen, die wir jetzt auch für euch organisiert haben. Was stierst du mich so an, du Nutte? Ja, ich habe dich belogen, ganz wie es mir gefiel, und du dachtest immer, du seiest die Schönste im ganzen Land. Ich habe dich gebeten, die anderen von mir abzulenken, ich wusste, dass es eine Razzia geben würde! Und du, braves Mädchen, hast alles schön befolgt und Franci zum Teufel geschickt. Dieses Arschloch Habib hat ihm alles erzählt, weil er Schiss bekam, hat ihm den Mikrochip gegeben, und als Matteo und Paco ihn rangenommen haben, hat er zugegeben, dass er ihn hatte und dass Franci zur Polizei gehen würde. Das konnten wir nicht zulassen.«

»Und woher wusstest du, dass in der Schule eine Razzia stattfinden würde, am Montag?«, fragte Mau, für den jede Sekunde gewonnenes Leben war.

»Was geht dich das an? Ich wusste es eben. Wir haben unsere Informanten, direkt vor der Nase deiner lieben Mami. Wir wussten also, dass die Polizei im Anmarsch war, und haben alles organisiert. Matteo ist unschlagbar in so was. Er hatte sich schon länger im Nachbarhaus postiert, als Franci auf die Terrasse kam und sich in einer … günstigen Position befand. Ich hatte Gian angerufen und ihm alles erklärt, dass er Franci nach dem Mikrochip durchsuchen müsse, sobald er stürzte. Er steckte bis an die Gurgel mit drin, er konnte nicht nein sagen. Er wollte nicht, bekam Gewissensbisse. Aber deshalb hat er sich nicht etwa umgebracht, oh nein! Noch so eins von Matteos Meisterwerken, so gehen nämlich Franci und Habib auf das Konto unseres Hausmeisters. Er kann dir ja erzählen, wie alles gelaufen ist, wenn ihr euch gleich wiederseht. Einen Moment lang dachten wir, Gian hätte den Mikrochip genommen, aber von wegen. Inzwischen kamen der Signorina hier Zweifel, weil es ja nicht stimmte, dass ich an dem Tag Kokain dabeihatte. Sie fing an, mich zu nerven. Aber sie wollte einfach nicht glauben, dass ihre getreue Miriam, das arme Dusselchen ... so habe ich sie auf die falsche Fährte gesetzt, habe ihr erzählt, dass es der Hausmeister war, der mir gesagt hatte, ich solle Franci aufs Dach schicken. Sie hat's geschluckt, aber sie wollte mit Gian sprechen. Fast hätte sie es geschafft. Aber an Matteo hat sie trotz allem nie gezweifelt.«

»Jetzt wisst ihr eindeutig zu viel, aber ihr könnt es ja sowieso nur noch den Fischen erzählen«, warf der Mann düster ein und packte Monica, um sie aus dem Boot zu werfen.

»Stopp! Ich habe den Mikrochip, Franci hat ihn mir gegeben, wenn mir etwas zustößt, wenn ihr sie oder mich umbringt, findet ihn die Polizei.«

»Du Scheißkerl von einem Hurensohn, dreckiger Lügner, du ...«

Matteo hielt mitten im Satz inne. Das Schnellboot der Polizei tauchte auf, kam mit voller Geschwindigkeit aus dem alten Hafen gerast und hielt geradewegs auf das Motorboot zu mit der klaren Absicht, ihm den Weg abzuschneiden. Miriam stieß einen Angstschrei aus und stand instinktiv auf. Das Boot schwankte und Mau nutzte seine Chance, um trotz der Gewichte die Beine hochzuwerfen und ihr einen so kräftigen Stoß zu versetzen, dass sie ins Wasser stürzte.

»Ich bring dich um, du Aas!«, sagte Matteo und zielte mit der Pistole auf ihn.

Von dem Hubschrauber aus beobachtete Nelly die Szene. Zu weit weg, um rechtzeitig eingreifen zu können – oder doch nicht? Schnell feuerte sie zwei Leuchtraketen in die Luft, um Matteo abzulenken. Miriam schrie und schluckte Wasser: »Stopp! Komm zurück, zieh mich ins Boot, du kannst mich nicht hierlassen, Scheißkerl! Hilfe!«

Doch die Angst, in der Falle zu sitzen, machte Albini besinnungslos. Mit Vollgas hielt er auf das Schnellboot zu.

»Was macht der denn da? Will er uns rammen?«, fragte der Offizier verblüfft.

»Nicht schießen! Nicht schießen!«, schrie Nelly ins Megaphon, indem sie sich aus dem Hubschrauber lehnte. Albini stand auf, um auf den Hubschrauber zu feuern, der jetzt ganz nah war, und dieses Mal war es Monica, die sich mit der Kraft der Verzweiflung über den Bootsboden rollte und dem Steuerrad einen kräftigen Stoß mit dem Kopf versetzte. Das Motorboot machte einen gewaltigen Satz, drehte sich einmal um sich selbst und fuhr dann immer im Kreis. Der überraschte Matteo konnte das Gleichgewicht nicht halten und wurde hinaus ins Wasser geschleudert. Nun konnte das Schnellboot herankommen, und nach einigen Versuchen gelang es den Männern aus sicherem Abstand, den Außenborder an die Leine zu nehmen, so dass ein Beamter hineinspringen und den Motor abstellen konnte.

Plötzlich herrschte eine unnatürliche Stille auf dem Meer. Das Motorboot schaukelte ruhig auf den sanften Wellen, während das Polizeiboot auf Miriam zusteuerte, die auf- und abtauchte. Über ihnen kreiste der Hubschrauber. Nelly weinte lautlos vor sich hin, langsam löste sich ihre Anspannung. Gerolamo klopfte ihr in einer verlegenen Geste tröstend auf die Schulter. Miriam war wieder untergegangen, ein Matrose sprang ins Meer, tauchte ein paar Mal und kehrte endlich mit ihr im Arm zum Boot zurück. Von der Mannschaft wurden die beiden an Bord gezogen. Das Mädchen wirkte leblos, man beförderte literweise Wasser aus ihr heraus und leistete Erste Hilfe. Es schien nicht klar, ob sie es schaffen würde. Matteo Albinis Leiche trieb mit dem Gesicht nach unten in den rot gefärbten Wellen. Die wild rotierende Schiffsschraube des Motorbootes hatte seinen Kopf mit einem glatten Schnitt fast abgetrennt.

Zwei Wochen später

Der Wecker erlöst Nelly aus einem schlimmen Alptraum, in dem die Bedrohung fast greifbar in der Luft lag. Nah, unausweichlich, sie spürte ihren Atem förmlich im Nacken, während sie vergeblich versuchte, im Traum die Augen zu öffnen, ihr ins Gesicht zu sehen, sich ihr zu stellen oder zu fliehen. Eine merkwürdige Mischung aus Traum und Wirklichkeit im Traum, denn sie konnte die Augen nicht öffnen, als schliefe sie, nahm aber gleichzeitig alles um sich herum wahr. Eine Qual, die sie mit einem unerträglichen Gefühl von Ohnmacht und Panik erfüllte. Es gab keinen Ausweg, alle Anstrengungen, die Lider zu öffnen, waren vergeblich, sie waren wie versiegelt. Einzig sicher war nur die bevorstehende Katastrophe.

Sie muss gestöhnt und sich verzweifelt gewunden haben im Versuch, dem Unausweichlichen zu entgehen, denn die Bettdecke liegt neben ihr auf der Erde.

»Gottlob, es war nur ein Traum«, flüstert sie, und als sie sich übers Gesicht fährt, merkt sie, dass es schweißgebadet ist, so sehr hat sie um ihr Leben gekämpft. Schnell läuft sie ins Bad, stolpert dabei fast über das Federbett, dreht den Duschhahn auf und stellt sich unter den Wasserstrahl, um sich den widerwärtigen Schweiß von der Haut zu waschen, der nach Todesangst riecht.

»Himmelkreuzdonnerwetter, jetzt muss ich von dem Mist auch noch träumen, als wäre die Wirklichkeit nicht schon schlimm genug, verdammt noch mal.«

Wenn etwas Nelly aus dem Gleichgewicht gebracht hat, wird ihre Ausdrucksweise noch unfeiner als sonst, als könne sie mit einem befreienden Fluch die Schatten des namenlosen Bösen verjagen.

»Du bist ja verrückt, deine Nerven liegen blank, du bist am Ende, Nelly, krieg dich mal wieder ein, es war nur ein Alptraum, sonst nichts«, redet sie sich kurze Zeit später gut zu, während sie die Haare auf der Terrasse in der Sonne trocknen lässt und wartet, bis die Bialetti mit dem vertrauten Gurgeln anzeigt, dass der Kaffee fertig ist. Der wahre, reale Alptraum mit seinem grausigen Showdown im Meer vor Bogliasco liegt mittlerweile zwei Wochen zurück. Miriam hat in der Zwischenzeit das Bewusstsein wiedererlangt, doch sie ist wie abwesend. Reagiert auf keinerlei Reize. Die Ärzte wollen sich noch nicht festlegen, wie hoch die Wahrscheinlichkeit ist, dass sie irgendwann wieder ein normales Leben führen kann. Und was heißt schon normal? Ein Mädchen ihres Alters, die einen Gleichaltrigen, einen Freund, zum Tode verurteilt und einen weiteren auf dem Gewissen hat, sei es nun direkt oder indirekt. Die bereit war, ihre beste Freundin und deren Liebsten umzubringen … Mit gewohntem Masochismus gießt sich Nelly den gesamten Inhalt der Espressokanne (für drei Tassen) ein und trinkt ihn mit einem Schuss Milch und vier Teelöffeln Zucker. So viele schwarze Löcher in dieser Geschichte, die Protagonisten fast alle tot oder unfähig auszusagen. Sie betrachtet die Pflanzen auf der Terrasse, die halbvertrocknet waren und erst unter Maurizios mitfühlenden Händen wieder zu neuem Leben erwachen. Bei dem Gedanken an ihn und immer noch im Bann des Alpdrucks der Nacht, steht sie auf und öffnet ganz leise die Tür zu seinem Schlafzimmer, um entgegen aller Vernunft nachzusehen, ob er noch da ist, und entgegen auch des letzten Restchens Vernunft zu prüfen, ob er noch atmet, wie sie es manchmal getan hat, als er noch klein war. Mau schläft, seine Füße ragen über die Matratze – wir müssen ihm bei Ikea ein größeres Bett kaufen, aber nicht diesen Monat, kein Geld, seufzt Nelly –, und wirft im Traum den Kopf von einer Seite zur anderen, als müsse er eine quälende Last abschütteln. Letzte Nacht war er, wie stets in den vergangenen zwei

Wochen, bis spät wach, sah pausenlos fern und hörte Musik; Kamillentee, selbst in rauen Mengen, wirkt bei ihm nicht mehr. Er hat sich auf Baldrian verlegt gegen die Schlaflosigkeit, aufs Rauchen (wirklich nur Zigaretten?) und ist absolut unausstehlich. Manchmal hat sie das Gefühl, er hasst sie. Beim geringsten Anlass wird er aggressiv, schreit herum. Einfach nicht wiederzuerkennen.

Er hat dieses gewisse Etwas des tollpatschigen Welpen verloren, das er noch vor kurzem hatte, bis zu jenem berühmten Tag in der Schule. Sein Gesicht ist männlicher geworden, härter. In einer Woche soll er wieder am Unterricht teilnehmen – so Gott will, denkt Nelly. Mau weigert sich, zu einer Psychologin zu gehen, einer alten Freundin seiner Mutter. Er möchte auf keinen Fall über das reden, was passiert ist. Schlechtes Zeichen. Die Katzen kommen maunzend heran und reiben sich an ihren Beinen – okay, okay, sofort. Nachdem sie sich unter einiger Anstrengung und dem Gefühl großer Mattigkeit angezogen hat, steigt Nelly die Treppe hinab und geht zu Beppes Bar. Seit Tagen feiern ihre Freunde sie. Beppe hat sie sogar zu einem Cappuccino eingeladen (einmal). Das ist etwas ganz Besonderes, denn Großzügigkeit zählt garantiert nicht zu seinen Tugenden. Sie werden nicht müde, ihr zu dem guten Ausgang zu gratulieren, zum Ende des kollektiven Horrors. Sie sind immer noch erpicht auf Einzelheiten, wagen aber nicht, zu viele Fragen zu stellen, und verschlingen stattdessen gierig alle Zeitungsberichte, vor allem die, unter denen Sandras Initialen stehen: »Die Frau kann schreiben, und gut informiert ist sie auch!« Nelly lächelt höflich, isst ihre Focaccia, trinkt ihren Cappuccino und geht weiter, Richtung Polizeipräsidium. Einen Tag nach dem anderen. Und so auch heute.

»Es ist zu Ende, aber natürlich ist man nach solchen Erlebnissen durcheinander, Polizisten sind schließlich auch nur Menschen ... das geht vorbei. Irgendwann kehren wir zur

Normalität zurück«, tröstet sie sich immer wieder, doch das unbehagliche Gefühl, das sie seit dem Alptraum mit sich herumträgt, will nicht verschwinden.

Im Präsidium ist die gewohnte Routine wieder eingekehrt (wenn man es so nennen will), der Wirbel der vergangenen Tage scheint weit entfernt.

»Guten Morgen, Dotto'.«

»Ciao, Nicola. Guten Morgen, Valeria.«

»Dottoressa Rosso, Dottor Auteri hat angerufen, er hat gesagt, dass er morgen zurückkommt ... Soll ich Ihnen gleich einen Kaffee machen?«

»Nein, um Himmels willen, sonst bringe ich das Haus zum Einstürzen. Ich bin randvoll mit Koffein, totale Überdosis. Schön für Marco, ich habe ihn vor einigen Tagen getroffen, und man sah ihm an, dass er geradezu darauf brannte, wieder loszulegen. Sonst was Neues?«

Valeria schüttelt den Kopf. Nelly schließt die Tür hinter sich und widmet sich dem gewohnten Papierstapel, der sie auf dem Schreibtisch erwartet. Sie ärgert sich nicht mehr über ihn, empfindet es geradezu als Erleichterung, sich mit ganz normalem Bürokram zu beschäftigen. Nach einer halben Stunde klingelt das Telefon. Tano Esposito will sie in seinem Büro sehen.

»Guten Morgen, Nelly.«

»Ciao, Tano.«

Sie sind zum Du übergegangen seit den letzten Ereignissen, als sie die Ermittlungen gemeinsam zum Abschluss gebracht haben.

»Santangelo siebt seine komplette Mannschaft. Er hat einen konkreten Verdacht, wer Albini und die anderen mit Informationen über die Drogenrazzia in der Schule an besagtem Vormittag versorgt haben könnte. Aber er neigt immer noch zu der Ansicht, dass der Hausmeister es über die Schule erfahren haben muss, auch wenn der Schulleiter schwört, dass er nicht informiert war ... Ihm ... seinem Verhalten ist nichts vorzuwerfen. Entweder er ist ein Genie oder der korrupteste Polizeibeamte, dem ich je begegnet bin. Vielleicht beides. Jedenfalls ist er schwieriger zu greifen als ein Aal. Er verteidigt seinen Handlungsspielraum mit Zähnen und Klauen.«

»Gut«, sagt Nelly, aber in Wirklichkeit interessiert es sie nicht besonders.

»Der Polizeipräsident ist sehr zufrieden.«

»Gut.«

»Wie geht es deinem Sohn?«

»Nicht sehr gut.«

Die beiden sitzen sich eine Weile schweigend gegenüber.

»Und mit dir ... und Carlo? Wie läuft's?«

»Wir haben uns seitdem nicht mehr gesehen. Er ruft nicht an und ich auch nicht. Ich weiß nicht einmal, ob er noch in Genua ist.«

»Das tut mir leid.« Es klingt aufrichtig. »Aber ich bin sicher, das ist nur eine vorübergehende Krise. Er muss verstehen, wie viel dich diese Entscheidung gekostet hat und dass es die richtige war.«

»Ja ... vielleicht.«

»Unsere Rekonstruktion ist fast vollständig, aber solange wir den Code für die Informationen auf dem Mikrochip nicht knacken, haben wir nichts in der Hand. Bisher kommen unsere Spezialisten einfach nicht auf den sprichwörtlichen grünen Zweig. Wir haben alles nach Rom geschickt. Hoffentlich können die was ausrichten.«

»Hoffentlich.«

»Red bitte nicht so viel, mir klingeln schon die Ohren.«

»Entschuldige, Tano. Ich stehe noch ganz unter dem Eindruck eines Alptraums heute Nacht. Und nach allem, was passiert ist ... das hat eben Spuren hinterlassen.«

»Verständlich. Hör mal, du kennst doch die Rekonstruktion

des Falles, die wir dem Polizeipräsidenten und dem Staatsanwalt vorgelegt haben, auf Basis eurer Ermittlungen und der Zeugenaussagen von Mau und Monica.«

»Ja. Sollen wir sie etwa noch einmal durchgehen?«

»Bitte, Nelly. Irgendein Detail könnte uns entgangen sein.«

»Also, der südamerikanische Dealer, dieser Vennaro/Spaventa, und Albini unterhielten einen Drogenring. Wahrscheinlich beschafften sie die Ware aus Kolumbien, angesichts Vennaros Vergangenheit saßen sie direkt an der Quelle, und wer ihre Hintermänner waren, wird uns wahrscheinlich nur der geheimnisvolle Inhalt des Mikrochips verraten. Caprile dealte im Tal und in seinen Genueser Kreisen, Habib Kamali war Konsument und Laufbursche. Bei Aldo und Nino gibt es keine konkreten Beweise für eine direkte Beteiligung. Miriam Fallari hatte eine heimliche Affäre mit Matteo Albini, sie wusste über alles Bescheid und kokste fleißig. Sie gab sich als Monicas Freundin aus, die sie in Wirklichkeit eifersüchtig hasste. Die wiederum ahnte nichts, war lediglich Konsumentin, die ihren Stoff über Habib oder Caprile bezog. Sie hat ausgesagt, dass Albini sich ihr nie offenbart hat. Hat immer den Schutzengel gespielt, bezahlt von Papa, mal abgesehen von ein paar Avancen. Mau und Franci stellten tollpatschig eigene Ermittlungen an. Irgendwann fällt Habib dieser verfluchte Mikrochip in die Hände, er hat die Wahnsinnsidee, damit Geld zu machen, indem er Albini erpresst, der seinerseits wohl ebenfalls vorhatte, auf dieselbe Art jemanden über ihm in der Hierarchie zu erpressen, dessen Namen wir noch nicht kennen. Es ist wahrscheinlich, dass keiner von beiden wusste, dass der Mikrochip sozusagen unbrauchbar ist, weil das Passwort verschlüsselt ist und die Informationen kodiert sind. An einem gewissen Punkt bekommt dann der Marokkaner Schiss, ihm ist klar, dass er es mit Leuten zu tun hat, die solche Scherze nicht einfach hinnehmen, und vertraut ihn Francesco Bagnasco an, dem er sagt, er müsse ihn sofort der Polizei übergeben, sollte ihm etwas zustoßen. Francesco ist verwirrt und beschließt, mit Mau und mir zu reden. Albini und Paco reagieren sofort: Habib wird entführt und gefoltert, er gesteht, dass er den Mikrochip dem Freund gegeben hat und der zur Polizei geht, wenn er verschwindet. Zufällig hat der Informant aus der Drogenabteilung sie wissen lassen, dass am nächsten Tag eine Razzia am Klee stattfinden soll, Francis, entschuldige, Bagnascos Schicksal wird in aller Eile besiegelt. Miriam schickt ihn mit Hilfe der ahnungslosen Monica unter einem Vorwand auf die Dachterrasse. Matteo hat sich im gegenüberliegenden Haus postiert und erschießt ihn im allgemeinen Chaos.«

»Und hat auch noch Glück dabei, der verdammte Bastard, denn Mandelli glaubt, er habe den armen Jungen ermordet«, unterbricht Tano sie. Unbeirrt fährt Nelly fort:

»Hausmeister Caprile eilt als Erster herbei und durchsucht Franci. Aber er findet nichts. Seine Position ist allerdings ziemlich angreifbar, da er sich zum Zeitpunkt des Unglücks außerhalb des Schulgebäudes befand. Es war also nur eine Frage der Zeit, bis der Verdacht auf ihn fallen würde, als nämlich klar wird, dass Mandelli nichts mit dem Mord zu tun hat. Er bekommt panische Angst, vielleicht plagt ihn auch das schlechte Gewissen, was weiß ich, und dadurch wird er zur Gefahr. Matteo Albini und Vennaro verdächtigen ihn darüber hinaus, dass er den Mikrochip bei Franci gefunden hat und sie betrügen, vielleicht erpressen will.«

Der Polizeivize verfolgt konzentriert Nellys Resümee. Jetzt unterbricht er sie mit einer knappen Handbewegung und fährt fort:

»Das wird uns Miriam Fallari bestätigen können, sollte sie sich jemals erholen. Inzwischen hat das Pittaluga-Mädchen Zweifel an Caprile bekommen, obwohl sie nichts von dem Mikrochip weiß, und bittet deinen Sohn Maurizio um Hilfe.

Auch der Freundin traut sie nicht mehr so ganz, kann aber nicht glauben, dass sie zu so etwas Schrecklichem fähig ist, den gemeinsamen Freund Franci in den Tod zu schicken. Albini und der andere suchen im Haus des Hausmeisters den Chip, finden ihn nicht, inszenieren den Selbstmord mit der Waffe, die den Jungen getötet hat, um ihm auf diese Weise die Verbrechen anzuhängen, und hinterlassen ein ›Geständnis‹ am Tatort.«

Nelly kann nur mühsam folgen, im Geist durchlebt sie die dramatischen Szenen dieser Tage noch einmal, und ihr Unbehagen wird immer stärker. Doch Tano bedeutet ihr, mit der Rekonstruktion fortzufahren. Sie muss sich zusammenreißen.

»Wir erreichen in dem Moment das Haus des Schuldieners, als Albini und der sogenannte Spaventa in aller Eile verduften. Kurz darauf kommen die Jugendlichen, sehen uns und machen kehrt. Sie treffen sich in der Villa Caterina mit Albini und seinem Komplizen, und wahrscheinlich wollen die zwei Männer ein zweites Mal Mau ausquetschen und eventuell mit ihm und Monica Spuren und Verdachtsmomente beseitigen. Paco Vennaro fühlt sich ohnehin nicht mehr sicher, da mein Sohn ihn als den Mann wiedererkannt hat, der sich bei ihm als Polizist ausgegeben und ihn bedroht hat. Höchstwahrscheinlich will er ihn umbringen, und Monica als unbequeme Zeugin gleich mit. Unsere Ankunft durchkreuzt ihren Plan, sie sind überrumpelt, schießen, fliehen. Ich erschieße Vennaro. Daraufhin setzt Matteo Albini alles auf die Karte der Unschuld und des Missverständnisses, seine Arbeitgeber glauben ihm nur zu gern und fragen nicht weiter; Mau und Monica Pittaluga werden immer lästiger, vor allem sie, weil sie von Miriam die Wahrheit erfahren will und droht, mit dem, was sie weiß, zur Polizei zu gehen. Miriam informiert Albini, die beiden beschließen, sie und Maurizio aus dem Weg zu räumen, außerdem haben sie noch die vage Hoffnung, dass die zwei Jugendlichen das verfluchte Ding haben und es unter Todesandrohung rausrücken. Albini entführt Monica, Miriam lockt Mau in die Falle, alles Übrige ist Hollywood-Action pur und allgemein bekannt. Himmel, war das eine Aufregung, Tano! Du warst ja dabei, im Hubschrauber! Weißt du, als ich Mau da unten auf dem Boden des Bootes liegen sah, dachte ich einen Moment lang, wenn sie ihn erschießen, bringe ich mich um, ich schwöre es, das habe ich gedacht. Und jetzt gibt es eine ganze Schiffsladung Tote, ein Mädchen, das sich vielleicht nie wieder erholt, auf nichts reagiert, nur ins Leere starrt, ihre verzweifelte Mutter und mein Leben, das auch den Bach runter ist. Aber es freut mich, dass der Polizeipräsident mit dem Verlauf der Dinge zufrieden ist.«

Tano Esposito ist einen Moment still.

»Verdammt, wenn wir doch wenigstens endlich wüssten, was sich auf diesem Mikrochip befindet! Wenn das ganze Gemetzel wenigstens einen Sinn ergäbe! Wenn wir an die Organisation herankämen!«, ruft er schließlich zornig aus und wirft sich voll Unmut in seinem Bürostuhl zurück.

Nelly seufzt, mit Schaudern erinnert sie sich an den Alptraum, in dem sie die Gefahr hautnah spüren konnte, ihre Augen aber wie versiegelt waren. Umgeben von Nebelschwaden, ein Gewicht, das schwer auf ihr lastete. Sie setzt sich entschlossen auf.

»Also, das Schlimmste konnten wir immerhin verhindern. Alle wissen von dem Mikrochip, den wir haben, mein Sohn ist außer Gefahr, er kann sein normales Leben wieder aufnehmen, zumindest äußerlich. Was die seelischen Nachwirkungen anbelangt … da vertraue ich auf die Zeit, die bekanntlich alle Wunden heilt. Auch Fatima ist nicht länger in Gefahr; sie erholt sich langsam, zur Zeit hält sie sich mit ihrer Tochter an einem sicheren Ort auf, ich glaube, sie wird es schaffen. Sie ist eine starke Frau.«

»Gibt es Neuigkeiten von den Pittalugas? Von Monica?«

»Nein. Seit Ende der Ermittlungen habe ich nichts mehr von ihnen gehört.«

»Glaubst du, sie und Mau …«

»Ich weiß es nicht, Tano, ich weiß es wirklich nicht. Momentan zeichnet mein Sohn lauter verrückte Dinge, bedröhnt sich mit voll aufgedrehter Musik, raucht und starrt ins Leere. Nach ihrer Aussage und den Befragungen ist Monica verschwunden. Auch telefonisch ist sie nicht zu erreichen, die Familie lässt keinen Anruf durch. Das ist alles.«

»Wenn es was Neues gibt, sage ich dir Bescheid, Nelly. Nimm dir ein paar Tage frei, los. Du hast sie dir verdient und kannst sie, glaube ich, wirklich gebrauchen.«

»Danke. Ich denke darüber nach. Ich lasse dich auch wissen, wenn etwas passiert. Aber ich hoffe sehr, dass nichts mehr passiert, zumindest für eine Weile.«

Nelly steht auf, Tano tut es ihr gleich und begleitet sie zur Tür.

Genau zu dem Zeitpunkt, als Nelly das Polizeipräsidium verlässt, es ist Abend und schon dunkel draußen, geht ein heftiges Unwetter nieder, ein klassisches Frühlingsgewitter, lang ersehnt von den durstigen Feldern. Soll sie ins Büro zurück? Sich von Nicola einen Schirm ausleihen?

»Egal«, denkt sie und läuft schnell durch den Wolkenbruch. Die Gewalt der Elemente hat eine wohltuende Wirkung auf sie, beruhigt sie. Als sie gerade bis auf die Knochen durchnässt die Piazza della Vittoria überqueren will, taucht plötzlich Carlo auf seiner alten BMW vor ihr auf.

»Steig auf, Nelly, bitte.«

Einen Moment lang verharrt sie unentschlossen, dann steigt sie auf und klammert sich an seinen Rücken. Es ist ein Höllenritt durch dichten Verkehr und strömenden, windgepeitschten Regen. Schweigend und für die Straßenverhältnisse zu schnell schlängeln sie sich im Zickzackkurs zwischen den Autos hindurch Richtung Nervi. Zum Glück ist die feuchte und drückende Schwüle der letzten Tage verschwunden, die Temperatur ist gesunken und die frische Luft durch den Regen wieder angenehm zu atmen. Carlo biegt in die Gasse ein, die zum kleinen Hafen von Nervi führt, und stellt die Maschine am Fluss an einer Stelle ab, wo er nicht über die Ufer treten kann. Durch den Regen rennend, erreichen sie wortlos seine Wohnung. Drinnen streifen sie sich die nassen Kleider vom Leib, springen unter die Dusche und lieben sich dort, unter dem warmen, trostspendenden Wasserstrahl. Sie halten einander umklammert, als ginge es um ihr Leben. Sie rutschen aus, fallen hin und brechen in ein befreiendes Gelächter aus. Das ganze Badezimmer steht unter Wasser, es dampft wie in einem türkischen Bad. Carlo reißt das Fenster auf, und sie duschen sich mit kaltem Wasser ab, dann wickeln sie sich in ihre kuscheligen Bademäntel und kriechen unter die Bettdecke, ganz dicht beieinander, zitternd. Doch nicht vor Kälte.

»Verzeih mir, Nelly, ich bin ein sturer Bock«, sagt er endlich.

»Nein, ich versteh dich ja, was glaubst du denn? Ich hätte dich einweihen müssen, es mit dir besprechen müssen. Dich vorwarnen. Klar war das ein Schock für dich zu erfahren, dass ich Maus Leben aufs Spiel setze. Aber ich …«

Er legt ihr die Hand auf den Mund.

»Ich habe nachgedacht. Es war eine schwierige Entscheidung für dich. Ich hätte dich unterstützen sollen, anstatt dir Vorwürfe zu machen. Aber manchmal reagiert man einfach aus dem Bauch heraus, ohne das Urteil der Vernunft abzuwarten …«

Dieses Mal hält sie ihm den Mund zu. Und sie lieben sich erneut.

»He, ich muss Mau Bescheid sagen, dass ich heute Abend nicht zum Essen nach Hause komme«, entfährt es Nelly später.

»Warum, erwartet er dich?«

»Keine Ahnung. Manchmal geht er auch weg und kommt erst spät zurück. Ich respektiere sein Bedürfnis, in Ruhe gelassen zu werden, aber vielleicht bin ich auch nur zu feige. Ich sollte ihn dazu zwingen zu reden, sich zu öffnen …«

»Wenn er so weit ist, wird er schon den Mund aufmachen. Ich schaue morgen mal bei euch vorbei, vielleicht fällt ihm das Reden bei mir leichter. Du weißt ja, mit Eltern sind solche Dinge irgendwie komplizierter … Und seine Liebste?«

»Keine Ahnung. Er versucht Kontakt mit ihr aufzunehmen, aber sie ist nicht erreichbar.«

»Das könnte ein Grund für seine schlechte Laune sein.«

»Warst du auch schlechtgelaunt in den letzten Tagen?«

»Und du?«

»Du musst zuerst antworten, ich stelle hier die Fragen.«

»Entschuldigen Sie, Commissario. Nein, ich hatte keine schlechte Laune« – Kunstpause –, »ich bin fast verrückt geworden. Ich hatte eine Scheißangst, dich zu verlieren.«

Nelly lacht zufrieden.

»Ich auch«, und dann: »Wollen wir was essen? Ich habe Hunger.«

»Genau dafür habe ich schon etwas im Ofen stehen. Wir müssen es nur noch aufwärmen.«

Nelly versucht, Mau zu erreichen, doch zu Hause geht keiner ans Telefon. Also wählt sie seine Handynummer.

»Ma?« Seine Stimme klingt eindeutig genervt.

»Hallo, mein Schatz, wo bist du?«

»Was geht's dich an? Oder stehe ich immer noch unter Polizeiaufsicht?«

»Du brauchst gar nicht so patzig zu sein. Ich wollte dir nur Bescheid sagen, dass ich heute spät komme.«

»Hast du dich mit Carlo versöhnt?«

»Was geht's dich an?«

»Schön, das freut mich für euch. Alles Gute und viele Töchter.« Er legt auf.

»Er freut sich, dass wir uns wieder vertragen.«

»Komm, der Hackbraten ist gleich warm. Dazu gibt es gefüllte Zucchini, Zwiebeln und Tomaten à la Carlo.«

»So einen Mann lässt man nicht vom Haken, nicht einmal, wenn er die Angewohnheit hat, es mit Eisbären zu treiben«, sagt Nelly selig und schiebt sich einen großen Happen gefüllte Zucchini in den Mund.

Gegen zwei Uhr nachts fährt Carlo sie mit dem Motorrad nach Hause. Es regnet nicht mehr, und die Luft ist frisch und klar, die Stadt schläft im gedämpften Licht.

»Du hättest wirklich bei mir übernachten können«, brummelt er.

»Komm du lieber mit zu mir, Liebster. Ich möchte wissen, ob Mau da ist. Nach allem was passiert ist, bin ich zurzeit ein wenig überängstlich.«

»Okay, da sage ich nicht nein.«

Nelly hat ein paar Sachen von sich übergezogen, die schon länger bei ihm herumlagen, alte, zerschlissene Jeans, einen schlabberigen Pullover und eine ausgebeulte Jacke. Doch in diesem Moment fühlt sie sich wie die schönste und meistgeliebte Frau der ganzen Stadt. Leise betreten sie die Wohnung; während Carlo sich schon auszieht und hinlegt, geht sie zu Maus Zimmer, um zu kontrollieren, ob er zurück ist.

»Carlo, komm mal schnell her!«, ruft sie mit gedämpfter Stimme.

»Jetzt? Hat das nicht Zeit bis morgen?«, gähnt er.

»Komm schon«, drängt sie halblaut.

Carlo steht lustlos auf, doch der Anblick entlockt ihm ein amüsiertes: »Na so was!«

In dem schmalen Bett liegen engumschlungen zwei schlafende Menschen: der Streifen Licht aus dem Flur fällt auf Maus Dreadlocks, auf seiner nackten Brust die honigblonden Haare von Monica. Ihr Gesicht verschwindet halb unter den Haaren, ihre weißen Arme umschlingen seinen Hals. Sie atmen leise und gleichmäßig. Carlo und Nelly schließen vorsichtig die Tür, um sie nicht zu wecken.

»Ach, da bin ich aber froh«, rutscht es ihr heraus.

»Romantisches Huhn«, kommentiert er und schiebt sich gähnend unter die Bettdecke, doch es ist offensichtlich, dass auch er zufrieden ist.

»Wetten, dass dein Sohn morgen bester Laune ist?«, murmelt er, während er sie in die Arme nimmt.

»Ich glaube, da wird er nicht der Einzige sein«, erwidert sie und kuschelt sich an ihn. Doch Carlo ist bereits eingeschlafen.

Auf der Terrasse

»Heute gehe ich nicht ins Büro«, verkündet Nelly, während sie auf der kleinen Terrasse den Frühstückstisch deckt. »Tano wird das verstehen. Er hat mir sogar vorgeschlagen, eine ganze Woche freizumachen.«

»Aha, Tano also? Seit wann diese Vertrautheit?«, bemerkt Carlo irritiert, der von dem Moment an, als er den schönen Vizepräsidenten zum ersten Mal in Maus Krankenzimmer gesehen hat, eine intuitive Abneigung gegen ihn hegt.

»Seit ich entdeckt habe, dass er ein Mensch ist, der das Herz am richtigen Fleck hat und alles Vertrauen und Freundschaft verdient.«

»Sieh mal einer an. Rührend. Und ich soll ans andere Ende der Welt aufbrechen und dich hier in den Händen dieses faszinierenden Neapolitaners zurücklassen, der dazu auch noch jünger ist als ich?«

»Sei nicht albern. Tano lebt getrennt, er hat drei kleine Kinder und dem Gerede nach wöchentlich eine neue Freundin. So gesehen ist er nicht mein Typ. Ein echter Playboy, um es mit diesem etwas angestaubten Wort zu sagen.«

»Der soll bloß aufpassen, dass er nicht in meinem Revier wildert, der schöne Tano.«

»Im Übrigen bin ich auch nicht sein Typ. Er steht wohl mehr auf Zwanzigjährige mit Modelmaßen. Wenn ich mich nicht irre, ist die Aktuelle sogar wirklich ein Model.«

»Hmmm … man kann nie wissen.«

»Das stimmt auch wieder«, gibt sie zu und sieht ihn provozierend an.

Carlo hebt drohend den Finger.

»Pass auf, was du tust.«

Während sie sich Butter und Marmelade aufs Toastbrot schmieren und mit gesundem Appetit essen, betritt Mau die Terrasse, in Boxershorts und Unterhemd, gefolgt von Monica, die halb so groß ist wie er (und die sie tatsächlich zuerst gar nicht sehen, weil er sie ganz verdeckt).

»Ciao, Carlo, schön dich zu sehen.«

Carlo steht auf und umarmt ihn fest.

»Ich habe mir große Sorgen um dich gemacht, Mau. Ich mag dich sehr.«

»Ich weiß.«

»Ciao, Moni«, sagt Nelly zu dem Mädchen, das die Szene mit zur Seite geneigtem Kopf beobachtet. Selbst in dem riesigen, löchrigen T-Shirt von Mau, ungeschminkt und verschlafen, sieht Monica verführerisch und stilvoll aus. Sie lächelt ihr schüchtern zu.

»Nelly, das war alles der totale Alptraum, echt. Ich kann nachts immer noch nicht schlafen. Heute ging es, weil ich bei Mau war, aber ansonsten habe ich seit zehn Tagen kein Auge zugetan. Auch deshalb, weil ich eine Entziehungskur mache, ich nehme Medikamente und bin noch ganz durcheinander. Ich gehe sogar regelmäßig zu einer Psychologin. Das ist die Abmachung, sonst schicken mich meine Eltern ins Ausland.«

»Setzt euch, esst erst mal was.«

Nun sitzen die beiden Pärchen auf der Terrasse um den Tisch herum, die Katzen haben es sich auf den Knien von Carlo, Mau und Monica gemütlich gemacht. Die Jugendlichen und nicht mehr ganz so Jugendlichen frühstücken zusammen, als sei es das Natürlichste auf der Welt.

»Und deine Eltern wissen, dass du hier bist?«, fragt Nelly Monica.

»Ja. Das war meine Bedingung für den Entzug und alles andere, dass ich Mau sehen darf. Er hat mit dem ganzen Schlamassel nichts zu tun, er hat nichts getan. Sie haben's geschluckt. Außerdem ist meine Mutter in eine schwere Depression gefallen, sie will niemanden sehen, kümmert sich keinen Deut drum, was um sie herum geschieht. Seit sie das mit Miriam und Matteo erfahren hat, dass sie zusammen waren und dass sie versucht haben, uns umzubringen, seitdem ist sie nicht mehr sie selbst.«

Nelly nickt und denkt an den Tag, als sie Federica weinend aus dem Liebesnest kommen sah. Wahrscheinlich hatte sie da gerade die heimliche Affäre zwischen ihrem Liebhaber und der Freundin ihrer Tochter entdeckt. Den nach *Giò* duftenden Hauch eines Nichts …

Monica spricht weiter, als müsse sie sich eine Last von der Seele reden:

»Du weißt, dass sie etwas miteinander hatten. Ich war anscheinend die Einzige, die nichts davon wusste, abgesehen von meinem Vater natürlich. Und jetzt hat sie sich für ein paar Monate in ein Kloster zurückgezogen, wo sie immer ihre Exerzitien macht. Um zu meditieren. Sie hat gesagt, sie wüsste nicht, ob sie zurückkommt, wortwörtlich. Mein Vater hat zugeben müssen, dass es ein Fehler war, Matteo zu vertrauen, ein echter Tiefschlag für seine Überheblichkeit. Er hat sich nie besonders viel um uns Kinder gekümmert. Und außerdem muss er jetzt Gudrun beistehen …«

Ihre grünen Augen füllen sich mit Tränen.

»Miriam kann wegen mir weiter vor sich hinvegetieren … liegt da rum mit leerem Blick, erkennt niemanden. Ich kann sie nicht hassen, ich frage mich nur immer wieder, wieso ich nicht kapiert habe, wie sehr sie mich hasst. Ich muss echt ein egoistisches Rindvieh gewesen sein, voll das Monster …«

»Du darfst dir nicht allein die Schuld geben. Unter Freundinnen, unter Schwestern gibt es häufig Neid und Eifersucht, aber zum Glück nicht immer mit so tragischem Ausgang. Irgendetwas in ihr war extrem, gewalttätig …«

»Ich habe sie oft geneckt, das stimmt schon, sie veräppelt, sie lachte, wir machten beide Witze darüber, ich dachte, sie wüsste, dass ich sie eigentlich mochte. Ich konnte einfach nicht glauben, dass … dass sie mich benutzt hat, um Franci mit voller Absicht in den Tod zu schicken … In gewisser Weise habe ich sie bis zum Schluss gedeckt … Wenn ich sofort geredet hätte, wären vielleicht viele Dinge anders gelaufen.«

Monica fängt still an zu weinen. Mau legt schützend seinen Arm um sie. Nelly fragt sich, wie sie in diesem gebrochenen, verzweifelten Mädchen, das sie von Kindesbeinen an kennt, eine zu allem fähige Circe hat sehen können. Mütterliche Eifersucht? Besser nicht weiter darüber nachdenken, sagt sie sich. Lieber den kostbaren Augenblick von Friede und Eintracht genießen, den Kopf frei machen. Trotz allem, inmitten von Schmutz, Gier, Hass und Gräuel gibt es auch Liebe auf der Welt. Und diese Terrasse über der Altstadt ist in diesem Moment erfüllt davon.

Tief in einem Sessel versunken, sitzt Gianandrea Pittaluga im Büro seiner Firma. Durch die großflächige Fensterfront fällt das helle Sonnenlicht herein, der vom Gewitter gereinigte Himmel strahlt in schönstem Azurblau. Vor ihm in dem anderen Sessel sitzt Gudrun Fallari. Ihre Schönheit wirkt getrübt, das Make-up kann all die vergossenen Tränen nicht verbergen. Ihre Hände halten keine Sekunde still, kneten rastlos das Seidentüchlein.

»Es ist meine Schuld, alles meine Schuld, dass Miriam in diesem Krankenzimmer liegt ... nicht antwortet, mich nicht ansieht, wie eine Marionette ... Es ist unsere Schuld, wenn wir ...«

»Nun hör aber auf!«, erwidert der Mann grob mit genervter Stimme. »Niemand ist schuld. Es ist passiert, es hätte auch bei einem Autounfall passieren können, beim Reiten oder Skifahren.«

Sie sieht ihn mit aufgerissenen Augen an, erschrocken über so viel Gefühlskälte.

»Na ja, immerhin hätte dieser Unschuldsengel Monica umbringen können, probiert hat sie es ja«, setzt er noch eins drauf und sieht sie mit einem unfreundlichen Lächeln an.

Die Frau beginnt zu schluchzen. Er steht auf und geht ungeduldig zu ihr, zieht sie hoch und nimmt sie in die Arme.

»Komm, hör schon auf. Sie wird sich bestimmt erholen, wir schicken sie einfach ins Ausland, nach Deutschland, in diese Spezialklinik, von der du gesprochen hast, egal, wie viel es kostet, wir können dem Himmel danken, dass unsere Töchter noch am Leben sind. Wenn ich an dieses Schwein Albini denke, wie er unser Vertrauen missbraucht hat ... Sicher war er es, der

Miriam zu allem überredet hat, der sie umgarnt hat. Und nicht nur sie hat er umgarnt, dieser Bastard«, fügt er leise hinzu. Und dann mit bösartiger Miene:

»Gott sei Dank hat er bekommen, was er verdient. Der Herr ist eben doch gerecht.«

Gudrun sieht ihn besorgt an, bei Gianandrea weiß man nie, was noch kommt. Seine Angewohnheit, bei jeder passenden und unpassenden Gelegenheit Gott heranzuziehen, hat sie immer schon irritiert, aber sie hütet sich davor, etwas zu sagen.

»Außerdem gibt es für uns auch eine positive Seite bei der ganzen Sache. Federica ist in ihr Lieblingskloster abgereist, gestern Morgen. Auf unbestimmte Zeit. Sie glaubt, alles, was passiert ist, auch die Gefahr, in der Monica schwebte, sei eine Art Strafe des Herrn für ihre Sünden. Wegen mir kann sie ruhig Nonne werden. Wenn sie mich fragt, meinen Segen hat sie, nach ihrer Geschichte mit diesem Arschloch Matteo. Die armselige Nutte!«

Ein kleines Lächeln umspielt die Lippen der Frau. Es ist selten, dass er sich zu solchen Kraftausdrücken hinreißen lässt. Normalerweise ist er sehr kontrolliert. Auch der Mann lächelt, komplizenhaft. Er legt zwei Finger an ihr Kinn, hebt ihr Gesicht zu sich und küsst sie voller Leidenschaft. Sie schmiegt sich an ihn.

»Die Kosten für Miriam übernehme ich, wie gesagt, auch für ihre Verteidigung, wenn sie wieder gesund ist, sie muss wirklich außer sich gewesen sein, das arme Mädchen … auch die Drogen werden das Ihre beigetragen haben, sie verändern den Charakter; außerdem, Vergebung ist eine christliche Tugend. Ich hole jetzt das Scheckheft und stelle dir einen Scheck für den Transport und die ersten Behandlungen aus. Morgen nimmst du Kontakt mit diesem Professor auf – wie heißt er noch? – ach ja, Hasselbaum; je früher die Behandlung beginnt, desto besser. Der Anwalt meinte, es dürfte keine Probleme geben, sie ins

Ausland zur Therapie zu schicken, angesichts des Zustands, in dem sie sich befindet. Beruhige dich, wir finden schon einen Weg.«

Bei diesen Worten tritt er zu dem großen Gemälde aus dem siebzehnten Jahrhundert mit der Seeschlacht zwischen Türken und Christen, das an der Wand hinter dem Schreibtisch hängt, öffnet den in die Wand eingelassenen Tresor, nachdem er die Zahlenkombination eingegeben hat, und zieht ein Scheckheft heraus. Die Frau schneuzt sich und beugt sich gespannt zu ihm. Um an die Schecks heranzukommen, muss Gianandrea einige Mappen mit Wertpapieren beiseiteschieben und ein kleines Etui aus schwarzem Leder, aus dem ein winziger Mikrochip herausgerutscht ist, welcher jenem zum Verwechseln ähnlich sieht, der Bianchi solches Kopfzerbrechen bereitet hat und der die römischen Entschlüsselungsexperten immer noch Vollzeit beschäftigt. Mit einer sicheren und eleganten Handbewegung legt er es an seinen Platz zurück und schließt den Tresor.

Inhalt

Fred Vargas
Der vierzehnte Stein
Kriminalroman
Aus dem Französischen von Julia Schoch
479 Seiten
ISBN 978-3-7466-2275-1

Vargas macht süchtig

Nach sieben erfolgreichen Kriminalromanen, unter anderem ausgezeichnet mit dem Deutschen Krimipreis, nun der nächste große Wurf der Bestsellerautorin: Durch Zufall stößt Adamsberg auf einen grässlichen Mord. In einem Dorf wird ein Mädchen mit drei blutigen roten Malen gefunden, erstochen mit einem Dreizack. Eines ähnlichen Verbrechens wurde einst sein jüngerer Bruder Raphaël verdächtigt. Doch seitdem sind 30 Jahre vergangen, der wirkliche Mörder ist längst begraben. Wer also mordet weiter mit gleicher Waffe? Für Adamsberg beginnt ein atemloser, einsamer Lauf gegen die Zeit und er wird selbst zum Gejagten.

»Ein Krimi, so atemlos wie fesselnd.« ELLE

Mehr von Fred Vargas (Auswahl):
Der vierzehnte Stein. Lesung. DAV 978-3-89813-515-2
Fliehe weit und schnell. AtV 2115
Die schöne Diva von Saint-Jacques. AtV 1510
Als Kriminalhörspiel. DAV 978-3-89813-180-3
Es geht noch ein Zug von der Gare du Nord. AtV 1512
Als Kriminalhörspiel. DAV 978-3-89813-312-8

Mehr Informationen erhalten Sie unter
www.aufbau-verlag.de oder in Ihrer Buchhandlung

aufbau taschenbuch

Lisa Gardner: Thriller mit Gänsehaut-Garantie

Lisa Gardner, geboren 1971, gehört zu den erfolgreichsten Thrillerautorinnen Amerikas und steht in einer Reihe mit Kathy Reichs, Karin Slaughter und Nora Roberts. Sie lebt mit ihrem Mann in New England. »Lisa Gardner nimmt den Leser mit auf eine halsbrecherische, atemberaubende Fahrt.«
PUBLISHERS WEEKLY

Lauf, wenn du kannst
Eine Frau, die ihren schrecklichsten Alptraum nach 25 Jahren noch einmal durchleben muss. Ein Polizist, dessen Leben aus den Fugen gerät. Ein sadistischer Mörder, der auf Rache sinnt. Und ein einziger entsetzlicher Augenblick. Während sich in der sogenannten besseren Gesellschaft von Boston das Grauen breit macht, sucht Catherine Rose Gagnon verzweifelt nach einer Möglichkeit, diesem Alptraum zu entrinnen.
»Spannend und komplex.«
SUNDAY JOURNAL
Thriller. Aus dem Amerikanischen von Karin Dufner. 430 Seiten. AtV 2373

Schrei, wenn die Nacht kommt
Lorraine Conner, eine ehemalige FBI-Agentin, ist verschwunden. Ihr Wagen steht mit laufendem Motor auf einer gottverlassenen Straße in Oregon. Die Handtasche liegt auf dem Fahrersitz, doch von Lorraine fehlt jede Spur. Bald meldet sich der Entführer und beginnt ein übles Spiel mit Polizei, Presse und ihrem Ehemann, einem FBI-Profiler. Um seinen Forderungen Nachdruck zu verleihen, kidnappt er auch noch die kleine Dougie, um die sich Lorraine zuletzt gekümmert hat – und der Fall erhält eine noch viel größere Dimension. Ein Thriller mit Gänsehaut-Garantie.
»Ein brillantes Buch, das man nicht verpassen sollte.« THE INDEPENDENT
Thriller. Aus dem Amerikanischen von Manuela Thurner 448 Seiten. AtV 2423

Mehr Informationen über Lisa Gardner erhalten Sie unter www.aufbau-verlag.de oder bei Ihrem Buchhändler

Darja Donzowa: »Mord mit Humor.« Bücher

Darja Donzowa moderiert im russischen Rundfunk eine Talkshow. Sie wurde in Rußland dreimal »Schriftstellerin des Jahres«, zwei ihrer Bücher wurden zum »Bestseller des Jahres« gekürt.

Nichts wäscht weißer als der Tod
Daß ihr Ehemann sie betrügt, ändert ihr ganzes Leben. Von einem Tag auf den anderen wird die wohlbehütete Harfenistin zur Haushälterin in der ziemlich chaotischen Familie der Ärztin Katja. Als Katja entführt wird, muß Tanja auch noch die Rolle der Ermittlerin übernehmen.
»Die große Satirikerin unter den Krimi-Frauen.« Literaturen
Kriminalroman. Aus dem Russischen von Helmut Ettinger. 376 Seiten. AtV 2201

Spiele niemals mit dem Tod
Wer hat dem vierjährigen Sohn des berühmten Krimi-Autors Kondrat Rasumow die Pistole geschenkt, mit der er seinen Vater erschoß? Der Liebhaber seiner Mutter Lena? Lena selbst? Tanja, seit kurzem Haushälterin in dem großzügigen und chaotischen Schriftsteller-Haushalt, glaubt einfach nicht an Lenas Schuld. Sie beginnt nach dem wirklichen Täter zu suchen.
Kriminalroman. Aus dem Russischen von Helmut Ettinger. 387 Seiten. AtV 2294

Perfekt bis in den Tod
Tanja, Detektivin wider Willen, steht vor ihrem schwersten Fall. Sie soll den Maler Boris beschatten. Als dessen Geliebte bei seiner Geburtstagsfeier vergiftet wird, gerät natürlich die Ehefrau in Verdacht. Doch Tanja entdeckt, dass jeder der Geburtstagsgäste ein Motiv hat, und stürzt sich mit Elan in die Ermittlungen. Da geschieht ein zweiter Mord.
Kriminalroman. Aus dem Russischen von Helmut Ettinger. 364 Seiten. AtV 2343

Bis dass dein Tod uns scheidet
Das Sommeridyll auf Tanjas Datscha wird jäh gestört. Professor Slawin wurde ermordet. Unter seinen Ex-Frauen und Geliebten herrscht Eintracht und Frieden. Doch wer war er wirklich? Mit Charme und vielen Tricks beginnt Tanja zu ermitteln, und wie immer helfen ihr Zufall und Glück dabei.
Darja Donzowa verbindet atemberaubende Spannung mit Witz und Humor.
»Abgründig komisches Pointengewitter. Feinste Comedy.«
Literaturen
Kriminalroman. Aus dem Russischen von Helmut Ettinger. 400 Seiten. AtV 2426

Mehr unter www.aufbau-verlag.de oder bei Ihrem Buchhändler

aufbau taschenbuch